Un Bouquet de Dentelle

suivi de

Le Muguet Bleu

Marie-Paul Armand

Un Bouquet de Dentelle

suivi de

Le Muguet Bleu

FRANCE LOISIRS

Édition du Club France Loisirs,
avec l'autorisation des Presses de la Cité

France Loisirs,
123, boulevard de Grenelle, Paris
www.franceloisirs.com

ISBN relié : 2-7441-5177-7
ISBN broché : 2-7441-5236-6

Un Bouquet de Dentelle

Première partie

Emmeline

1

Nous habitions un petit village du Cambrésis. Alentour s'étendait une campagne immense et fertile, et je crus longtemps qu'au-delà de l'horizon cette plaine continuait indéfiniment, toujours identique à elle-même.

Mon père était puisatier. C'était un métier difficile, qui ne rapportait pas beaucoup d'argent. Aussi, lorsqu'il n'était pas occupé par le forage d'un puits, il se louait pour la moisson, ou pour la culture des betteraves sucrières, qui nécessitait une abondante main-d'œuvre pour, au printemps, les sarcler et les démarier et, à l'automne, les récolter.

Mon frère, Timothée, était mon aîné de cinq ans. Il ne s'intéressait pas à moi. Le plus souvent, il était occupé à courir dehors avec d'autres garnements. Il revenait couvert de terre et d'égratignures, les vêtements parfois déchirés ou salis. Malgré les remontrances de notre mère, qui passait ensuite de longues heures à nettoyer et à recoudre, il recommençait invariablement.

— Il a le diable dans le ventre, constatait ma mère avec une tristesse mêlée de résignation, répétant ainsi une expression souvent employée lorsqu'il s'agissait d'enfants insupportables.

Dès que j'avais été assez grande, j'avais essayé de

suivre mon frère et ses amis dans leurs expéditions. Mais ils m'avaient repoussée sans ménagement, disant qu'ils ne voulaient pas s'encombrer d'une *pisseuse*. Il était courant de traiter les filles de cette épithète, afin de les humilier. Je fus profondément vexée, et je ne cherchai plus jamais à m'intégrer à leurs jeux.

Je me réfugiais auprès de grand-mère Blanche. C'était la mère de ma mère, et elle vivait avec nous. Je l'aimais beaucoup. Souvent, elle me prenait sur ses genoux, me berçait, me cajolait. Elle était très croyante ; elle me parlait de Jésus qui, lui aussi, avait une grand-mère, mais la sienne s'appelait Anne. L'été, lorsqu'un violent orage me terrifiait, je courais me réfugier près d'elle.

— N'aie pas peur, me disait-elle. C'est le petit Jésus qui joue à la balle.

Je levais les yeux et imaginais un petit garçon, là-bas dans le ciel, poussant du pied un gros ballon. C'était le roulement de ce ballon sur les nuages que j'entendais. Et, effectivement, cette image me rassurait.

Chaque matin, dès que j'étais réveillée, j'allais frapper à la porte de sa chambre. Elle finissait de s'habiller. Elle avait mis sa robe noire et nouait, par-dessus, son tablier de satinette à petites fleurs. Ensuite, debout devant la glace accrochée au mur, elle se coiffait. C'était le moment que je préférais. Je la regardais brosser et peigner ses épais cheveux blancs, qu'elle remontait ensuite sur le sommet de sa tête en un chignon serré. Cette masse neigeuse me fascinait. Je disais avec admiration :

— J'aimerais bien avoir des cheveux pareils. Ils sont si beaux !

Ma grand-mère soupirait :

— Ne demande pas à avoir des cheveux blancs, mon enfant. Lorsque tu en auras, tu seras vieille !

Mais je ne comprenais pas le sens de ces paroles et, la fois suivante, je répétais le même souhait. Je croyais naïvement que ma grand-mère avait des cheveux blancs parce qu'elle s'appelait Blanche.

Lorsque je perdis ma première dent de lait, je pleurai. Elle me consola, m'expliqua qu'il fallait la placer sous mon oreiller pour la petite souris qui viendrait la chercher pendant la nuit. Le lendemain, la dent avait disparu, et un morceau de sucre candi la remplaçait. Je le suçai avec ravissement, heureuse d'entendre ma grand-mère affirmer que, chaque fois que je perdrais une dent, le même processus se déroulerait.

En grandissant, j'apprenais à aider ma mère, à faire le ménage, à balayer le sol de terre battue. J'aidais à moudre le café, et j'aimais entendre le bruit de l'eau qui tombait ensuite, goutte à goutte, dans la cafetière qui demeurait toute la journée posée à l'extrémité du poêle en fonte. Chaque matin, lorsque ma mère versait dans les tasses le breuvage chaud où il y avait davantage de chicorée que de café, ma grand-mère trempait dans la sienne une *tablette* blanche, un de ces petits carrés sucrés, moelleux et fondants, dont je raffolais. Elle me la tendait avec un sourire. Je la prenais et je la dégustais longuement, en la laissant fondre dans ma bouche sans la croquer, afin d'en garder le goût le plus longtemps possible.

J'avais hâte d'aller à l'école. Mon frère étalait son savoir à la moindre occasion et ne manquait pas de se moquer de mon ignorance. Lorsque nous comptions les quelques sous que nous avions obtenus pour nos étrennes, j'étais humiliée de ne pas savoir combien je possédais. Je ne voulais pas écouter Timothée qui me dépeignait l'école comme un lieu peu attirant : Adolphe, le clerc paroissial, qui faisait également office de sacristain, de sonneur de cloches, de fossoyeur et de secrétaire de mairie, possédait une longue baguette avec laquelle il n'hésitait pas à frapper les élèves turbulents. Mais j'étais bien décidée à être sage et appliquée. Ma grand-mère m'approuvait :

— Il faut savoir lire, écrire et compter. Ça m'a été bien utile pour tenir les comptes de mon magasin. On n'en sait jamais trop.

Grand-mère Blanche avait été mariée à un colporteur, décédé avant ma naissance. Pendant qu'il sillonnait la région pour proposer ses articles, elle restait dans sa boutique et vendait aux gens de son village ce qui était nécessaire à l'habillement : tissus, aiguilles, fils, rubans... À la mort de son mari, elle avait vendu son magasin et était venue habiter avec sa fille. Elle possédait quelques économies et, grâce à elles, nous ne manquions de rien.

Lorsqu'elle vantait les mérites de l'instruction, mon père protestait :

— À quoi ça sert de se bourrer le crâne ? Une fois qu'on sait lire et écrire, ça suffit. L'instruction, c'est bon pour les riches.

Aussi, il ne sévissait pas si mon frère ne fréquentait l'école que pendant les « courts jours ». Dès que le printemps revenait, Timothée préférait courir les chemins et les champs avec d'autres garnements. Quand Adolphe venait se plaindre, mon père répondait :

— Bah ! Il n'a pas besoin d'être savant pour me succéder. Je lui apprendrai le métier de puisatier. Dès qu'il sera assez grand pour le faire, il travaillera avec moi.

Lorsque je pus enfin commencer à apprendre à lire,

je fis d'abord la connaissance des lettres dans la *crojette*, l'alphabet ainsi surnommé parce qu'il portait une croix. La maîtresse qui faisait la classe aux filles, madame Frémy, était une amie de ma mère. Je la connaissais bien, et je n'avais pas peur d'elle. Néanmoins, je la considérais avec respect et je n'aurais pas osé lui désobéir. Elle avait, elle aussi, une baguette dont elle donnait parfois des coups.

Ensuite, à la maison, je passais de longs moments à tracer les lettres de l'alphabet en lignes droites, avec des pleins et des déliés comme nous l'apprenait la maîtresse. Je ne faisais pas attention aux ricanements de mon frère qui se moquait de mon application ; je préférais écouter les encouragements de ma grand-mère.

Notre village n'était pas très éloigné de Cambrai, et de nombreux habitants pratiquaient le tissage à domicile. La toile de lin, connue sous le nom de toile de Cambrai, servait à fabriquer du linge de maison, des serviettes, des nappes, des draps – que nous appelions des *lincheux*. Certaines toiles, plus fines – batistes et linons –, étaient destinées aux mouchoirs, à la lingerie, la chemiserie, ou aux tissus d'été.

Un cousin de ma mère, Isidore, qui était également mon parrain, travaillait pour la société Godard. Il était l'un de leurs nombreux tisseurs qui, à domicile, grâce aux métiers qu'ils possédaient, leur fournissaient les fines batistes.

C'était un travail qui demandait beaucoup de temps et d'attention. Lorsque nous allions chez mon parrain, je le voyais assis devant son métier – son *otil*, comme il disait –, travaillant sans relâche. Cet *otil* était installé dans la cave, parce que le fil de lin exigeait un milieu humide. Je n'y restais jamais longtemps ; d'abord je ne devais pas déranger, ensuite le bruit du métier et cette cave aux voûtes sombres m'impressionnaient défavorablement.

Pourtant, j'aimais bien mon parrain. Lorsqu'il n'était pas devant son *otil*, il m'accueillait toujours chaleureusement. Il m'attrapait à pleines mains, me prenait sous les épaules, me levait très haut. Parfois même, il me lançait en l'air et me rattrapait, riant de mes cris de joie et de peur. Lui aussi m'aimait bien. Ma grand-mère me confia une fois qu'il avait souhaité avoir une petite fille, mais que son espoir ne s'était jamais réalisé. C'était la raison pour laquelle, ajouta-t-elle, Léocadie, sa femme, se montrait toujours si désagréable.

À plus de quarante ans, Léocadie était grande et sèche, avec un visage dur et osseux. J'appris par la suite qu'elle avait longtemps prié pour avoir un enfant ; elle était même allée en pèlerinage au Bon-Dieu-de-Giblot, dans la forêt de Raismes. Elle n'avait pas été exaucée, et son caractère s'était aigri. Elle en avait gardé une profonde rancune envers la religion, dont elle ne voulait plus entendre parler. De plus, le fait de ne pas avoir d'enfant faisait qu'elle supportait difficilement ceux des autres.

Autant j'aimais et j'appréciais mon parrain si jovial – mon parrain Dodore –, autant je craignais sa femme. Fâchée avec la religion, elle m'avait interdit de l'appeler « marraine ». Je devais lui dire « ma tante ». J'obéissais en essayant de me trouver le moins possible en sa présence. Elle m'observait de ses yeux froids et ne manquait jamais de me gronder : j'avais renversé un peu d'eau en prenant mon verre, ou bien je balançais mes pieds au lieu de rester assise bien sagement sur ma chaise, ou encore je n'avais pas répondu assez poliment. Elle cherchait toutes les occasions de me critiquer, et je ne pouvais m'empêcher de soupirer de soulagement lorsque je quittais sa maison. J'appréhendais les fois où ma mère m'envoyait lui porter quelques œufs ou des légumes de notre jardin.

L'hiver, il y avait les veillées – que ma grand-mère appelait *écriennes*. Nous, les enfants, nous y participions rarement ; notre mère nous mettait au lit dès la fin du repas. Mais je ne m'endormais pas tout de suite. La pièce qui me servait de chambre était un petit réduit qui, situé à côté de la cuisine, en était séparé par un épais rideau. Bien qu'il fût tiré, j'entendais parfaitement les bruits. J'écoutais les voisins arriver, s'installer autour de la table. Ils parlaient de leur santé, des événements en général, d'un certain Mac-Mahon, qui était président de la République, et cela m'intéressait peu. Mais je tendais l'oreille lorsque la conversation, parfois, s'orientait vers d'étranges histoires qui me fascinaient.

Un de nos voisins, Achille, avait été rétameur. Il avait sillonné la région, allant de village en village proposer aux gens de réparer et remettre à neuf leurs ustensiles usagés. Il racontait qu'il avait vu, alors qu'il voyageait le soir, des *lumerottes*, ces feux follets qui erraient dans la campagne. Lorsqu'il en parlait, tout le monde retenait sa respiration. Plus personne ne pensait à casser une des noix que ma mère mettait à la disposition des invités. On n'entendait plus que le ronflement du poêle, et la voix d'Achille qui disait :

— Je me forçais à ne pas les regarder. Je gardais les yeux fixés sur la route, et je faisais bien attention à ma lanterne. Il ne fallait point qu'elle s'éteigne ! Ces *lumerottes* auraient eu beau jeu de m'attirer ! Et je n'avais pas envie de me retrouver en enfer, car on sait bien que c'est là qu'elles emmènent ceux qui les suivent !

Quelqu'un d'autre parlait alors des loups-garous, qui hantaient les chemins et qui enlevaient et mangeaient les enfants ; ou encore des *gobelins*, ces hommes qui, chargés de chaînes, poussaient des cris plaintifs. Blottie sous mes couvertures, les yeux ouverts dans l'obscurité, j'écoutais, prise par la peur. J'entendais mon père dire que, la nuit, on pouvait faire une rencontre encore plus redoutable : celle de Satan lui-même. Et il racontait la légende de la grange de Montécouvez.

C'était un jeune fermier qui voulait construire une grange, mais il n'avait pas d'argent. Une nuit, dans le bois de Vaucelles, il rencontra un homme richement vêtu, auquel il se confia. Celui-ci lui promit que la grange serait construite pendant la nuit et terminée avant le premier chant du coq. En échange, il fit signer un parchemin au fermier, selon lequel ce dernier lui abandonnait son âme.

À cet instant du récit, je frissonnais. J'attendais la suite, que pourtant je connaissais par cœur. Rentré chez lui, le fermier aperçut de nombreux ouvriers qui, dans l'obscurité et dans un silence total, travaillaient à la construction de la grange. Pris d'effroi et de remords, il se confia à sa femme. Celle-ci prit une lanterne et, sans perdre un instant, courut au poulailler. La lueur de la lanterne réveilla le coq, qui se mit à chanter. Aussitôt, les ouvriers disparurent. Contrairement au contrat, la grange n'était pas terminée, et le fermier fut sauvé.

Là, je poussais un soupir de soulagement. La légende disait encore que la grange, depuis, était restée dans le même état car, chaque fois que le fermier avait essayé de finir le mur qui manquait, celui-ci s'effondrait de lui-même.

La conversation glissait ensuite sur les revenants. Quelqu'un d'autre racontait l'histoire du Sire aux armes brisées, le Seigneur du château d'Esnes, qui apparaissait chaque fois que l'on projetait un mariage contre le gré des fiancés. Une des femmes présentes se mettait alors à parler de sorcellerie. J'écoutais, de plus en plus terrorisée. Toutes avaient un remède à proposer contre les jeteurs de sorts : signes de croix, eau bénite ou prières. Elles affirmaient avec conviction que les cloches de l'église qui, chaque jour, sonnaient à midi demeuraient muettes le jour de la Saint-Jean parce que, à cette heure-là, au son des cloches de la Saint-Jean, les sorcières ramassaient les herbes nécessaires à leurs philtres.

Lorsque la veillée se terminait et que les gens s'en allaient, je ne parvenais pas à m'endormir. Tous les récits entendus dansaient une effrayante sarabande dans mon esprit. Toujours crispée de peur, je demeurais longtemps éveillée, écoutant tous les bruits. Lorsque, enfin, le sommeil venait s'emparer de moi, je faisais des cauchemars, rêvant d'un horrible loup-garou aux yeux luisants et féroces, qui se jetait sur moi, griffes en avant, pour me dévorer.

Le lendemain, je confiais mes inquiétudes à ma grand-mère. Elle me rassurait :

— Si tu ne te promènes pas la nuit, tu ne verras pas les *lumerottes,* ni le loup-garou. Tu n'as donc rien à craindre.

— Mais... les sorcières ?

Elle me donnait à chaque fois le même conseil :

— Avant de te coucher, n'oublie pas de mettre à

gauche ta chaussure droite, et à droite ta chaussure gauche. Ainsi, il ne t'arrivera rien.

Je ne manquais jamais de suivre cette recommandation. En même temps, je faisais un signe de croix, et je récitais les prières que ma mère m'apprenait, le Notre Père et le Je vous salue Marie.

Ce fut ma grand-mère qui m'apprit qu'au-delà de cette campagne qui nous entourait et que je croyais infinie, il y avait d'autres villages semblables au nôtre. Elle m'expliqua qu'elle avait vécu dans l'un d'eux, avant de venir habiter avec nous. Elle me parlait souvent du mari qu'elle avait aimé et qui était colporteur. À cause de son travail, il était souvent séparé d'elle. Il allait proposer aux femmes, outre des tissus, des articles de passementerie, des rubans, des châles, des coiffes, des mouchoirs, et même des boucles d'argent. Il vendait également des almanachs, des petits livres de recettes ou de remèdes. Ma grand-mère en avait gardé quelques-uns : *Le Médecin des pauvres*, qui expliquait comment guérir les maladies grâce aux plantes et aux prières ; *Le Bien-Être rural*, qui donnait de nombreux conseils pour bien se porter, conseils d'alimentation et d'hygiène. Elle m'incitait à les suivre, et ma mère y veillait également : il fallait se laver le visage et les mains tous les jours, porter du linge et des habits propres. Toutes deux étaient d'ailleurs très exigeantes en ce qui concernait la propreté, et notre maison reluisait : vitres, étains que ma mère astiquait, jusqu'au poêle de fonte et l'inévitable *marabout*[1] qui ne quittait jamais sa place afin de garder le café au chaud.

1. Cafetière.

Au fur et à mesure que je grandissais, je posais à ma grand-mère des questions. Le jour où elle me dit que le temps lui paraissait long lorsqu'elle était séparée de son mari, je demandai naïvement :

— Ne pouvait-il pas rester avec vous ?

J'étais assise sur ses genoux. Elle me sourit, me serra contre elle :

— Il fallait bien gagner de l'argent, mon enfant. Et puis, il avait besoin de liberté. Sinon, il étouffait. Pendant les courts jours, au plus dur de l'hiver, il restait au chaud chez nous. Mais, dès que le temps le permettait, il repartait. Il ne pouvait plus rester en place. Il préparait son cheval, remplissait sa charrette de tout ce qu'il vendait, et il s'en allait.

Elle soupira. Je levai la tête vers elle, aperçus des larmes dans ses yeux. Avec émotion, j'interrogeai :

— Vous étiez malheureuse lorsqu'il partait ?

— Oui, bien sûr. Et puis, j'étais inquiète. Pourtant, tout se passait toujours bien et, lorsqu'il revenait, j'étais soulagée. Mais il y a eu une année où, après avoir fait semblant de disparaître, l'hiver est revenu. Tu sais ce qu'on dit du mois de mars : s'il entre comme un mouton, il sort comme un lion. C'est ce qu'il a fait cette année-là. Après dix jours de douceur, il y a eu de nouveau du vent et de la neige. Mon pauvre Casimir a pris froid. Il n'a pas voulu s'écouter, il a continué sa tournée au lieu de rentrer pour se soigner. Son rhume a dégénéré en bronchite, puis en pneumonie. Lorsqu'on l'a ramené, il était trop tard.

Elle soupira de nouveau, sortit son mouchoir de la poche de son tablier, s'essuya les yeux :

— Et pourtant, il n'a rien regretté. Il est mort libre, comme il le voulait.

— Mais... objectai-je, s'il était resté avec vous, il ne serait pas mort. Vous auriez dû lui dire de ne pas toujours s'en aller. Et vous, vous auriez été contente de l'avoir près de vous tout le temps, terminai-je avec ma logique enfantine.

Ma grand-mère ne répondit pas tout de suite. Les yeux au loin, elle semblait réfléchir. Puis, gravement, elle déclara :

— Oui, mais lui, il aurait été malheureux. Vois-tu, si tu aimes vraiment quelqu'un, il faut penser à lui avant de penser à toi. C'est son bonheur qu'il faut voir avant tout. Et si, pour cela, il est nécessaire de faire quelques sacrifices, il ne faut pas hésiter...

Elle vit mon regard interrogateur, remarqua avec sagesse :

— Tu es encore trop jeune, mais tu comprendras lorsque tu seras plus grande.

Je hochai la tête, incertaine. Pourtant, des années plus tard, je devais me souvenir de ces paroles.

2

L'année de mes huit ans, l'hiver fut très rigoureux. Lorsque le repas du soir était terminé, avant d'aller me coucher, je faisais un *pouchin*[1] sur les genoux de ma grand-mère, blottie contre elle, près du feu qui ronflait et qui répandait une douce chaleur. Ma mère préparait les noix et les pommes pour les voisins qui viendraient à l'*écrienne* ; mon père vérifiait son jeu de cartes, tandis que mon frère ne cachait pas sa satisfaction d'être admis à participer à la veillée. Il allait sur ses quatorze ans, et mon père aimait à répéter que, bientôt, ils travailleraient ensemble. Gontran, son compagnon depuis toujours, celui-là même qui lui avait appris le métier de puisatier, se faisait vieux et prévoyait d'arrêter bientôt. Le moment serait alors venu pour mon frère d'entrer dans la corporation.

J'avais avec ma grand-mère une grande complicité, beaucoup plus qu'avec ma mère, qui était toujours occupée à une tâche ménagère, exigeant de sa maison qu'elle fût toujours impeccable. Elle passait son temps à frotter, laver, récurer, astiquer. Ma grand-mère, qui se plaignait de rhumatismes – surtout en hiver, lorsque le temps était humide –, travaillait moins et se trouvait

1. Câlin.

beaucoup plus disponible. C'était à elle que je m'adressais lorsque je voulais avoir la réponse aux questions que je me posais.

Un soir, alors que j'étais assise sur ses genoux, je l'interrogeai sur ma leçon de catéchisme du matin. Monsieur le curé nous avait parlé de la mort, et de l'âme des personnes qui allait, selon le cas, au ciel, en enfer ou au purgatoire. Ma grand-mère acquiesça. Elle était profondément croyante, et il n'était pas rare de la voir, son chapelet à la main, prier silencieusement.

— C'est pour ça qu'il faut toujours bien te conduire, me dit-elle. Pour aller plus tard au paradis. Lorsque tu seras vieille et que le moment approchera, tu seras contente de ne jamais avoir mal agi.

Elle resta silencieuse un instant, puis reprit plus bas :

— Je pense souvent à te prévenir, ma petite enfant, et il vaut mieux que je le fasse. Vois-tu, je suis âgée, et la mort peut venir me prendre à tout moment. Si elle le fait, n'aie pas trop de peine. Dis-toi que je serai au paradis, là où j'espère aller, et que, de là-haut, je veillerai sur toi.

Je m'agitai, soudain prise d'affolement :

— Mais alors... vous ne serez plus ici, avec nous ?

Le visage ridé, sous les cheveux blancs, eut un sourire qui se voulait rassurant :

— Non, bien sûr. Mais il ne faudra pas être triste.

— Mais je ne veux pas, protestai-je. Je veux rester toujours près de vous.

— Ce n'est pas possible, ma petite enfant. Lorsque le temps sera venu pour moi de partir, je le ferai. Et il faudra l'accepter.

— Alors, dis-je catégoriquement, je partirai avec vous.

Ma grand-mère me serra davantage contre elle :

— Oh non ! Tu le feras plus tard, lorsque tu seras vieille à ton tour. Et moi, là-haut, je t'attendrai. Toutes les deux, on se retrouvera, ne t'inquiète pas.

Un peu rassurée par cette promesse, je ne dis plus rien. Et puis, les jours suivants, j'oubliai cette conversation.

Vers la fin de l'hiver, il y eut plusieurs jours de brouillard. Je pris froid en revenant de l'école et me mis à tousser. Ma mère me fit boire du *Rémola*, du sirop qu'elle fabriqua avec du sucre candi et du radis noir, ainsi qu'une infusion de thym. Ma grand-mère prit son livret *Le Médecin des pauvres* et récita pour moi une prière. Elle-même ne se sentait pas très bien et se plaignait de douleurs dans le ventre, qu'elle soignait avec de la sauge et de la camomille.

Mais mon mal de gorge empira, et le lendemain, j'avais tant de fièvre que j'avais l'impression de tout voir à travers un miroir déformant. Ma tête me donnait la sensation de vouloir éclater. Ma mère me mit au lit, et je perdis pendant quelque temps toute notion de la réalité.

Je demeurai en proie à la fièvre pendant plusieurs jours. Lorsque je repris conscience du monde extérieur, je m'aperçus que j'étais dans mon lit, seule dans mon petit réduit. Dans la cuisine, des gens parlaient. C'était le soir. Je reconnus la voix de mes parents, celle de mon frère, mais il y avait aussi Céleste, l'une de nos voisines, ainsi que ma tante Léocadie que je craignais tant. J'essayai de comprendre le sens de leurs paroles, mais j'étais tellement faible et mal en point que je n'y parvins pas. Pourtant, je me sentais parfaitement lucide.

J'appelai ma mère. Elle arriva, et je vis tout de suite qu'elle avait les yeux rouges. Je crus qu'elle était malade, elle aussi. Elle se pencha sur moi, me tâta le front :

— Ma petite Emmeline... tu vas mieux ? Dieu merci, tu n'as plus de fièvre ! Fais bien attention à ne pas prendre froid. Reste couchée. Veux-tu boire quelque chose ?

Je secouai la tête. Je n'avais pas soif. Je ne ressentais qu'une immense faiblesse, et j'avais surtout envie de dormir. Mais j'émis le désir de voir ma grand-mère. Les yeux de ma mère s'emplirent de larmes et elle détourna la tête.

— Elle viendra plus tard, murmura-t-elle d'une voix brève. Dors un peu en attendant.

Elle essuya la sueur de mon front, remonta la couverture jusqu'à mon menton, me caressa le visage d'une main douce, et s'en alla.

Lorsque je m'éveillai, le lendemain matin, ma mère m'obligea à rester au lit. Je me sentais toujours aussi faible, et je demeurai couchée, dans un état de demi-sommeil. À un moment, j'entendis, dans la rue, un son de cloche. Je compris qu'il s'agissait de Léonard, le garde champêtre. Il *bachennait* [1] ainsi qu'il le faisait en parcourant les rues lorsqu'il avait quelque chose à annoncer. À la façon dont il faisait sonner sa cloche, je me rendis compte qu'il faisait office de « crieur de morts » et qu'il allait annoncer le décès de quelqu'un.

Lorsqu'il se mit à parler, il était arrivé au bout de notre rue, et je n'entendis pas tout ce qu'il disait. Pourtant, il me sembla saisir quelques mots, selon lesquels les habitants du village étaient invités à se rendre à la messe d'enterrement de madame Blanche Dambert.

---

1. Agitait sa cloche.

C'était le nom de ma grand-mère. J'hésitai à comprendre. J'appelai de nouveau ma mère. Dans la cuisine, quelques personnes parlaient à voix basse. Je criai plus fort :

— Mère ! Mère !

Ce fut mon frère qui arriva. Nous n'avions jamais été très proches, mais je remarquai tout de suite son air triste et abattu.

— Où est maman ? demandai-je.

— Elle est... dans la chambre de mémère Blanche.

Je me redressai, tentai de m'informer :

— Qu'est-ce qui se passe ? Grand-mère est malade ? J'ai entendu Léonard. Il a parlé d'elle. Qu'est-ce qu'il a dit ?

Mon frère avala sa salive, et je vis qu'il faisait un effort pour ne pas pleurer.

— Dis-moi, insistai-je. Dis-moi ce qu'il y a.

Il me regarda, hésita un instant, puis se décida d'un seul coup :

— Mère ne veut pas te le dire, mais tu t'en rendras bien compte. C'est grand-mère... elle est morte. – Sa voix s'étrangla. – On l'enterre demain.

Je demeurai hébétée. Instantanément, je repensai à ce qu'elle m'avait dit, quelque temps auparavant. Ainsi, elle était allée au paradis, et je ne la verrais plus.

Je ressentis un chagrin brûlant. Ma mère arriva, gronda Timothée, le renvoya dans la cuisine et vint à moi. Elle s'assit sur mon lit, me prit contre elle et essaya de me consoler. Tout en mêlant ses larmes aux miennes, elle disait, d'une voix enrouée de sanglots :

— Ne pleure pas, Emmeline. Elle ne voudrait pas que tu pleures.

C'était vrai. Je me rappelai la conversation que nous

avions eue, ma grand-mère et moi, peu de temps auparavant. Je fis un immense effort pour me calmer, mais je sentais, dans ma poitrine, mon chagrin qui m'étouffait, prêt à éclater.

Je ne revis pas ma grand-mère. L'enterrement eut lieu le lendemain matin, mais j'étais encore malade et je gardai le lit. Par la petite fenêtre de ma chambre, je vis sortir mes parents en tenue de deuil. Ma mère était toute de noir vêtue, et son visage disparaissait derrière un voile épais. Quant à mon père, il portait son *habit à gilet* et sa *buse*, le haut-de-forme qu'il ne mettait que pour des occasions particulières.

Je me remis lentement de ma maladie. J'appris que ma grand-mère était décédée d'une occlusion intestinale. Les remèdes et les prières de son *Médecin des pauvres* s'étaient révélés inefficaces. Tout le temps que dura ma convalescence, elle me manqua d'une façon insupportable. Lorsque je pus me lever, je passai de longues heures assise près du feu, sans bouger, encore apathique. À ces moments-là, j'éprouvais le besoin viscéral de me blottir sur ses genoux et de rester là, comme je l'avais fait tant de fois, dans une agréable quiétude, tandis qu'elle me caressait doucement les cheveux.

Lorsque je fus suffisamment rétablie pour retourner à l'école, j'accueillis avec soulagement ce dérivatif. Contrairement aux filles qui bavardaient ou aux garçons qui, dans la classe de mon frère, n'hésitaient pas à lâcher sournoisement sous les tables une grenouille ou une souris des champs, je me montrais toujours attentive. J'aimais apprendre. Mais, là aussi, ma grand-mère me manquait quand, le soir, je voulais montrer mon travail scolaire. Ma mère, toujours prise par l'une ou l'autre de ses tâches ménagères, n'y jetait qu'un coup d'œil distrait. Il lui paraissait plus important de nettoyer la maison ou de laver le linge.

Je me rapprochais de mes compagnes d'école. Je me liai d'amitié avec l'une d'elles, Gisèle, qui habitait dans la même rue que mon parrain Dodore. Avec la venue du printemps, les soirées étaient plus longues, le temps plus doux. Après la classe, elle venait me chercher et nous jouions ensemble, dehors, devant la maison. Nous jouions à la balle, à la *capette* – nous lancions notre balle contre un arbre tout en chantant une comptine –, à la marelle, ou encore, si une ou plusieurs de nos compagnes venaient nous rejoindre, à cache-cache, à colin-maillard ou à chat-coupé. Avec elles, je retrouvai mon insouciance d'enfant et, peu à peu, sans pourtant l'oublier complètement, je me consolai de l'absence de ma grand-mère.

Au milieu de l'été arrivèrent les vacances scolaires. Au mois d'août, notre père annonça un jour à Timothée qu'il allait commencer à travailler avec lui. La construction d'une nouvelle maison était prévue, à l'extrémité du village, et il y fallait un puits.

— Tu viendras avec moi demain, déclara mon père. Je t'expliquerai tout ce qu'il faut faire. Et tu as intérêt à te montrer à la hauteur, mon garçon ! Gontran est cloué au lit, avec une crise de rhumatismes. De toute façon, il dit qu'il est trop vieux pour travailler. Et pour toi, il est temps de commencer !

Ils partirent le lendemain matin, emmenant les outils que mon père utilisait toujours : pelles, pioches, fourche, barre à mine, burin et masse. Dans la journée, prise de curiosité, j'entraînai Gisèle jusqu'à l'endroit où ils travaillaient. Il faisait chaud. Mon père et mon frère, armés chacun d'une pelle, étaient en train de creuser un trou circulaire d'un mètre cinquante environ. Mon père tourna vers nous son visage couvert de sueur :

— Que fais-tu ici, Emmeline ? Retourne à la maison.

Habituée à obéir, je fis demi-tour, suivie de Gisèle. J'eus le temps de voir mon frère s'essuyer le front de son avant-bras, avant de se pencher de nouveau sur sa pelle. Je compris que ce travail n'était pas facile, et je m'en rendis compte davantage encore le soir et les jours suivants, car Timothée revenait à la maison avec l'intérieur des mains couvert d'ampoules qui éclataient et qui saignaient. Ma mère les lavait soigneusement, les enduisait de graisse. Mon père haussait les épaules en riant :

— Bah ! Ça va passer ! C'est le métier qui rentre, tout simplement !

Timothée ne se plaignait pas, et je ne pouvais m'empêcher de le trouver courageux.

Jour après jour, la chaleur devenait caniculaire, et le moindre mouvement nous mettait en sueur. Un après-midi, nous vîmes revenir mon père et mon frère, bien avant l'heure à laquelle ils terminaient habituellement leur travail.

— Impossible de continuer aujourd'hui, expliqua mon père. Au fond, on ne peut plus respirer. C'est tout juste si on voyait encore la flamme de la bougie. On reprendra demain à la première heure.

Pendant qu'ils se lavaient à grande eau, se débarrassant de la poussière et de la sueur, je courus jusqu'au sentier. Un treuil – une *chèvre*, disait mon père – avait été installé, ainsi qu'une poulie et une grosse corde qui permettait de descendre au fond du trou circulaire. Je m'approchai prudemment. Cela me parut très profond, et je me reculai aussitôt, saisie de crainte. N'y avait-il pas, dans les profondeurs de la terre, des gnomes malfaisants qui entraînaient les enfants désobéissants et trop curieux ? Le cœur battant, je fis demi-tour et courus sans m'arrêter jusqu'à la maison.

Je compris mieux les recommandations que ma mère répétait souvent à mon père, ainsi que ses inquiétudes quant à un accident quelconque : un éboulement soudain, l'air qui venait à se raréfier, ou encore un geste maladroit de celui qui, avec la lourde masse, tapait sur le burin que l'autre tenait. Mon père se moquait d'elle et haussait les épaules, sûr de lui. Depuis qu'il exerçait ce métier, disait-il, il n'avait plus de secret pour lui.

Au bout de trois semaines, il annonça que le travail touchait à sa fin. En effet, les parois suintaient, et, dans le fond, l'eau commençait à s'infiltrer.

— Par rapport à la chaleur qu'il fait en haut, tout en bas l'eau est glaciale. Quand on remonte, c'est bien simple, on claque des dents.

— Attention à ne pas attraper un « chaud et froid », conseilla ma mère, tout de suite alarmée. C'est dangereux.

De nouveau, mon père haussa les épaules :

— Il faut bien que l'ouvrage se fasse.

Le lendemain soir, il rentra tout grelottant. En même temps, il transpirait et semblait avoir de la fièvre. Il fut mal en point toute la soirée et, le lendemain matin, malgré ses efforts pour se lever, il fut incapable de rester debout et dut se remettre au lit. Ma mère revint dans la cuisine, inquiète, et consulta *Le Médecin des pauvres*.

— Il a la *suette*, dit-elle. Avec des frissons, des palpitations, des tremblements. Et beaucoup de fièvre.

Mon frère, incapable d'aller travailler seul, tournait

en rond. Ma mère prit la bouteille d'eau de Hongrie et entreprit de soigner mon père. Il fallait avant tout éliminer la fièvre. Elle décida de lui appliquer des sangsues, qui ne manqueraient pas d'emporter le mal.

Des voisines arrivèrent, chacune ayant un conseil à donner. Mais la fièvre ne baissait pas, et ma mère était de plus en plus inquiète. Elle ne me permettait pas d'aller au chevet de mon père. Il resta alité tout le jour, et encore le lendemain. Cela n'était jamais arrivé. Je n'avais jamais vu mon père malade.

Le surlendemain, je fus réveillée très tôt par un bruit de sanglots. Je me levai, allai dans la cuisine. Mon frère me regarda, hagard. Les sanglots provenaient de la chambre de mes parents, et j'interrogeai mon frère :

— Qu'est-ce que c'est, Timothée ? Qu'est-ce qu'il y a ?

— C'est père... me répondit-il. Il est... il est mort...

Ma mère arriva à ce moment, le visage noyé de pleurs. Elle nous aperçut, s'écria, pleine de révolte et de douleur :

— Mes pauvres enfants ! Mes pauvres enfants, vous n'avez plus de père !

Je demeurai figée, incapable de réagir. Je regardai ma mère se laisser tomber sur une chaise et se mettre à pleurer éperdument, le visage dans les mains. Je fis un pas vers elle, mais, abîmée dans sa douleur, elle ne me vit pas. Désorientée, perdue, j'allai me réfugier dans mon petit réduit et me pelotonnai dans mon lit. Recroquevillée sur moi-même, je demeurai là longtemps, écoutant, comme dans un cauchemar, les sanglots de ma mère. Je me rendis compte que je tremblais sans pouvoir m'arrêter.

Les voisines revinrent, ainsi que ma tante Léocadie, au visage plus revêche que jamais. Elles firent la toilette de mon père ; elles placèrent dehors, près de la porte d'entrée, une croix de paille nouée d'un ruban noir ; elles arrêtèrent l'horloge de la grande salle et voilèrent d'un crêpe noir les glaces et les miroirs de toute la maison. Et ce fut un défilé incessant de gens qui venaient bénir mon père, et qui, ensuite, demeuraient quelques instants dans la cuisine pour parler de lui, à voix basse, avec une mine attristée. Dans le village, tout le monde l'aimait bien. Courageux et travailleur, il n'avait jamais suscité de critiques. C'était Léocadie qui recevait les visiteurs. Ma mère, hébétée, avait un regard halluciné et transparent, et semblait se trouver en dehors du monde extérieur.

Ce défilé dura trois jours. Le dernier soir, Léocadie m'emmena dans la chambre de mes parents, où je n'allais pratiquement jamais :

— Viens dire adieu à ton père. Ensuite, tu ne le verras plus.

La pièce était plongée dans l'obscurité, à cause des volets qui avaient été fermés. Une bougie, sur la table de nuit, répandait une faible lueur tremblotante. Dans le lit, vêtu de son beau costume noir, mon père reposait, le visage blanc, les yeux clos. Il tenait entre les mains un gros chapelet, noir également. Impressionnée par son immobilité, je n'osai pas bouger. Ma tante Léocadie prit la branche de buis qui, au pied du lit, trempait dans un verre d'eau bénite.

— Tiens, me dit-elle. Fais le signe de la croix.

D'une main qui tremblait, j'obéis. En replaçant le buis dans le verre, je vis près du lit un seau rempli d'eau. J'avais entendu Céleste, notre voisine, en parler, et je savais ce qu'il signifiait : il servait à laver l'âme du défunt, avant qu'elle ne parte pour un autre monde. Je remarquai que l'eau était très claire, et je me dis que mon père n'avait pas dû commettre de péchés. À moins que son âme ne fût pas encore partie ? En chuchotant, j'osai poser la question à tante Léocadie. Elle fronça les sourcils et répondit brutalement :

— Ce sont des histoires, tout ça. L'âme n'existe pas, sinon, on la verrait. Ton père ira, comme les autres, au cimetière, dans le trou.

Ces paroles me choquèrent, et je demeurai longtemps troublée. J'en parlai, un peu plus tard, à mon parrain Dodore. Il secoua la tête avec contrariété :

— Léocadie n'aurait pas dû te parler comme ça. C'est le corps qui va au cimetière. L'âme, elle, va au ciel. C'est Monsieur le curé qui le dit, et il faut le croire. Et ce n'est pas parce qu'on ne la voit pas qu'elle n'existe pas. Tiens, prends le vent, par exemple. Lui non plus on ne le voit pas. Et pourtant, il existe, non ?

J'acquiesçai, tout à fait rassurée. Ainsi, mon père était allé rejoindre ma grand-mère au paradis. Pourtant, pensai-je, il n'était pas vieux, il n'avait même pas de cheveux blancs. J'en conclus qu'il me serait peut-être donné la possibilité d'y aller, moi aussi.

Notre mère demeura de longues semaines abattue, en proie à de soudaines crises de larmes. Les deux deuils – grand-mère Blanche d'abord, mon père ensuite – étaient trop rapprochés. Je l'entendais parfois dire à l'une ou l'autre de nos voisines que, si elle s'efforçait de continuer à vivre, c'était uniquement pour nous, ses enfants.

Paradoxalement, l'absence de mon père me fut moins cruelle que celle de ma grand-mère. Je n'avais pas avec lui la même complicité, et il avait toujours été avare de gestes de tendresse à mon égard, comme si cela le gênait. Pourtant, j'avais l'impression que notre maison avait perdu sa chaleur ; c'était dû, surtout, au fait que ma mère avait continuellement les yeux rouges et larmoyants.

Il fallut bien terminer le puits. Gontran, que ses rhumatismes faisaient moins souffrir, dut reprendre le travail, aidé de mon frère. Timothée lui-même me paraissait changé. Il demeurait sombre, ne parlait pratiquement plus. Sans doute s'inquiétait-il de son avenir, qui avait été tout tracé : travailler avec notre père. Maintenant, qu'allait-il advenir de lui ?

Avec l'automne vint le moment de l'arrachage des betteraves. Mon parrain Dodore, qui participait chaque année à cette grande opération, réussit à faire embaucher Timothée et l'emmena avec lui. Ainsi, dès le mois d'octobre, ma mère et moi, nous nous retrouvâmes seules. Ce fut une période bien triste. L'école me permettait d'échapper à l'atmosphère de désolation qui régnait dans la maison, mais, chaque soir, je retrouvais ma mère et j'avais le cœur serré en voyant son visage défait. Elle s'occupait de moi machinalement, préparait les repas, tout en donnant l'impression d'être continuellement ailleurs. Lorsque je lui parlais, elle sursautait, semblait revenir brutalement sur terre. Puis, après m'avoir répondu d'un air absent, elle repartait dans un univers dont j'étais exclue. Le soir, dans mon petit lit, j'écoutais le vent souffler et la pluie cingler nos vitres, et je me sentais malheureuse et esseulée.

Lorsque mon frère revint, j'accueillis son retour avec soulagement, car ma mère sortit de sa léthargie et s'anima un peu. Mon parrain Dodore expliqua que

Timothée avait travaillé avec courage, et que le fermier avait été content de lui.

— Il pourra recommencer l'an prochain, et cette fois, dès le mois de mai, pour le démariage. À la longue, il deviendra lui aussi un bon *bettrafieu* !

Mon frère paraissait fier d'avoir donné satisfaction. Il nous expliqua combien ce travail lui avait paru difficile, dans le froid, la boue, le brouillard ou la pluie ; d'abord arracher les betteraves à l'aide d'une lance appelée le *louchet* à betteraves ; ensuite, les ramasser à la main, deux par deux, et les cogner l'une contre l'autre pour faire tomber la terre.

— On appelait ça « faire bravo », racontait Timothée. Mais, parfois, les betteraves étaient tellement couvertes de boue que, lorsque je les cognais, elles demeuraient collées entre elles ! Et après, il fallait encore les charger dans les chariots.

— Ce n'était pas trop dur, mon garçon ? demanda ma mère.

— Si, c'était dur, mais pas plus dur que creuser un puits. Le plus pénible, pour moi, ça a été la boue. On s'y enfonçait, elle nous absorbait, il m'est même arrivé d'y perdre mes sabots. Mais ça ne fait rien ! L'année prochaine, je recommencerai. Maintenant, je fais partie des *Kimberlots* !

Ainsi appelait-on les betteraviers du Cambrésis. Mon frère redressait la tête avec fierté, et moi, je regardais ma mère qui, pour la première fois depuis l'été, s'intéressait à quelque chose, posait des questions. Elle revenait enfin parmi nous. Elle soigna les nombreuses entailles que mon frère s'était faites aux mains en les enduisant de graisse de mouton. Elle se remit à nettoyer sa maison, qu'elle avait négligée. Tout brilla de nouveau, et, un jour, j'entendis Céleste, notre voisine, constater :

— À la bonne heure, Émilie, je te retrouve !

En reprenant pied dans la réalité, ma mère s'aperçut que nos économies diminuaient et que nous n'aurions bientôt plus rien pour vivre. Un jour, je la vis compter l'argent qui restait dans la boîte en fer-blanc, l'air soucieux. À huit ans, je ne comprenais pas ce qui se passait. Mais je surpris quelques paroles qui m'intriguèrent.

Je rentrai un soir de l'école et, alors que je pénétrais dans la maison, Céleste disait à ma mère :

— Ce que tu sais faire à merveille, c'est nettoyer, faire briller, faire reluire. Si tu veux, tu peux trouver une place de bonne. Ma cousine Ginette, qui travaille à Cambrai, va bientôt arrêter. Elle se fait vieille, tu comprends. Ça fait plus de quarante ans qu'elle est dans la même maison. Elle cherche une personne qui pourrait la remplacer, parce que sa maîtresse veut bien la laisser partir, mais à condition qu'elle lui propose quelqu'un qui travaillerait aussi bien.

En me voyant, Céleste s'interrompit. Ma mère se leva, ramassa les tasses dans lesquelles elle avait versé le café, tout en répondant d'une voix brève :

— Je ne sais pas. Je vais réfléchir.

Quelques jours passèrent, et je ne pensais plus à cette conversation. Mais, un soir, après le repas, ma mère nous regarda, Timothée et moi, et déclara d'une voix bizarre, enrouée, tendue :

— Mes enfants, j'ai quelque chose à vous dire. Écoutez-moi bien.

Surpris, nous attendîmes. Ma mère avala sa salive plusieurs fois. Ses yeux se posèrent sur Timothée, puis sur moi, et se remplirent de larmes. À mots entrecoupés, elle annonça :

— Mes pauvres enfants... Nous n'avons plus d'argent. Il faut que je travaille. J'ai trouvé une place de bonne dans une maison à Cambrai.

Mon frère comprit plus vite que moi. Il fronça les sourcils :

— Alors... Nous allons déménager ? Aller habiter à Cambrai ?

Ma mère fit un signe de dénégation, l'air malheureux :

— Non. Je serai logée dans la maison où je travaillerai. Logée et nourrie. Mais moi seule. Je ne peux pas vous emmener.

D'affolement, ma gorge se serra, et je ne pus dire un mot. Ce fut mon frère qui demanda :

— Mais, mère... et moi alors ? Et Emmeline ?

— Toi, Timothée, tu iras chez Gustave. Il a besoin d'un vacher. Tu vivras chez lui, logé et nourri aussi. Après avoir été un si bon *bettrafieu*, le travail d'une ferme ne te fera pas peur ?

Ma mère lui adressa un faible sourire. Il secoua la tête, l'air abasourdi. Je retrouvai ma voix pour intervenir ?

— Et moi, maman ?

— Toi, ma petite fille, tu iras chez ton parrain. Il veut bien se charger de toi jusqu'à ce que notre situation s'améliore. Dès que je trouverai un autre travail qui nous permettra d'être réunis...

Ce fut à mon tour de retenir mes larmes. Avec un sursaut de révolte, je criai :

— Je ne veux pas ! Je ne veux pas aller chez mon parrain Dodore ! Tante Léocadie est méchante ! Je veux qu'on reste ensemble, tous les trois !

— Moi aussi, je voudrais bien, dit ma mère d'une voix brisée. Mais, pour le moment, ce n'est pas possible.

Timothée, à son tour, s'insurgea :

— Et pourquoi pas ? Je travaillerai et je gagnerai de l'argent. On se débrouillera.

Ma mère, de nouveau, hocha négativement la tête :

— Ce ne sera pas suffisant, mon garçon. Nous n'avons jamais été riches, mais je ne veux pas, maintenant, faire partie de ces malheureux sans le sou qui attendent le *bon verdi*.

Elle faisait allusion au fait que, chaque vendredi, avait lieu une distribution de denrées et de vêtements que les personnes les plus aisées du village allaient porter à la mairie à cette intention.

— Nous ne sommes pas pauvres au point de demander l'aumône, continua-t-elle. Je peux travailler ; nettoyer une maison, ça me connaît. Toi, Timothée, tu as l'âge d'être placé. Quant à toi, Emmeline, prends patience. Dès que je le pourrai, nous serons de nouveau ensemble, je te le promets.

Malgré les sanglots qui gonflaient ma poitrine, je réussis à ne pas pleurer. Mon frère lui-même ne dit plus rien. Soulagée de notre silence, qui n'était plus qu'une acceptation résignée de notre sort, ma mère conclut :

— Pour le moment, nous sommes encore ensemble. Je ne commencerai à travailler qu'après la nouvelle année. Toi aussi, Timothée.

Je calculai qu'il nous restait à peine un mois avant d'être séparés. Silencieuse et contrariée, j'allai me coucher le cœur lourd. Outre le fait de devoir vivre loin de ma mère, j'appréhendais de me retrouver chez mon parrain Dodore. Ce n'était pas lui que je craignais ; lui, il était bon, et je l'aimais bien. C'était ma tante Léocadie qui me faisait peur.

Chaque soir, ma mère me couchait, m'embrassait, me bordait. Si elle se trouvait loin de moi, elle ne pourrait plus le faire. Je n'imaginais pas tante Léocadie s'occuper de moi avec tendresse. Je souhaitai ardemment que la fin de l'année n'arrivât jamais.

Mais les jours passèrent, et ce fut Noël. Je pensai que, l'année précédente, à la même époque, ma grand-mère et mon père étaient encore avec nous. Nous avions mangé des *patacons*[1], des noix, et l'indispensable *queniou* – la coquille[2] dont je raffolais – avant de nous rendre ensemble à la messe de minuit.

Cette année, nous n'étions plus que trois. En invoquant notre deuil, ma mère décréta que nous ne ferions pas de fête. Désolée, je pris malgré tout mes chaussures du dimanche et les posai près de la cheminée. À mon frère qui m'observait d'un air sombre, je dis :

— C'est pour le Père Noël. Il va me *passer*[3] quelque chose, n'est-ce pas ? Il le fait pour tous les enfants sages.

Timothée haussa les épaules et eut une sorte de ricanement. Je le regardai, intriguée.

— Tu es assez grande pour savoir la vérité, déclara-t-il abruptement. Le Père Noël, il n'existe pas. C'était mémère Blanche qui mettait le Jésus en sucre et l'orange dans tes souliers.

Surprise, je ne sus que répondre. Je crus d'abord que mon frère mentait, et j'eus envie de protester. Mais ma mère intervint :

— Voyons, Timothée, il ne fallait pas le lui dire.

— Et pourquoi pas ? grommela mon frère. Elle l'aurait bien su un jour ou l'autre.

Je les regardai tour à tour, et je compris que Timothée

---

1. Rondelles de pommes de terre cuites sur le couvercle du poêle.
2. Brioche de forme spéciale et allongée, fabriquée uniquement pour Noël.
3. M'apporter.

avait dit la vérité. Avec une amère déception, prête à pleurer, je repris mes belles chaussures et j'allai les ranger. Après avoir perdu ma grand-mère et mon père, je perdis cette année-là ma croyance à un Père Noël qui, pendant la nuit, apportait des cadeaux aux enfants endormis.

3

Le jour de la nouvelle année avait toujours été pour moi une occasion de me réjouir. Aussi loin que remontaient mes souvenirs, ma mère suspendait au-dessus de la porte d'entrée une branche de gui. Elle nous habillait chaudement, Timothée et moi, et nous partions *cacher notre bonan*, ce qui signifiait que, comme tous les enfants du village, nous allions présenter nos vœux aux gens que nous connaissions bien. Nous leur disions la formule rituelle « Bonne année, bonne santé ». Après avoir répondu « À toi pareillement », les femmes nous embrassaient, nous donnaient quelques sous ou une *entrenne*. C'était une galette plate qui ressemblait à une gaufrette, réservée spécialement au mois de janvier et au Nouvel An. Ma mère en préparait toujours, elle aussi, pour en offrir aux enfants qui venaient l'« étrenner ».

Pour la première fois depuis ma naissance, il n'y eut pas de gui au-dessus de la porte. Ma mère nous envoya quand même, Timothée et moi, présenter nos vœux, mais nous le fîmes sans plaisir. Nous ne pensions qu'à notre séparation toute proche. Pendant ce temps, notre mère s'activa à terminer ses préparatifs. Elle fit un ballot de mes vêtements et de mon linge, puis un autre pour Timothée. Vers la fin de l'après-midi, elle s'adressa à nous d'une voix sourde :

— Je dois partir demain matin très tôt. Nous allons nous quitter ce soir. Toi, Timothée, tu peux aller chez Gustave. Il t'attend. Et toi, Emmeline, je vais te conduire chez ton parrain.

Je me mis à pleurer et, dans un élan que je ne pus réprimer, je me jetai contre ma mère. Elle me serra dans ses bras, et je la sentis trembler. Je demeurai ainsi un long moment, accrochée à elle, refusant de la lâcher. Ce fut elle qui me repoussa doucement, et, avant qu'elle ne détourne la tête, je vis les larmes qui perlaient sur ses cils. J'eus un instant d'incompréhension : si elle avait de la peine, elle aussi, pourquoi se séparait-elle de nous ?

— Ça ne durera pas longtemps, assura-t-elle de la même voix étouffée. Nous serons bientôt réunis.

Cette promesse me fit ravaler mes sanglots. Mon frère, sans un mot, prenait son baluchon. Seuls son regard douloureux et ses lèvres qui frémissaient trahissaient son chagrin. Il se tourna vers nous :

— Eh bien... j'y vais. Au revoir, mère. Au revoir, Emmeline.

Il vint vers notre mère et, tandis qu'elle le prenait dans ses bras, je m'aperçus qu'il était plus grand qu'elle. Elle l'embrassa plusieurs fois, puis murmura :

— Va, mon garçon. Et conduis-toi bien.

Timothée se pencha vers moi et posa un baiser sur mes cheveux :

— On se verra encore, Emmeline, puisqu'on reste dans le même village.

Je hochai la tête sans répondre. Il se détourna et, le dos raide, ouvrit la porte et s'en alla sans se retourner. Ma mère prit son mouchoir, se moucha et s'essuya les yeux.

— Habille-toi, Emmeline. Nous partons.

Elle prit mon ballot de linge et nous sortîmes. Il faisait froid et les rues étaient déjà obscures. Je serrais la main de ma mère et je marchais près d'elle, silencieuse, le corps et le cœur glacés. Nous passions devant des maisons aux volets clos, dans lesquelles des familles continuaient à vivre, unies et heureuses. Elles fêtaient la nouvelle année, l'accueillaient avec espoir et bonheur. Pour nous, elle n'apportait que tristesse. Tout au fond de moi, un profond sentiment d'injustice s'agita et chassa un instant la peine que j'éprouvais.

Chez mon parrain, ma mère frappa et entra. Mon parrain Dodore, près du feu, fumait sa pipe. Ma tante Léocadie était occupée à envelopper, dans un torchon, plusieurs *entrennes*.

— C'est pour toi, Émilie, dit-elle à ma mère. Tu les emmèneras demain.

Nous leur avions souhaité la bonne année le matin même, et nous avions eu droit, Timothée et moi, à une galette chacun. Ma mère parut touchée de son geste :

— Merci, Léocadie. Quoique... j'ai plutôt l'appétit coupé en ce moment... ajouta-t-elle avec un pauvre sourire.

Mon parrain me tendit les bras :

— Enlève ta pèlerine, mon enfant, et viens ici. Tu auras *bon temps*, près du feu. Tu as l'air gelée.

J'obéis sans me faire prier, et grimpai sur les genoux de mon parrain. La placidité avec laquelle il fumait sa pipe, jointe à la chaleur du poêle, parvint à me détendre. Je me sentis un peu moins malheureuse.

Ma mère, assise à la table avec Léocadie, avait accepté une tasse de café. Tout en buvant, elle écoutait sa cousine parler, et ne me quittait pas des yeux. Lorsqu'elle reposa sa tasse et se leva, je vis sur son visage une expression d'égarement. Mon parrain affirma d'une voix forte :

— Vous pouvez partir tranquille, Émilie. Votre petite sera bien, ici. Nous saurons prendre soin d'elle. Pas vrai, Léocadie ?

Ma tante fit un bref signe d'acquiescement, les lèvres serrées. Ma mère se pencha vers moi, toujours assise sur les genoux de mon parrain.

— Merci, Isidore, dit-elle. Et toi, Emmeline, sois bien sage, hein ? Je viendrai te voir bientôt. J'aurai un dimanche de liberté de temps en temps.

Elle prit mon visage entre ses mains et m'embrassa très fort. J'eus envie de jeter mes bras autour de son cou et de la retenir, mais le regard de Léocadie, que je surpris au même instant, me retint. Ma mère se releva, les yeux pleins de larmes :

— À bientôt, balbutia-t-elle de nouveau. Sois bien sage en attendant.

Elle remercia encore mon parrain et sa femme, et, arrivée à la porte, se retourna une dernière fois :

— À bientôt, ma petite fille, répéta-t-elle comme une promesse.

Et puis elle ne fut plus là. J'eus l'impression insupportable d'être subitement abandonnée. Je fis un mouvement pour courir derrière elle, la rattraper, la supplier de ne pas me laisser. Mais mon parrain, comme s'il avait prévu ma réaction, resserra ses bras autour de moi et tenta une diversion :

— Tu n'as pas vu où j'ai installé ton lit ? Je vais te montrer. C'était la chambre où je dormais quand j'étais petit. Elle n'est pas bien grande mais, le matin, c'est le soleil qui te réveillera... Quand il y en aura, bien sûr ! conclut-il avec un bon rire.

Il se leva, m'emmena dans une petite pièce, située à

côté de la chambre. Je la trouvai agréable. Les murs blanchis à la chaux la rendaient claire, et elle était un peu plus grande que le réduit où j'avais dormi jusqu'alors.

— Ça va ? Ça te plaît ? demanda mon parrain.

Je fis un signe d'acquiescement. Il parut satisfait mais, par la porte restée entrouverte, je surpris de nouveau tante Léocadie qui me fixait d'un regard noir. Je ne compris pas. Comment aurais-je pu deviner qu'elle m'en voulait d'occuper une chambre que, dès le début de son mariage, elle avait prévue pour l'enfant qu'elle espérait avoir ?...

La maison de mon parrain comprenait trois pièces – une grande cuisine et deux chambres – et un sous-sol. C'était dans ce sous-sol que se trouvait son métier à tisser, et il devait travailler de douze à quatorze heures par jour pour gagner deux francs. Il commençait très tôt le matin et finissait tard le soir.

De son côté, ma tante Léocadie avait, elle aussi, son *ouvrache*, comme elle disait. Pour améliorer l'état de ses finances, elle ourlait des mouchoirs pour une entreprise de tissage de Cambrai. Cette entreprise confiait à une « distributrice » le soin de répartir le travail parmi des ouvrières appelées *roulotteuses*. Ma tante se vantait d'être l'une des meilleures. Je l'avais déjà vue, assise près de la fenêtre, le pied posé sur le barreau d'une chaise, penchée sur le mouchoir qu'elle avait fixé sur son genou. L'aiguille qu'elle tenait piquait le tissu et avançait avec une célérité remarquable. Ma tante était payée au nombre de mouchoirs qu'elle rendait à la distributrice, et je découvris dès le premier jour qu'elle comptait utiliser ma présence pour augmenter sa production.

Ce premier matin, je venais de me lever et, à peine habillée, encore ahurie par le brutal changement, alors que je lui souhaitais le bonjour, ma tante déclara :

— Puisque tu es ici, Emmeline, tu vas te rendre utile. Tu balaieras, tu feras la vaisselle, tu nettoieras partout. Moi, j'ai mon roulottage. À cause de ça, je ne pouvais jamais avoir une maison aussi propre que celle de ta mère. Elle, elle passait son temps à nettoyer, elle n'avait que ça à faire ! Eh bien, à partir d'aujourd'hui, c'est toi qui vas tout astiquer ! Et pour commencer, va chercher le lait *à mo deul'tiote borgnette*.

C'était ainsi que l'on appelait, dans le village, la maison de l'une des fermières, Yvette, dont la grand-mère avait été borgne. Ma tante me mit une casserole dans les mains et, après avoir revêtu ma pèlerine, je m'en allai chercher le lait.

Il faisait encore noir. Je marchai à pas pressés, peu rassurée. Je passai devant une prairie plantée d'arbres, et ceux-ci, dans l'obscurité, étalaient leurs branches qui ressemblaient à des griffes prêtes à me saisir. Je repensai subitement aux loups-garous et aux créatures étranges qui, la nuit, s'emparaient des enfants. Mon cœur se mit à battre plus vite, d'affolement, de frayeur. J'accélérai mon allure, m'efforçant de ne pas regarder les arbres fantomatiques.

Mais, un peu plus loin, je dus longer le cimetière. Près de la grille, l'une des pierres tombales était surmontée d'une croix qui me parut immense. Elle se détachait contre le ciel, noire, impressionnante, sinistre. Un cri de peur s'étrangla dans ma gorge. Je me mis à courir vers la ferme d'Yvette qui se trouvait un peu plus loin et dont j'apercevais la lumière. J'y arrivai, tremblante et essoufflée.

— Eh bien, eh bien ! me dit Yvette. Pourquoi te précipiter comme si tu avais le diable après toi ? Calme-toi, voyons !

Je n'osai pas lui parler de mes frayeurs. Elle me regarda avec commisération. Comme tout le monde dans le village, elle savait que ma mère était partie travailler à Cambrai et que j'allais vivre dorénavant chez mon parrain. Elle mesura une pinte de lait, la versa dans la casserole, qu'elle me tendit :

— Tiens ! Et ne va pas si vite en repartant ! Sinon tu renverseras du lait et Léocadie ne sera pas contente.

Je remerciai et fis le chemin du retour plus posément, mais j'avais toujours aussi peur. Je tenais la casserole à deux mains et m'obligeais à la fixer, afin de vérifier que je ne renversais rien. Et puis, ainsi, je ne regardais pas ailleurs, et je ne voyais ni les arbres ni la grande croix. Mais je les savais là, menaçants, et je tremblais malgré moi.

Ce fut là ma première tâche de la journée. Et elle se répéta tous les matins. Les jours se déroulèrent, identiques à eux-mêmes : après le petit déjeuner, mon parrain descendait dans sa cave pour travailler. Ma tante prenait sa pile de mouchoirs et s'installait. Elle m'ordonnait de laver les bols, de frotter la table, de balayer la cuisine et les chambres, de refaire les lits, d'éplucher les pommes de terre ou les légumes pour le repas du midi, et d'aller donner du grain aux poules que mon parrain élevait dans un coin du jardin. Je devais m'acquitter de toutes ces tâches avant d'aller à l'école. Avec, en plus, les menaces de ma tante :

— Attention au travail bâclé ! Je vérifierai tout, et si ce n'est pas bien fait, gare à toi !

J'accueillais avec soulagement l'heure de l'école. J'y retrouvais mes compagnes et mon amie Gisèle, ainsi que mon insouciance d'enfant. Mais, à midi, la cloche sonnait, et je devais rentrer, mettre le couvert, puis, après le repas, débarrasser la table, l'essuyer, balayer le sol, laver la vaisselle et la ranger dans le buffet. Ma tante me trouvait toujours une corvée supplémentaire, comme si elle prenait un malin plaisir à me garder le plus longtemps possible, afin que j'arrive à l'école en retard. Elle ne me laissait partir qu'à la dernière limite, une minute ou deux avant l'heure, et je devais courir tout le long du chemin pour arriver avant la sonnerie de la cloche.

Par contre, lorsque cette même cloche annonçait la sortie, le soir, je ne me pressais pas, contrairement aux autres enfants qui se bousculaient, impatients de rentrer chez eux. Je pensais parfois avec une nostalgie douloureuse au temps où nous vivions encore tous ensemble, avec grand-mère Blanche, et au plaisir que j'éprouvais de lui montrer, chaque jour, mon travail scolaire. Au lieu de cela, maintenant, dès que je poussais la porte de la maison, je retrouvais tante Léocadie et son humeur acariâtre.

Mon parrain Dodore était toute la journée dans le sous-sol, et je ne le voyais qu'au moment des repas, que nous prenions ensemble, et le matin, avant de me rendre à l'école. Ma tante versait du café dans une tasse et me la tendait :

— Tiens, va porter ça à Isidore. Et fais attention, ne renverse pas, sinon, gare à toi !

Ses ordres étaient toujours ponctués de menaces se terminant par « gare à toi ». Je m'y habituais difficilement. Je prenais la tasse de café et, avec précaution, je descendais les marches menant à la cave. Le bruit du métier m'accueillait, et je m'approchais, heureuse de me trouver pendant un instant avec mon parrain qui, lui, était toujours gentil.

Comme le jour était levé, il avait éteint la lampe et fait pivoter le volet mobile, qu'il appelait *blocure* et qui recouvrait la verrière. Assis devant son *otil* placé là où il y avait le maximum de clarté, il travaillait. Lorsque j'arrivais, il s'arrêtait, se tournait vers moi avec un bon sourire :

— Voilà ma petite Emmeline qui m'apporte du café ! Merci, mon enfant.

Il me prenait la tasse des mains et buvait lentement, « à la sucette », en laissant fondre dans sa bouche la « tablette » qu'il préférait au sucre. Puis il me rendait la tasse avec un soupir satisfait :

— Ah, ça fait du bien, cette petite pause ! Tu t'en vas à l'école, maintenant ? À tout à l'heure, mon enfant.

Contrairement à ma tante, il s'intéressait à mon travail scolaire et, le soir, vérifiait mes devoirs. J'aurais voulu prolonger les rares moments où je me trouvais avec lui. L'après-midi, dès mon retour de l'école, tante Léocadie m'envoyait lui porter une autre tasse de café, du *récauffé*, car, disait-elle, elle n'avait pas les moyens de faire du *fraîch'café* à chaque fois. J'avais découvert que, dans son café, il y avait davantage de chicorée, et je compris vite que ce dernier produit était beaucoup moins cher.

Peu désireuse d'aller retrouver ma tante, je demeurais auprès de mon parrain. Il me rendait la tasse vide, puis se remettait à travailler, pour ne pas perdre un instant.

— Le temps, c'est de l'argent, disait-il.

Je m'asseyais sur le sol de terre battue, et je le

regardais. L'humidité et le froid de la cave ne me rebutaient pas, ni le bruit du métier. Je les préférais au caractère désagréable de ma tante. J'admirais l'habileté de mon parrain, sa patience, son savoir-faire. Je l'observais tandis qu'il encollait les fils afin de leur donner une bonne résistance pour un meilleur résultat. J'étais intriguée par le « quart-de-pouce », la loupe qui lui servait de compte-fils. Je demeurais là sans bouger, essayant de me faire oublier. Mais, bientôt, arrivait, de la cuisine, l'appel que j'appréhendais :

— Alors, Emmeline, qu'est-ce que tu fais ? Viens ici, j'ai besoin de toi.

Avec un soupir, je m'en allais retrouver ma tante, sachant qu'il me faudrait être seule avec elle jusqu'à l'heure du souper[1]. À ce moment-là, enfin, mon parrain arrêtait de travailler. Il venait nous rejoindre et, en sa présence, ma tante se montrait moins désagréable. Après le repas, il s'asseyait près du feu, me prenait sur ses genoux, regardait mon travail scolaire et me faisait réciter mes leçons. La gentillesse avec laquelle il s'intéressait à moi me réconfortait, et je me sentais protégée de l'inimitié de ma tante.

Au fur et à mesure que les jours passaient, je prenais conscience du fait qu'elle ne m'aimait pas. Elle n'avait jamais pour moi un mot gentil ni une parole d'encouragement. Au contraire, elle ne m'adressait que des reproches ou des menaces. Elle ne me supportait que pour lui servir de bonne à tout faire.

Le premier samedi, elle prépara, pour mon bain, le cuveau de bois qui servait aussi à laver le linge. Ce fut

1. Repas du soir.

moi qui dus le remplir, et je fis plusieurs allers et retours du puits à la maison, courbée sous le poids des seaux.

Ma tante ajouta de l'eau chaude, me donna le savon et du linge propre apporté par ma mère, et m'ordonna de me laver.

— Fais attention à ne pas gaspiller le savon ! Et n'éclabousse pas *tout partout* !

C'était la première fois que je devais me laver seule. Jusqu'alors, ma mère s'était toujours occupée de mon bain. Sous le regard sévère de ma tante, qui m'observait tout en roulottant ses mouchoirs, je me savonnai et me rinçai maladroitement, puis je sortis du chaudron et je m'essuyai. Avant d'enfiler ma chemise propre, je fis ce que m'avait appris ma mère : un signe de croix.

Ma tante arrêta la course de son aiguille et gronda :

— Qu'est-ce que tu viens de faire ?

Interdite, ma chemise à la main, je balbutiai :

— Mais... c'est... au nom du Père... C'est maman qui...

Elle me coupa, péremptoire :

— Je ne veux pas voir ça chez moi. Je t'interdis de faire ça, tu entends ? Je te l'interdis.

J'eus peur de sa colère et, prête à pleurer, j'acquiesçai en tremblant. Je terminai de m'habiller, craignant de mal agir dès que je faisais un geste.

— Et je ne veux pas t'entendre parler des bêtises que tu apprends au catéchisme, reprit ma tante. Ta mère veut que tu y ailles, ça la regarde. Mais je n'ai rien à y voir. Compris ?

De nouveau, je fis un signe d'acquiescement. Je me souvenais d'avoir entendu ma mère et grand-mère Blanche parler du rejet de Léocadie envers la religion. Je n'y avais pas fait attention, mais, depuis que je vivais chez elle, je remarquai qu'il n'y avait pas de crucifix dans sa maison. Alors que, chez nous, ma mère me faisait agenouiller devant celui qui se trouvait à la tête de mon lit, le soir, juste avant de me coucher.

— Viens faire ta prière au petit Jésus, me disait-elle.

Je me rappelais aussi que mes parents, ainsi que ma grand-mère, lorsqu'ils entamaient un pain, avaient l'habitude de toujours tracer, sous celui-ci, de la pointe du couteau, un signe de croix. Ce que ne faisait jamais ma tante.

Je ne pouvais que lui obéir. Mais, ce soir-là, avant de m'endormir, seule dans mon petit lit, je joignis les mains et j'adressai au petit Jésus la prière que ma mère m'avait apprise. Je décidai que je la réciterais sans faute tous les soirs. Ce serait un secret entre Lui et moi, et ma tante n'en saurait rien.

Les jours où il n'y avait pas d'école, ma tante me noyait sous les tâches ménagères. Elle en profitait pour faire son travail de roulottage et augmenter le nombre de ses mouchoirs : de trois douzaines par jour, elle voulait passer à quatre douzaines. Je n'étais plus qu'une servante, et mon parrain Dodore, qui travaillait dans son sous-sol toute la journée, ne s'apercevait de rien.

Lorsqu'elle n'avait plus de corvée à me donner, comme elle supportait difficilement ma présence, elle m'envoyait jouer avec Gisèle. C'étaient pour moi des moments agréables, presque heureux. Comme nous étions en janvier, et qu'il faisait trop froid pour jouer dehors, Gisèle m'accueillait chez elle. J'aimais le foyer chaleureux où elle vivait, avec ses parents et son frère, dans une famille aimante, comme celle que je possédais il n'y avait pas si longtemps. Pour notre goûter, sa mère nous donnait une tartine et une tablette, et elle me parlait toujours avec gentillesse. Aussi, à la fin de l'après-midi, je repartais en soupirant, partagée entre le regret de quitter leur maison et l'appréhension de retrouver ma tante.

4

Une dizaine de jours environ après mon arrivée chez mon parrain, ma mère m'écrivit. Elle annonçait sa visite pour le dimanche suivant, sa patronne lui ayant donné sa journée. Elle terminait sa courte lettre en espérant que je me portais bien, et en me recommandant d'être sage et obéissante.

Sa prochaine venue me remplit d'excitation. Je me mis à sauter de joie. Ma tante s'empressa de refroidir mon enthousiasme :

— Tiens-toi tranquille ! Tu as lu la lettre de ta mère ? Elle te dit d'être sage. Si tu veux te remuer, prends le *ramon* [1] et va balayer les chambres.

J'obéis, résignée. Je me retrouvais toujours avec une corvée à faire. Ma tante s'occupait uniquement de la préparation des repas et du feu qu'elle allumait le matin, ayant compris que j'étais trop jeune pour me charger de ces deux tâches. Mais c'était moi qui faisais tout le reste. J'allais même jusqu'à chercher le charbon dans l'appentis, à l'arrière de la maison, et je revenais avec le seau rempli et si lourd que je pouvais à peine le porter.

Un jour, mon parrain Dodore m'aperçut, pliée en

1. Balai.

deux, ahanant sous l'effort. Il me prit le seau des mains et sermonna sa femme :

— Voyons, Léocadie, cette enfant est trop petite pour porter ça ! Si tu ne veux pas y aller toi-même, dis-le-moi, je le ferai !

Devant son mari, ma tante ne répliqua rien, mais, par la suite, elle m'envoya chercher le charbon pendant que mon parrain travaillait dans sa cave. Et moi, je n'osais pas désobéir ni aller me plaindre à lui.

Pourtant, toutes ces tâches auraient été supportables sans l'inimitié de ma tante. Elle critiquait sans cesse le résultat de mes efforts, au lieu de m'encourager. Je n'avais que huit ans, et elle aurait voulu que je travaille aussi bien qu'une adulte. Un jour, elle me fit laver toutes les vitres de la maison. Je m'appliquai du mieux que je pus, mais ma tante ne fut pas satisfaite :

— Tu as laissé des traces, constata-t-elle en observant attentivement chaque fenêtre. Efface-les jusqu'à ce que tout brille parfaitement !

Elle me tendit un chiffon sec et je dus recommencer, prête à pleurer.

Le lendemain, elle me fit épousseter les meubles. Tandis que, dans sa chambre, j'essuyais le dessus de la table de nuit, je fis par mégarde tomber la soucoupe contenant la bougie. Ma tante qui, dans la cuisine, préparait le repas, arriva aussitôt :

— Qu'est-ce qui se passe ? Qu'est-ce que tu as fait ?

Immobile et tremblante, le chiffon à la main, je n'osai pas répondre. Ma tante ramassa la soucoupe qui, heureusement, n'était pas cassée, et m'apostropha, furieuse :

— Tiens, voilà pour t'apprendre à faire attention, espèce de maladroite !

Et, de sa main sèche, elle me donna plusieurs coups sur la tête. Je demeurai quelques secondes interdite. Puis je me mis à pleurer. Personne, jamais, ne m'avait frappée. Mes parents m'avaient appris à obéir sans lever la main sur moi. Et grand-mère Blanche, qui n'était que tendresse, ne m'avait donné que des caresses. Mais mes pleurs irritèrent ma tante. Elle me secoua le bras :

— Pas de pleurnicheries, en plus ! Je ne peux pas supporter ça ! Tais-toi, tu entends ? Tais-toi ! reprit-elle plus fort en me secouant de plus belle.

Apeurée, je ravalai mes larmes et m'efforçai de me calmer.

— Et n'en profite pas pour faire la paresseuse, continua ma tante. Finis d'épousseter. Et ne laisse pas de poussière, sinon, gare à toi ! Je viendrai tout vérifier.

J'obéis, serrant les lèvres pour retenir mes sanglots. Malgré mes mains qui tremblaient, je m'appliquai, afin de ne pas mécontenter davantage ma tante. Elle vérifia tout, et ne fit aucun commentaire. J'en fus soulagée. Cela signifiait que mon travail était satisfaisant.

Le dimanche suivant, ma mère n'arriva qu'en début d'après-midi, alors que je trépignais d'impatience. Lorsqu'elle ouvrit la porte et que je la vis, dans les vêtements de deuil qu'elle portait depuis la mort de mon père, d'un seul élan je me jetai dans ses bras. Elle se pencha, me serra contre elle, si fort que je sentis son cœur battre contre le mien. Elle me garda ainsi un long moment et je l'entendis murmurer :

— Emmeline... ma petite fille...

Enfin, elle se releva, ôta son chapeau, sourit à ma tante et à mon parrain qui, près du feu, fumait sa pipe.

— Bonjour, Léocadie. Bonjour, Isidore. J'espère que vous allez bien.

Elle se dirigea vers eux, les embrassa. Ma tante lui proposa d'enlever son manteau, lui avança une chaise :

— Asseyez-vous, Émilie. J'ai fait du *fraîch'café* en l'honneur de votre venue. Buvez-en une bonne tasse, ça vous réchauffera.

Ma mère s'assit, et je me blottis contre elle. Elle me prit sur ses genoux, me caressa les cheveux :

— Comment vas-tu, Emmeline ? Tu es sage ?

Le regard de ma tante se fit sévère, et je n'osai pas répondre. Ce fut mon parrain qui opina de la tête :

— Ça, pour être sage, elle est sage ! On ne l'entend quasiment pas. Et puis, quand elle n'est pas à l'école, elle aide Léocadie dans la maison. Hein, Léocadie ?

Ma tante, occupée à verser le café, fit un bref signe d'acquiescement. Ma mère me félicita :

— C'est bien, ma petite fille. C'est bien.

Je demeurais sur ses genoux, immobile, retrouvant avec bonheur sa présence, sa tendresse, son affection. Elle parlait à Léocadie de son travail, de sa patronne qui était satisfaite, lui demandait des nouvelles du village, des voisins et des amis qu'elle avait quittés. J'écoutais à peine. Je me serrais contre elle, souhaitant rester là toujours.

Avant de boire son café, elle trempa dans sa tasse une tablette qu'elle me tendit. Ce geste, qu'elle faisait quelquefois, dans notre vie d'avant, avait toujours eu lieu pour marquer une fête, ou une récompense. Émue, je compris que, comme moi, elle considérait le fait de nous revoir comme une fête. Je pris la tablette en remerciant, et je la laissai fondre dans ma bouche, sans la croquer, afin de la savourer le plus longtemps possible.

Puis, après avoir discuté un moment, ma mère se leva :

— Je vais *à mo*[1] Gustave, voir Timothée. Tu viens avec moi, Emmeline ?

J'acceptai immédiatement. Dehors, dès que nous fûmes seules, ma mère m'interrogea de nouveau :

— Ça va, Emmeline ? Isidore et Léocadie sont gentils avec toi ? Et toi, tu leur obéis toujours bien ?

J'eus un instant d'hésitation. Je faillis me plaindre, avouer que ma tante était revêche, peu agréable, et dire qu'elle m'avait frappée quelques jours auparavant. Mais, en levant les yeux vers ma mère, je vis son expression inquiète, et je ne voulus pas l'attrister. Je répondis affirmativement à la question, et je mentionnai simplement le fait que ma tante m'empêchait de faire le signe de croix avant de mettre ma chemise propre.

Ma mère hocha la tête avec désapprobation :

— C'est vrai, elle n'aime pas la religion. Tant pis, ne la contrarie pas. Attends d'être dans ta chambre et fais le signe de croix avant de te coucher.

J'avouai que c'était ce que j'avais fait. Ma mère serra ma main qu'elle tenait dans la sienne, et m'approuva :

— C'est bien, Emmeline.

Je fus contente d'entendre ces simples mots, que jamais ma tante ne prononçait. Nous étions arrivées à la ferme de Gustave, et nous entrâmes dans la cour. Le chien sortit de sa niche et aboya. La porte s'ouvrit et, dans l'encadrement, mon frère apparut.

— Timothée, mon garçon ! s'écria ma mère.

Ils se retrouvèrent dans les bras l'un de l'autre. Je les

1. Chez.

regardais, émue de les voir s'aimer si fort et être si heureux de se retrouver.

— Allons, allons, entrez ! dit la voix bourrue de Gustave. Vous n'allez pas rester là à vous geler !

Ma mère obéit en souriant. Dans la cuisine, Rose, la femme de Gustave, nous accueillit chaleureusement, nous fit asseoir, proposa elle aussi du café. Ma mère regardait mon frère, satisfaite de constater sa bonne mine.

— Ça va, mon garçon ? Dites-moi, Gustave, si vous êtes content de lui.

— Ça oui, répondit Gustave sans hésiter. Toujours prêt à travailler. Il ne rechigne jamais. Il apprend vite, et il est courageux.

Je ne pus m'empêcher d'envier Timothée qui, lui, recevait des compliments. Rose découpait un *racouvert*[1], qu'elle avait fait spécialement pour l'occasion, et lui en tendait un large morceau, avec un sourire affectueux que jamais je ne voyais sur le visage de ma tante. Je me sentis le cœur lourd. Je mangeai ma part de pâtisserie et la trouvai délicieuse. Ma tante n'en faisait jamais. Elle ne pensait qu'à son travail de roulotteuse – ourler le plus possible de mouchoirs pour gagner le plus possible d'argent – et confectionnait des repas rapides et sommaires.

Rose donna elle aussi à ma mère les dernières nouvelles du village, et elles bavardèrent quelques instants. Et puis, avec un soupir, ma mère se leva.

— Il faut que je m'en aille. Je dois être rentrée ce soir.

---

1. Sorte de grand chausson aux pommes : après avoir disposé la pâte dans une tourtière, on la garnit de tranches de pommes que l'on saupoudre de sucre et que l'on recouvre d'une autre épaisseur de pâte.

Elle fit ses adieux, remercia de nouveau Rose et Gustave, serra son fils dans ses bras, le tenant étroitement embrassé :

— À bientôt, mon garçon. Sois brave et courageux.

Mon frère hocha la tête affirmativement, et je le vis déglutir plusieurs fois, comme s'il était prêt à pleurer. Ma mère se détourna, me prit la main et m'entraîna.

— Au revoir, au revoir, répéta-t-elle.

Dans la cour, je me retournai. Timothée, debout sur le seuil, nous regardait partir. Derrière lui, Rose et Gustave se tenaient immobiles. Mon frère cria quelque chose qui fut couvert par les aboiements du chien, et que je ne compris pas. Ma mère, comme si elle avait peur de perdre son courage, continua à avancer en regardant droit devant elle.

Elle marchait rapidement, et je vis qu'elle prenait la direction du cimetière. La grille était ouverte, et, en pénétrant dans l'allée, je lançai un coup d'œil à la grande croix qui m'effrayait tant, le matin, lorsque je passais pour aller chercher le lait. Cette fois-ci, grâce à la présence de ma mère, je n'eus pas peur. Au bout de l'allée se trouvait la tombe où avaient été enterrés mon père et ma grand-mère. Ma mère se recueillit. Malheureuse, je n'osais rien dire. Au bout d'un moment, j'eus froid, et je me dandinai d'un pied sur l'autre.

— Dis ta prière au petit Jésus, souffla ma mère.

J'obéis, mais je n'en ressentis aucun réconfort. Pourtant, monsieur le curé, au catéchisme, nous disait que les prières chassaient la tristesse et apportaient la consolation. Ma mère, enfin, fit un signe de croix, s'essuya les yeux et, avec un nouveau soupir, me prit la main :

— Viens, Emmeline. Partons.

Nous sortîmes du cimetière. Tandis que nous

marchions, silencieuses, je voyais se rapprocher la maison de mon parrain, et je pensais que ma mère allait m'y laisser. Une sorte d'angoisse me saisit. Je demandai, d'une voix suppliante :

— Mère... est-ce que je pourrais repartir avec vous ?

Elle baissa sur moi un regard désolé :

— Non, ce n'est pas possible. Pas pour le moment.

— Quand, alors ? insistai-je, le cœur battant d'espoir.

— Je ne sais pas encore. Bientôt, j'espère. Il faut que je nous trouve un logement. Mais madame Desmondes, ma patronne, préfère que je loge sur place. Alors... je vais voir... je vais lui en parler... En attendant, sois bien sage, Emmeline. Ce ne sera pas très long.

Je dus me contenter de cette promesse. Je rentrai avec réticence dans la maison de mon parrain et, lorsque ma mère s'en alla, j'eus envie de m'accrocher à elle et de la retenir. Je dus faire un immense effort pour la laisser partir. Après son départ, la maison me parut vide, froide, hostile, et mes larmes redoublèrent.

— Tu vas arrêter, oui ? gronda ma tante. Elle reviendra, ta mère !

— Voyons, Léocadie, intervint mon parrain. Cette enfant voit partir sa mère, elle est triste, c'est normal. Viens, Emmeline, viens ici.

Il me tendit les bras. J'allai me réfugier sur ses genoux. Il me prit contre lui et, pour me distraire, me raconta comment, alors qu'il était enfant, il s'amusait, avec ses camarades, à attraper des *hurions* [1], qu'ensuite ils jetaient sur les filles. Ou alors, ils allaient « à la maraude », voler des fruits dans les vergers. Un jour, un fermier avait failli l'attraper, et mon parrain lui avait échappé de justesse.

1. Hannetons.

— Bien sûr, après, il est venu trouver mon père, et j'ai eu droit à une bonne fessée ! conclut-il avec un rire.

Je ris aussi. Pourtant, je sentais, tout au fond de moi, que la tristesse était toujours là, tapie dans ma poitrine. Mais, sans faire attention à l'expression réprobatrice de ma tante, je m'accrochais à mon parrain et à son affection. C'était elle seule qui rendait ma vie supportable.

Ma mère avait promis de revenir dans deux semaines, et je me mis à compter les jours. Au fur et à mesure qu'ils passaient, je m'aperçus que je craignais ma tante de plus en plus. J'avais l'impression de crouler sous les tâches ménagères, et j'appréhendais la façon dont elle m'invectivait hargneusement. Et, surtout, lorsque je la mécontentais par une maladresse quelconque, elle prenait maintenant l'habitude de me frapper.

Elle ne le faisait que si elle était seule avec moi. Jamais devant mon parrain ni les voisines qui venaient parfois la voir. L'une d'elles, Georgette, roulotteuse également, lui tenait compagnie pour travailler. Assises de part et d'autre d'une chaise, sur les barreaux de laquelle elles appuyaient leurs pieds, elles ourlaient des mouchoirs pendant des heures. Un jour, en revenant du poulailler où ma tante m'avait envoyée ramasser des œufs, j'en fis tomber un qui se brisa. Sans interrompre son travail, ma tante se mit à me gronder, furieuse, et son ton me disait que je ne perdais rien pour attendre. Georgette, qui était une brave femme, prit ma défense :

— Allons, Léocadie, ne crie pas sur elle. Regarde-la, elle est prête à pleurer. Elle ne l'a pas fait exprès, pauvre petite.

— C'est une maladroite, voilà tout. Nous ne sommes

pas riches, et un œuf, c'est un œuf. Si elle commence à les casser...

— Allons, répéta Georgette, apaisante. Elle n'en a cassé qu'un seul. Et, d'un autre côté, grâce à son aide, elle te fait gagner du temps pour roulotter. Et du temps, c'est de l'argent. Alors, l'œuf qu'elle a cassé, tu peux lui pardonner.

Devant ce raisonnement, ma tante ne répliqua plus. Mais elle pinça les lèvres, contenant visiblement des paroles acerbes. D'une voix sèche, elle m'ordonna de tout nettoyer. Ce que je fis, appréhendant une punition qui viendrait plus tard.

Cela ne manqua pas. Dès que Georgette fut partie, ma tante s'approcha de moi et me donna plusieurs tapes dures sur la tête :

— Tiens ! Voilà pour t'apprendre à faire attention la prochaine fois !

Mes yeux se remplirent de larmes, mais je fis un effort pour me dominer et ne pas pleurer, et je pris la décision d'en parler à ma mère lors de sa prochaine visite.

Cette décision fut confortée par un autre incident, qui se passa la semaine suivante. Quelques jours avant la venue de ma mère, il y eut des chutes de neige suivies de gel. Les rues et les trottoirs du village furent couverts de verglas. Gisèle et moi, en allant à l'école, nous nous accrochions l'une à l'autre pour ne pas tomber. Lorsque le sol était lisse, nous nous amusions à glisser. Mon amie avait une joie de vivre communicative et, grâce à elle, je parvenais à rire et à me dérider.

Un matin, alors que je m'en allais chercher le lait, je m'aperçus qu'il avait encore gelé pendant la nuit. Il faisait très froid. Le sol était plus glissant que jamais et, en passant devant le cimetière, je n'osai pas presser le pas. Je continuai à marcher avec précaution, m'obligeant à ne pas regarder la grande croix que je savais là et qui me faisait peur. J'arrivai saine et sauve à la ferme, et Yvette versa dans la casserole la pinte de lait habituelle.

— Fais attention en repartant, me dit-elle. Va doucement.

Dans la rue obscure et gelée, j'avançai lentement, en tenant la casserole remplie de lait contre moi. Je passai victorieusement devant le cimetière, puis devant la prairie où les arbres ressemblaient à des créatures démoniaques qui tendaient leurs bras squelettiques pour me saisir. Il ne restait plus que quelques mètres à parcourir, et, inconsciemment, j'accélérai mon allure.

Ce fut alors que l'incident arriva. Je posai le pied gauche sur une plaque de verglas que, dans l'obscurité, je n'avais pas vue. Il glissa, partit en avant. Je perdis l'équilibre, et me retrouvai assise avant d'avoir pu me rendre compte de ce qui m'arrivait. Avec effroi, je regardai autour de moi. Je ne m'étais pas fait mal, mais, dans ma chute, j'avais lâché la casserole de lait. Je l'aperçus, un peu plus loin, à moitié renversée. Je me relevai et allai la reprendre. Avec consternation, je vis qu'il ne restait plus qu'une partie du lait. L'autre partie avait coulé sur le sol et était irrécupérable.

Je m'affolai. Je ne pensai pas à retourner à la ferme et à raconter à Yvette ma mésaventure. Je revins à la maison avec le peu du lait qui restait, prête à supporter les cris de ma tante. Pour me rassurer, je me dis que, à cette heure-là, mon parrain se trouvait habituellement dans la cuisine, attendant de déjeuner[1], et que, en sa présence, elle ne se montrerait pas trop sévère.

1. Dans le Nord, on dit « déjeuner » pour le petit déjeuner.

Mais, lorsque j'entrai dans la cuisine, ma tante était seule. Penchée sur le feu, elle le tisonnait avec énergie. Comme j'hésitais à approcher, elle m'ordonna sèchement :

— Eh bien, qu'est-ce que tu attends ? Mets la casserole sur le feu.

Tremblante, j'obéis. D'un coup d'œil, ma tante vit qu'il manquait du lait. Elle fronça les sourcils :

— Qu'est-ce qui se passe ? Ce n'est quand même pas Yvette qui s'est trompée en mesurant le lait ?

Elle me fixa d'un air menaçant, et j'avouai :

— Je... C'est moi... J'ai glissé... Je suis tombée... et la casserole s'est renversée.

Comme je le craignais, ma tante se mit en colère :

— Quelle maladroite, alors ! Elle casse les œufs, et maintenant elle renverse le lait ! Tiens, attrape ça !

Avec le tisonnier, qu'elle n'avait pas lâché, elle me donna plusieurs coups sur les jambes, si violents que la douleur me fit crier. Je me mis à pleurer, et ma tante me secoua :

— Et ne va pas te plaindre à Isidore, en plus ! Tu entends ? Sinon, gare à toi !

Cette dernière menace, qu'elle répétait de plus en plus souvent, avait le don de me réduire au silence, et elle le savait. Toujours en pleurant, j'enlevai ma pèlerine et mon bonnet.

— Il reste tout juste assez de lait pour Isidore et moi. Toi, tu n'en auras pas. C'est tout ce que tu mérites.

Mon parrain, qui s'était rendu aux cabinets, au fond du jardin, revint à ce moment. Il entendit les dernières paroles de sa femme et demanda ce qui se passait. Ma tante serra les lèvres :

— Cette maladroite a renversé une bonne partie du

lait. Elle est assez grande, pourtant, pour porter une casserole !

Mon parrain, à son habitude, tenta de me défendre :

— J'imagine qu'elle a glissé, hein, Emmeline ? C'est qu'il y a un rude verglas !

— Elle n'avait qu'à faire attention, rétorqua ma tante. Pour sa punition, elle n'aura pas de lait ce matin.

Je dus manger mon pain sans mon bol de lait habituel. Mon parrain me regarda avec commisération, mais n'essaya plus de prendre ma défense. Sans doute jugeait-il que je devais être punie à cause de ma maladresse. Mes jambes, là où ma tante avait frappé avec le tisonnier, cuisaient douloureusement. Si j'avais parlé des coups, sans doute mon parrain aurait-il été horrifié. Mais la crainte que j'avais de ma tante était si forte que je ne dis rien.

Ce soir-là, au moment où, seule dans ma chambre, je me déshabillais, en enlevant mes longues chaussettes j'aperçus des traces rouges. Je les massai de mes doigts nus, malheureuse de ne rien avoir pour les soigner. Ma grand-mère Blanche possédait un flacon d'élixir avec lequel elle nous frictionnait, Timothée et moi, lorsqu'il nous arrivait de nous cogner. Je ne savais pas si ma tante en possédait un, et, de toute façon, je n'aurais jamais osé le lui demander. Je m'endormis avec la décision de tout raconter à ma mère lors de sa prochaine visite.

Elle arriva dans l'après-midi, comme la fois précédente. Elle m'emmena chez Gustave afin de voir Timothée, puis, en revenant, se rendit de nouveau au cimetière. Ce fut là, dans ce lieu désert et glacé, devant la tombe de ma grand-mère et de mon père, que je me décidai à parler. Je dis que ma tante me considérait comme une servante, qu'elle n'était jamais satisfaite de mon travail, qu'elle me grondait sans cesse et que, de plus, elle me frappait. Je racontai l'épisode de la soucoupe, celui de l'œuf cassé, et, pour terminer, celui du lait renversé. Je baissai mes chaussettes pour montrer la trace des coups, et ma mère fut horrifiée en voyant les bleus sur mes jambes. Elle se baissa, les toucha du bout des doigts.

— Ça fait mal ?

— Oui, avouai-je d'une voix enrouée de larmes.

Elle me prit dans ses bras :

— Ma pauvre petite fille... Je ne me doutais pas... Tu as bien fait de me le dire. Je ne supporterai pas que Léocadie se conduise ainsi envers toi. Rentrons. Je vais lui parler tout de suite.

Nous revînmes à la maison. Ma mère marchait vite, serrant très fort ma main dans la sienne.

— Mère, dis-je subitement, je ne veux plus rester avec tante Léocadie. Elle est méchante. Je veux aller vivre avec vous.

— Bientôt, Emmeline, bientôt. Après ce qu'il s'est passé, je vais m'en occuper. Mais, en attendant, il faut que je mette les choses au point avec Léocadie. Elle ne te frappera plus.

Sceptique, je ne répondis pas. Dans sa cuisine, Léocadie était seule. Mon parrain était parti au cabaret, comme il le faisait quelquefois le dimanche après-midi, pour jouer à l'*astiquette*[1]. Il se vantait d'être l'un des meilleurs *astiqueux* du village, et parfois il me disait, avec une pointe de regret :

— Ah, si tu étais un garçon, je t'apprendrais...

1. Jeu de fléchettes.

Je pensai que, si j'étais un garçon, ma tante ne m'obligerait pas à nettoyer la maison.

Ma mère se dirigea vers elle et, avec sévérité, sans enlever ni son manteau ni son chapeau, ellc déclara, et sa voix était chargée d'une colère froide plus impressionnante que des cris :

— Écoutez-moi bien, Léocadie. J'ai placé ma fille chez vous. Pour cela, je vous paie une pension. En plus, d'après ce qu'elle m'a dit, elle vous aide au ménage. C'est normal, et je n'ai rien contre. Mais, ce que je ne veux pas, c'est que vous portiez la main sur elle. Que ceci soit bien clair entre nous, Léocadie : je vous interdis de frapper mon enfant.

Pendant cette tirade, à laquelle elle ne s'attendait pas, ma tante était restée muette. D'abord surprise, elle se ressaisit vite, et me lança un regard qui me fit frémir. Ma mère s'en rendit compte :

— Elle m'a tout dit, en effet. Et elle a bien fait. Vous devriez avoir honte, Léocadie, de frapper une enfant de huit ans pour quelques bêtises.

Ma tante redressa la tête, comme un serpent prêt à mordre, et lança méchamment :

— Ces bêtises, ce n'est pas vous qui les supportez. Quand elle agit mal, il faut bien que je la punisse. Si vous voulez élever votre fille en lui laissant tout faire, elle va vite devenir impossible.

— Vous pouvez la gronder si elle a fait une faute, mais je vous interdis de la frapper. Vous entendez ? Je vous l'interdis.

Le regard de ma mère était si autoritaire, si impératif, que ma tante ne répondit pas. Elle se contenta de grommeler quelque chose d'incompréhensible entre ses dents. Ma mère reprit :

— Prenez patience. D'ici peu, je trouverai une autre solution, et vous n'aurez plus à supporter ma fille. Mais, en attendant, souvenez-vous de ce que je vous ai dit. Et toi, Emmeline, continua-t-elle en se tournant vers moi, je compte sur toi pour tout me raconter.

Je fis un signe de tête affirmatif, tout en regardant ma tante du coin de l'œil. Elle ne disait plus rien. Ma mère ajusta son chapeau, prit son sac :

— Maintenant, je dois partir, j'ai mon train à prendre. Je reviendrai dans quinze jours. Et j'espère que tout ira bien, termina-t-elle avec un regard appuyé en direction de ma tante.

En voyant ma mère s'en aller, j'eus un instant d'affolement. Elle m'embrassa, me serra très fort contre elle, et subitement je me retrouvai seule avec ma tante. Je n'osais pas bouger, l'observant avec appréhension. Devant le feu, elle s'activait, faisant réchauffer la soupe, et ne s'occupait pas de moi. Je craignais des représailles, mais elle ne m'adressa pas la parole, sauf pour me donner l'ordre de mettre la table. J'obéis, et je fus soulagée de voir revenir mon parrain, qui annonça triomphalement :

— Aujourd'hui, c'est moi le meilleur *astiqueux* ! J'ai gagné !

Sans remarquer le mutisme de sa femme, il se mit à raconter sa partie de fléchettes, terminant joyeusement :

— C'est Robert qui a déchanté ! Il était sûr de gagner ! Il se vante toujours d'être le meilleur. Il a dû me payer une bière, tiens !

Le visage rouge, l'air émoustillé, il se mit à table et mangea de bon appétit. Grâce à lui, l'atmosphère de la maison changea, devint plus agréable et chaleureuse.

Ensuite, je débarrassai tout, fis la vaisselle, nettoyai la table comme d'habitude. En même temps, je continuais à lancer des regards furtifs vers ma tante. Elle affectait de m'ignorer, et je m'inquiétais, me demandant si elle ne chercherait pas à me punir pour avoir tout raconté à ma mère.

5

Elle ne leva plus la main sur moi, mais elle trouva une autre façon de me punir. Je pus m'en rendre compte deux jours plus tard.

Ce soir-là, lorsque je revins de l'école, ma tante, assise à la table de la cuisine, buvait du café avec Georgette. Elle m'en tendit une tasse :

— Tiens, porte ça à Isidore.

Devant son *otil*, mon parrain travaillait. Il s'interrompit quelques instants pour siroter son café, tout en m'interrogeant sur ma journée d'école. Je dis que j'avais obtenu la meilleure note en calcul, et il me félicita. Ensuite, il se remit au travail et, à mon habitude, je m'assis près de lui, sur le sol. J'observais les lames qui montaient et descendaient pour croiser les fils, je suivais des yeux la navette qui courait le long du peigne, d'un côté à l'autre du battant. Son claquement à chaque bout incitait mon parrain à accompagner le va-et-vient par une chanson que je finissais par connaître et que je chantai avec lui : « Et roulons-la ! En roulant la navette, le beau temps viendra ! » En même temps, je m'émerveillais de voir que ce métier de bois si impressionnant fût capable de fabriquer un linon aussi fin.

Je demeurai là le plus longtemps possible, espérant

me faire oublier de ma tante. Mais, dès que Georgette fut partie, l'appel habituel ne tarda pas à arriver :

— Emmeline ! Qu'est-ce que tu fabriques ? Viens ici.

Avec répugnance, je retournai dans la cuisine. Ma tante m'ordonna de laver les tasses à café. Pendant que l'eau chauffait, elle me fit nettoyer la table, balayer le sol, et m'envoya chercher du charbon dans le petit réduit où mon parrain le stockait. Ensuite, je lavai les tasses, les essuyai et me dirigeai vers le buffet pour les ranger.

Au moment où j'en ouvrais la porte, l'une des tasses m'échappa des mains et tomba. Je la ramassai en tremblant. Elle n'était pas cassée, mais je vis que le bord en était ébréché. Ma tante, elle aussi, s'en aperçut. Avec colère, elle s'écria :

— Voilà cette maladroite qui abîme mes tasses à café, maintenant ! Attends un peu, ça ne va pas se passer comme ça !

Je crus qu'elle allait me frapper, malgré la défense de ma mère. Mais elle se contint. Elle m'attrapa le bras d'une poigne dure :

— Viens avec moi.

Elle m'entraîna jusqu'à l'appentis où mon parrain rangeait ses outils de jardinage. Elle ouvrit la porte, me poussa à l'intérieur :

— Reste là ! Et réfléchis au moyen de travailler sans faire de bêtises !

Elle s'en alla et je l'entendis tirer le verrou qui, à l'extérieur, fermait la porte. J'étais prisonnière dans ce petit réduit obscur, à peine éclairé par une minuscule vitre. Malheureuse, je restais debout, immobile, ne sachant que faire. J'ignorais combien de temps allait durer ma punition, et à quel moment ma tante reviendrait me chercher. J'avais des devoirs pour le lendemain, ainsi que des leçons à apprendre. Je m'inquiétai. Si ma tante tardait, aurais-je le temps de tout faire ?

J'attendis. Je commençai à avoir froid. Je me mis à taper des pieds pour me réchauffer. Puis, subitement, je m'immobilisai. Mon regard venait de se porter dans le coin devant moi, juste au-dessus de la porte. Là, au centre d'une immense toile, se tenait une grosse araignée noire.

Je sentis tout mon corps se figer. Je n'osai plus faire un geste. Sans que je pusse m'expliquer pourquoi, les araignées me terrorisaient. Je n'avais pas peur des autres insectes, bourdons, hannetons, scarabées, mais la vue d'une araignée me paralysait d'horreur. Révulsée de peur, je ne quittais pas des yeux l'araignée, prête à hurler dès que je la verrais bouger.

Je fus néanmoins soulagée en constatant qu'elle n'avait pas l'intention de quitter sa toile. Ce fut moi qui, lentement, reculai jusqu'au mur opposé, où je me retrouvai coincée entre une bêche et un râteau. Mais j'avais mis la plus grande distance possible entre le monstre et moi, et je demeurai là, sans faire un geste.

Interminables, les minutes s'écoulèrent. Je tremblais, de peur et de froid mêlés. Le soir arrivait, et la petite pièce s'assombrissait. Bientôt, je me retrouverais dans une obscurité complète. Alors, je ne pourrais même plus surveiller l'araignée. À l'idée qu'elle pourrait se déplacer et se promener autour de moi sans que je m'en aperçoive, je sentais ma peau se hérisser. Et si elle venait sur moi ? Je ne pus retenir un gémissement de terreur.

Du temps passa encore. Il faisait de plus en plus sombre. J'écarquillais les yeux, que je tenais fixés sur l'araignée, et je parvenais à apercevoir sa masse noire, toujours à la même place, au milieu de la toile. Mon attention était tellement occupée par cette présence menaçante que j'entendis à peine les pas de ma tante. Au moment où la porte s'ouvrit, je vis l'araignée se précipiter, en un éclair, dans le coin de sa toile, où elle disparut.

— Allez, mademoiselle la maladroite ! intima sèchement ma tante. Sors de là.

L'impression désagréable que je ressentais persista toute la soirée. Lorsque je me retrouvai seule dans ma chambre, je suppliai le petit Jésus de me délivrer, à l'avenir, d'une telle épreuve. Et, lorsque je fermai les yeux pour m'endormir, ce fut l'image de l'araignée immobile au milieu de sa toile qui m'apparut.

Le lendemain et les autres jours, je m'efforçai de ne pas mécontenter ma tante. Je craignais un nouveau séjour dans l'appentis. Tout se passa bien jusqu'au jeudi de la semaine suivante.

Ces jours-là, comme je n'allais pas à l'école, tante Léocadie me faisait nettoyer la maison à fond. Cela me prenait toute la matinée, et même une partie de l'après-midi. Quelquefois, lorsque j'avais terminé et qu'elle n'avait plus de travail à me donner, j'obtenais la permission d'aller jouer chez Gisèle.

Mais, ce jeudi-là, à ma grande déception, ma tante mit sur le feu les deux fers à repasser qu'elle possédait. Puis elle installa, sur la table, la couverture qui servait de support ainsi que du linge propre qu'elle m'avait fait laver récemment, des mouchoirs, des essuie-mains, et une chemise de mon parrain Dodore.

Je poussai un soupir. De toutes les tâches ménagères que je devais effectuer, repasser était celle que je détestais le plus. C'était un travail trop difficile pour mes huit ans. Les fers en fonte étaient lourds, et j'étais malhabile à les diriger sur le linge. Je craignais de me brûler, et je ne parvenais pas à éviter de faire des plis. Ma tante, immanquablement, était mécontente du résultat, et m'obligeait à recommencer, en ne se privant pas de répéter que je n'étais qu'une maladroite.

Elle prit, sur le feu, l'un des fers et l'approcha de sa joue, afin de juger s'il était suffisamment chaud.

— Ça va, me dit-elle. Tu peux commencer.

J'étalai un des mouchoirs sur la couverture, et du plat de la main je le défroissai. Je trempai mes doigts dans l'eau du bol que j'avais préparé et, à plusieurs reprises, j'aspergeai le tissu afin de l'humidifier. Puis, avec précaution, je saisis le lourd fer et commençai à repasser.

Ma tante, assise près de la fenêtre, s'était remise à roulotter. Je déplorai que Georgette ne fût pas venue travailler avec elle. La présence d'une autre personne me mettait à l'abri d'éventuels sévices et me rassurait.

Je m'appliquai, tout en ayant conscience du fait que ma tante levait fréquemment les yeux de son ouvrage pour me surveiller. Sans cesser d'ourler ses mouchoirs, elle me donnait ses ordres :

— Ça suffit, tu as assez arrosé ! Il ne faut pas mettre trop d'eau, je te l'ai déjà dit. Et fais attention à ne pas faire de plis, hein ? Sinon, gare à toi !

Elle s'arrêtait un moment, mais reprenait bien vite :

— Ton *polisseu*[1] ne doit plus être assez chaud. Prends l'autre, sinon tu ne feras rien de bon.

J'obéissais, posais sur le feu le fer dont je me servais et, à l'aide de la manique, je me saisissais du second,

1. Fer à repasser.

qui était brûlant. Puis, en serrant les dents, je reprenais mon travail.

Je fis ainsi tout le linge, et il ne resta plus que la chemise de mon parrain. Je la regardai avec découragement. C'était une chemise de grosse toile, qu'il mettait pour travailler, et, à cause du col, des manches et des poignets, elle était bien plus difficile à repasser que des mouchoirs. Je l'étalai du mieux que je pus sur la couverture, l'aspergeai d'eau, puis je me tournai vers le feu. Je laissai le fer dont je venais de me servir et je pris l'autre, beaucoup plus chaud.

Avec précaution, je le fis glisser sur le tissu. En arrivant au col de la chemise, que je tenais de la main gauche, je l'avançai trop près de mes doigts, et je me brûlai. Je poussai un cri, lâchai tout, et regardai le bout de mes doigts où, déjà, une cloque apparaissait. La douleur était si cuisante que je me mis à pleurer.

— Eh bien, qu'y a-t-il ? gronda ma tante en relevant la tête. Qu'est-ce que tu as fait, encore ?

Avec colère, elle posa son ouvrage, vint jusqu'à moi, jeta un coup d'œil sur ma main :

— Tu t'es brûlée ? La belle affaire ! s'exclama-t-elle. Ça t'apprendra à être moins maladroite !

Puis elle aperçut, sur la chemise, le fer à repasser que j'avais lâché :

— Et en plus, tu as laissé ton *polisseu* ! Ah, c'est malin !

Elle ôta vivement le fer, mais il avait eu le temps de marquer le tissu d'une trace rousse. Ma tante devint furieuse :

— Mais quelle *malapatte* [1], alors ! Quand donc seras-tu capable de travailler sans faire de travers ? Et cesse

1. Maladroite.

de pleurnicher, tu m'agaces ! Tu mérites d'être punie, tiens !

Comme la fois précédente, elle m'attrapa par l'épaule et m'entraîna rudement dans le jardin, jusqu'à l'appentis dans lequel elle me poussa :

— Reste là, cria-t-elle, et bon débarras ! Je ne sais plus quoi faire d'une incapable pareille !

Elle claqua la porte, ferma le verrou extérieur, s'en alla. À la cuisante brûlure de mes doigts vint s'ajouter ma terreur de l'araignée. Je jetai immédiatement un regard sur la toile. Celle-ci était déserte. L'araignée ne s'y trouvait pas.

Avec affolement, je regardai autour de moi, sur le sol, les murs, le plafond, dans les coins. Je ne la vis nulle part. Je tentai de me rassurer en me disant qu'elle était probablement dans son trou, tout au fond de sa toile, où je l'avais vue se réfugier la dernière fois. Mais si elle était ailleurs, quelque part dans le réduit ? Je détestais l'idée qu'elle se trouvait peut-être derrière mon dos ; je préférais pouvoir lui faire face et l'observer.

Prudemment, je demeurai debout au milieu de la petite pièce, tournant lentement sur moi-même sans cesser d'observer les murs. En même temps, avec un peu de salive, je mouillais mes doigts et, pour atténuer la douleur, je soufflais doucement sur eux. Je pensai à ma grand-mère Blanche qui guérissait les brûlures en y appliquant une rondelle de pomme de terre et en récitant une prière pour en chasser le feu. Je revis son doux visage empreint de bonté et, profondément malheureuse, je me remis à pleurer.

J'attendis longtemps le retour de ma tante. Mes pieds insensiblement se glaçaient, tandis que mes doigts brûlaient de plus en plus. Et je luttais contre ma crainte de voir réapparaître l'araignée. J'étais aux aguets, regardant sans cesse autour de moi. Je jugeai cette nouvelle manière de me punir insupportable, et je réalisai que je préférais encore recevoir des coups.

Après un temps qui me parut interminable, ma tante vint me rechercher. Mécontente d'avoir dû terminer le repassage elle-même, elle me gronda de nouveau pour ma maladresse. Mais, craignant sans doute les remarques de son mari, elle me permit de soigner mes brûlures avec une tranche de pomme de terre. Malgré tout, elle me fit faire le travail habituel, et même la vaisselle, que je dus laver et essuyer d'une seule main.

À mon parrain, elle expliqua brièvement que je m'étais brûlée en repassant sa chemise, avec, à mon intention, un regard sévère qui m'ordonnait de me taire et de ne rien raconter. Parrain Dodore tenta de me défendre :

— Elle est trop petite pour *polir*[1], Léocadie.

— Pas du tout. Il faut bien qu'elle apprenne, et le plus tôt est le mieux.

Mon parrain ne répliqua rien. Comme chaque soir, il me prit sur ses genoux, pendant que, près du feu, il fumait sa pipe. Assise contre lui, je ne craignais plus ma tante. Il me fit réciter mes leçons, puis il se pencha sur mes doigts encore douloureux.

— Ça va se passer, affirma-t-il pour me consoler. Ça fait encore mal ?

— Oui, avouai-je d'une petite voix.

— Eh bien, je vais souffler dessus, et ordonner à la brûlure de s'en aller. Tu vas voir.

Il souffla longuement sur mes doigts, puis me regarda, victorieux :

---

1. Repasser (le linge).

— Et voilà ! Je suis sûr que ça ne fait plus mal !

Je me laissai convaincre. La douleur, en effet, semblait s'être évaporée par miracle. Mais elle revint un peu plus tard, alors que, dans mon lit, je cherchais vainement le sommeil. Je pensai à ma mère, qui allait venir dimanche. J'étais bien décidée à tout lui raconter, et à la supplier de m'emmener avec elle.

Mais je n'eus pas besoin de le faire. Une lettre, que nous reçûmes le lendemain, m'apporta une grande joie. Ma mère m'écrivait de préparer mon bagage car, disait-elle, elle avait trouvé une solution et, dimanche, je repartirais avec elle.

Elle ne donnait pas de détails supplémentaires, et je m'imaginai qu'elle avait trouvé un logement où, dorénavant, nous pourrions vivre à deux. J'en oubliai ma brûlure et la gêne qu'elle m'occasionnait ; je supportai le caractère acariâtre de ma tante plus facilement car je pensai que, bientôt, je serais loin d'elle. Elle-même, sans doute soulagée de savoir qu'elle allait être débarrassée de ma présence, parut se satisfaire de mon travail, et j'eus l'agréable surprise de ne subir ni réprimandes ni punitions.

Le dimanche, lorsque ma mère arriva, mon ballot de linge était prêt. Je trépignais, impatiente de partir. Ma mère, tout en buvant le café que lui proposa Léocadie, nous fit part de son projet. Elle avait expliqué la situation à madame Desmondes, sa patronne. Celle-ci lui avait donné un conseil : elle connaissait un excellent établissement tenu par des sœurs, qui se chargeait de prendre en pension des filles dont la situation familiale posait quelque problème.

— Sur sa recommandation, je suis allée voir la Mère supérieure. Elle a accepté de te prendre, Emmeline. Tu seras là très bien, avec d'autres filles de ton âge. Tu te feras des amies.

Un peu désorientée, je protestai :

— Mais... J'avais pensé que nous pourrions être ensemble, toutes les deux...

— Non, ce n'est pas possible. Madame Desmondes tient à ce que je loge sur place. Et puis, même si je trouvais un logement, tu serais toute seule le soir, car je finis quelquefois très tard. Il faut que je fasse la vaisselle du souper[1] et que je remette tout en ordre avant d'aller me coucher. Tu seras bien mieux chez les sœurs, crois-moi. Elles sauront prendre soin de toi. Et je viendrai te voir le dimanche, un fois tous les quinze jours.

Ma tante renifla avec dédain :

— Pfft ! Des bonnes sœurs !... Je vous demande un peu ! Elles vont lui farcir la tête de toutes leurs salades...

Ma mère se raidit :

— Taisez-vous, Léocadie. Ne critiquez pas la religion devant moi.

Elle se leva, remit son manteau et son chapeau pendant que ma tante, avec des gestes brusques, ramassait les tasses à café.

— Viens, Emmeline. Allons voir Timothée. Ensuite, nous reviendrons chercher ton paquet.

Dans la rue, hors de la présence de ma tante, ma mère m'interrogea :

— Ça va, Emmeline ? Léocadie ne t'a plus frappée ?

— Non, dis-je. Mais elle m'a enfermée dans l'appentis.

Je racontai la tasse ébréchée, la chemise brûlée, je

1. Repas du soir.

montrai le bout de mes doigts, et je parlai de mon séjour forcé dans le réduit avec la grosse araignée qui s'y trouvait. Ma mère secoua la tête avec désapprobation :

— Cette Léocadie est incorrigible, grommela-t-elle. Te punir ainsi, alors qu'elle te donnait à faire un travail beaucoup trop difficile pour toi... Heureusement, je t'emmène aujourd'hui.

J'étais si heureuse d'être bientôt débarrassée de ma tante que je me mis à sautiller. Chez Gustave, ma mère expliqua que j'allais vivre dorénavant dans un établissement tenu par des sœurs. Ils nous regardèrent avec étonnement, et je dus raconter les sévices dont j'étais victime. La femme de Gustave approuva avec énergie :

— Vous faites bien, Émilie, de ne pas la laisser chez Isidore. Léocadie ne peut pas supporter les enfants, tout le monde le sait. Votre petite sera bien mieux chez les sœurs. Elles l'élèveront dans la charité chrétienne, tandis que Léocadie, elle...

Elle laissa sa phrase inachevée, lourde de sous-entendus. Mon frère ne fit pas de commentaire. Il avait bonne mine et semblait satisfait de son sort. Je me dis que le mien lui importait peu. Depuis que je vivais chez mon parrain, il était venu me voir une seule fois, un dimanche où notre mère avait été retenue par son travail. Léocadie l'avait fait asseoir et, en sa présence, nous n'avions pas osé parler librement. Au bout de quelques minutes, embarrassé, Timothée était reparti, et il n'était jamais revenu.

Lorsque je l'embrassai pour lui dire au revoir, j'eus malgré tout un pincement au cœur. Jusqu'alors, même si je le voyais très peu, je savais qu'il était dans le village, lui aussi. Mais, dorénavant, j'allais vivre loin de lui, et j'ignorais à quel moment je le reverrais. Il eut sans doute la même impression, car il me serra affectueusement contre lui.

Sur la route du retour, ma mère entra dans le cimetière et alla se recueillir devant la tombe familiale. En sortant, alors que nous passions près de la grande croix qui continuait à me faire si peur le matin, je pensai avec soulagement que je n'aurais plus à aller chercher le lait.

— Mère, demandai-je, prise d'une subite inquiétude, que devrai-je faire, chez les sœurs ?

Elle baissa les yeux sur moi et sourit pour me rassurer :

— Tu verras bien, Emmeline. C'est comme une grande maison où tu vivras. Tu mangeras, tu dormiras, tu iras à l'école, tu continueras à apprendre le catéchisme. Tu seras contente. La Mère supérieure est très gentille, et les sœurs aussi.

Je me mis à sautiller de nouveau. Des sœurs gentilles, des compagnes de jeux, et plus jamais de tante Léocadie... Je n'eus aucune difficulté à croire que, en effet, j'allais être satisfaite.

Nous revînmes à la maison prendre mon bagage. Mon parrain, qui était allé au cabaret faire son habituelle partie d'*astiquette*, venait de rentrer. Il me tendit les bras avec un bon sourire :

— Alors, Emmeline, c'est décidé, tu t'en vas ? Viens dire au revoir à ton parrain Dodore !

Sans me faire prier, je l'embrassai avec affection plusieurs fois.

— Continue à bien travailler à l'école, hein ? Et apprends toujours tes leçons, même si je ne suis plus là pour te les faire réciter. Tu me le promets ?

— Oui, parrain Dodore, dis-je en pensant aux seuls moments qui avaient été pour moi agréables, le soir, assise sur ses genoux au coin du feu.

Je dus également dire au revoir à ma tante. Je l'embrassai avec réticence, et elle posa un baiser sec sur mes cheveux. Je me détournai et pris la main de ma mère, pressée de sortir de la maison. Si j'éprouvais quelque regret de quitter mon parrain, par contre je me séparais de ma tante avec un joyeux soulagement.

6

J'étais en train de rêver. Je me trouvais seule dans une grande salle et, au-dessus de moi, couvrant toute la superficie du plafond, s'étalait une immense toile d'araignée, au milieu de laquelle se tenait l'occupante des lieux, énorme, velue, immobile et menaçante.

Dans mon rêve, je devais traverser la salle mais, tétanisée de peur, je n'osais pas bouger. Au bout d'un moment, pourtant, je me décidai. Je fis un pas en avant et, aussitôt, je vis l'araignée descendre vers moi, le long d'un fil. Je criai... et je me réveillai.

Tout d'abord, je ne compris pas où je me trouvais. La clarté que la lune déversait à travers les hautes fenêtres me fit apercevoir la grande salle et les rangées de lits. Je me souvins : j'étais dans le dortoir, chez les sœurs où ma mère m'avait amenée la veille.

Dans ma tête se déroulèrent les images de la soirée : la Mère supérieure qui nous avait accueillies, puis la sœur – sœur Cécile – qui m'avait emmenée à la lingerie où elle m'avait fait revêtir une épaisse robe de pilou et un tablier gris ; puis le repas au réfectoire, la prière, et, enfin, le moment du coucher dans ce dortoir qui m'avait paru immense en comparaison de la petite pièce où j'avais dormi jusqu'alors, aussi bien chez mes parents que chez mon parrain Dodore. Dans ce nouvel environnement, je m'étais sentie un peu perdue, mais une des grandes filles, dont le lit faisait face au mien, était venue m'aider à me coucher.

— Je suis Claire, m'avait-elle dit, et c'est moi qui vais m'occuper de toi. Je te montrerai tout ce que tu ne sais pas. Tu pourras m'appeler « petite maman ». C'est comme ça qu'ici on appelle une grande qui est responsable d'une petite.

Elle m'avait souri, et je l'avais trouvée gentille. De plus, la Mère supérieure qui nous avait reçues dans son bureau, ma mère et moi, m'avait accueillie très aimablement. J'avais aimé son visage empreint de bonté, et la façon dont elle avait caressé ma joue en m'assurant que tout le monde prendrait soin de moi, dans l'amour de Notre Seigneur Jésus-Christ.

Je me soulevai un peu et aperçus, dans le lit en face du mien, la silhouette endormie de Claire. Je me sentis rassurée par sa présence. Il m'était agréable de savoir qu'elle allait veiller sur moi. Le souvenir de mon rêve me rappela l'araignée de l'appentis, et je fus soulagée de penser que je ne subirais plus cette affreuse punition. Je fermai les yeux et, bientôt, je me rendormis.

Je m'adaptai très vite à ma nouvelle existence. Nous formions toutes une grande famille ; nous étions environ vingt filles de six à vingt et un ans. Pour prendre soin de nous, il y avait les sœurs et la Mère supérieure, que tout le monde appelait « notre Bonne Mère ». Elles étaient vêtues d'une longue robe noire, coiffées d'une cornette blanche, et elles portaient, sur le côté droit, accroché à leur ceinture, un chapelet dont les boules de buis me rappelaient celui qu'avait possédé ma grand-mère Blanche. Comme monsieur le curé au catéchisme, elles nous disaient qu'il fallait mener notre vie dans le travail, la prière et l'obéissance, ainsi que le désirait Notre Seigneur Jésus-Christ.

J'étais si heureuse de ne plus avoir à supporter le mauvais caractère de ma tante, ni ses brimades injustes, que je n'eus aucun mal à trouver les sœurs gentilles.

Les journées se déroulaient toujours de façon immuable. Sœur Cécile, qui surveillait le dortoir, nous réveillait en tapant dans ses mains et en criant : « Vive Jésus ! » À quoi nous répondions : « À jamais dans nos cœurs ! » En même temps, nous sautions du lit et, encore ensommeillées, nous devions nous ranger, toujours dans le même ordre, avant de nous rendre dans la pièce voisine pour notre toilette. Là, chaque fille avait sa cuvette. Les grandes aidaient les petites et les coiffaient. Claire tressait mes cheveux et les remontait sur le haut de mon crâne, où elle les fixait à l'aide d'épingles. Sœur Cécile, ensuite, vérifiait les oreilles, le cou, les mains. De retour dans le dortoir, nous nous habillions et nous refaisions notre lit. Puis sœur Cécile nous faisait mettre à genoux et nous récitions notre grande prière du matin : Notre Père, Je Vous Salue Marie, Je Confesse à Dieu. Ensuite, en rang et en silence, nous descendions pour assister, dans la chapelle de l'établissement, à la messe que venait faire l'abbé Verdier, à sept heures.

Une demi-heure après, nous gagnions le réfectoire pour le petit déjeuner : pain et chicorée. Je regrettai, au début, le lait mousseux de la ferme, mais je me consolai vite en pensant que je n'avais plus à aller le chercher tous les matins dans l'obscurité.

Après, nous partions pour l'école, rangées deux par

deux ; sœur Cécile nous conduisait et venait nous rechercher. C'était une école libre, située à quelque distance de l'établissement, et sœur Agathe, la maîtresse, était sévère mais juste. Comme je me montrais studieuse, docile et appliquée, elle me considéra très vite d'un œil bienveillant.

Nous revenions le midi pour le repas. Suivait une petite récréation, puis nous reprenions le chemin de l'école. À notre retour, sœur Thérèse nous distribuait notre goûter – un morceau de pain et un carré de chocolat. Je devais apprendre, par la suite, que ce chocolat venait des parents qui, le jour des visites, en apportaient à leurs enfants. Tout était rassemblé dans un grand buffet, placé dans le réfectoire, et distribué pour le goûter. Nous devions tout partager, expliquait sœur Marie-Ange, qui se chargeait du catéchisme le jeudi matin. C'était, affirmait-elle, ce que désirait Notre Seigneur Jésus-Christ.

Après notre goûter, nous allions dans la salle d'études et, sous la surveillance de sœur Cécile, nous effectuions notre travail scolaire. Nous n'avions pas le droit de parler mais, en cas de difficulté, sœur Cécile nous aidait. Puis la Mère supérieure nous faisait réciter nos leçons. Je m'attachai très vite à elle. Elle nous regardait avec une telle expression de bonté que j'aurais eu honte de la décevoir.

Ensuite venaient le repas du soir, et le coucher vers vingt heures. Il fallait se déshabiller les yeux fermés, afin de ne rien voir de notre nudité. C'était un péché, affirmait sœur Cécile, et si nous désobéissions, nous serions punies. Alors, comme les autres, j'obéissais.

Je parvenais à accepter facilement la discipline de l'établissement. J'étais une enfant docile, et, s'il fallait se taire pendant les repas, cela ne me surprenait pas.

Chez mes parents, et aussi chez mon parrain Dodore, seules les grandes personnes, à table, avaient droit à la parole. Les enfants ne prenaient jamais part à la conversation, à moins d'être interrogés. Chez les sœurs, après avoir dit le bénédicité, nous devions écouter l'une des filles, parmi les plus grandes, nous lire la vie d'un saint pendant que nous mangions. Ce n'était pas inintéressant, mais nous écoutions d'une oreille distraite. Nous étions davantage occupées par le contenu de notre assiette – une gamelle en fer-blanc, marquée d'un numéro : j'avais le numéro seize.

J'appris très vite que les sœurs n'étaient pas riches, et les repas étaient loin d'être satisfaisants. La viande que nous avions le dimanche n'était constituée que de bas morceaux, avec tant de gras qu'ils en étaient parfois immangeables. Nous avions rarement des légumes, et le plus souvent des pâtes, des pois cassés, de la purée à l'eau. Le soir, ce que les sœurs appelaient potage n'était qu'un liquide clair, qui n'avait rien à voir avec les soupes que faisaient ma mère et même ma tante. Mais il fallait tout manger : sœur Cécile, qui surveillait le réfectoire, était intraitable.

Je m'en aperçus environ un mois plus tard. Une nouvelle venait d'arriver, une fille qui avait à peu près mon âge et qui s'appelait Fernande. Lors du repas du dimanche, la viande était tellement rebutante que Fernande refusa de la manger. Non seulement elle fut privée de dessert, mais sœur Cécile déclara :

— Si vous ne mangez pas, c'est que vous n'avez pas faim. Nous verrons ça ce soir.

Au repas du soir, la même assiette fut déposée devant Fernande. Froide, la viande était figée, racornie, et encore moins appétissante. Sous les injonctions de sœur Cécile, la pauvre fille essaya d'en avaler une bouchée, eut un haut-le-cœur, et se mit à pleurer. Impitoyable, sœur Cécile déclara que c'était un péché de refuser la nourriture que Dieu nous donnait dans sa grande bonté. Le lendemain matin, la même assiette fut représentée, et encore le midi, jusqu'à ce que Fernande, affamée, vaincue, se décidât à manger.

— La prochaine fois, constata sœur Cécile, vous ne ferez plus la difficile.

Je trouvai son attitude un peu dure, et je le dis à Claire, ma « petite maman ». Elle m'expliqua que les sœurs n'avaient pas beaucoup d'argent, et qu'elles ne pouvaient autoriser le gaspillage. Et, pour elles, ne pas manger ce qui nous était donné équivalait à gaspiller la nourriture qu'elles achetaient.

— Si ce n'est pas très bon, ajouta-t-elle, il ne faut pas leur en vouloir. Elles doivent calculer au plus juste. Le pain que nous avons, par exemple. Sais-tu pourquoi il n'est jamais frais ? C'est parce que sœur Thérèse fait chaque jour le tour des hôtels et des restaurants, où elle récupère les croûtons et les restes.

Cette déclaration m'impressionna. Je m'aperçus que c'était la même chose pour les vêtements. Nous avions un uniforme pour les sorties – robe et cape de gros drap bleu marine – mais, à l'intérieur de l'établissement, nous étions toutes vêtues différemment, avec des robes données par les familles aisées de la ville. Cela me fit penser au *bon verdi*, que ma mère avait refusé à la mort de mon père. Mais, chez les sœurs, il fallait tout accepter, et, de plus, être reconnaissante à Dieu.

Je n'avais que huit ans, et, comme tous les enfants, j'aimais les jeux. J'avais possédé une poupée en chiffon, une corde à sauter, et même une petite dînette. Maintenant, je n'avais plus un seul jouet à moi. Ceux qui étaient donnés aux sœurs étaient rassemblés dans un coin de la grande salle, à la disposition de toutes les filles. Là aussi, il fallait partager.

Ma mère venait me voir tous les quinze jours. La visite avait lieu dans le parloir, où se trouvaient également les autres filles et leur famille. Sœur Cécile et la Mère supérieure étaient présentes et allaient d'un groupe à l'autre, saluant les parents. Je découvris petit à petit que chacune des filles avait un problème familial : certaines, comme moi, avaient perdu leur père ; d'autres, leur mère ; et quelques-unes n'avaient plus qu'un oncle ou des grands-parents.

Ma mère m'interrogeait, me demandait si j'étais satisfaite de ma nouvelle vie. Je répondais affirmativement. Je lui racontais mes journées, je lui parlais de l'école, où j'obtenais des bonnes notes. Je lui expliquais que, le jeudi, avec les autres filles, j'apprenais à coudre et que bientôt je saurais, moi aussi, repriser mes chaussettes lorsqu'elles seraient trouées. Claire, qui avait dix-sept ans, savait broder d'une façon parfaite. Elle m'avait montré une nappe d'autel qu'elle venait de terminer, et j'avais pensé, admirative, que j'aimerais savoir faire un travail aussi ravissant.

— Tu ne resteras pas ici aussi longtemps, remarqua ma mère. Lorsque tu auras treize ans, tu viendras avec moi. J'ai parlé de toi à madame Desmondes. Elle est d'accord pour que tu viennes travailler chez elle.

Cette nouvelle m'emplit de joie. Vivre avec ma mère était ce que je souhaitais le plus au monde.

— En attendant, conduis-toi bien, et obéis toujours aux sœurs.

J'acquiesçai, tout à fait décidée à suivre cette injonction. Avant de partir, ma mère tirait de son sac une plaque de chocolat, qu'elle me tendait. Je la prenais en remerciant, n'osant pas lui dire que, après son départ, je devrais la remettre à sœur Thérèse qui la rangerait dans le buffet du réfectoire.

Lorsque ma mère s'en allait, ma gorge se nouait. Pour me donner du courage, je pensais que, lors de sa prochaine visite, elle aurait le droit de m'emmener avec elle pour l'après-midi ; une fois par mois, le règlement autorisait les pensionnaires à sortir dans leur famille.

Ces dimanches-là étaient une véritable fête. Après le repas de midi, ma mère venait me chercher. Nous sortions ensemble et, dans les rues, j'avais envie de danser de bonheur. Nous allions jusqu'à la maison de madame Desmondes ; par une porte située sur le côté et réservée aux domestiques, ma mère me faisait entrer. Elle m'emmenait dans la petite pièce qu'elle occupait, meublée seulement d'un lit, d'une armoire, d'une table et d'une chaise. Sur la table étaient préparés plusieurs gâteaux, que ma mère avait achetés chez Caduff, la pâtisserie de la place d'Armes. C'était un véritable festin. L'une de nous s'asseyait sur la chaise, l'autre sur le lit, et nous dégustions les gâteaux tout en bavardant. À vrai dire, ma mère prétextait qu'elle n'avait pas faim, et je mangeais presque tout. Je ne me faisais pas prier. Après les desserts du réfectoire – un biscuit sec, une pomme, ou un petit pot de confiture pour notre table de huit, c'est-à-dire une cuillerée pour chacune –, ces gâteaux étaient un régal. Je les savourais longuement, et, lorsqu'ils étaient à la crème, je laissais celle-ci fondre sur ma langue avant de l'avaler. Je n'avais jamais rien mangé d'aussi bon. Je les trouvais encore meilleurs que les *ratons*[1] ou le *racouvert* que faisait ma grand-mère Blanche.

Ensuite, si le temps était beau, nous sortions, nous nous promenions dans la ville, nous allions jusqu'aux remparts ou jusqu'aux jardins. Ma mère me donnait des nouvelles de Timothée, qui travaillait toujours chez Gustave. Lorsqu'elle allait le voir, elle passait saluer Léocadie et Isidore. Ce dernier lui recommandait de m'embrasser de sa part.

— Il t'aime bien, ton parrain Dodore, constatait ma mère.

— Moi aussi, je l'aime bien. Lorsque notre Bonne Mère nous fait réciter nos leçons, je pense à lui. Avant, c'était à lui que je les récitais.

Et puis, toujours trop tôt, arrivait le moment où je devais retourner à la pension. Il fallait être rentré pour dix-sept heures, afin de pouvoir assister aux vêpres. Ma mère me ramenait, et je refoulais ma tristesse de la quitter. Je gardais dans mon cœur le souvenir de ces heures passées en sa compagnie, tout emplies de tendresse et d'amour. Et, le soir, après notre prière commune, sur les injonctions de sœur Cécile, je ne manquais jamais de remercier Dieu pour ces instants de bonheur qu'Il avait bien voulu me donner.

Ces sorties dominicales, une fois par mois, étaient extrêmement appréciées de nous toutes. Leur suppression constituait la plus grande des punitions. Pour ma part, je n'étais jamais punie. Je ne désobéissais pas, je ne parlais pas lorsque c'était interdit, et j'apprenais parfaitement le catéchisme que nous faisait sœur

1. Crêpes.

Marie-Ange. Mais certaines de mes compagnes devaient recopier dix fois les réponses non sues. Celles qui bavardaient dans l'église, ou qui se montraient inattentives pendant la messe, se retrouvaient avec dix Pater et dix Ave à copier. Même punition pour celles qui, n'ayant pas bien écouté le sermon du dimanche, se trouvaient incapables de le résumer à sœur Cécile.

Entre ces punitions d'ordre scolaire et la suppression des sorties, il en existait une autre que les sœurs n'utilisaient que pour les péchés qu'elles jugeaient graves. Je pus m'en rendre compte lors de l'arrivée d'une nouvelle pensionnaire qui n'avait que six ans et qui, nous apprit sœur Cécile, venait de perdre sa mère. La pauvre petite semblait complètement désorientée et, au cours du goûter, deux filles plus grandes, âgées d'une douzaine d'années, l'attendirent à la porte du réfectoire et profitèrent de son état de désarroi pour lui prendre son chocolat. La pauvre enfant n'osa rien dire, et les voleuses recommencèrent plusieurs jours de suite. Sœur Cécile finit par s'en apercevoir, et entra dans une grande colère. Elle nous convoqua toutes, sermonna les deux filles, expliqua que ce qu'elles avaient fait était un grave manquement à l'un des dix commandements que nous devions respecter : « Tu ne voleras pas. » Jusqu'à l'heure du coucher, elles furent punies : elle durent se mettre à genoux, les bras en croix, et sur le dessus de chaque main sœur Cécile déposa un missel, avec interdiction de le laisser tomber sous peine de voir la punition se prolonger. Elles furent bien entendu privées de repas, et, pendant que nous mangions, tout en écoutant la vie de sainte Thérèse d'Avila, je ne pouvais m'empêcher de les regarder avec un mélange de désapprobation et de pitié. Laisser les bras parfaitement étendus devenait, à mesure que les minutes s'écoulaient, de plus en plus difficile, et l'une des filles, à un moment, laissa tomber un missel. Sœur Cécile le remit en place et prolongea la punition de quelques minutes supplémentaires.

Mais ce genre d'incidents était rare, heureusement. Les grandes surveillaient les petites et, en majorité, nous étions dociles et sages. Nous croyions ce que nous disaient les sœurs – qui s'accordait avec ce que m'avait dit monsieur le curé auparavant. Il y avait le paradis pour les bons, l'enfer pour les méchants. Le premier de ces lieux nous attirait, le second nous faisait peur. Et nous nous efforcions de ne jamais mécontenter Dieu afin de ne pas nous y retrouver.

Ainsi le temps passa, au rythme des journées toujours semblables. Une fois par semaine, nous changions de linge. Lorsque je mettais ma chemise propre, je pouvais faire le signe de croix, sans être obligée de me cacher de ma tante. Par contre, il fallait faire cette opération à genoux sur le lit, les yeux fermés, en sortant un bras après l'autre de l'ancienne chemise avant de le rentrer dans la nouvelle. Une fois par mois, nous changions les draps des lits et nous prenions notre bain. Les sœurs nous mettaient à plusieurs dans la buanderie, en nous interdisant, là aussi, de voir notre nudité. Pour nous éviter ce péché, elles nous bandaient les yeux, et elles nous retiraient le bandeau lorsque nous avions revêtu notre chemise.

Le temps était rythmé également par les fêtes religieuses. À ces occasions, nous devions prier davantage, et assister à des messes supplémentaires. Pendant le mois de mai – le mois de Marie –, nous devions réciter un rosaire tous les jours. Pendant le carême, les sœurs nous expliquaient qu'il fallait faire des sacrifices, et, à cet effet, elles nous supprimaient le chocolat du goûter ; nous n'avions que notre pain sec. Aussi, nous étions contentes lorsque Pâques arrivait enfin. Les sœurs nous parlaient de la Résurrection du Christ, mais nous étions plus intéressées par les œufs colorés que les cloches, en revenant de Rome, éparpillaient dans le jardin de l'établissement.

Nous aimions bien aussi la fête de Noël. C'était la naissance de Jésus, et il fallait se réjouir : un sauveur avait été donné au monde. Nous allions à la messe de minuit et, au retour, nous avions droit à un bol de chocolat et une petite brioche. Le lendemain, il y avait une autre messe dans la chapelle. Des anciennes pensionnaires venaient y assister ; certaines étaient accompagnées de leur mari et de leurs enfants. Des dames riches et des bienfaiteurs de l'établissement étaient également présents.

Après cette messe, nous allions dans l'ouvroir, recouvert pour la circonstance de draps blancs et décoré de guirlandes, de gui et de houx. Nous chantions « Il est né le Divin Enfant », et nous recevions toutes un cadeau : un jouet pour les plus petites, un livre, des bas, des mouchoirs ou des savonnettes pour les plus grandes, et, pour toutes, une orange. Il y avait aussi des gâteaux offerts par les bienfaiteurs, qui nous étaient servis en dessert.

Au fil des mois, des années, le temps s'écoulait. Je grandissais. Fernande, que la viande grasse rebutait tant, était devenue mon amie. Comme moi, elle avait perdu son père. Cette similitude de situation me fit découvrir que, inconsciemment, j'avais été jalouse de Gisèle, qui pouvait continuer à vivre avec ses parents alors que, à l'époque, je devais supporter le caractère acariâtre de ma tante. Fernande et moi, nous nous comprenions. Nous avions le même âge, nous étions côte à côte à l'école, à la chapelle, à l'église, au réfectoire. Comme moi, elle attendait d'avoir treize ans afin de pouvoir, elle aussi, aller vivre avec sa mère.

Arriva l'année de mes douze ans. Elle apporta dans mon existence routinière plusieurs événements qui me marquèrent.

D'abord, un matin, je me rendis compte qu'il y avait, sur ma chemise de nuit, quelques taches de sang, alors que je n'étais pas blessée. Claire me rassura et me conduisit à sœur Berthe-Louise, qui était responsable de la lingerie et qui me fournit des bandes en m'expliquant comment me protéger. Très rapidement, elle ajouta que ce qui m'arrivait – et qui se produirait tous les mois – faisait partie de la punition reçue par Ève lors du péché originel. Depuis, toutes les femmes la subissaient.

Il me resta de cet entretien une vague sensation de culpabilité, dont je ne parvins pas à me débarrasser. Le dimanche suivant, qui était celui des sorties, ma mère vint me chercher. Lorsque nous fûmes ensemble toutes les deux dans sa chambre, je lui racontai ce qui s'était passé. Contrairement à sœur Berthe-Louise, ma mère réagit comme s'il s'agissait d'un événement heureux. Elle se leva, me serra contre elle, me caressa les cheveux :

— Ma petite fille grandit, constata-t-elle. Bientôt, Emmeline, tu vas devenir une jeune fille. C'est dans l'ordre des choses, mon enfant. C'est bien.

Sa réaction chassa l'impression de malaise que je ressentais. Et je n'en parlai plus, ni avec ma mère, ni avec sœur Berthe-Louise.

Le second événement qui se produisit fut le départ de Claire, ma « petite maman ». Elle était âgée de vingt et un ans, et le moment était venu pour elle de quitter l'établissement. Elle n'avait plus de famille, sauf un frère de son grand-père qui, très âgé, vivait dans un hospice. Les sœurs la placèrent comme domestique dans une famille bourgeoise, où elle fut engagée comme lingère.

Le jour de son départ, elle m'embrassa avec émotion :

— Au revoir, Emmeline. Je ne t'oublierai pas.

— Moi non plus, petite maman, assurai-je.

Elle vit ma peine, me sourit avec affection :

— Allons, ne sois pas triste. Nous nous reverrons sans doute. Ne serait-ce qu'à la messe de minuit. J'y assisterai tous les ans.

Rassurée par cette promesse, je parvins à lui rendre son sourire.

— Et puis, maintenant, continua-t-elle, tu n'as plus besoin de moi. Tu es assez grande pour te laver et te coiffer toute seule, et aussi pour refaire ton lit.

C'était vrai mais, malgré tout, son départ créa pour moi un grand vide. Les premiers jours surtout, je me sentis esseulée, et plus d'une fois je me surpris à la rechercher auprès de moi, attentive et protectrice. Et puis, au bout de quelque temps, je m'habituai à son absence. Il le fallut bien.

Le troisième événement eut lieu le dimanche de la Pentecôte. Avec Fernande et deux autres filles, je fis ma communion solennelle. C'était, affirmaient les sœurs, une étape très importante dans notre vie. Nous avions beaucoup prié et nous nous étions confessées, car nous devions être pures pour recevoir le corps du Christ.

Sœur Berthe-Louise nous fit revêtir une belle toilette, en nous recommandant bien de ne pas l'abîmer ; il fallait la rendre intacte : elle servirait pour d'autres filles au cours des années à venir. Il s'agissait d'une belle robe blanche en linon et dentelle, assortie d'une aumônière et d'une large ceinture que la sœur noua dans mon dos et dont les pans retombèrent jusqu'à mes talons. Elle fixa sur ma tête un bonnet et un voile, si beau et si léger que j'osai à peine remuer. Et elle compléta cette tenue par un chapelet et des gants blancs.

Pendant la messe, nous fûmes très recueillies. Les familles des communiantes ainsi que les bienfaiteurs de l'établissement étaient venus y assister. Ma mère m'embrassa. Mon frère était là, lui aussi, et je faillis ne pas le reconnaître. La dernière fois où je l'avais vu, il allait sur ses quatorze ans. Il en avait dix-huit maintenant, et il était devenu un jeune homme grand et fort. L'ombre d'une moustache, au-dessus de sa lèvre supérieure, lui donnait un air viril qui m'impressionna. Lui aussi me trouva changée et remarqua avec étonnement :

— Comme tu as grandi, Emmeline ! Te voilà presque une jeune fille !

Mon parrain Dodore était présent également, et il me fit cadeau d'un missel relié que je trouvai superbe. Quant à ma tante Léocadie, elle n'avait pas daigné venir.

L'une des bienfaitrices de l'établissement, madame Valloires, avait l'habitude d'offrir chaque année, aux communiantes, une croix en or. C'était une femme très élégante, que je connaissais ; je l'avais déjà vue plusieurs fois au cours des années précédentes. En me passant elle-même la chaîne autour du cou, elle me demanda mon prénom.

— Emmeline, madame, répondis-je, intimidée.

Je la vis pâlir, et son visage se fit triste.

— C'était ainsi que s'appelait ma petite fille, murmura-t-elle. Elle est morte d'une méningite, il y a bien longtemps, alors qu'elle n'avait que six mois...

Embarrassée, je ne sus que dire. Elle me regarda plus attentivement, me sourit :

— À bientôt, petite Emmeline. Au cours de mes prières, je penserai à vous.

— Merci, madame.

En la regardant s'éloigner, je touchai avec respect la croix en or que je me promis de garder toujours autour de mon cou.

Nous eûmes un repas de fête. Le réfectoire était transformé. Les tables recouvertes de nappes blanches et ornées de fleurs lui donnaient un aspect luxueux. De plus, les écuelles et les timbales en fer-blanc que nous utilisions tous les jours avaient été remplacées par de vraies assiettes et de vrais verres. Quant au repas, il fut tout simplement délicieux : des asperges en entrée, que la plupart d'entre nous ne connaissions pas ; puis du veau et des pommes de terre sautées ; et, comme dessert, de la tarte.

L'après-midi, nous avions le droit de sortir dans notre famille. Dès notre retour de la messe, nous avions revêtu nos vêtements habituels afin de ne pas tacher les belles robes blanches. Ma mère, accompagnée de mon frère, vint me chercher. Comme il faisait beau, nous allâmes nous promener dans les jardins de la ville. Tout en marchant entre ma mère et mon frère, j'étais heureuse. Mais, au moment de nous séparer, une pensée vint ternir mon bonheur : pourquoi mon père n'était-il plus là ? À cause de sa mort, ma mère, mon frère et moi étions obligés de vivre séparés les uns des autres. Et pourtant, disaient les sœurs, il fallait accepter la volonté de Dieu.

7

Au printemps suivant, ma mère me dit :

— Tu vas bientôt avoir treize ans, Emmeline. Lorsque l'année scolaire sera finie, je te présenterai à madame Desmondes. Sylvanie, sa cuisinière, commence à se faire vieille. Tu seras embauchée pour l'aider. Si elle te confie ses secrets, tu deviendras, comme elle, un vrai cordon-bleu. Il faudra bien travailler et bien lui obéir. Mais je suis sûre que tu donneras toute satisfaction.

J'étais prête à accepter n'importe quel travail qui me permît de vivre auprès de ma mère, et j'attendais avec impatience qu'arrivât enfin ce moment. Pourtant, je savais que je serais triste de quitter mes compagnes, ainsi que les sœurs et la Mère supérieure auxquelles je m'étais sincèrement attachée.

Fernande, elle aussi, comptait les jours. Sa mère, qui était roulotteuse – comme ma tante Léocadie –, avait promis de lui apprendre le métier. Comme nous toutes, mon amie avait appris à coudre avec les sœurs et les pensionnaires plus âgées. Chaque jeudi après-midi, dans l'ouvroir, nous raccommodions nos chaussettes ainsi que les bas des sœurs, et nous apprenions à broder des napperons au point de croix.

— Nous nous verrons encore, je l'espère, me disait-elle. Nous n'habiterons pas loin l'une de l'autre.

L'immeuble où elle allait vivre avec sa mère était situé à quelques rues de la maison de madame Desmondes. Ce qui nous enchantait toutes les deux. Nous avions déjà prévu que nous nous retrouverions le dimanche.

Mais nos joyeux projets furent brutalement anéantis. Un après-midi du mois de juin, alors que nous étions revenues de l'école et que, dans la salle d'études, nous faisions nos devoirs, je fus appelée au bureau de la Mère supérieure. Je m'y rendis en tremblant, cherchant quelle faute j'avais bien pu commettre. Je ne trouvai rien qui, dans mon comportement, justifiait une comparution devant notre Bonne Mère.

Lorsque, après avoir frappé, j'entrai dans son bureau, je gardai les yeux baissés, comme les sœurs nous l'enseignaient.

— Entrez, mon enfant. Venez plus près.

La voix ne contenait ni reproche ni colère. Un peu rassurée, j'avançai, toujours sans lever les yeux.

— Vous pouvez me regarder, mon enfant. Il va vous falloir beaucoup de courage pour écouter ce que j'ai à vous dire. Mais, comme sainte Thérèse d'Avila, nous devons penser que Dieu aime davantage ceux qui subissent de dures épreuves.

Inquiète, je redressai la tête et croisai le regard de la Bonne Mère. Il contenait tant de compassion, tant de bonté et tant de peine que je sentis monter, dans ma poitrine, une houle d'affolement. Elle vint à moi, me prit les mains :

— Madame Desmondes a envoyé un domestique pour nous prévenir. Mon enfant... Il s'agit de votre maman... Il lui est arrivé un accident.

Mes yeux s'agrandirent de peur. Je voulus parler, interroger, mais je ne pus émettre un seul mot.

— Elle est tombée dans l'escalier de la cave, un escalier qu'elle connaissait bien, pourtant. Elle s'est brisé la nuque.

Cette fois-ci, je parvins à prononcer, d'une voix blanche et détimbrée que je ne reconnus pas :

— Elle est blessée ?...

La Bonne Mère me prit contre elle et dit, avec une infinie pitié :

— Dieu l'a rappelée à Lui. Dans sa bonté, il lui a évité de longues souffrances. Elle a été tuée sur le coup.

Pendant un moment, je demeurai rigide, incapable d'assimiler des paroles aussi cruelles. J'étais glacée. Tout mon corps se tendait, essayant de résister à la douleur qui, subitement, déferla sur moi. Je bégayai :

— Non... non... ce n'est pas possible... Ma maman...

Je me mis à sangloter, le cœur déchiré par une souffrance trop aiguë. Dans un refus instinctif, je secouais la tête.

La Mère supérieure essaya de me consoler. J'eus à peine conscience des paroles qu'elle prononça. Éperdue, je m'accrochai à elle, et elle me berça comme si je n'étais qu'un tout petit enfant. Je me laissai faire, incapable de m'arrêter de pleurer. En même temps, j'avais envie de hurler, de taper du pied, de me rouler par terre de désespoir. Mes sanglots devinrent hystériques et, comme je ne me calmais pas, notre Bonne Mère m'emmena à l'infirmerie.

Là, je me rendis vaguement compte que sœur Adolphine me faisait boire un sédatif. Puis elle me fit allonger sur l'un des lits qui occupaient la pièce, et je sombrai dans une sorte d'inconscience. Pourtant, à certains moments, mon esprit confus retrouvait un peu de clarté, assez pour se souvenir des paroles qui m'avaient appris l'atroce réalité. Et je me remettais à pleurer, emportée par une immense détresse.

Hébétée, toute de noir vêtue, j'assistai à l'enterrement. Je ne pouvais pas admettre que ma maman m'avait quittée pour toujours. Je l'avais vue sans vie, allongée sur son lit, dans la petite chambre où nous avions passé de si bons moments, et une autre crise de désespoir m'avait secouée. Pendant ces jours si durs, sœur Adolphine me prit sous sa protection, et, avec ses tisanes sédatives, essaya d'endormir la douleur qui me déchirait sans cesse et qui hurlait, ininterrompue, au-dedans de moi.

Je passai les jours suivants dans un état second. Pourtant, il fallait continuer à vivre, et la routine habituelle m'y aida. L'amitié de Fernande également. Mais bientôt, me disais-je, elle partirait, et je resterais seule. Qu'allait-il advenir de moi ?

En réponse à cette question que je n'osais pas poser, je fus convoquée, peu avant mes treize ans, dans le bureau de la Mère supérieure. De nouveau j'eus peur. Mais notre Bonne Mère m'expliqua que nous devions discuter de mon avenir. Elle me demanda si je désirais aller vivre auprès de mon parrain. Je me rappelai ma tante et, spontanément, je répondis non. La Mère supérieure hocha la tête :

— Nous avons posé la question à votre parrain, mon enfant, mais sa femme ne semble pas vouloir se charger de vous. Cependant, il est votre tuteur maintenant.

Affolée à l'idée de devoir à nouveau subir les mauvais traitements de ma tante, je racontai ce qui s'était passé lorsque j'habitais chez eux. De nouveau, la Bonne Mère hocha la tête avec compréhension :

— Il y a une autre solution, mon enfant. Celles qui n'ont pas de famille peuvent rester ici jusqu'à leur majorité. Elles sont nourries, logées, mais en échange elles travaillent pour payer leur pension. Elles ont des tâches domestiques à effectuer, ainsi que des travaux de couture. C'est ce que font les grandes qui sont ici en ce moment, ce que faisait aussi Claire, votre petite maman. Si vous le voulez, vous pouvez adopter cette solution. Et à votre majorité nous vous placerons dans une maison honnête, où vous pourrez travailler. Cela vous conviendrait-il ?

— Oui, ma mère, dis-je sans hésiter.

— C'est bien, mon enfant.

Je sortis du bureau rassurée malgré ma tristesse toujours présente. La vie que j'avais menée jusqu'ici continuerait de la même façon. Il n'y avait plus que les sœurs, maintenant, pour veiller sur moi. Il me restait mon frère, mais nous nous voyions si peu que j'aurais pu me croire fille unique. Et puis, il ne pouvait pas s'occuper de moi. Il n'était pas majeur, et, chez Gustave, il n'était qu'un domestique.

Le lendemain de ses treize ans, Fernande quitta l'établissement. Je l'embrassai en pleurant, sincèrement peinée de la voir partir. Sans son amitié, j'allais me trouver encore plus esseulée. Et je pleurais aussi parce qu'elle s'en allait vivre avec sa mère, et que cette existence m'était désormais refusée. Ma pauvre amie essayait de me consoler sans y parvenir :

— Je ne t'oublierai pas, Emmeline. Je t'écrirai. Je prierai pour toi. Et nous nous reverrons.

La routine recommença, mais la vie n'était plus pareille. Fernande n'était plus là, et, le dimanche des visites, ma mère ne venait plus. Dès que je quittai l'école, sans transition, je fis partie des grandes. Comme elles, j'eus ma part de travail.

Le matin, après la messe à la chapelle et le petit déjeuner, nous avions une tâche ménagère à effectuer : balayer et cirer les escaliers, le dortoir, l'ouvroir. Le midi, après le repas, il fallait faire la vaisselle, à tour de rôle, et nettoyer le réfectoire. Même chose le soir. Ces corvées ne me rebutaient pas. Chez ma tante Léocadie, j'avais dû m'occuper seule du ménage, avec pour toute récompense des réflexions désagréables ou des reproches. Tandis que sœur Cécile, qui vérifiait notre travail, n'hésitait pas à nous féliciter lorsqu'il était bien fait, ce qui nous encourageait.

Outre ces tâches ménagères, la couture occupait notre temps. Le matin ainsi que l'après-midi – à l'exception d'une coupure pour le goûter à quatre heures – nous étions dans l'ouvroir, où nous devions travailler dans un silence complet. Nous n'avions le droit de parler que pendant les récréations. Sœur Cécile ou sœur Berthe-Louise nous surveillait. On me donna à faire, pour commencer, des ourlets, et ce, jusqu'à ce que mes points ne fussent plus visibles. Lorsque j'y parvins, je dus apprendre à faire des jours. Puis des points de croix au fil rouge sur une bande de tissu blanc, et ensuite les points de broderie : point de tige, de feston, de chaînette.

Je m'appliquais, attentive à réussir chaque travail. Des entreprises de la ville donnaient des vêtements à faire. Nous les recevions en pièces détachées, et il fallait les assembler, les faufiler, les coudre. Dès que je fus capable d'effectuer un ouvrage complet – il s'agissait souvent de chemises, ou de draps qu'il fallait ourler et dans lesquels il fallait faire des jours –, je fus payée pour chacune des pièces. Sœur Cécile, qui s'occupait également des finances de l'établissement, retenait sur ce salaire la somme nécessaire à ma pension. Elle mettait le reste dans une petite boîte en fer marquée de mon numéro. L'argent qu'elle contenait me serait remis le jour de ma majorité, lorsque je quitterais l'établissement.

Il y avait aussi la lessive, une fois par mois. Il fallait laver les draps, les chemises, tout le linge. Nous étions plusieurs filles, avec sœur Berthe-Louise, la responsable de la lingerie. Quant au bain que nous prenions dans la buanderie, maintenant que je faisais partie des grandes, on ne me bandait plus les yeux. Mais je devais me laver sans ôter ma chemise, puisque voir ou dévoiler sa nudité était un péché.

Ainsi, la vie s'écoulait, dans le travail et la prière. Je grandissais, au fil des saisons qui se succédaient. Je cousais et brodais de mieux en mieux. L'hiver, nous travaillions dans l'ouvroir, mais, l'été, lorsqu'il faisait beau, les sœurs nous permettaient de nous installer dans le jardin. C'était pour moi un grand plaisir. Le parc était superbe, avec des allées et des bancs disposés çà et là, à l'ombre des arbres. Nous nous asseyions avec notre ouvrage, et nous cousions en écoutant le chant des oiseaux. J'aimais les arbres, les peupliers qui chuchotaient dans le vent, les saules pleureurs qui agitaient languissamment leurs longues branches flexibles, et les marronniers qui nous offraient leur ombre dense et reposante. Travailler dehors me donnait une sensation de liberté que je n'éprouvais jamais lorsque j'étais enfermée dans l'ouvroir.

Je m'entendais bien avec mes compagnes, mais

aucune n'avait remplacé mon amie Fernande. Celle-ci, fidèle à sa promesse, m'écrivait. Elle était devenue roulotteuse, comme sa mère. Ses lettres me faisaient plaisir mais, en même temps, elles éveillaient en moi une grande peine, celle de penser que je n'aurais jamais ce simple bonheur auquel j'avais cru : vivre auprès de ma mère.

L'année de mes quinze ans, une nouvelle pensionnaire arriva, une « petite » âgée de sept ans, dont je devins responsable. Comme Claire l'avait fait avec moi, je l'aidai à s'acclimater, à se laver, à s'habiller, à refaire son lit. C'était une enfant douce et timide, qui tout de suite s'attacha à moi. De mon côté, j'éprouvais pour elle une grande affection avec, en plus, un sentiment maternel de protection.

Elle s'appelait Gervaise. Comme moi, elle venait de perdre sa mère. Elle m'expliqua qu'elle habitait Caudry et que son père travaillait comme tulliste dans un atelier, avec des postes à horaires variables, de jour comme de nuit. Il ne pouvait pas s'occuper d'elle et avait dû se résoudre à la placer en pension chez les sœurs, bien que cela leur fît beaucoup de peine de se séparer.

— Je sais, dis-je, compréhensive. Moi aussi, j'étais dans ton cas, et j'étais malheureuse de ne plus être avec ma mère. Mais ici, nous nous occuperons de toi. Et puis, ton père viendra te voir le dimanche.

Je l'entourais de tendresse. Elle m'appelait « petite mère » ou « petite maman », et j'en étais touchée. Peu à peu, je prenais dans son esprit la place de sa mère disparue. Et je m'efforçais de lui donner cet amour qui lui manquait.

Une autre personne s'intéressait à moi : c'était madame Valloires, l'une des bienfaitrices de l'établissement. Je portais toujours autour de mon cou la croix en or qu'elle m'avait offerte le jour de ma communion solennelle. Cette dame, riche et veuve, assez âgée, vivait seule. Le dimanche, lorsque nous allions à la grand-messe, à laquelle elle assistait aussi, elle venait nous saluer, à la sortie, et elle échangeait toujours quelques mots avec moi. Pour la simple raison que je portais le prénom de la petite fille qu'elle avait perdue, elle s'intéressait davantage à moi qu'à mes compagnes. Notre conversation, très brève, était toujours à peu près la même :

— Bonjour, Emmeline. Vous allez bien ?

— Oui, madame.

Elle hochait la tête avec approbation et s'en allait, satisfaite de ces quelques paroles échangées. Je la regardais s'éloigner et j'éprouvais pour elle, malgré sa richesse, une sympathie apitoyée. Elle n'avait pas eu d'autre enfant que sa petite Emmeline, m'avait expliqué sœur Cécile, et je sentais confusément que cette femme était malheureuse.

L'hiver qui suivit l'arrivée de ma petite Gervaise fut précoce. Déjà, au cours de l'automne, il y eut des gelées et il fit très froid. Le dortoir n'était jamais chauffé, et nous y étions habituées. Mais, dans l'ouvroir, nous sentions nos mains et nos pieds se glacer. Nos doigts gourds nous empêchaient de travailler correctement. Il fallut se résoudre à chauffer la salle, dont chacune d'entre nous, à tour de rôle, avait la charge : allumer dès le matin le feu qui en occupait le centre, et l'alimenter tout au long de la journée.

Lorsque ce fut mon tour, je descendis à la cave afin de remplir le seau de charbon. Je m'aperçus qu'il en restait très peu. Quelques jours plus tard, au moment de notre prière du soir, notre Mère supérieure vint nous voir et nous confia, l'air alarmé :

— Mes pauvres enfants, nous n'avons plus d'argent pour le charbon. Nous allons être sans chauffage. Mais je ne veux pas que vous ayez froid, pauvres petites ! Alors, voici ce que nous allons faire : nous allons prier, de tout notre cœur. Demandons à Notre Seigneur Jésus-Christ de nous aider.

Nous obéîmes. Ensemble, nous adressâmes une prière fervente. Nous recommençâmes le lendemain, le surlendemain, et notre prière se faisait d'autant plus pressante que notre provision de charbon touchait à sa fin. Après quelques jours, un soir, notre Bonne Mère arriva, le visage rasséréné :

— Nos prières ont été entendues, mes enfants. Monsieur Dorcelles vient de me remettre une somme importante. Nous pourrons nous chauffer cet hiver.

Je savais que, parmi les bienfaiteurs, monsieur Dorcelles était l'un des plus généreux. Je l'avais déjà aperçu, lors de la grand-messe, le dimanche. Grand, toujours vêtu de noir, il avait un aspect sévère. Avec notre Bonne Mère, nous fîmes une prière d'action de grâces. Comme mes compagnes, je priai avec reconnaissance et sincérité, remerciant monsieur Dorcelles de son immense bonté, sans me douter un seul instant que l'occasion me serait donnée, un jour, de découvrir que cette bonté avait des limites.

Cet incident m'avait prouvé une fois de plus que les sœurs étaient pauvres, ce que je savais déjà. Après le départ de la plus âgée des pensionnaires, ce fut moi qui accompagnai sœur Thérèse à la ville les jours de marché. Nous partions en carriole, et nous arrivions toujours au dernier moment, afin de pouvoir profiter des restes. Souvent, les marchands nous faisaient un prix. Mais, parfois, sœur Thérèse trouvait celui-ci encore trop élevé, et elle s'arrangeait pour le faire baisser. J'en étais humiliée. Un jour, devant son insistance, un marchand de pommes de terre lui rétorqua avec humeur :

— Je ne peux pas vous les faire pour rien, quand même !

Sur le chemin du retour, je ne pus m'empêcher de dire à sœur Thérèse combien j'avais été gênée. Elle secoua la tête avec reproche :

— Il ne faut pas être orgueilleuse, mon enfant. C'est un péché. Jésus nous aime doux et humbles de cœur.

Puis, sans transition, un sourire malicieux éclaira son visage :

— Et puis, la plupart des vendeurs adorent marchander. Si je ne le faisais pas, ils seraient déçus.

C'était peut-être vrai. Mais je pensais toujours à ma mère et à son refus d'accepter la charité comme ces malheureux qui profitaient du *bon verdi*.

De mon côté, grâce à mes travaux de couture, je pouvais payer ma pension, et il me restait de l'argent que sœur Cécile gardait soigneusement pour moi. Plus le temps passait, plus cette somme augmentait. Et, au fil des mois, des années, je voyais se rapprocher avec appréhension le jour de ma majorité. Pendant longtemps, il m'avait paru lointain, mais, de plus en plus souvent, je m'inquiétais. Chez qui les sœurs me placeraient-elles ? L'inconnu me faisait peur. Je finissais par trouver rassurante la monotonie des jours qui, pourtant, me pesait parfois. Mes autres compagnes, contrairement à moi, attendaient avec impatience le jour de leur sortie. L'une d'elles, Élodie, m'avait confié :

— Quel soulagement lorsque je sortirai enfin de cette prison !

Je n'avais pas répondu, choquée par son ingratitude envers les sœurs. Elles nous élevaient du mieux qu'elles le pouvaient, et nous n'avions qu'elles pour veiller sur nous.

Ma petite Gervaise, elle aussi, grandissait. Bientôt, elle quitterait l'école. À ce moment-là, elle retournerait vivre avec son père. Elle serait assez grande pour s'occuper de leur maison, et même pour travailler. Lorsqu'elle parlait de ce moment, ses yeux se mettaient à briller, mais un regret ternissait sa joie :

— Je ne vous verrai plus, petite maman. Comme vous allez me manquer !

Je savais que, à moi aussi, elle manquerait. Je m'efforçais de la réconforter :

— Nous nous écrirons. Tu me donneras de tes nouvelles. Et puis, nous pourrons peut-être nous voir de temps en temps.

En attendant, nous continuions notre vie dans le travail et la prière. Gervaise, qui adorait la musique, chantait pendant la messe pour accompagner sœur Marie-Ange à l'harmonium. Il y avait, juste avant la communion, un chant que j'aimais beaucoup : *Le voici, l'agneau si doux / Le vrai pain des anges / Du ciel il descend pour nous / Adorons-le tous*. À chaque fois, la voix pure de Gervaise soulevait en moi une émotion profonde et mettait des larmes dans mes yeux.

Au cours de ces années, j'eus la joie d'avoir, de temps à autre, la visite de mon frère. Il ne venait qu'une fois ou deux par an, mais cela me prouvait qu'il ne m'oubliait pas. Il m'apportait du chocolat, des bonbons, et me demandait si tout allait bien. Quant à lui, il continuait à travailler chez Gustave et se montrait satisfait de son sort. Après quelques minutes, nous ne savions plus quoi nous dire. Timothée se raclait la gorge, regardait autour de lui, emprunté dans ses vêtements du dimanche et dans le parloir aux boiseries de chêne et au plancher ciré. Il finissait par se lever en murmurant avec embarras :

— Eh bien, au revoir, Emmeline... À la prochaine fois.

Il m'embrassait gauchement et s'en allait. Le cœur serré, je le regardais s'éloigner, malheureuse, en pensant qu'il était la seule personne de ma famille qui se souciât encore un peu de moi.

Madame Valloires était devenue une vieille dame aux cheveux blancs, toujours vêtue avec élégance. Un dimanche, elle m'interrogea sur mon âge, me demanda à quel moment arriverait ma majorité. Lorsque je lui eus répondu, elle hocha la tête et me tapota le bras d'un air entendu, sans pour autant s'expliquer.

Je compris le but de sa question un peu plus tard. Quelques semaines avant mes vingt et un ans, notre Bonne Mère me convoqua. Elle m'expliqua que madame Valloires, avec l'âge, voyait de moins en moins bien. Elle avait besoin d'une demoiselle de compagnie qui s'occuperait d'elle et qui, surtout, lui ferait la lecture. Et elle désirait m'engager.

Cette nouvelle m'apporta un grand soulagement. Je n'allais pas être projetée, comme je le craignais, dans l'inconnu. Je savais que madame Valloires était bonne et qu'auprès d'elle je ne serais pas malheureuse. L'appréhension qui parfois m'empêchait de dormir s'envola subitement.

Je fis part de cette nouvelle à ma petite Gervaise. Elle fut contente pour moi, mais soupira :

— Lorsque vous partirez, je me retrouverai seule.

— Allons, dis-je, rassurante. Tu as bientôt treize ans, tu es grande, tu n'as plus besoin de moi. Et tu n'auras plus que quelques mois à attendre avant d'aller vivre avec ton père.

Elle acquiesça, un peu consolée. Mais je comprenais ce qu'elle avait voulu dire. Nous aurions beaucoup de peine de nous séparer, car nous nous aimions tendrement.

8

Madame Valloires habitait, non loin de la grand'place, une belle maison à l'allure imposante. Je fus tout de suite frappée par les hautes pièces, les lambris de chêne, les tapis, les meubles sculptés, et les cheminées en marbre surmontées de miroirs aux dorures étincelantes. Cela me gêna, au début, d'apercevoir mon reflet dans chacun de ces miroirs. Chez les sœurs, il n'y en avait pratiquement pas, et nous ne devions jamais nous admirer : la coquetterie, elle aussi, était un péché.

J'occupais une grande chambre, qui me parut luxueuse, avec sa fenêtre aux lourdes tentures, son confortable lit aux barreaux de cuivre, sa commode au dessus de marbre et sa vaste armoire dans laquelle le peu de linge que je possédais semblait perdu.

J'avais été engagée pour servir de dame de compagnie et de lectrice. Une femme de ménage, une forte femme nommée Augustine, venait tous les matins nettoyer la maison et préparer les repas. Dès que ma maîtresse faisait retentir sa clochette en argent, Augustine me donnait le plateau du petit déjeuner, et je l'apportais dans la chambre de madame Valloires. Je lui souhaitais le bonjour, j'ouvrais les doubles-rideaux et je l'aidais à s'installer ; elle adorait déjeuner au lit. Je lui versais son café, je lui tartinais ses biscottes et son pain de beurre frais et de confiture. Lorsqu'elle avait terminé, je reportais le plateau à la cuisine, puis j'allais l'aider à s'habiller.

— J'y vois de moins en moins, soupirait-elle. Et ces robes ont tellement de boutons ! Je suis incapable de les boutonner correctement.

Dès qu'elle était habillée, elle exigeait sa promenade. Nous sortions et, tandis que je la tenais par le bras pour lui éviter les faux pas, nous marchions dans les rues selon sa fantaisie. Elle connaissait parfaitement Cambrai, où elle avait toujours vécu. Parfois, elle exprimait le désir de se rendre sur la tombe de son mari et de sa fille. Nous sortions de Cambrai par la porte Notre-Dame, nous pénétrions dans le cimetière Saint-Géry. Ces visites attristaient ma maîtresse pour le reste de la journée. Devant la tombe de sa petite Emmeline, elle soupirait, versait quelques larmes :

— Elle avait juste six mois, murmurait-elle. Elle commençait à sourire...

Je ne savais que dire pour la consoler. Je regardais la tombe sur laquelle veillait une statue en forme d'ange, et je me sentais triste, moi aussi.

Mais, heureusement, toutes nos sorties n'étaient pas aussi déprimantes. La plupart du temps, nous nous promenions dans les rues, nous regardions les vitrines des magasins. Elle avait décrété qu'il me fallait une nouvelle robe, celle que je portais n'étant pas assez élégante. C'était, pourtant, la meilleure qu'avaient trouvée les sœurs parmi celles qui nous étaient données.

— Et puis, avait ajouté ma maîtresse, je vous en ferai faire une autre pour l'hiver. Nous irons chez Boulet, le marchand de tissu. Aline Guislain, la couturière de la place d'Armes, vous fera quelque chose de très bien. Il vous faudra aussi une veste. Je vous emmènerai chez Février, ils ont des vêtements de premier choix. Et n'oublions pas les chaussures. Nous irons chez Vitu-Barbotin, à moins que vous ne préfériez le Printemps. Faites-moi confiance, et suivez-moi les yeux fermés.

Nous fîmes ainsi plusieurs magasins, sans oublier la lingerie et les dessous. Nous terminâmes nos achats par un corset à la mercerie Gernez *Au Coin Marin*. Ma maîtresse m'expliqua pourquoi ce magasin avait été baptisé ainsi : d'abord, il se situait à l'angle de la rue, et, ensuite, Marin était le prénom de son propriétaire.

Tous ces achats me faisaient tourner la tête. Je n'étais pas habituée à posséder d'aussi jolies choses. J'osai une timide protestation, mais madame Valloires me fit taire avec un geste impératif :

— J'ai toujours aimé les beaux vêtements. Et, puisque vous devez vivre avec moi, je veux que vous soyez bien habillée. Je n'y vois plus beaucoup, mais encore assez pour apprécier que vous soyez élégante. Simple, mais élégante.

Au hasard de nos promenades, lorsque nous passions devant une église, elle me faisait entrer. Elle allumait un cierge et priait. Elle m'apprit que Notre-Dame-de-Grâce était la patronne de Cambrai. Elle me montra, dans l'église Saint-Géry, le tableau *La Mise au tombeau* peint par Rubens. Et elle m'expliqua qui était Rubens.

Grâce à elle, je me cultivais. Chaque jour, après le repas de midi – des repas qui, après la nourriture frugale des sœurs, ressemblaient pour moi à un festin –, elle faisait une courte sieste, et ensuite m'appelait afin que je lui fasse la lecture. Elle possédait une grande bibliothèque remplie de livres. Moi qui n'avais connu, pour toute lecture, que la vie des saints, je découvrais Chateaubriand, Balzac, Voltaire, Montesquieu. En même temps, nous avions des discussions. Elle me donnait son avis sur chaque œuvre et m'encourageait à dire le mien. Je lui lus les poèmes de Baudelaire, de Lamartine, de Victor Hugo. L'un d'eux, dans *La Légende des siècles*, intitulé « Petit Paul », me fit pleurer. Je fus également très émue par *La Mort du loup* d'Alfred de Vigny. Je lus *Les Trois Mousquetaires*, d'Alexandre Dumas, et je me passionnai pour leurs aventures. Le titre de ce livre ne m'était pas inconnu car, chez les sœurs, Élodie, qui l'avait reçu en cadeau de son oncle, l'avait dissimulé pour le lire en cachette. Elle s'était fait prendre et sœur Cécile, très mécontente, avait confisqué le livre et obligé Élodie à réciter plusieurs actes de contrition.

Ainsi, grâce à madame Valloires, ma façon de voir les choses changeait. Les sœurs m'avaient habituée à tout regarder avec des œillères, mais elle me les ôtait, m'invitant à découvrir la vie telle qu'elle était. Lorsque je m'habillais pour sortir, elle m'obligeait à observer mon reflet dans la grande glace de l'entrée :

— Si vous ne vous voyez pas, comment saurez-vous si vous n'êtes pas vêtue de travers ? J'entends que vous ayez une tenue irréprochable.

Avec beaucoup de mal, elle parvint à me défaire de mon habitude de garder les yeux baissés – signe d'humilité et de modestie.

— Je veux voir votre regard lorsque je vous parle, exigeait-elle. Si vous me le cachez, j'ai l'impression que vous cherchez à me dissimuler quelque chose.

Grâce à son influence et aux miroirs de la maison, grâce aussi aux nouveaux vêtements qui me rendaient élégante, je prenais conscience de mon apparence physique, et j'étais heureuse de constater que j'avais un joli visage et de grands yeux. Mais, bien vite, je me reprochais cette satisfaction qui, certainement, était un péché.

— Mais non, ce n'est pas un péché, me répondit un jour madame Valloires. Il est normal pour une femme d'aimer être belle. Auriez-vous donc voulu être un laideron ?

Ses reparties me faisaient sourire. De plus en plus, je m'attachais à elle. Elle m'avait montré, une fois, la pièce qui avait servi de chambre à sa petite Emmeline. Il y avait encore le berceau, orné de dentelles, et mon cœur s'était serré de tristesse.

— Elle serait devenue une grande et belle jeune fille comme vous, avait-elle soupiré. Je ne me suis jamais consolée de sa mort.

Elle avait des amies, qui venaient la voir, quelquefois, l'après-midi. Pendant qu'elles discutaient ensemble, j'avais la permission de me retirer. J'allais dans la bibliothèque, je prenais un livre, je m'asseyais dans un fauteuil et j'oubliais le monde environnant. Je découvrais la passion de la lecture.

Les semaines s'écoulaient ainsi, et j'étais satisfaite de mon sort. Je vivais dans une belle maison, où j'avais du pain frais à chaque repas, moi qui, pendant des années, n'avais mangé que des croûtons secs récupérés par sœur Thérèse dans les restaurants. Ma maîtresse n'était pas exigeante, et une sincère affection nous unissait. Elle disait :

— Je suis contente de vous avoir auprès de moi, Emmeline. Votre présence illumine mes vieux jours.

Parfois, pour me prouver sa satisfaction, elle insistait pour me donner l'un de ses bijoux, en plus du salaire qu'elle me versait. Je refusais, et elle fronçait les sourcils, contrariée :

— Allons, acceptez. Cela me fait plaisir de vous gâter. Seriez-vous orgueilleuse ?

Je pensais à sœur Thérèse, qui m'avait souvent fait la même remarque. Mais je secouais la tête :

— Pardonnez-moi, madame. Je ne peux pas accepter. C'est beaucoup trop beau pour moi.

— Allons donc ! Trop de modestie, maintenant. Prenez, c'est un ordre.

Elle me mettait de force, dans la main, un collier ou une bague. Embarrassée, je n'osais plus protester. Je plaçais le bijou dans la boîte qui contenait mon argent, avec un sentiment mitigé de gêne et de plaisir.

Après chaque journée, le soir, lorsque je me retrouvais dans ma chambre, j'aimais me mettre à la fenêtre. De là, j'apercevais le beffroi de l'hôtel de ville, et je guettais l'apparition des automates, Martin et Martine. Coiffés d'un turban, ils me plaisaient beaucoup, et j'aimais la légende qui s'y rattachait, selon laquelle deux forgerons, d'origine mauresque, avaient débarrassé Cambrai d'un malfaiteur dont la bande ne cessait de harceler ses habitants. Ils sonnaient l'heure sur la grosse cloche du carillon, et l'un des deux *gallus* – les guetteurs qui, du haut du beffroi, surveillaient la ville – leur répondait à chaque demie. Dans la journée, il se servait de la petite cloche, surnommée *clocque des biberons*. Puis, à partir de onze heures et demie du soir[1] – et toujours aux demies –, il répondait au moyen d'une trompe.

Je demeurais appuyée à la croisée jusqu'à la tombée de la nuit. Je voyais alors arriver l'allumeur de réverbères, vêtu de son éternelle blouse bleue. Il s'arrêtait

1. On disait alors 11 heures du soir et non 23 heures. Les heures de 13 à 24 heures n'ont été utilisées qu'après 1912.

sous ma fenêtre où se trouvait l'un des réverbères de la rue ; il levait la longue perche au bout de laquelle rougeoyait une petite flamme, et le réverbère s'allumait. En effectuant ce travail, le brave homme m'apercevait, penchée à ma fenêtre. À la longue, il me connaissait, sans que nous ayons jamais échangé un seul mot. Il me saluait en portant deux doigts à sa casquette, et je lui répondais d'un signe de tête. Quelque chose en lui, dans son allure, me rappelait mon père. Je le regardais s'éloigner, puis je me retirais. Comme je le faisais chez les sœurs, je m'agenouillais près de mon lit et je disais mes prières. Enfin je me couchais, et je ne tardais pas à m'endormir en attendant un nouveau jour.

Le dimanche, à la grand-messe, je rencontrais les sœurs. À la sortie, nous échangions quelques mots. Elles me demandaient si tout allait bien pour moi, et je répondais affirmativement. Madame Valloires faisait tant d'éloges à mon sujet que je finissais par être gênée.

— Discrète, efficace, bonne lectrice : elle est parfaite, affirmait-elle.

Les sœurs souriaient d'un air approbateur. Madame Valloires et moi, nous repartions, à petits pas, jusqu'à la maison. Je servais le repas, débarrassais la table, puis, comme chaque dimanche après-midi, j'accompagnais ma maîtresse chez l'une ou l'autre de ses amies. Avant d'aller la rechercher, j'avais quelques heures devant moi. Et je les occupais à rendre visite à mon amie Fernande.

Depuis qu'elle avait quitté l'établissement des sœurs, à l'âge de treize ans, nous nous étions souvent écrit. Elle m'avait si bien expliqué où se situait l'immeuble qu'elle habitait que je l'avais trouvé sans peine. Nous nous étions revues avec joie, retrouvant immédiatement, malgré les années écoulées, notre ancienne complicité. Chaque dimanche, elle m'attendait, avec sa mère, dans leur petit logement simple mais chaleureux. J'embrassais mon amie, je serrais la main de sa mère :

— Bonjour, Fernande. Bonjour, madame Florence.

Elles me faisaient asseoir, et je leur racontais les petits incidents qui avaient jalonné ma semaine. Elles m'offraient du café. Nous bavardions. Nous avions parfois des fous rires sans raison, et sa mère nous regardait avec indulgence. C'était une femme très douce, que j'aimais beaucoup. Cet intermède me faisait du bien, mettait un peu de fantaisie dans mon existence trop sévère.

Parfois, elles avaient du retard dans leur travail, et elles me demandaient la permission de roulotter des mouchoirs en ma présence. Je les observais tandis qu'elles cousaient, et elles me rappelaient ma tante Léocadie, sans cesse penchée sur son ouvrage. Un après-midi où Fernande souffrait d'une migraine, je m'offris à la remplacer. Sa mère me montra comment faire, et je m'appliquai. Chez les sœurs, j'avais tellement brodé, cousu, fait des ourlets et des jours que je ne trouvai pas ce travail difficile. Madame Florence, surprise et admirative, constata :

— Vous feriez une bonne roulotteuse, Emmeline. Vous travaillez vite et bien.

À dater de ce jour, il m'arriva de les aider de temps à autre. Je me rendais compte, à ces moments-là, que la couture me manquait. Elle avait fait si longtemps partie de ma vie qu'elle avait fini par devenir une habitude – une habitude qui n'avait rien de désagréable, au contraire.

À la fin de l'après-midi, arrivait l'heure à laquelle je

devais aller rechercher madame Valloires. Je me levais pour partir. Souvent, Fernande m'accompagnait et, dans les rues, bras dessus, bras dessous, nous riions de tout et de rien. Au moment de nous quitter, elle m'embrassait, me serrait contre elle avec affection :

— Au revoir, Emmeline. À dimanche prochain.

Je retrouvais ma maîtresse, que je ramenais chez nous en marchant lentement. Elle voyait de moins en moins bien et craignait de trébucher. Je la guidais, je la soutenais. Puis, lorsque nous étions rentrées, elle me demandait de lui faire un peu de lecture. Après le repas, je l'aidais à se déshabiller et à se coucher. Lorsque je me retrouvais dans ma chambre, je repensais à mon amie Fernande et à nos fous rires. Et je me rendais compte que j'attendais avec impatience le moment de la retrouver.

Gervaise, ma « petite », m'écrivit. Elle venait de quitter l'établissement des sœurs, et elle vivait de nouveau avec son père. Elle me disait qu'elle avait retrouvé sa maison, sa chambre, ainsi que tous les gens qu'elle connaissait et qui l'avaient vue naître. Elle était heureuse. Elle terminait en m'invitant à aller lui rendre visite quand je le voudrais ; elle affirmait que je serais toujours, chez elle, la bienvenue.

Je repliai la lettre, songeuse. Ma petite Gervaise avec son père, mon amie Fernande avec sa mère... Alors que moi, je me retrouvais seule au monde. Depuis que je vivais chez madame Valloires, mon frère n'était pas venu me voir. Et je n'avais plus aucune nouvelle de mon parrain Dodore et de ma tante Léocadie. Je leur avais écrit dès mon arrivée chez madame Valloires, dont je leur avais donné l'adresse. Mais je n'avais pas reçu de réponse. Je savais que, à l'heure où passait le facteur, mon parrain était à la cave, devant son métier. C'était toujours ma tante qui prenait le courrier. Et elle était bien capable de ne pas transmettre ma lettre à son mari.

Je remis la missive de Gervaise dans son enveloppe et, en la rangeant dans le tiroir de ma table de nuit, je me dis que mon existence serait toujours ainsi, terne, unie, sans véritable joie. Je m'enlisais dans une monotonie qui, pourtant, n'était pas désagréable. J'aimais bien ma maîtresse, et, grâce à l'affection qu'elle me montrait, je finissais par la considérer comme une grand-mère qu'il me fallait dorloter.

Cependant, au printemps, ma vie commença à changer.

C'était un dimanche du mois de mars. J'étais allée rechercher ma maîtresse chez l'une de ses amies, et nous revenions à petits pas, comme d'habitude. Après une matinée ensoleillée, le vent s'était levé, et la pluie menaçait. J'espérais que nous serions rentrées avant l'averse qui se préparait. Au moment où nous étions parties, il faisait si beau que nous n'avions pas emporté de parapluie. Mais, lorsque j'avais quitté Fernande, de gros nuages gris envahissaient déjà le ciel. Et maintenant, ils se pressaient, de plus en plus noirs et menaçants.

Nous étions encore assez loin de la maison lorsque les premières gouttes se mirent à tomber. Espacées au début, elles devinrent très vite de plus en plus drues et serrées. C'était une giboulée de mars et, mêlés à la pluie, des grêlons de la taille d'un petit pois ricochaient avec force sur le sol. Il était impossible de continuer à avancer sous un tel déluge ; nous allions être trempées. J'entraînai ma maîtresse vers une porte cochère :

— Venez. Abritons-nous là.

Nous nous dirigions vers ce refuge lorsqu'un jeune homme, arrivant à grands pas en sens inverse, faillit nous heurter. Il leva bien haut le parapluie qu'il tenait, nous aperçut :

— Excusez-moi, mesdames... Mais... Madame Valloires ! Que faites-vous sous cette pluie battante ? Et vous n'avez pas de parapluie ? Permettez que je vous escorte avec le mien. Il est assez large pour vous protéger toutes les deux, mademoiselle et vous.

Ma maîtresse leva la tête, plissa les yeux avec méfiance :

— Qui donc... ?

Et, tout aussitôt, reconnaissant le jeune homme, elle eut une exclamation joyeuse :

— Ah, c'est vous, mon petit Géry ? Il y a bien longtemps que je ne vous ai vu...

L'averse redoubla de vigueur, et le nommé Géry, passant derrière madame Valloires et moi, se plaça entre nous deux, tenant au-dessus de nos têtes le parapluie sous lequel, effectivement, nous étions protégées. En luttant contre le vent et la pluie, nous nous remîmes à avancer, essayant de marcher le plus vite possible. Lorsque nous fûmes enfin devant la maison de madame Valloires, le haut de notre corps était demeuré sec grâce au parapluie, mais le bas de notre robe était mouillé et taché. Quant à notre sauveteur, de petites rigoles coulaient de son chapeau sur son visage, et sa redingote ainsi que son pantalon étaient trempés. Du même geste élégant, il leva son parapluie :

— Vous voici arrivées, mesdames !

— Merci, mon petit Géry, dit ma maîtresse.

Elle me tendit la clef de sa maison et, pendant que j'ouvrais la porte, elle se tourna vers le jeune homme qui, immobile, tenait toujours son parapluie au-dessus de nous.

— Venez vous essuyer avant de repartir. Vous ruisselez.

— Ne vous inquiétez pas. Je me changerai chez moi. Ne tardez pas à le faire, vous aussi, cette pluie est glaciale. Si vous le permettez, je reviendrai demain prendre de vos nouvelles.

— Avec plaisir, mon petit. Je suis toujours contente de vous voir, vous le savez bien.

Il s'inclina avec un sourire, devant ma maîtresse d'abord, puis devant moi :

— Alors, à demain, chère madame. À demain, mademoiselle.

— À demain, mon petit Géry.

— À demain, monsieur, dis-je timidement.

Tandis que je refermais la porte, je levai les yeux et croisai son regard. Il s'inclina de nouveau et je me sentis rougir. Puis il se détourna et s'éloigna sous la pluie qui tombait toujours.

Lorsque nous fûmes séchées et changées, madame Valloires me parla de ce « petit Géry », comme elle l'appelait :

— Il est le fils de Ludovic Dorcelles. Son fils unique. Sa mère est morte en le mettant au monde. Ludovic est demeuré inconsolable. Il ne s'est jamais remarié. Il ne vit que pour son fils.

Je connaissais ce nom. Parmi les bienfaiteurs de l'établissement, chez les sœurs, il y avait un monsieur Dorcelles grâce à qui, un hiver où nous manquions de charbon, nous avions pu nous chauffer. Je demandai à ma maîtresse s'il s'agissait de lui.

— Oui, c'est lui. Il fait partie des bienfaiteurs de la ville. C'est un homme bon, mais la perte de sa femme, qu'il adorait, l'a meurtri. Du vivant de mon mari, nous nous fréquentions. J'ai connu Géry tout petit. Mais, depuis que mon mari n'est plus là, je vis en recluse, et nous nous sommes perdus de vue.

Elle continua à bavarder. Je retins de ses paroles que monsieur Dorcelles dirigeait une maison de tissage qui fabriquait des draps et des mouchoirs. Son fils était appelé à lui succéder. Et j'en conclus qu'il était riche, ce que m'avait confirmé l'élégance de ses vêtements.

Ce soir-là, tandis que je disais mes prières dans ma chambre, son visage m'apparaissait sans cesse, m'empêchant de me concentrer. Je revoyais ses yeux noisette, au regard clair et franc, son sourire séduisant. Lorsque je me couchai, son image était encore là, derrière mes paupières closes. Avant de m'endormir, je ressentis une joie puérile en pensant que j'allais le revoir le lendemain.

Il arriva en fin d'après-midi, alors que je faisais la lecture à madame Valloires. En entendant résonner le marteau de la porte, je sursautai et mon cœur battit plus vite. Je compris que, tout au long de la journée, j'avais guetté sa venue.

Madame Valloires annonça posément :

— Ah, je parie que c'est mon petit Géry. Allez ouvrir, Emmeline.

Je posai le livre et me dirigeai vers la porte d'entrée. Les mains tremblantes, j'ouvris, et il fut là, devant moi, semblable à l'image qui ne m'avait pas quittée. Il ôta son chapeau, me sourit, et je baissai les yeux, intimidée.

— Bonjour, mademoiselle. Comme promis, je viens

prendre de vos nouvelles. Comment allez-vous ? Madame Valloires ne souffre pas d'un refroidissement, j'espère ?

Je secouai la tête et, les yeux toujours baissés, je l'invitai à entrer.

— Venez dans le salon, dis-je. Elle vous attend.

En le voyant arriver, ma maîtresse lui tendit les bras :

— Mon petit Géry ! Comme c'est gentil à vous ! Venez donc, que je vous embrasse !

Il se pencha vers elle et elle l'embrassa affectueusement.

— Je suis rassuré de vous voir en pleine forme, déclara-t-il avec sincérité.

Il se releva, lui tendit un petit paquet noué d'un ruban :

— Permettez-moi de vous offrir ces quelques douceurs.

— Oh, Géry ! protesta ma maîtresse. Vous me gâtez ! Mais prenez place, voyons. Emmeline va nous servir un peu de café.

J'accueillis cette phrase avec soulagement. Je sentais mes joues brûler, et une chaleur inconnue se répandait dans tout mon corps. Je me réfugiai dans la cuisine, où je me mis à préparer le café. Sur un plateau je disposai les tasses, les cuillères, le sucre, ainsi qu'une assiette de petits gâteaux confectionnés par Augustine le matin même. Lorsque le café fut passé, je le versai puis, prenant le plateau à deux mains, je revins dans le salon. La brûlure de mes joues avait disparu, et les battements de mon cœur semblaient redevenus normaux.

Dès que je poussai la porte restée entrouverte, notre visiteur se leva et vint à moi, m'ôtant le plateau des mains :

— Laissez-moi vous aider, mademoiselle. Cela semble bien lourd. Dois-je le poser sur la table ?

J'acquiesçai avec un sourire confus. Je m'assis près de madame Valloires, qui me mit sous les yeux une boîte de bonbons :

— Regardez ce qu'il m'a apporté : des *bêtises* ! J'en raffole. Je les achète depuis des années à la maison Despinoy.

— Celles-ci viennent de chez Afchain, expliqua Géry. Et je suppose que vous savez pourquoi elles portent le nom de « bêtises » ?

Madame Valloires, occupée à ôter le papier d'emballage, ne répondit pas. Géry m'interrogea du regard et, en rougissant, je fis un signe de tête négatif. Avec l'expression ravie d'un enfant heureux de narrer une histoire, il se mit à raconter :

— Il y a de cela plusieurs années, monsieur et madame Afchain avaient embauché leur fils comme apprenti confiseur. Un jour, dans la fabrication de bonbons commandés par une cliente, celui-ci se trompa. Il était trop tard pour tout recommencer, et les parents se crurent déshonorés. La mère cria à son fils : « Tu es un bon à rien, tu ne fais que des bêtises ! » Le père expliqua la situation à la cliente, qui acheta néanmoins les bonbons : elle avait un grand dîner le soir même et en offrait toujours à ses invités après le repas. Le lendemain, elle revint, fort satisfaite. Les nouveaux bonbons contenaient davantage de menthe que les précédents, et ses invités en avaient apprécié les vertus digestives. Elle exigea, à l'avenir, qu'ils soient toujours fabriqués avec cette nouvelle formule. D'autres personnes, parmi ses invités de ce jour-là, vinrent en commander également. Puis d'autres encore. À la fois surpris et ravis de ce succès, les Afchain baptisèrent ces bonbons les *bêtises*. Voilà ! conclut-il avec un grand sourire.

Nous bûmes le café tout en bavardant ; madame Valloires demandait des nouvelles de personnes que je ne connaissais pas et avec qui elle avait été en relation. Géry répondait. Assise sur ma chaise, immobile et silencieuse, j'avais une conscience aiguë de sa présence. Je le regardais mais, dès qu'il tournait son visage vers moi, je m'empressais de baisser les yeux.

Lorsque l'horloge posée sur la cheminée sonna six heures, il s'exclama :

— Déjà ! Comme le temps passe vite chez vous ! Permettez que je me retire. Nous prenons toujours le repas du soir à heure fixe, et mon père n'aime pas attendre.

— Comment va-t-il, ce cher Ludovic ?

— Il va bien. C'est un bourreau de travail. Le travail, toujours le travail ! Il se tuerait à la tâche, et il voudrait que je fasse la même chose. Mais je ne me laisse pas faire, ah non, alors !

Il eut de nouveau un de ses sourires irrésistibles, se leva, se pencha sur ma maîtresse dont il baisa la main :

— Au revoir, chère madame. Me permettez-vous de repasser un de ces jours ?

— Ce sera toujours avec plaisir, mon petit Géry. Vous ne devriez même pas me poser cette question !

Il se tourna vers moi, s'inclina :

— Au revoir, mademoiselle.

— Au revoir, monsieur, répondis-je, gênée de sentir mes joues se remettre à brûler.

— Reconduisez-le, Emmeline, dit ma maîtresse.

Je l'escortai jusqu'à la porte d'entrée. Sur la table du vestibule, il récupéra son chapeau. Je lui ouvris la porte, et il sortit en remarquant :

— Le temps est meilleur, aujourd'hui. Avez-vous vu ? Il y a même un peu de soleil.

Je fis un signe d'assentiment, ne sachant que répondre, embarrassée par une timidité qui me rendait muette. Il s'inclina une nouvelle fois, m'adressa son séduisant sourire :

— À bientôt, mademoiselle.

Il s'en alla, et je refermai la porte. Mon cœur battait de nouveau. J'étais trop naïve et trop inexpérimentée pour comprendre ce trouble inconnu qui m'envahissait. Je rejoignis ma maîtresse au salon.

— Charmant jeune homme, n'est-ce pas ?

J'acquiesçai d'un signe de tête, tout en reprenant les tasses et le plateau pour débarrasser. Madame Valloires me tendit la boîte de « bêtises ».

— En désirez-vous ?

— Merci, madame, dis-je en prenant un bonbon.

Je le posai sur ma langue et, tout en me rendant dans la cuisine, je le laissai fondre lentement. Je le trouvai délicieux. Mais mon avis était fortement influencé par le fait qu'il avait été offert par Géry.

9

Il revint le surlendemain, puis trois jours plus tard, puis la semaine suivante. Je me surprenais à attendre sa visite. J'étais déçue les jours où il ne venait pas, et incompréhensiblement heureuse quand il arrivait et qu'il posait sur moi ses yeux qui me troublaient. Il m'attirait, et je sentais, en osant à peine y croire, qu'il éprouvait la même chose pour moi.

Le soir, seule dans ma chambre, je m'interrogeais. Le résultat de mes réflexions était toujours le même : rien n'était possible entre nous. Il était l'héritier d'une maison de tissage, son père était un directeur riche et important. Moi, je n'étais qu'une demoiselle de compagnie, j'étais pauvre, et j'aurais pu être l'une de ses ouvrières, comme Fernande qui était roulotteuse. À ce sujet, je n'osais pas parler de lui à mon amie, et, en même temps, je brûlais de le faire. J'avais besoin de son avis, mais je me demandais quelle serait sa réaction.

Ce fut ma maîtresse qui remarqua, un soir où je l'aidais à se coucher, après plusieurs visites de Géry :

— Ce n'est pas moi qui l'attire ici. Voulez-vous que je vous dise ? À mon avis, il ne vient que pour vous.

Je me sentis rougir, et madame Valloires s'en aperçut :

— J'ai raison, n'est-ce pas ? Que pensez-vous de lui, Emmeline ?

Je regardai ma maîtresse, son bon visage ridé et ses doux yeux délavés. Je vis son expression affectueuse et sincère, et je décidai de me confier à elle. Elle avait une expérience qui me faisait défaut, et elle me donnerait le conseil dont j'avais besoin. Sans tricher, je répondis :

— Je le trouve très bien.

Ma maîtresse fit un signe de tête entendu :

— C'est vrai qu'il l'est. Et je crois qu'il pense la même chose de vous.

Cette phrase me confirma ce que j'avais déjà remarqué : le regard de Géry, lorsqu'il se posait sur moi, prenait une douceur particulière qui mettait à chaque fois dans mon cœur le même trouble délicieux et affolant. Mais je dis tout haut ce que chaque soir je me répétais à moi-même :

— Rien n'est possible entre nous. Il est riche, et je suis pauvre.

— Qu'à cela ne tienne ! Pauvre, vous ne le resterez pas longtemps. Je ne voulais pas vous le dire, mais autant que vous le sachiez : je vais vous léguer une petite somme, qui vous reviendra à ma mort.

— Oh, madame !

Mon exclamation était à la fois un cri de surprise et une protestation. Madame Valloires leva la main :

— Je vous l'ai déjà dit, Emmeline, vous illuminez mes vieux jours. Vous êtes douce, patiente, gentille, et j'apprécie de vous avoir auprès de moi. J'ai décidé de vous léguer une somme, et je ne changerai pas d'avis. J'avais prévu de le faire pour ma brave Augustine. Alors, pourquoi pas pour vous ?

Désorientée, je balbutiai :

— Mais... madame... je...

— Ne protestez pas. C'est très bien ainsi. Et cela ne

lèsera personne. Mes héritiers sont des neveux que je ne vois jamais et qui sont suffisamment riches eux-mêmes pour ne pas en prendre ombrage. De toute façon, je fais ce que je veux de mon argent. Et je suis ravie d'avoir eu cette idée. Si Géry vous épouse, vous aurez ainsi une dot.

— Rien ne dit qu'il a cette idée, objectai-je. Et puis, même dans ce cas, il y a autre chose : nous ne sommes pas du même milieu.

— Et alors ? L'amour abat tous les obstacles. Moi non plus, je n'étais pas du même milieu que mon mari. Cela ne nous a pas empêchés d'être heureux, croyez-moi. Et même, cela a contribué à nous rendre plus unis, parce que, au début, nous avons dû faire front ensemble. Et nous sommes sortis vainqueurs des difficultés.

Je demeurai muette, laissant un espoir tremblant m'envahir. Ma maîtresse reprit :

— Levez-vous, que je vous regarde. Vous êtes parfaite. Jolie, élégante, bien élevée – les sœurs ont fait ce qu'il fallait pour ça. Et puis, vous êtes intelligente. Je ne vois pas ce que l'on pourrait reprocher à Géry si son choix se portait sur vous. Moi-même, je serais la première à l'approuver.

Dans un élan irrésistible, je m'agenouillai auprès de ma maîtresse et, avec émotion, lui pris la main :

— Chère madame, vous êtes trop aimable... C'est votre affection pour moi qui vous fait parler ainsi. Mais...

De l'autre main, elle me donna quelques petites tapes sur la joue :

— Pas de mais ! Laissons les choses se faire, nous verrons bien. Géry est un garçon sérieux, et s'il s'intéresse à vous, ce ne peut être que pour la bonne cause, d'autant plus que vous êtes sous ma protection. En tout cas, s'il veut vous prendre pour femme, n'ayez pas la stupidité de lui répondre non pour les raisons dont vous m'avez parlé. La première n'est pas valable, puisque vous aurez une dot. Quant au second obstacle, je peux vous assurer personnellement que ce n'en est pas un. Maintenant, versez-moi ma tisane, et vous pourrez aller vous coucher. Il est l'heure de dormir. Je me sens fatiguée.

Étourdie par ses déclarations, éblouie par la perspective d'un avenir qu'elle ne jugeait pas impossible pour moi, j'obéis. Lorsque je la quittai, je murmurai, avec une tendresse et une gratitude sincères :

— Bonne nuit, madame. Et merci. Merci pour tout.

Je me couchai le sourire aux lèvres. Avec l'appui de madame Valloires, tout me paraissait plus facile. Mon cœur s'emballait, mon imagination me montrait une image à laquelle je n'osais croire : Géry et moi, ensemble. Ce rêve était-il réalisable ?...

À chacune de ses visites, il me parlait davantage, me posait des questions, me faisait participer à la conversation. Un jour, il arriva alors que je lisais à madame Valloires la fin de *Notre-Dame de Paris*, de Victor Hugo. Il remarqua le livre ouvert à la dernière page :

— Je ne veux pas interrompre votre lecture. Finissez donc. Si vous le voulez bien, je vous écouterai. Cela sera un plaisir pour moi.

Je terminai le roman, mais la présence de Géry m'empêchait de fixer mon attention sur ce que je lisais. C'était le passage où l'on retrouve, des années après la mort d'Esmeralda, son squelette et, enroulé à lui, le squelette de Quasimodo. Lorsque je me tus, ma maîtresse remarqua :

— Quelle belle histoire d'amour ! Il s'est couché sur le corps sans vie de sa bien-aimée et il s'est laissé mourir là... Combien sont capables d'en faire autant ?

— Je crois que je serais capable d'aimer ainsi, déclara Géry d'une voix rauque.

Il me regardait en disant ces mots, et l'expression de ses yeux était si éloquente que je baissai les miens, violemment troublée. Puis ma maîtresse demanda des nouvelles de monsieur Dorcelles, et je m'en allai préparer le café. La conversation, ensuite, devint plus anodine. Lorsque Géry s'en alla et que je revins dans le salon, madame Valloires semblait pensive.

— Vous savez, Emmeline... ce qu'a dit Géry, tout à l'heure... Je veux bien le croire. Il est capable d'aimer de cette façon. Son père, Ludovic, a adoré sa femme, qu'il a perdue beaucoup trop tôt. Quant à Adelphe, son grand-père, que j'ai bien connu – il avait à peu près mon âge –, il s'est retrouvé veuf voici quelques années, et il n'a survécu à sa femme que six mois. Je l'ai littéralement vu dépérir jour après jour. Il s'est laissé mourir de chagrin.

Elle releva la tête et, en me regardant de ses doux yeux bleus, déclara avec gravité :

— Les hommes de la famille Dorcelles n'aiment qu'une fois, profondément, et pour toujours. Si Géry vous aime, Emmeline, ne le repoussez pas. Vous feriez son désespoir.

Embarrassée, je ne sus que dire. Je pris le plateau et, tout en le reportant à la cuisine, j'essayai de démêler mes sentiments. Si Géry m'aimait, ce serait merveilleux, mais en même temps cela me faisait peur.

Pourtant, notre attirance mutuelle grandissait, sous

le regard approbateur de madame Valloires. Un soir, elle me déclara fermement :

— Si Géry envisage de vous épouser et que Ludovic s'y oppose, je lui parlerai. Je saurai quoi lui dire pour le convaincre. Je ne désire que votre bonheur, ma petite Emmeline.

La sollicitude de ma maîtresse m'était douce. Lorsque je l'aidais à s'habiller et que je coiffais ses cheveux blancs, j'étais émue par sa fragilité. Je m'attachais de plus en plus à elle. Elle remplaçait la grand-mère que j'avais perdue alors que j'étais enfant.

Le mois de juin arriva, apportant les premières chaleurs. Un dimanche après-midi, après avoir quitté Fernande, j'allai rechercher madame Valloires chez son amie madame Caillans, et nous revînmes lentement. Il faisait encore très chaud. Nous transpirions sous les brûlants rayons du soleil, malgré la protection de nos ombrelles. De plus, nous dûmes marcher longtemps, car madame Caillans habitait rue de Cantimpré, à l'extrémité de la ville. Lorsque enfin nous fûmes arrivées à destination, la fraîcheur qui régnait dans la maison, après l'air étouffant du dehors, nous surprit. Madame Valloires se mit à frissonner.

— Je ne me sens pas bien, Emmeline. Conduisez-moi à mon fauteuil.

Je la soutins, l'aidai à s'asseoir et, tandis qu'elle appuyait sa tête au dossier du fauteuil, je remarquai son visage en sueur. En même temps, sa pâleur m'inquiéta. J'allai chercher l'eau de rose qu'elle utilisait habituellement, en humectai un mouchoir, et lui en tamponnai les joues et le front. Son visage reprit quelques couleurs et elle ouvrit les yeux.

— Ah, ça va mieux, avoua-t-elle. Merci, ma petite Emmeline. Que ferais-je sans vous ?

— Désirez-vous quelque chose ? Une infusion, peut-être ?

— Non, merci. Laissez-moi me reposer quelques instants. Cela ira tout à fait bien ensuite.

J'obéis et regagnai ma chambre. Je pris un livre et me plongeai dans la lecture en attendant le réveil de madame Valloires. Au bout d'une heure environ, elle m'appela :

— Cette petite sieste m'a ouvert l'appétit. Est-il bientôt l'heure de souper ?

— Oui, madame. Je m'en occupe.

J'allai dans la cuisine et préparai le repas prévu par Augustine. Ensuite, je servis ma maîtresse et elle mangea de bon appétit. Son malaise semblait être complètement dissipé. Elle reprit même une seconde part du gâteau aux amandes qu'avait confectionné Augustine la veille. Mais, dans la soirée, alors que je l'aidais à se coucher, elle se plaignit de ne pas digérer correctement.

— Je ne sais pas ce que j'ai. Ça ne passe pas. Soyez gentille et apportez-moi une tasse de camomille. Et, en attendant, donnez-moi une bêtise.

Je lui tendis la boîte de bonbons – un autre cadeau de Géry. Dès qu'une boîte était terminée, il en apportait une autre.

J'allai préparer l'infusion. Je me rappelai que ma grand-mère Blanche utilisait la camomille pour les digestions difficiles. Je la fis boire à madame Valloires, veillant à ce qu'elle fût chaude et sucrée. Elle poussa un profond soupir :

— Ça fait du bien. Merci, ma petite Emmeline. Je crois que je vais dormir maintenant. Vous pouvez me laisser. À demain. Bonne nuit.

— Dormez bien, madame. À demain.

Je repris la tasse, me retirai, et en refermant la porte, je me rappelai ce que disait souvent ma grand-mère :

— Après une bonne nuit, il n'y paraîtra plus.

Le lendemain matin, je me levai, fis ma toilette, m'habillai selon mon habitude. Puis je rejoignis Augustine dans la cuisine, où je pris mon petit déjeuner. Tandis qu'elle préparait celui de notre maîtresse, je lui racontai la journée de la veille et le malaise de madame Valloires. La brave femme fronça les sourcils :

— À l'avenir, évitez-lui les coups de chaleur, surtout s'ils sont suivis d'un refroidissement. Un chaud et froid, il n'y a rien de plus mauvais. Surtout à son âge...

J'opinai de la tête en terminant de boire mon café. Je me souvenais de mon père et du « chaud et froid » qui lui avait été fatal. Mais mon père avait eu de la fièvre, des sueurs, tandis que madame Valloires n'avait semblé souffrir que d'une digestion difficile. Je le dis à Augustine, et cela nous rassura.

— Bien, approuva-t-elle en prenant son grand sac. Je m'en vais faire les commissions. Pour ce midi, j'ai prévu des escalopes de veau avec des petits pois. C'est la saison, il faut en profiter. Cela vous convient ?

— Ce sera très bien, Augustine. Quoi que vous fassiez, c'est toujours excellent.

J'étais sincère en prononçant ces mots. Pour moi, chacun des repas préparés par Augustine continuait à ressembler à un festin. De la viande, des légumes, des gâteaux, du pain frais... tout cela servi dans de la vaisselle raffinée. Depuis bientôt un an que je vivais chez madame Valloires, je commençais à oublier les écuelles en fer-blanc et la nourriture très simple des sœurs. Et je remarquais, lorsque je me regardais dans mon miroir pour me coiffer, que, grâce à la délicieuse cuisine d'Augustine, j'avais bien meilleure mine. Mes joues étaient moins creuses, mon teint plus rosé, mes cheveux plus brillants. Je me mettais à attacher de l'importance à mon apparence physique, afin de plaire à Géry, tout en me défendant néanmoins d'être coquette – les sœurs nous avaient bien répété que la coquetterie était un péché.

Lorsque Augustine fut sortie, j'attendis le réveil de madame Valloires. Tout en patientant, j'allai remettre de l'ordre dans ma chambre. En rangeant ma commode, je pris l'un des bracelets que m'avait offerts ma maîtresse et je le passai à mon poignet. Elle était toujours contente lorsqu'elle voyait que je portais l'un de ses bijoux.

Je tendais l'oreille, guettant la petite cloche qui annoncerait son réveil. Mais rien ne venait. Je n'étais pas tranquille. Et si le malaise de la veille s'était reproduit ?... Mais, dans ce cas, elle aurait appelé, pensais-je pour me rassurer. Augustine rentra et je lui fis part de mon inquiétude.

— Madame n'a pas encore sonné, dis-je. Ne faudrait-il pas aller voir ? Elle ne dort jamais aussi longtemps.

Augustine posa ses achats sur la table, regarda l'heure :

— Il n'est pas très tard. Attendons encore un peu. Le malaise qu'elle a eu hier l'a certainement fatiguée. Il vaut mieux la laisser dormir. Si nous la réveillons, elle risque d'être de mauvaise humeur pour toute la journée.

C'était vrai. Notre maîtresse avait horreur d'être arrachée à son sommeil. Nous continuâmes donc à attendre. Je m'assis auprès d'Augustine et je l'aidai à écosser les petits pois. Au début, elle avait voulu refuser mon assistance, mais je lui avais expliqué que, chez les sœurs, nous étions de corvée à la cuisine à tour de rôle. Et comme, en plus du ménage, elle avait à préparer, à la fois, le repas du midi et celui du soir, mon aide était souvent la bienvenue.

— J'aurai peut-être le temps de faire des tartelettes au citron. Madame les aime bien, remarqua-t-elle en rassemblant les petits pois que nous avions fini d'écosser.

Un peu de temps passa encore, et mon inquiétude grandissait. À la fin, je n'y tins plus.

— Je vais aller voir, décidai-je. J'entrerai dans la chambre sans faire de bruit, afin de ne pas la réveiller si elle dort encore. Ce n'est pas normal, Augustine.

La brave femme hocha la tête et me laissa partir. Devant la porte de madame Valloires, j'hésitai un instant, tendis l'oreille, écoutai. Avec précaution, je tournai la poignée de la porte, l'ouvris très lentement, entrai à pas de loup. La chambre était plongée dans l'obscurité. J'aperçus, immobile dans le lit, la silhouette de ma maîtresse. Je m'approchai, me penchai. Je ne l'entendis pas respirer. Doucement, je touchai l'une de ses mains. Elle était froide. Je reculai avec effroi, sortis de la chambre, me précipitai dans la cuisine :

— Augustine ! Augustine, venez vite ! Madame... elle ne respire plus... et sa main est toute froide !

Augustine, occupée à mettre ses petits pois dans l'eau bouillante, leva des yeux affolés :

— Mon Dieu ! Vous êtes sûre ?

— Venez voir, suppliai-je.

Avec elle, je retournai dans la chambre. Elle ouvrit les doubles-rideaux et, à la lumière du jour, le visage de notre maîtresse nous apparut. Je compris tout de suite qu'elle avait cessé de vivre. Calme, hiératique, ciselé par la mort, son visage me rappela celui de ma mère, lorsque je l'avais vue avant son enterrement. Atterrée, je me tournai vers Augustine. Elle joignit les mains :

— Mon Dieu ! répéta-t-elle. Pauvre madame ! On dirait bien qu'elle a passé cette nuit ! Si je m'attendais à ça...

Elle s'approcha du lit, se pencha et, du bout des doigts, toucha le front de notre maîtresse. Elle retira immédiatement sa main, surprise par le contact glacé.

— Ça alors !... murmura-t-elle.

Nos regards se croisèrent. Elle avait les yeux pleins de larmes. Elle travaillait pour madame Valloires depuis de nombreuses années et lui était très attachée. Moi-même, j'avais de la peine, mais je me sentais encore trop ahurie pour bien réaliser.

— Je vais aller prévenir le docteur, ainsi que monsieur le curé, décréta-t-elle avec bon sens. Et télégraphier à ses neveux.

Après son départ, je regardai longuement ma maîtresse. Son visage avait une expression sereine et détachée. Je songeai qu'elle était allée rejoindre son mari et sa petite fille dans le paradis promis par Jésus-Christ, dont les sœurs nous avaient parlé. Mais elle m'avait quittée, et je me sentais subitement esseulée. Sans elle, qu'allais-je devenir ? Un chagrin brûlant m'envahit.

En attendant le retour d'Augustine, j'ouvris la grande armoire. Madame Valloires nous avait montré, un jour, la tenue dans laquelle elle voulait être enterrée, ainsi que les draps et la couverture brodée qu'elle avait prévus pour son lit de mort. Je les sortis, les posai sur la commode. Puis, au chevet de ma maîtresse, je me mis à prier, et tout en priant je ne pouvais m'empêcher de pleurer.

Augustine revint, bientôt suivie par le médecin. Il

examina madame Valloires, me posa des questions. Je rapportai notre promenade de la veille, son malaise. Il émit une sorte de grognement :

— Mmmm... Peut-être a-t-elle eu un autre malaise au cours de la nuit... À mon avis, son cœur s'est arrêté de battre pendant son sommeil, tout simplement.

— Au moins, pour elle, c'est une bonne mort, constata Augustine en reniflant. Pauvre madame... Elle répétait souvent qu'elle ne voulait pas *lapider*[1].

Le médecin signa l'acte de décès, s'en alla. J'aidai Augustine à remettre de l'ordre dans la maison, à voiler les miroirs, à arrêter les pendules, et à préparer tout ce qui était nécessaire pour la chambre mortuaire : un crucifix drapé de noir, une table de chevet recouverte d'un linge blanc, une branche de buis dans un verre.

— Pour faire la toilette de madame, il vaut mieux attendre que ses neveux soient là. Ces dames décideront.

Ils arrivèrent dans le courant de la journée, et à partir de là tout alla très vite. C'étaient deux messieurs à l'aspect cossu et important. Leurs femmes, très élégantes, ne perdirent pas leur temps en lamentations. La plus âgée avait un visage dur et prit immédiatement la situation en main. Elle envoya Augustine chercher une voisine pour la toilette funéraire, puis me toisa avec hauteur :

— C'est vous la demoiselle de compagnie ?

— Oui, madame, dis-je en rougissant.

— Eh bien, nous n'avons pas besoin de vous pour le moment. Retirez-vous dans votre chambre.

J'obéis. Que pouvais-je faire d'autre ? Avec tristesse, je commençai à préparer mes bagages. Il faudrait que

1. Souffrir.

je parte. Je m'affolai, devant l'inconnu qui, subitement, s'ouvrait devant moi. Où irais-je ?...

Bientôt, la nouvelle du décès fut connue, et les visites commencèrent. Augustine vint me chercher. Ces dames avaient décrété que j'accueillerais les gens et que je les reconduirais jusqu'à la porte. Quant à elles, elles se trouvaient, avec leur mari, de part et d'autre du lit dans lequel reposait ma maîtresse. Toujours élégantes, elles étaient maintenant vêtues de noir. Dans la chambre, les lourdes tentures étaient de nouveau fermées, et un chandelier mettait une clarté mouvante sur le visage figé de la morte.

Je passai l'après-midi et le jour suivant à accueillir les visiteurs et à les conduire au chevet de madame Valloires. Certains m'étaient inconnus. D'autres, que j'avais déjà rencontrés, comme ses amies du dimanche, me parlaient d'elle et partageaient mon chagrin. Géry vint, le deuxième jour. En le voyant, mes yeux s'emplirent de larmes. Il se pencha vers moi, me prit la main, plongea son regard dans le mien. Il ne prononça pas un mot, mais toute son attitude disait qu'il comprenait ma peine et la partageait. Mon amie Fernande vint également, avec sa mère. À la porte, comme je les reconduisais, elle me demanda à voix basse :

— Que vas-tu faire maintenant ?

— Je ne sais pas, chuchotai-je, désemparée. Je ne m'attendais pas à...

Ma voix s'enroua. Fernande reprit, réaliste :

— Madame Valloires avait plus de quatre-vingts ans. Ce qui vient d'arriver était prévisible. Mère et moi, nous y avions déjà pensé, n'est-ce pas, mère ?

Madame Florence fit un signe de tête, et mon amie reprit :

— Pourquoi ne viendrais-tu pas chez nous ?

De nouveaux visiteurs arrivaient et ne me laissèrent pas le loisir de répondre. Je les fis entrer, les menai jusqu'à la chambre. En même temps, dans mon esprit troublé par cet événement brutal et inattendu, tournait la proposition de Fernande. Avec soulagement, je me disais que je l'accepterais. Grâce à mon amie et à sa mère, je ne serais pas tout à fait seule au monde.

Le troisième jour eut lieu l'enterrement. Avec Augustine, je suivis, derrière le corbillard, les nièces de madame Valloires et ses amies. À l'église, il y avait beaucoup de monde, et je me rendis compte combien notre maîtresse était connue à Cambrai. Monsieur le curé Bouchart fit son éloge, rappelant, au cours du sermon, sa bonté et sa générosité. Mes larmes se mirent à couler. Augustine, près de moi, pleurait et reniflait sans interruption.

Toutes les personnes vinrent présenter leurs condoléances, ensuite, au cimetière. Il y avait des hommes, des femmes, tous bien habillés et élégants. Je vis Géry ; il était accompagné de son père. Je dis à Augustine :

— Cela me fait plaisir de constater qu'il y a autant de monde pour madame. Ça prouve qu'elle était appréciée. Et pourtant, à part les quelques amies qu'elle avait gardées, elle vivait plutôt en recluse et ne voyait plus personne.

— Mais du vivant de son mari, elle sortait, elle allait au théâtre, elle donnait des réceptions. Ils avaient beaucoup de relations.

À la grille du cimetière, je rencontrai les sœurs. Même la Mère supérieure était présente. La mort de madame Valloires les attristait profondément.

— Avec elle, nous perdons l'une de nos bienfaitrices les plus généreuses, hélas ! remarqua sœur Cécile.

Je savais qu'elles devaient parfois faire des prodiges d'économie pour équilibrer leur budget, et je compris que le décès de ma maîtresse leur poserait un problème. Je dis à sœur Cécile, pour la réconforter, que sans doute ses neveux continueraient ses bonnes œuvres, mais je n'y croyais pas vraiment. Leurs femmes, surtout la plus autoritaire des deux, ne me paraissaient pas enclines à soulager la misère d'autrui comme l'avait fait madame Valloires.

Des images religieuses nous avaient été distribuées à la sortie de l'église. Je glissai la mienne dans le missel que m'avait offert mon parrain lors de ma communion solennelle. Elle était bordée de noir et représentait Jésus sur la croix. Au dos, il était écrit : « Priez pour le repos de Dame Rose-Adélaïde Valloires, décédée dans sa quatre-vingt-deuxième année, le 21 juin 1886. » Il y avait ensuite une prière et, tout en bas, cette simple phrase : « La mort m'a réunie à ceux que j'aimais. » Je refermai mon missel, le cœur lourd de chagrin.

Il y eut un repas, pour les personnes de la famille qui étaient venues de loin. Je fus pressentie pour aider Augustine, servir à table, rapporter les plats à la cuisine. Les hommes discutaient affaires, fumaient des cigares ; les femmes, discrètes au début, se mirent bientôt à jacasser comme des pies. À la fin du repas, aucun d'eux n'affichait plus la mine de circonstance qu'ils avaient respectée pendant l'enterrement. Mon regard croisa celui d'Augustine, et elle secoua la tête avec tristesse. Je compris ce qu'elle pensait : madame Valloires était davantage regrettée par les deux personnes qui avaient été à son service que par sa propre famille.

Lorsque le repas fut terminé, j'aidai Augustine à faire la vaisselle et à remettre tout en ordre. Ensuite, la plus âgée des nièces m'appela dans le bureau de monsieur

Valloires, que ma maîtresse elle-même n'utilisait jamais. Du ton hautain avec lequel elle s'adressait à Augustine ou à moi-même, elle déclara :

— J'ai consulté le livre de comptes de ma tante et j'ai calculé ce qu'elle vous devait. Voici vos émoluments. Vous comprendrez que, maintenant que ma tante n'est plus, nous n'avons aucune raison de vous garder. Vous êtes libre, mademoiselle.

Elle me tendit une enveloppe contenant de l'argent que je ne vérifiai pas. Je la pris et dis, en essayant d'affermir ma voix tremblante :

— Merci, madame. J'avais prévu de m'en aller, et mon bagage est prêt. Permettez-moi de dire adieu à Augustine.

Elle fit un signe d'assentiment. Sous son regard froid, je sortis de la pièce. J'allai dans la cuisine. Augustine, elle aussi, avait reçu son congé. Je la surpris en train de s'essuyer les yeux avec le coin de son tablier.

— Augustine... je viens vous dire adieu. Je m'en vais.

— Ah, ma pauvre mademoiselle Emmeline ! Quel malheur ! Notre pauvre madame... et nous, maintenant... Qu'allons-nous devenir ?

— Ne vous en faites pas, Augustine. Vous êtes une excellente cuisinière. Vous retrouverez facilement une autre place.

— Peut-être... mais c'est que Madame, je l'aimais bien...

Ma gorge se serra :

— Moi aussi, Augustine.

Je m'approchai d'elle, et elle me regarda, les yeux pleins de larmes.

— Eh bien, au revoir, mademoiselle Emmeline. Nous nous reverrons peut-être. Où comptez-vous aller ?

— Pour le moment, chez mon amie Fernande. Après,

je ne sais pas encore. Cela a été si brutal. Je vais réfléchir.

— Au revoir, mademoiselle Emmeline, répéta-t-elle. Je vous aimais bien, vous aussi. Vous êtes une bonne petite. Laissez-moi vous embrasser.

La brave femme déposa sur chacune de mes joues un baiser sonore. Je la quittai, le cœur gros. Dans ma chambre, je pris mon bagage. J'avais un sac, ainsi qu'une valise contenant les quelques vêtements que madame Valloires m'avait fait faire. Je n'oubliai pas ses bijoux, ni les livres qu'elle m'avait donnés. Avant de sortir, je jetai un regard circulaire sur cette chambre qui était devenue la mienne : le lit, l'armoire, la commode, la table de chevet, le tapis moelleux, les doubles-rideaux de satin. Comme cela m'était dur de quitter ce décor familier ! J'allai jusqu'à la fenêtre ; pour la dernière fois, je regardai la rue et, au-delà des maisons, le beffroi que j'apercevais avec Martin et Martine. Ma vue se brouilla, et je me détournai. Avec un soupir, je pris ma valise et mon sac, et, étouffant mes regrets, je m'en allai.

10

J'arrivai tout essoufflée chez Fernande. En m'ouvrant la porte, mon amie eut une exclamation de joie et de soulagement :

— Emmeline ! Entre ! Je ne savais pas si tu allais venir aujourd'hui, et je n'osais pas me rendre chez ta maîtresse... Nous t'attendions.

Je la suivis dans le petit logement. Sa mère, les pieds posés sur les barreaux d'une chaise, était occupée à roulotter. Elle m'adressa un sourire de bienvenue :

— Bonjour, Emmeline. Excusez-moi, mais je dois finir mon ourlet ; je ne peux pas l'arrêter en plein milieu, ça se verrait. Allez déposer vos bagages dans la chambre. Fernande va vous montrer.

— Merci, madame, de m'accueillir, dis-je avec reconnaissance. Sans vous, je ne saurais où aller. Je crois que je serais retournée chez les sœurs.

— Et elles te chercheraient une autre place, remarqua Fernande. Mais tu n'aurais pas toujours une bonne maîtresse comme madame Valloires. Il arrive que certaines se trouvent sous les ordres d'une femme exigeante, qui leur mène une vie impossible.

Dans la chambre, je déposai mes bagages sur le sol et jetai un coup d'œil autour de moi. La pièce était deux fois plus petite que celle que j'occupais chez madame

Valloires, et beaucoup plus simple. Pas de tapis sur le plancher, ni de papier peint sur les murs blancs. En plus du lit, il y avait une table de nuit et une grande armoire. Fernande ouvrit les deux battants :

— Regarde, je t'ai fait de la place. Nous partagerons cette chambre, et nous partagerons également l'armoire. Tu disposeras des deux étagères du haut, ainsi que de la moitié de la penderie. Cela te suffira-t-il ?

— Oh oui, largement ! Je ne possède pas grand-chose, tu sais.

Je mis ma valise sur le lit et l'ouvris. Fernande me proposa son aide, et j'acceptai bien volontiers. Nous rangeâmes mes vêtements, puis je pris la boîte – offerte par ma maîtresse – dans laquelle j'avais placé mon argent et les bijoux qu'elle m'avait donnés. Je les montrai à Fernande. Elle ouvrit des yeux admiratifs :

— Qu'ils sont beaux ! Cette bague surtout ! Et ce bracelet, il est superbe !

Elle le passa à son poignet, tendit le bras, l'admira.

— Superbe ! répéta-t-elle. Quelle maîtresse généreuse tu avais là ! J'aimerais bien, moi aussi, posséder de tels bijoux. M'en prêteras-tu, quelquefois ?

— Autant que tu le voudras, dis-je de bon cœur. Mais nous n'avons pas beaucoup d'occasions de les porter.

— Mais si ! Le dimanche, lorsque nous sommes bien habillées, pour aller à la messe. Ou lors d'une fête... J'en trouverai, des occasions, tu verras. Porter d'aussi beaux bijoux est un plaisir.

Je plaçai la boîte tout au fond de l'étagère du haut. Lorsque notre rangement fut terminé, nous rejoignîmes la mère de mon amie, toujours penchée sur son ouvrage.

— Asseyez-vous, Emmeline, me dit-elle sans cesser de travailler. Avez-vous soif, ou faim ?

J'acceptai un verre d'eau et racontai comment j'avais été remerciée par la nièce de madame Valloires. Madame Florence me regarda :

— Avant d'aller demander aux sœurs qu'elles vous trouvent une autre place, restez quelque temps parmi nous. C'est bien volontiers que nous vous offrons l'hospitalité.

Fernande me serra le bras :

— Reste aussi longtemps que tu le voudras, Emmeline. Je serai contente de t'avoir avec moi. Ça me rappellera le temps où nous vivions ensemble chez les sœurs, mais maintenant ce sera mieux, bien sûr. Plus d'interdictions, ni de règlement à respecter, bien que mère ne soit pas toujours commode ! termina-t-elle en lançant à sa mère un regard taquin.

— Bien entendu, j'exige une tenue correcte, remarqua madame Florence, l'air digne.

— Oh, vous n'avez rien à craindre, madame. Mais... je ne peux pas vivre sous votre toit et ne rien faire. Il faut que je trouve du travail.

Madame Florence opina de la tête :

— J'y ai pensé. Vous avez, grâce aux sœurs, acquis une grande habileté en couture. Et il vous est déjà arrivé d'aider Fernande à roulotter. Je trouve que vous vous débrouillez très bien. Si vous le voulez, je vais vous présenter à madame Amanda, la distributrice qui nous apporte notre travail. Elle vous prendra à l'essai et, si elle est satisfaite, elle vous gardera. À mon avis, cela ne posera aucun problème. Et, comme Fernande et moi-même, vous ferez partie des roulotteuses.

— C'est très bien, Emmeline, tu verras, dit Fernande dans le but de me convaincre. Nous n'avons pas de patron qui nous commande, nous sommes notre propre maître. Nous sommes payées à la douzaine de mouchoirs. Les jours où nous travaillons bien, nous pouvons en faire trois douzaines. Madame Amanda, à la fin de la semaine, vérifie notre travail et nous paie en conséquence. Nous gagnons, en moyenne, vingt francs par semaine - plus ou moins selon le nombre de mouchoirs vendus, évidemment. En plus, nous avons l'avantage de travailler à domicile, d'arrêter quand nous le désirons ou de boire une tasse de café pour nous détendre. Est-ce que cela te conviendrait ?

Elle me regarda avec une pointe d'inquiétude. Je lui souris :

— Tout à fait, Fernande. Que crois-tu donc que j'aie fait, chez les sœurs, pendant huit ans, dans l'ouvroir, matin et après-midi ? J'y suis habituée, crois-moi.

Mon amie me serra de nouveau le bras, avec une exubérance contagieuse :

— Alors, c'est d'accord. Comme je suis contente !

— Si vous le voulez, Emmeline, intervint madame Florence, vous commencerez demain. Ainsi, nous pourrons montrer votre travail à madame Amanda dès cette semaine.

— Bien sûr, approuvai-je. Je ne demande pas mieux.

Comme il allait être l'heure de souper, j'aidai mon amie à préparer le repas et à mettre le couvert. Elle me montra où se trouvaient la vaisselle et les ustensiles, et tout en disposant les assiettes sur la table j'avais l'impression de me sentir chez moi.

— J'espérais ta venue, me confia Fernande, et, à cette occasion, j'ai acheté des andouillettes chez Martin. J'espère que tu les aimeras.

Les andouillettes, comme les bêtises, étaient une spécialité de la ville. Au lieu d'être fabriquées avec du porc, elles étaient à base de fraise de veau, ce qui faisait leur particularité et les rendait uniques. Je fis honneur au repas préparé par mon amie. Ensuite, tandis qu'elle lavait la vaisselle, je l'essuyai, ce qui permit à sa mère de se reposer un peu.

— Je vieillis, constata-t-elle en soupirant. Mes doigts n'ont plus la souplesse qu'ils avaient avant. Je travaille moins vite. Ah, c'est triste !

— Vous dites ça pour vous faire plaindre, mère, objecta Fernande. Vous faites autant de mouchoirs que moi, et il y a même des semaines où vous en faites plus.

— C'est parce que tu t'occupes du ménage et des commissions, et que pendant ce temps-là je travaille. Mais je vois bien que ce n'est plus pareil.

— Maintenant, dis-je, avec moi, vous aurez une aide supplémentaire. Si cela peut vous faire gagner du temps, profitez-en.

Lorsque tout fut rangé et qu'il fut l'heure d'aller se coucher, je me retirai dans la chambre avec Fernande. Je sortis de l'armoire ma chemise de nuit. Machinalement, comme nous le faisions lorsque nous étions en pension, je tournai le dos à mon amie pour me déshabiller et je fermai les yeux. Elle se mit à rire :

— Nous ne sommes plus chez les sœurs, Emmeline, et je ne serai pas effarouchée si tu me vois en chemise ! Tu peux ouvrir les yeux, voyons !

J'obéis, me sentant un peu ridicule. Chaque matin, lorsque j'aidais ma maîtresse à s'habiller, il était vrai que je la voyais en chemise. Mon amie continua :

— Quand j'ai quitté les sœurs et que je suis revenue vivre avec ma mère, sais-tu que, le premier samedi où j'ai pris mon bain, j'ai demandé : « Où est le bandeau ? » « Quel bandeau ? » a dit mère. « Eh bien, celui que l'on met sur les yeux ! » Mère m'a répondu qu'il n'y en avait pas, et que, au contraire, il fallait voir ce qu'on faisait pour être sûre de bien se laver. Depuis, je me baigne nue et sans bandeau. Mère installe simplement un paravent autour du baquet.

— Et... tu ne mets pas de chemise ?

Elle me regarda avec des yeux ronds :

— Bien sûr que non ! Comment veux-tu te laver correctement si tu gardes ta chemise ?

— C'est le même raisonnement que celui de madame Valloires, constatai-je. Elle m'obligeait à me regarder dans un miroir pour me coiffer, m'habiller, mettre mon chapeau.

— Elle avait raison, approuva mon amie.

— Mais... se laver nue est un péché. Les sœurs le disaient.

— Mère m'a affirmé que non. Exposer sa nudité ou la montrer n'est pas correct, c'est vrai, mais pour se baigner il est nécessaire d'ôter tous ses vêtements.

Ce fut là l'une des premières conversations que nous eûmes au sujet des habitudes prises chez les sœurs. J'avais vécu chez elles jusqu'à ma majorité, tandis que Fernande les avait quittées à l'âge de treize ans. Elle avait subi leur influence moins longtemps que moi, et elle était maintenant plus libre dans son attitude et dans ses idées. Après madame Valloires, elle termina d'ôter les œillères que les sœurs m'avaient mises.

Le lendemain, je commençai sans tarder mon travail de roulotteuse. Mon amie installa près de la fenêtre la chaise qui servait de support. Elle me donna un morceau de tissu qu'elle plia en forme de bandeau et que je nouai sur mon genou. Nous nous assîmes toutes les trois autour de la chaise et, nos pieds posés sur les barreaux, nous nous mîmes à roulotter.

C'était un travail méticuleux. Nous fixions d'abord le mouchoir sur le bandeau, à l'aide d'une épingle que nous déplacions au fur et à mesure que nous avancions.

Puis, en tenant le bord du mouchoir entre le pouce et l'index, nous le roulions sur lui-même avant de coudre à petits points, avec un fil de même nature et de même couleur que celui qui avait été utilisé pour le tissage. Il ne fallait pas faire de nœud, ni au début ni à la fin, car il se serait vu ; il fallait au contraire dissimuler l'extrémité du fil dans l'ourlet.

Nous cousions avec des mains parfaitement propres. Penchées sur notre ouvrage, nous nous appliquions. Notre aiguille courait rapidement, mais sans précipitation : il fallait faire attention à ne pas se piquer, car le sang aurait taché le tissu.

— Madame Amanda exige un travail impeccable, m'expliqua Fernande. Pour la satisfaire, il faut que les points soient quasiment invisibles ! Et fais attention pour les coins : il faut les roulotter à angle droit, mais pas l'un sur l'autre. Mets-les bien en biseau.

J'appris très vite. Grâce aux sœurs, je savais faire des points minuscules, je savais également travailler de longues heures sans interruption. Et je n'avais plus à respecter la règle du silence, que les sœurs exigeaient et qui m'avait paru si pesante. Nous papotions, je parlais de madame Valloires, de ma vie chez les sœurs, et, de temps en temps, nous nous arrêtions pour boire une tasse de café. C'était un travail qui me plaisait, même s'il fallait, de temps en temps, redresser notre dos douloureux ou remuer nos doigts pour les délasser.

À la fin de la semaine, madame Amanda vint rechercher les mouchoirs, et en apporta de nouveaux. La mère de Fernande me présenta et montra mon travail. Tandis que la distributrice observait mes ourlets et vérifiait avec attention chacun des angles, je me sentais un peu inquiète. Mais elle parut satisfaite et, relevant la tête, m'interrogea :

— Où avez-vous appris à coudre ?

— Chez les sœurs, madame. Elles m'ont appris à coudre, à repriser, à broder, à faire des jours.

— C'est bien. Vous pouvez faire partie de mes roulotteuses. Mais attention ! Il faut être sérieuse. Toujours travailler vite et bien. Me rendre un travail impeccable. C'est compris ?

— Oui, madame. Ne craignez rien. Je ferai en sorte de vous satisfaire.

Elle eut un hochement de tête approbateur, accepta la tasse de café que lui offrit madame Florence, compta le nombre de mouchoirs et mit l'argent sur la table. Puis elle s'en alla, et Fernande battit des mains comme une enfant enthousiaste :

— Bravo, Emmeline ! Bienvenue parmi les roulotteuses ! Nous avons quelques voisines qui font le même travail. Je te présenterai. Maintenant, la situation est réglée : tu peux rester ici, vivre et travailler avec nous.

Ainsi commença une autre partie de ma vie. Grâce à mon amie Fernande et à sa nature enjouée, j'oubliai petit à petit le chagrin que m'avait causé la mort de ma maîtresse. De plus, madame Florence ne tarda pas à m'apprécier. Je la déchargeais de tous les travaux ménagers – chez les sœurs, j'avais aussi appris à nettoyer, laver, astiquer – et elle n'eut plus qu'à s'occuper de la préparation des repas. Bientôt, elle eut pour moi l'affection que me montrait madame Valloires. Et, avec elle et Fernande, j'avais l'impression d'avoir trouvé une famille.

Mon amie et moi faisions chaque matin les commissions. Elle me prenait le bras, m'entraînait jusqu'à la grand'place.

— As-tu une préférence parmi les magasins, Emmeline ?

— Non, avouai-je. C'était toujours Augustine qui s'occupait des courses.

— Alors, je vais t'emmener là où je vais habituellement. J'achète le pain chez Tabary, le beurre et le fromage chez Crépin, la viande chez Landat.

Je la suivais partout, et ensuite, nous nous promenions parmi les étals du marché. Fernande me présenta madame Carpentier, à qui elle achetait toujours ses légumes. C'était une femme au visage avenant, sous son bonnet blanc bien amidonné, dont les pans étaient noués sous son menton en un nœud parfait. Vêtue d'une robe noire et d'un tablier blanc, impeccable lui aussi, elle échangeait avec nous quelques paroles, demandait des nouvelles de madame Florence. Puis nous repartions. J'aimais bien l'animation qui régnait sur la place, je regardais les diverses marchandises présentées en sacs et en paniers, mais Fernande me tirait par le bras :

— Allons, viens, Emmeline. Ne perdons pas de temps. Le travail nous attend.

Elle savait, pour l'avoir expérimenté depuis plusieurs années, que nous étions payées au rendement, et que plus nous ferions de mouchoirs, plus la somme que nous gagnerions serait élevée. Je me rangeais à son avis et nous revenions à la maison.

Le dimanche qui suivit, nous nous rendîmes à la messe. J'aperçus, dans l'assistance, parmi les hommes présents, la haute silhouette de Géry, et mon cœur battit plus vite. Maintenant que je ne vivais plus chez madame Valloires, je m'interrogeais sur l'opportunité de nous rencontrer. Je me disais que nous ne nous verrions plus, et je me sentais malheureuse.

Les sœurs, qui étaient présentes également, vinrent

vers moi à la sortie de l'église. Elles m'interrogèrent sur ma situation, et j'expliquai que je vivais dorénavant chez Fernande et sa mère.

— Elle est roulotteuse, termina mon amie. Madame Amanda l'a acceptée hier, sans hésitation.

Pendant que nous bavardions, j'aperçus Géry passer près de notre groupe. Il était accompagné de son père. Il me regardait, et je levai les yeux vers lui. Il me salua d'un signe de tête ; je me sentis devenir toute rose. Il s'éloigna, tandis que je revenais sur terre et que j'entendais les sœurs dire à madame Florence :

— Avec vous, nous savons qu'elle est en sécurité. Nous voici rassurées.

Lorsqu'elles nous quittèrent, Géry avait disparu. J'eus beau regarder autour de moi et le chercher parmi les nombreuses personnes qui discutaient çà et là, je ne le vis nulle part.

En présence de sa mère, Fernande ne me dit rien. Mais, le soir, dès que nous fûmes couchées dans le lit que nous partagions toutes deux, elle m'interrogea :

— Emmeline, dis-moi... Qui est ce beau jeune homme qui t'a saluée, ce matin, à la sortie de la messe ?

Dans l'obscurité, je me sentis rougir. Ainsi, elle avait remarqué Géry ! Je me rendis compte que je ne l'avais jamais mentionné. Alors, j'expliquai qui il était, je racontai notre première rencontre et ses visites chez madame Valloires.

— Comme tu parles de lui ! s'exclama Fernande. Il te plaît, n'est-ce pas ?

Je jugeai inutile de protester. Mon amie continua :

— L'inverse est vrai également. J'ai vu comment il te regardait. J'aimerais bien, moi, être regardée de cette façon.

Sa voix se fit rêveuse. Le cœur battant, je demandai :

— Que veux-tu dire, Fernande ?

— Eh bien... il te regarde comme si tu étais seule au monde. On dirait que, pour lui, les autres n'ont aucune importance. Il ne voit que toi.

Je ne sus que dire. Mon amie continua :

— Et j'ai remarqué tes yeux, à toi aussi. Ils scintillaient comme des étoiles.

Elle se tut un instant puis, subitement, demanda :

— Dis-moi... Tu l'aimes, n'est-ce pas ?

Je ne voulus pas avouer ce que je ne m'étais pas encore avoué à moi-même. Je tergiversai :

— Voyons, Fernande... Nous nous connaissons à peine.

— Et alors ? Ça ne veut rien dire. On peut s'éprendre de quelqu'un au premier regard.

Je tentai de rire :

— Où as-tu lu cela ? Dans un roman ?

— Mais cela arrive dans la vie aussi ! assura mon amie avec énergie. Et, si tu l'aimes, pourquoi aurais-tu peur de le dire ? Il est si bien !

J'étais d'accord avec ce raisonnement, mais je demeurai fermement sur mes positions.

— Nous ne nous connaissons pas assez. Et puis, maintenant que madame Valloires n'est plus là, nous ne nous rencontrerons sans doute plus.

— Oh ! protesta mon amie. Si j'en crois la façon dont il t'a regardée, il se débrouillera bien pour te revoir !

Elle parlait d'un ton si convaincu que je n'objectai rien. Il y eut un silence. Puis Fernande reprit :

— Je suis sûre d'avoir raison. Ce n'est pas ton avis ?

— Je ne sais pas, dis-je avec prudence, tout en brûlant d'envie de la croire. Attendons. Nous verrons bien.

Longtemps après que Fernande fut endormie, je

demeurai éveillée. Je m'obligeai à regarder la vérité en face : je sentais, instinctivement, que l'attirance entre Géry et moi était réciproque. Il me troublait et, en même temps, j'éprouvais l'envie de me blottir contre lui et de rester toujours à l'abri de ses bras, avec la certitude qu'il désirait la même chose, lui aussi. Madame Valloires avait dit qu'il m'aimait et qu'elle parlerait à son père dans le cas où celui-ci s'opposerait à une union entre son fils et une jeune fille qui n'était pas de son milieu. Avec elle, tout avait paru facile. Mais, maintenant, elle n'était plus là pour me soutenir. Je me rappelai soudain qu'elle avait promis de me léguer une somme qui constituerait ma dot. L'avait-elle fait ? Je n'en avais rien su. Je finis par m'endormir sur cette interrogation.

J'eus la réponse à ma question le dimanche suivant. Comme il faisait beau, dans l'après-midi, Fernande et moi nous rendîmes au cimetière Saint-Géry. Nous avions acheté, la veille, à une bouquetière, des fleurs que je voulais déposer sur la tombe de madame Valloires. Alors que nous pénétrions dans le cimetière, nous croisâmes Augustine qui en sortait. Elle me salua avec exubérance :

— Mademoiselle Emmeline ! Ça me fait plaisir de vous voir ! Justement, je me demandais ce que vous étiez devenue !

Je présentai mon amie Fernande, expliquai que je vivais chez elle et que j'étais maintenant roulotteuse.

— Ah, je suis bien contente pour vous ! s'exclama la brave femme. Vous savez coudre, ça oui ! Je me souviens qu'un jour où madame avait déchiré la dentelle de son corsage, vous avez tout réparé sans qu'on y voie la moindre trace. Je vous l'avais dit, mademoiselle : vous avez de l'or dans les doigts !

— Et vous, Augustine ? Avez-vous trouvé une autre place ?

La brave femme s'approcha de moi et prit un ton confidentiel :

— Pas encore. Mais je ne suis pas pressée. Je veux être sûre d'avoir une bonne patronne. Bien que... pour en retrouver une aussi bonne que madame, ça sera dur... Mais j'ai le temps, répéta-t-elle en baissant la voix. Le notaire de madame nous a convoqués pour le testament. Elle m'a légué de l'argent, comme elle me l'avait promis. Il fallait voir la tête de ses nièces ! Elles n'étaient pas contentes ! Et pourtant, elles sont si riches que, pour elles, une somme pareille, ce n'est rien du tout !

Je ne pus m'empêcher de remarquer, avec une pointe d'inquiétude :

— Madame m'avait dit qu'elle ferait la même chose pour moi. Mais je n'ai pas été convoquée. Comment cela se fait-il ?

Augustine me regarda et hocha la tête :

— C'est vrai. Elle me l'avait dit aussi. Elle devait en parler à son notaire. À mon avis, elle n'a pas eu le temps de le faire. Il faut dire qu'elle ne pensait pas s'en aller si brutalement... C'est bien dommage pour vous, mademoiselle Emmeline.

J'acquiesçai, tout en pensant que je n'aurais pas de dot. Il ne me resterait que ma paie de roulotteuse, sur laquelle je devrais prélever la pension que je verserais à madame Florence. J'avais aussi les quelques bijoux de madame Valloires, ainsi que les économies que j'avais faites lorsque je travaillais chez elle. Mais c'était bien peu : en comparaison de la fortune de Géry, je ne possédais rien. L'obstacle qui aurait pu être aplani grâce à madame Valloires se trouvait de nouveau là. Je me sentis soudain très triste.

Augustine prit congé et, en compagnie de Fernande, j'allai déposer mes fleurs sur la tombe de ma maîtresse. Je me recueillis un instant et priai pour elle. Puis nous repartîmes. Nous croisions de nombreux promeneurs qui, eux aussi, venaient fleurir la tombe de ceux qui les avaient quittés. Au détour d'une allée, mon cœur se mit à battre comme un fou : cette haute silhouette qui venait vers nous... C'était Géry !

Il nous aperçut, et son visage s'illumina. En quelques pas précipités, il fut devant nous. Il ôta son chapeau, nous salua, prit ma main, la serra :

— Enfin, je vous retrouve !

Mes yeux dans les siens, j'avais l'impression de partir à la dérive. Il continua avec ardeur :

— Je vous ai cherchée partout. Je me demandais où vous étiez, et je craignais que vous n'ayez quitté Cambrai.

Je parvins à me ressaisir :

— Non, je vis maintenant chez Fernande, mon amie ici présente. Fernande, dis-je, voici monsieur Géry Dorcelles.

Mon amie tendit la main avec grâce :

— Bonjour, monsieur.

— Je suis enchanté de faire votre connaissance, mademoiselle.

Il se tourna de nouveau vers moi :

— Ainsi, vous êtes venue vous recueillir sur la tombe de notre chère amie ?

— Oui, avouai-je. Je ne l'oublie pas. Je l'aimais sincèrement.

— Et je peux dire, sans me tromper, qu'elle vous appréciait beaucoup, elle aussi.

Il se tut, tandis que son regard ajoutait : « Je la comprends. Comment pourrait-il en être autrement ? »

Je détournai les yeux, confuse. Dans l'éclatant soleil de juin, il était si beau et si élégant que je me trouvai soudain bien insignifiante à côté de lui.

— Si je ne me trompe, vous repartiez ?

— Oui, monsieur, dit Fernande, qui semblait sous le charme.

— Me permettez-vous de vous accompagner, si cela, bien entendu, ne vous ennuie pas ?

Ce fut encore Fernande qui répondit à ma place :

— Ce sera avec plaisir, monsieur. Cela nous évitera d'être interpellées par les soldats de la garnison qui se promènent en ville. Certains sont fort hardis.

Comme je n'avais rien dit, Géry m'interrogea du regard. J'acquiesçai d'un timide signe de tête.

— Je suis heureux que ma compagnie puisse vous être utile, constata-t-il en remettant son chapeau. Allons-y, si vous le voulez bien.

Nous revînmes lentement. Géry parlait, disait qu'il avait éprouvé une profonde tristesse lors de la mort de madame Valloires. Il nous confia qu'il l'aimait beaucoup. Il raconta une anecdote selon laquelle, alors qu'il était petit garçon, elle lui avait offert, à Noël, le cheval de bois que son père lui refusait sous prétexte qu'il n'avait pas été suffisamment sage. Fernande lui donnait la réplique, approuvait, s'exclamait. Je n'avais jamais remarqué qu'elle fût si bavarde.

De mon côté, j'écoutais et je ne disais rien. La compagnie de Géry représentait un bonheur qui m'oppressait. Mais, même si je demeurais muette, il restait conscient de ma présence. À un moment, dans la rue

Fervacques, où la réfection des trottoirs avait été commencée, nous dûmes descendre sur la chaussée. Géry, galamment, se tourna vers moi et me tendit la main pour m'aider. Je la pris tout en lui adressant un sourire de remerciement. Nos regards s'unirent et, pendant un instant, quelque chose de très fort passa entre nous. Je battis des cils, extrêmement troublée. Comme à regret, il me lâcha, et nous reprîmes notre promenade.

Nous arrivâmes devant notre maison bien trop vite. J'aurais voulu toujours marcher ainsi, avec Géry à mes côtés. Devant la porte, Fernande s'arrêta :

— C'est ici que nous habitons. Merci de nous avoir accompagnées, monsieur.

Géry s'inclina :

— Ce fut un plaisir pour moi, croyez-le.

Il serra la main de mon amie, puis se tourna vers moi. Mes yeux dans les siens, je demeurai immobile. Il prit l'une de mes mains, la garda dans la sienne en une étreinte chaude et virile :

— Au revoir, mademoiselle Emmeline. Et à bientôt, j'espère ?

Avec impétuosité, Fernande répondit aussitôt :

— Le dimanche après-midi, souvent, nous allons au cimetière.

— Alors... à dimanche prochain ? demanda Géry, toujours penché sur moi.

Il lut mon assentiment dans mes yeux. Il s'inclina de nouveau, pressa mes doigts et, après m'avoir adressé l'un de ses irrésistibles sourires dont je me souvenais si bien, il s'en alla.

Dans notre petit logement, madame Florence n'était pas là. Elle était allée rendre visite à une voisine, elle aussi roulotteuse. Tout en ôtant son chapeau, Fernande se répandit en commentaires admiratifs :

— Mon Dieu, Emmeline, comme il est beau ! Quelle allure superbe ! Quelle élégance ! Et ses yeux ! Et son sourire ! J'avoue qu'il me plaît terriblement !

Je ne pus m'empêcher de la regarder avec inquiétude. Allait-elle essayer de le séduire ? Déjà, lors de notre promenade, elle n'avait cessé de lui parler, ne me laissant même pas l'occasion de placer un mot. Elle vit mon expression et se mit à rire :

— Oh, ne crains rien ! Auprès de lui, je n'ai aucune chance. Comme je te l'ai dit l'autre jour, il n'y a que toi qui existes pour lui. La preuve, c'est qu'il t'a aidée à descendre du trottoir, mais moi, il m'a laissée me débrouiller seule !

Elle secoua la tête, sembla réfléchir un instant, puis reprit plus gravement :

— En vous voyant ensemble, j'ai eu l'impression que... comment dire ?... que vous étiez faits l'un pour l'autre.

Je la regardai en souriant. Mon amie Fernande, qui avait tendance à vivre la tête dans les nuages... L'arrivée de madame Florence interrompit notre conversation, et je ne parlai pas des obstacles qui nous séparaient, Géry et moi. Je me disais une fois de plus que rien n'était possible entre nous. Et pourtant, à l'idée de le revoir le dimanche suivant, je me sentais excitée, heureuse, impatiente.

11

Nous nous revîmes chaque dimanche. Nous nous promenions dans la ville tout en bavardant. Nous marchions le long des remparts, nous passions devant le carré de Paille où logeait la cavalerie, devant le château de Selles où se trouvait l'hôpital militaire. Nous croisions de nombreux promeneurs. Des enfants couraient, les garçons jouaient aux *gauss* [1]. Géry remarquait, amusé :

— Cela me rappelle mon enfance. À ce jeu, j'étais imbattable. J'ai encore toute une collection de billes que je gardais jalousement.

Nous rejoignions la porte de Cantimpré, et nous empruntions l'allée plantée d'arbres et de verdure qui avait pour nom « la promenade des amoureux ». Pour moi qui aimais les arbres, je trouvais cette partie de la ville très agréable. Fernande, le soir, me taquinait en me disant que, si j'aimais tant ce chemin, c'était parce qu'il était particulièrement romantique, avec l'Escaut sortant par la Tour des Amoureux.

D'autres fois, nous allions vers la porte du Chemin de Fer, et nous nous promenions dans l'Esplanade. Orné d'un élégant kiosque et de plusieurs statues dont celle

1. Billes.

de Baptiste – l'inventeur de la toile qui portait son nom –, ce grand jardin me plaisait beaucoup. On disait qu'il avait été créé sous le Second Empire car Napoléon III souhaitait donner « du bon air au petit peuple ». Nous passions devant la Citadelle, et Géry nous expliquait que Chateaubriand et Vigny avaient vécu là une période de leur carrière militaire.

Après la porte Notre-Dame, nous prolongions notre promenade jusqu'aux pierres druidiques, appelées *pierres jumelles*. Géry nous racontait la légende qui s'y rattachait, selon laquelle, au temps des Gaulois, deux frères jumeaux étaient tombés amoureux d'une druidesse très belle mais indifférente à leur passion. Bientôt, chacun d'eux se mit à rendre l'autre responsable de son infortune et, un jour, ils se battirent sauvagement. Ils périrent tous les deux, et le lendemain, à la place des corps, on retrouva les deux pierres.

Géry aimait sa ville et avait toujours quelque chose à raconter. Lorsque nous revenions vers le centre, il nous conduisait jusqu'à la place Fénelon, occupée par un square dans lequel un jet d'eau miroitait sous le soleil. Là se trouvaient le théâtre et l'église Saint-Géry.

— J'ai été baptisé dans cette église, confiait notre compagnon. Savez-vous que saint Géry était évêque de Cambrai ?

Il nous parlait de Fénelon, un autre évêque, de Charles Quint qui avait fait construire la Citadelle, de la résistance de Cambrai aux Autrichiens en 1793. Il nous expliquait que, sous la ville, existaient des carrières, à une vingtaine de mètres en dessous du sol, avec des salles et des galeries, qui avaient, dans le passé, servi de retraite aux Cambrésiens. J'écoutais, passionnée par tout ce qu'il racontait. En même temps, je levais la tête vers lui, je le regardais, et j'avais conscience de l'admiration qui devait se lire dans mes yeux ; mais je ne pensais pas à feindre, je ne pensais même plus à tenir les yeux baissés comme le recommandaient les sœurs. Le regard de Géry attirait le mien, et je ne résistais pas.

Après plusieurs dimanches, Fernande se décida à parler de lui à sa mère. Elle précisa que je le connaissais déjà alors que je vivais chez madame Valloires, et elle avoua que nous le rencontrions lors de nos promenades, sans toutefois préciser qu'il nous attendait fidèlement à la grille du cimetière, en un rendez-vous tacite. Madame Florence me regarda, le visage sérieux :

— Il s'intéresse à vous, Emmeline ?

Fernande, toujours taquine, pouffa :

— C'est le moins qu'on puisse dire !

Mais sa mère ne se dérida pas. Elle continua à m'observer gravement :

— Pourquoi s'intéresse-t-il à vous ? D'après ce que j'ai compris, c'est un fils de riche. Méfiez-vous, Emmeline. Ne devenez pas une de ces filles séduites et abandonnées.

Je me récriai, je dis à la brave femme qu'il n'y avait rien à craindre. Elle hocha la tête avec doute, et je vis qu'elle n'était pas convaincue. Mais j'étais sûre de moi. Je sentais, avec certitude, que Géry n'agirait jamais envers moi d'une façon répréhensible. Il était sincère et droit. Et je devais bien m'avouer que je l'aimais, même si je ne voyais pour nous deux aucun avenir possible.

Une semaine où nous étions à l'avance dans notre travail, je décidai de me rendre sur la tombe de mes parents. Fernande m'accompagna. Nous prîmes le *Camberlot*, le petit train du Cambrésis qui, outre des voyageurs, transportait également du charbon ou des betteraves. Dans notre compartiment, plusieurs hommes, des ouvriers en tenue de travail, disputaient bruyamment une partie de cartes, dont ils inscrivaient les points sur la paroi de bois. Placée près de la portière, insensible à cette animation, je regardais, par la vitre, défiler la campagne verdoyante. Je me rappelais combien, dans mon enfance, elle me paraissait immense, et je me souvenais de mon étonnement lorsque ma grand-mère Blanche m'avait appris qu'au-delà de cette infinité de champs vivaient d'autres personnes.

Une émotion de plus en plus forte grandissait en moi au fur et à mesure que nous approchions de notre village. Je reconnus les premières maisons, l'église, le cimetière. Lorsque le train s'arrêta et que nous descendîmes, tous les souvenirs de mon enfance m'assaillirent.

C'était l'après-midi et les rues étaient calmes. À un moment, une vieille femme nous croisa. Elle nous salua tout en nous observant avec curiosité, mais elle ne me reconnut pas ; je n'avais plus rien de commun avec l'enfant de huit ans qui avait quitté le village.

Je montrai à Fernande la maison où j'étais née et où j'avais vécu. Je lui parlai de mes parents et de ma grand-mère Blanche. Je l'emmenai ensuite jusqu'au cimetière, où je revis la grande croix qui m'avait causé tant de frayeurs à l'époque où j'allais chercher le lait pour ma tante. Cette partie de ma vie me paraissait bien loin maintenant. Je retrouvai tout de suite la tombe familiale et, les larmes aux yeux, je me mis à prier. Je compris, à cet instant, combien j'étais seule au monde. Je pensai à mon frère, et à mon parrain Dodore, qui restaient ma seule famille, et que je n'avais pas revus depuis le jour de ma communion solennelle.

En sortant du cimetière, tout en me dirigeant vers la ferme de Gustave, j'expliquai à Fernande que mon frère y travaillait. Avec la même émotion, je retrouvai la cour et la maison où je frappai plusieurs coups. La voix de Rose me cria :

— Oui ! Entrez !

J'obéis. Elle était assise à la table, occupée à écosser des petits pois. Son visage était plus ridé que dans mon souvenir, ses cheveux étaient devenus gris, mais je la reconnus tout de suite. Quant à elle, surprise de voir entrer deux inconnues, elle nous interrogea :

— Oui ? Que désirez-vous ?

Je m'avançai et, d'une voix sourde, je dis :

— Rose... C'est moi, Emmeline !

La brave femme se leva, saisie, me regarda mieux :

— Emmeline ! Mon Dieu, Emmeline... C'est bien vrai ! Quelle belle jeune fille tu es devenue ! Eh bien, si je m'attendais !... Tiens, assieds-toi. Vous aussi, mademoiselle. Vous prendrez bien une tasse de café ?

Elle s'affairait, nous avançait des chaises, tandis que je présentais mon amie Fernande.

— Gustave est dans la grange, avec Timothée. Ils se préparent à aller aux champs. Je vais les prévenir.

Elle sortit rapidement. Impatiente, je la suivis dans la cour. Elle entra dans la grange et, aussitôt, Gustave apparut, puis Timothée. J'eus un choc en revoyant mon frère, à cause de sa ressemblance avec l'image que je gardais de notre père. Il vint vers moi, à la fois surpris et heureux :

— Emmeline ! Ça alors ! Comment vas-tu ?

Je me retrouvai contre lui, tandis qu'il m'étreignait affectueusement. Il y eut un moment de joyeuse effervescence. Je présentai de nouveau mon amie. Rose nous fit entrer et nous servit du café, pendant que je leur parlais de ma situation. Ils furent satisfaits de savoir que j'étais roulotteuse ; c'était un métier commun à beaucoup de femmes dans la région.

— Quant à moi, dit Timothée, je suis toujours content d'être ici. Gustave est un bon patron, et Rose s'occupe bien de moi. Je suis logé, nourri – et bien nourri. Que demander de plus ?

Nous bavardâmes quelques instants, puis Gustave se leva :

— Bon, il faut y aller ! On ne peut pas discuter tout l'après-midi. L'ouvrage, « elle » va pas se faire toute seule ! Allez, à plus tard, Emmeline. Reviens encore nous voir. Ça nous fera toujours plaisir.

Timothée acquiesça et m'embrassa une nouvelle fois avec affection. Puis nous prîmes congé de Rose et, en sortant de la ferme, je dis à Fernande :

— Nous avons encore un peu de temps avant l'heure du train. Passons chez mon parrain. J'aimerais bien le revoir, lui aussi.

Lorsque j'aperçus sa maison, tout me revint d'un seul coup : l'animosité de ma tante, les travaux que je devais assumer, la crainte que j'éprouvais, les punitions que je subissais. Je me souvins des heures où j'étais restée enfermée dans le cabanon du jardin, terrorisée par la grosse araignée... C'était si désagréable que j'eus envie de changer d'avis et de ne pas m'arrêter. Mais, au moment où nous passions devant la grille du jardin, j'aperçus mon parrain penché sur un plant de carottes. D'autres souvenirs, plus agréables, vinrent chasser les précédents : je me revis sur ses genoux, le soir, au coin du feu, tandis qu'il me faisait réciter mes leçons, et dans sa cave alors que, assise sur le sol humide, je l'écoutais chanter *En roulant la navette* tandis qu'il travaillait devant son *otil*.

Dans un élan subit, je m'approchai de la grille et l'interpellai :

— Parrain Dodore ! C'est moi, Emmeline !

Il se releva et me regarda, stupéfait. Son ahurissement me fit rire. Il vint vers moi, en répétant, toujours incrédule :

— Emmeline ? Emmeline, c'est bien toi ?

Il ouvrit la grille, et j'entrai dans le jardin. Je l'embrassai chaleureusement, heureuse de le retrouver. La bonté de son regard n'avait pas changé.

— Attention, dit-il en se reculant, un peu gêné. Je suis plein de terre. Je vais salir tes beaux vêtements.

Je haussai les épaules en riant, lui présentai Fernande, expliquai que je vivais chez elle. Soudain, la porte de la cuisine s'ouvrit, et ma tante, qui avait entendu des éclats de voix, apparut :

— Que se passe-t-il, Isidore ? Qui sont ces dames ?

Je la regardai. Contrairement à mon parrain, elle me parut si vieillie que je la reconnus à peine. Elle ressemblait à ces femmes âgées qui donnent l'impression d'être ratatinées sur elles-mêmes. Et pourtant, en voyant son visage dont je me souvenais si bien, un reste de mon ancienne crainte s'agita en moi.

— C'est Emmeline ! s'écria mon parrain, avec un grand sourire. Elle est venue avec une amie.

Instantanément, le visage de ma tante se figea, sa bouche se pinça. Elle plissa les yeux pour mieux m'observer :

— Emmeline ? Vraiment ? Eh bien, je ne l'aurais pas reconnue.

— Pourtant, remarqua mon parrain, elle ressemble bien à Émilie.

Ma tante ne répondit pas. Elle ne nous invitait pas à entrer, mais je n'y tenais pas non plus. Je pris comme prétexte l'heure du train et déclarai que nous devions partir.

— Ah, mais il faudra revenir, protesta mon parrain, et « la faire plus longue » la prochaine fois.

Je promis, l'embrassai de nouveau, saluai ma tante qui n'avait pas bougé du seuil de sa cuisine, et repartis avec Fernande.

— Eh bien ! constata celle-ci. Je comprends maintenant pourquoi tu étais malheureuse en vivant avec ta tante. Quelle personne désagréable ! Mais ton parrain, lui, semble bien gentil. Et on voit qu'il t'aime sincèrement.

En reprenant le train, je me sentais heureuse de ma petite escapade. Je me dis que, malgré ma tante, dès que j'en aurais l'occasion je reviendrais.

J'étais devenue une bonne roulotteuse. Je travaillais avec enthousiasme pendant la semaine, en attendant, comme une récompense, le fait de revoir Géry le dimanche suivant. Chaque matin, Fernande et moi faisions les commissions à tour de rôle, afin de perdre le moins de temps possible. J'étais si contente de gagner de l'argent que, lorsque c'était mon tour, j'ajoutais à la liste de denrées prévues par madame Florence quelques douceurs. J'allais chez les frères Zoller qui succédaient à la maison Caduff où ma mère, autrefois, se procurait les gâteaux que je trouvais si délicieux, et j'achetais des dragées de Verdun et des fondants, que nous sucions ensuite tout en travaillant. Ou bien, à la maison Lollivier, située en face de la cathédrale, je prenais, pour notre dessert, des *échaudés*[1] et du pain d'épices. Lorsque je rentrais avec mes achats, madame Florence me grondait gentiment :

— Il ne faut pas nous gâter comme cela, Emmeline. Gardez plutôt votre argent.

Je ne l'écoutais pas, je disais :

— Nous travaillons dur, nous pouvons bien nous permettre ce petit plaisir. Et puis, le loyer que vous me faites payer est si faible que ces bonbons en sont un complément !

Je me fis faire un nouveau chapeau, et j'envisageai de m'acheter une nouvelle robe. Je voulais plaire à Géry. Je songeais parfois que, dans son milieu, il devait rencontrer des filles bien plus élégantes et plus belles que moi. Sans doute son père projetait-il de lui faire épouser l'une d'elles ? Ces pensées me torturaient. Et puis, le dimanche, lorsque nous nous retrouvions, dès que les yeux de Géry se posaient sur moi, tous mes doutes s'envolaient. Son regard m'apportait une certitude qui me faisait tourner la tête.

Les festivités du 14 juillet nous donnèrent une occasion supplémentaire de nous rencontrer. Géry nous avait dit qu'il assisterait, le matin, à la revue des troupes de la garnison sur la place d'Armes. Les parades militaires ne nous intéressaient pas, Fernande et moi, pourtant j'y serais volontiers allée, tout simplement pour être avec Géry. Mais madame Florence ne nous permit de sortir que l'après-midi, et elle tint à nous accompagner. Elle devenait de plus en plus méfiante

---

1. L'échaudé était une sorte de gâteau très léger, fabriqué avec de la pâte « échaudée », c'est-à-dire passée à l'eau bouillante avant d'être mise au four.

vis-à-vis de Géry, dont Fernande parlait avec une admiration non dissimulée.

Nous sortîmes un peu avant cinq heures, afin d'assister à l'ascension du ballon *le Météore* prévue par les programmes. Sur la place d'Armes, tandis que nous attendions le départ de l'énorme ballon, je regardais autour de moi, cherchant à apercevoir Géry dans la foule qui nous entourait. Il y eut un lancement de flottilles aériennes et de personnages en baudruche, aux formes grotesques, qui amusèrent les enfants. Tout en piétinant sous le soleil, je continuais à chercher Géry. Je me contrariais de penser qu'il se trouvait sans doute parmi ces gens et que lui non plus ne nous voyait pas.

Lorsque, enfin, le ballon s'éleva dans les airs, un grand « Ah » de satisfaction parcourut la foule. Des pigeons voyageurs furent lâchés, et nous reçûmes une pluie de fleurs et de banderoles. Quelqu'un, derrière moi, ramassa l'une des fleurs qui venaient de tomber et me la tendit :

— Tenez. Me permettez-vous de la fixer à votre chapeau ?

Au son de sa voix, mon cœur bondit joyeusement. Je tournai la tête. Géry, penché vers moi, me tendait une rose rouge. Mon bonheur de le voir fut si grand que je ne cherchai pas à le dissimuler. Il vit mon sourire radieux, et ses yeux m'entourèrent d'une onde de tendresse et d'un autre sentiment qui fit courir des picotements sous ma peau. Je me sentis rougir tandis qu'il glissait la fleur sous le ruban de mon chapeau. Puis il salua Fernande, et celle-ci lui présenta sa mère. Il s'inclina, aimable, naturel, souriant. Je vis, sur le visage de madame Florence, la méfiance s'estomper, remplacée graduellement par une expression qui se fit plus avenante et qui finit par devenir tout à fait approbatrice.

J'en fus satisfaite, mais cela ne m'étonna pas : Géry était capable de charmer même les plus réticents.

Il nous demanda la permission de nous accompagner au concert, qui avait lieu ensuite dans le kiosque du jardin public. Madame Florence ne refusa pas. En suivant la foule, nous prîmes la direction de l'Esplanade. Une atmosphère de fête régnait dans les rues, les gens s'interpellaient, riaient, plaisantaient, joyeux et détendus. De nombreuses maisons arboraient le drapeau tricolore, qui claquait gaiement dans le vent. Et moi je marchais près de Géry, heureuse de sa présence. Lorsqu'il était là, je ne souhaitais rien d'autre.

Nous prîmes place autour du kiosque et j'écoutai le concert. La Fanfare des Amis réunis joua *L'Héroïne Jeanne d'Arc*. Suivit *L'Ouverture du lac des fées*, par la Musique municipale. Puis l'Union orphéonique interpréta *La Kamarinskaïa*, un chœur russe, que Géry apprécia et applaudit beaucoup. En se penchant vers moi, il me confia :

— J'aime chanter, moi aussi. J'ai rêvé, à un moment de mon adolescence, de faire partie d'un chœur comme celui-là. Mais mon père a jugé que cela ne faisait pas sérieux, et j'ai dû abandonner.

Je le regardai avec intérêt et compréhension. Je l'imaginai en train de chanter de sa belle voix grave, et je ne doutai pas qu'il y réussît très bien.

À l'issue du concert était prévu un bal public. Madame Florence affirma que des jeunes filles comme il faut ne « traînaient » pas dehors après la tombée du jour et décréta qu'il nous fallait rentrer. De toute façon, ajouta-t-elle, qu'irions-nous faire au bal ? Nous ne savions pas danser. C'était la vérité mais, sans oser l'avouer, je mourais d'envie de rester encore un peu, pour ne pas quitter Géry si vite.

Celui-ci s'inclina sans insister, prit congé de nous avec sa courtoisie habituelle. Il me serra la main, tandis que ses yeux se perdaient dans les miens. Son regard, lui aussi, disait son regret de me voir partir déjà.

Sur la route du retour, madame Florence déclara :

— Charmant jeune homme. Bien élevé, séduisant. J'ai toujours envie de vous dire de vous méfier, Emmeline, et pourtant... on devine qu'il ne vous fera pas de mal – volontairement, du moins.

Fernande renchérit :

— Vous l'avez remarqué aussi, mère ? Je l'ai déjà dit à Emmeline. Il la regarde comme si elle était unique.

Je fus heureuse de leur approbation. Je savais bien, moi, que Géry ne ferait jamais rien qui pût me blesser. Avec lui, je me sentais en confiance. Et, lorsque je le quittais, je n'avais qu'une envie : le retrouver le plus vite possible.

Il y eut la fête communale du 15 août. C'était d'abord une fête religieuse en l'honneur de Notre-Dame-de-Grâce, la patronne de Cambrai. Mais il y avait aussi des concours d'arbalète, d'arc, de fléchettes, de billon, des tirs à la cible, récompensés par de nombreux prix, ainsi qu'un cortège et une audition des sociétés musicales. Ces festivités duraient trois jours, avec, chaque soir, un bal public, et, le 17, un feu d'artifice sur la place d'Armes.

J'eus ainsi l'occasion de rencontrer Géry plus souvent. Le dimanche 15, je me préparai pour la messe avec soin. Je mis la nouvelle robe que je m'étais fait faire et que j'avais encore essayée la veille, dans notre chambre, afin de la montrer à Fernande et de l'entendre dire qu'elle m'allait à la perfection. La grosse cloche du beffroi et le carillon de la ville avaient annoncé, dès sept heures du matin, que ce jour était un jour de fête.

— Comme tes yeux brillent ! remarqua Fernande avec un sourire amusé. Je suppose que Géry en est la cause. Pourquoi ne veux-tu pas avouer que tu l'aimes ?

Je secouai la tête sans répondre. Il était vrai que je refusais de l'avouer, et pourtant, au fond de moi, je savais que mon amie avait bien deviné.

À la sortie de la messe, Géry vint nous rejoindre. Nous parvînmes à trouver une place, le long du trottoir, parmi la foule qui attendait la procession. La cloche de l'évêque annonça le départ, et, après le passage des différents chapitres, nous vîmes s'avancer la Vénérable Image de Notre-Dame-de-Grâce qui, selon la tradition, avait été peinte par saint Luc l'Évangéliste. Elle représentait, sur un fond doré, Marie vêtue d'un manteau bleu et tenant dans les bras son fils Jésus. Géry, près de moi, se pencha et murmura à mon oreille :

— Voyez-vous la couronne qui surmonte le portrait ? Il y a une légende qui dit que des voleurs, un jour, ont voulu l'emporter. Mais chaque fois qu'ils en approchaient leurs mains, une force surnaturelle les empêchait de la saisir. L'un d'eux se mit en colère et frappa le visage de Marie. Aussitôt, le sang jaillit. Épouvanté, le voleur s'agenouilla et, pris de remords, implora son pardon. Depuis, plus personne ne s'est risqué à voler la couronne.

Je levai les yeux vers lui et le remerciai d'un sourire. J'aimais la façon dont il me racontait les légendes et les traditions qui concernaient sa ville. Il éprouvait pour elle un profond attachement et, de plus en plus, il me le faisait partager.

Je vécus ces trois jours dans une sorte de fièvre. Auparavant, lorsque je me trouvais chez les sœurs, les fêtes n'étaient que religieuses, et j'avais été habituée à les considérer comme une occasion de prier davantage. Maintenant, au contraire, nous participions à toutes les festivités, et Géry, à chaque fois, était avec nous. À ses côtés, j'allai regarder les joueurs de billon, d'arbalète, d'arc, de fléchette. Ces derniers me firent penser à mon parrain Dodore, qui aurait pu gagner les cinq couverts en argent constituant le premier prix. Je vis les régates internationales ; j'écoutai le concert qui eut lieu au kiosque des jardins publics. Tout me paraissait beau, merveilleux et enchanteur, tout simplement parce que Géry était près de moi.

Nous allâmes assister à l'inauguration de la porte Saint-Georges. Cette porte offrait une nouvelle sortie, particulièrement pour le quartier Saint-Druon. Il y eut un cortège de plusieurs chars. Le premier, le char de Flore, était splendide. Une jeune fille, entourée de fleurs, tenait un superbe bouquet destiné au maire de la ville. D'autres suivaient : le char des agriculteurs, orné de gerbes et d'épis formant un soleil, celui des ouvriers, des forgerons, des menuisiers, des archers, des marchandes de légumes.

— Ces chars sont magnifiques, commenta madame Florence. Cela demande du travail, mais le résultat est si beau ! Avant, à chaque procession du 15 août, il y en avait toujours. Je me souviens de celui de 1872, qui avait pour thème la libération du territoire. C'était après la guerre. Cela nous avait tous beaucoup touchés, et les chars avaient été très applaudis.

Le troisième jour, exceptionnellement, madame Florence nous permit d'assister au feu d'artifice et nous accompagna. Je retrouvai Géry et, debout près de lui, j'admirai les explosions d'étoiles colorées. Sa présence si proche, dans l'obscurité, me troublait. Je gardais le visage levé vers le ciel, mais je sentais son regard posé sur moi. J'éprouvais une sensation exaltante, qui me faisait tourner la tête. Il y avait aussi un bal, mais madame Florence, intraitable, décréta une nouvelle fois que les jeunes filles sérieuses ne fréquentaient pas les bals.

Il fallut nous quitter. Je savais que la fête était terminée. Géry tenta de la prolonger en nous invitant, le lendemain soir, au théâtre de la Place au Bois ; on y jouait une opérette féerique : *La Belle au bois dormant*. Je mourais d'envie d'y aller, mais madame Florence déclina l'invitation, et je n'osai pas protester. Géry, selon son habitude, n'insista pas. Mais je lus, dans ses yeux, un regret pareil au mien.

Il nous souhaita une bonne nuit, salua madame Florence et Fernande. Puis il se tourna vers moi, prit ma main dans les siennes :

— À dimanche prochain ? murmura-t-il.

J'acquiesçai d'un signe de tête. Il se pencha et, profitant de l'obscurité, leva ma main jusqu'à ses lèvres et déposa sur mon poignet un baiser qui fit courir dans tout mon corps une onde de feu. Il releva la tête, plongea dans mes yeux un regard grave et éloquent, puis se détourna et s'en alla. Je tentai de dominer le bouleversement que j'éprouvais et, sans un mot, me mis à marcher auprès de Fernande et de sa mère, reconnaissante à l'obscurité qui dissimulait la rougeur de mes joues. Mon amie qui, elle aussi, aurait bien aimé aller au théâtre reprochait à sa mère sa sévérité. J'entendais ses paroles comme si elles venaient de très loin. J'avais l'impression d'être sur un nuage qui me transportait hors de la réalité. Je ressentais, sur mon poignet, une brûlure délicieuse. Et il me semblait que mon cœur, quant à lui, s'embrasait complètement.

12

J'étais de plus en plus amoureuse. Je travaillais pendant la semaine, roulottant mes mouchoirs avec entrain, et je retrouvais Géry le dimanche. Fernande nous servait de chaperon – un chaperon complice et bienveillant. Bien souvent, lorsque nous arrivions au cimetière, qui était resté notre lieu de rendez-vous, elle s'éclipsait quelques instants sous prétexte d'aller se recueillir sur la tombe de son père, afin de nous laisser seuls, Géry et moi. Près de lui, je ressentais un bonheur intense. Il m'était chaque semaine de plus en plus difficile de le quitter. Et je sentais qu'il en était de même pour lui.

Lentement, l'été laissa la place à l'automne. En octobre apparurent les premiers brouillards. Le temps devint humide. Madame Florence se mit à se plaindre de douleurs de rhumatisme dans les genoux, les hanches, les épaules. Je me souvenais que ma grand-mère Blanche souffrait de la même maladie, et je savais comment elle se soignait. Elle fabriquait elle-même une lotion pour frictionner les endroits douloureux ; elle faisait chauffer de l'huile au bain-marie, dans laquelle elle ajoutait des fleurs de camomille et du camphre en poudre. J'allai acheter ces deux ingrédients chez monsieur Wagon, le pharmacien de la place d'Armes, et je préparai le remède pour madame Florence. Elle me remercia et m'embrassa avec gratitude. Je lui dis que je n'aimais pas la voir souffrir. Je m'étais attachée à elle ; de son côté, elle me considérait comme une seconde fille, et Fernande était pour moi une sœur tendrement chérie. J'avais trouvé chez elles la famille que je n'avais plus.

Le soir, dans notre chambre, avant de nous endormir, Fernande et moi parlions de Géry. Il était notre sujet de conversation préféré. Mon amie affirmait qu'il m'aimait et qu'il ne tarderait pas à me demander en mariage. Cette perspective m'éblouissait et, en même temps, me faisait peur. Monsieur Dorcelles s'y opposerait, j'en étais sûre, et madame Valloires n'était plus là pour me défendre. Elle n'avait pas eu le temps de me léguer la somme d'argent qui aurait pu constituer ma dot. Sans aucun doute, le père de Géry trouverait que je n'étais pas un beau parti pour son fils. Mais Fernande s'obstinait dans son idée :

— Il va vouloir t'épouser, te dis-je, et peu importe le refus de son père. N'a-t-il pas vingt-huit ans ? Il est majeur et libre de ses actes.

En attendant, je continuais à le rencontrer chaque dimanche. Mais les promenades sur les remparts ou dans la ville, qui avaient été si agréables l'été, allaient devenir difficiles, voire impossibles, lorsque le mauvais temps s'installerait.

Le jour de la Toussaint, j'allai avec Fernande fleurir la tombe de mes parents. Le ciel était gris et bas, une pluie fine et persistante noyait le paysage. Je me rendis chez Gustave, afin d'embrasser mon frère, qui fut heureux de ma visite. Et, lâchement, j'omis d'aller saluer mon parrain Dodore, car je ne désirais pas me retrouver en présence de sa femme. Pour me justifier, je me dis que, de toute façon, mon parrain ne serait pas chez lui mais plutôt dans un des cafés du village, où il disputait ses parties d'astiquette.

Ce petit voyage m'attrista, mais, lorsque nous revînmes à Cambrai, mon humeur s'améliora. La place d'Armes était occupée par un marché couvert comprenant plusieurs rangées, pour la foire aux pains d'épice qui durait du 1er au 24 novembre. Cette foire était célèbre dans toute la région et attirait une foule de personnes. Et le dernier jour – veille de Sainte-Catherine – représentait une date particulière. Nous appelions cette foire « le 24 de Sainte-Catherine », et pour moi, ce jour apporta dans ma vie un grand bonheur.

C'était un mercredi, mais, exceptionnellement, Fernande et moi avions décidé de ne pas travailler et de nous rendre à la foire dans l'après-midi. Géry nous avait donné rendez-vous devant le café Caurette, *À l'habitude*, situé sur la place d'Armes. Madame Florence avait prévu de nous accompagner, mais une crise de rhumatismes l'en empêcha. J'eus un instant la crainte qu'elle ne nous permît pas de sortir sans elle, mais, à mon grand soulagement, elle nous laissa partir, nous faisant simplement promettre de rentrer avant la tombée de la nuit – qui arriverait beaucoup trop tôt à mon goût, puisque les jours étaient de plus en plus courts.

Nous sortîmes, et j'entraînai Fernande avec enthousiasme. Après quelques minutes, elle se mit à éternuer sans discontinuer. Elle souffrait depuis la veille d'un gros rhume et, après les éternuements, le temps humide la fit tousser. Alors que nous arrivions sur la place d'Armes, j'aperçus, devant le café Caurette, la haute silhouette de Géry qui nous attendait. Je me retins pour ne pas courir jusqu'à lui. Ce fut lui qui, nous ayant aperçues, vint vers nous, et l'expression de son regard m'enveloppa d'une exquise chaleur. Il nous salua, et Fernande se remit à tousser. Gênée, elle s'excusa, fit quelques pas avec nous, mais fut reprise d'une quinte interminable. Lorsqu'elle fut enfin calmée, Géry proposa de lui offrir une boisson chaude. Mon amie secoua la tête :

— Je vous remercie, mais mère ne serait pas contente. Elle trouve que les jeunes filles comme il faut ne doivent pas fréquenter les cafés.

Sa voix s'enroua et elle se remit à tousser. Je lui trouvai des yeux brillants, des joues anormalement rouges, et je vis qu'elle frissonnait. J'ôtai mon gant et, de la main, je tâtai son front. Il était brûlant.

— Mais tu as de la fièvre, Fernande ! Il vaudrait mieux que nous repartions, ne crois-tu pas ?

— C'est vrai que je ne me sens pas bien, avoua-t-elle en frissonnant de nouveau. Déjà, tout à l'heure, j'ai failli ne pas venir. Mais tu y tenais tant que j'ai voulu faire un effort...

— Tu seras mieux au chaud, affirmai-je. Nous allons retourner à la maison.

Je vis l'expression désolée de Géry. Fernande s'en aperçut, elle aussi. Moi-même, j'étais contrariée de devoir partir aussi vite, mais j'étais inquiète pour mon amie, et j'avais peur que son état n'empirât.

— Je peux y retourner seule, assura-t-elle. Toi, Emmeline, tu n'es pas malade, et ce serait dommage de rater un 24 de Sainte-Catherine !

Géry sauta sur l'occasion :

— Vous pouvez me la confier sans crainte, mademoiselle Fernande. Je la reconduirai tout à l'heure.

Malgré mon grand désir d'accepter, j'eus un instant d'hésitation. Ce n'était pas correct, pour une jeune fille, de se promener sans chaperon avec un jeune homme. Mais Fernande emporta ma décision en déclarant :

— Merci bien, monsieur Géry. Au revoir, et amusez-vous bien, tous les deux.

Elle s'en alla en toussant de nouveau, et je me retrouvai seule avec Géry. Il m'adressa un sourire si gamin que je me mis à rire, toute gêne oubliée.

— Eh bien, allons-y, si vous voulez bien vous contenter de ma seule compagnie.

Il m'offrit son bras, que je pris en rougissant. C'était la première fois que nous marchions ainsi, et cela mettait entre nous une nouvelle intimité qui me ravissait et me troublait à la fois. Géry, parfaitement à l'aise, m'emmena dans le marché couvert. Après l'humidité du dehors, l'atmosphère chaleureuse qui y régnait nous parut accueillante. De nombreuses personnes se pressaient dans les allées ; les cris et les exclamations des marchands se joignaient aux conversations des promeneurs, et le tout se confondait dans un joyeux brouhaha.

Je tenais toujours le bras de Géry, et nous avancions lentement. Je m'arrêtai devant l'un des nombreux étalages de pains d'épice. Ce dernier, présenté en barres ou figurant des saints du paradis, voisinait avec toutes sortes de nougats.

— Du véritable pain de Verviers, s'écria le forain, et du meilleur ! Il y en a pour tous les goûts : nature, au miel, et même à la pistache ! À moins que vous ne préfériez le nougat ? Dur ou tendre ? Avec ou sans amandes ?

Au moment où j'allais prendre mon porte-monnaie dans mon réticule, Géry m'arrêta :

— Permettez-moi de vous offrir ce que vous voulez.

Je levai les yeux vers lui, hésitante :

— Je ne sais pas si...

— Allons, ne dites pas non. Ce sera mon cadeau de Sainte-Catherine.

Une onde de bonheur fit rosir mes joues. Offrir à une jeune fille un cadeau pour la Sainte-Catherine équivalait, pour un jeune homme, à une déclaration qui disait : « Je suis votre soupirant. » Je levai les yeux vers Géry et n'eus plus envie de protester. Son regard me disait clairement qu'il désirait me gâter – et bien au-delà d'un simple paquet de nougats. Il me demanda ce que je préférais, en acheta un autre pour son père qui, me confia-t-il, n'aimait que le nougat tendre parfumé au café. Lorsqu'il me tendit le sachet, je le pris en remerciant, avec l'intuition soudaine que ce premier cadeau serait suivi de beaucoup d'autres. Heureuse, sans chercher à comprendre d'où me venait cette impression, je serrai le paquet contre mon cœur, et nous reprîmes notre promenade.

Nous parcourûmes lentement toutes les allées. Au bras de Géry, c'était un véritable enchantement. Isolés dans la foule, nous n'étions plus que deux.

Il y avait des éventaires de dentelle, de vaisselle, de mouchoirs, de tissus, de maroquinerie. Sur un autre étaient présentées toutes sortes de verreries, et nous nous arrêtâmes pour admirer un homme qui, penché sur son ouvrage, était occupé à graver une coupe en verre sous l'œil attentif et intéressé de ses clients. En face, des enfants entouraient un étalage de jouets offrant des panoplies, des lanternes magiques et des instruments de musique. Un petit garçon, à qui ses parents venaient d'offrir un mirliton, soufflait dedans avec énergie. Plus loin, j'achetai, pour madame Florence, un napperon délicatement ouvragé et, à un marchand de bijoux, un joli camée pour mon amie Fernande.

Un peu avant la sortie, un homme haranguait de nombreuses personnes qui se pressaient autour de lui pour l'écouter. Il se disait guérisseur et vantait les vertus d'un élixir capable de guérir tous les maux. Je fus tentée d'en acheter un flacon, mais Géry m'arrêta :

— Ne vous laissez pas prendre. Son élixir n'est que de l'eau colorée, tout simplement.

Il paraissait si sûr de lui que je me rangeai à son avis. Nous fîmes encore quelques pas jusqu'à la sortie et, dehors, nous retrouvâmes l'air humide et le temps gris. Le jour, déjà, baissait. Je poussai un soupir désolé :

— Il faut que je rentre. J'ai promis à madame Florence de revenir avant qu'il fasse nuit.

— Permettez-moi de vous reconduire, dit Géry.

J'acceptai, désireuse de le quitter le plus tard possible. Je tenais toujours son bras et, tout en marchant, il me racontait que, dans son enfance, lors d'une foire aux pains d'épice, il en avait tellement mangé qu'il avait eu une indigestion.

— Une autre fois, mon père m'avait acheté un tambour. Il l'a vite regretté. J'en jouais sans arrêt et je lui cassais les oreilles !

Je l'imaginais, petit garçon turbulent et attachant. Une grande tendresse se mêlait à l'amour que je ressentais pour lui. Lorsque nous fûmes devant notre porte, je trouvai que le temps avait passé bien trop vite. Géry me prit une main, se rapprocha jusqu'à être tout contre moi. Les yeux dans les yeux, nous restâmes ainsi, immobiles un long moment, et je sentais l'amour qui nous unissait nous envelopper d'un lien très fort.

— Emmeline... murmura-t-il d'une voix sourde. Je ne voudrais jamais vous quitter. Loin de vous, je suis malheureux. J'ai compris que le bonheur, pour moi, était avec vous. Je vous aime, Emmeline. Je vous aime et je désire vous épouser.

Prise de vertige, j'avais l'impression qu'un tourbillon m'emportait dans une clarté éblouissante.

— Emmeline... ma douce Emmeline... dites-moi : acceptez-vous ?

Dans le bouleversement où je me trouvais, j'entendis la voix de madame Valloires, le jour où elle m'avait dit : « S'il désire vous épouser, ne le repoussez pas. Vous feriez son désespoir. » Je m'apercevais que je n'avais pas envie de le repousser. Ce qu'il m'offrait, je le désirais, moi aussi, de toutes mes forces.

Pourtant, un reste de sagesse m'obligea à protester :

— Mais... Que va dire votre père ?

— Je vais lui parler dès ce soir. À mon avis, dès qu'il vous connaîtra, il ne pourra que vous aimer.

Il me serra contre lui, continua de la même voix sourde qui prenait, subitement, des inflexions ardentes :

— Donnez-moi votre réponse, Emmeline, je vous en prie. Est-ce oui ?

Je le regardai ; je vis ses yeux qui me suppliaient, emplis d'un tel amour que je fus incapable de résister davantage. Emportée par un irrésistible élan, je dis ce que me dictait mon cœur :

— Oui, oh oui !

Il eut un cri de triomphe :

— Ah ! Emmeline ! Comme vous me rendez heureux ! Merci, Emmeline, ma douce...

Il prit mon visage entre ses mains, le parsema d'une pluie de petits baisers. Je fermai les yeux. Un vertige inconnu me donna l'impression de tanguer, et je m'accrochai à Géry. Lorsque ses lèvres se posèrent sur les miennes, un flot brûlant me parcourut, et je me pressai contre lui. Mais il s'écarta et poussa un profond soupir :

— Mon Dieu, Emmeline, vous me rendez fou... Je vais vous laisser, maintenant, il va bientôt faire nuit. À dimanche, ma douce. Je vous ferai part de la décision de mon père. Mais ne craignez rien. À la façon dont je lui parlerai de vous, il comprendra tout de suite combien je vous aime.

Encore étourdie, je ne répondis pas. Géry caressa mon visage de ses lèvres puis, au prix d'un effort visible, se redressa :

— Allons, au revoir. Dormez bien, ma douce. Faites de beaux rêves.

— Au revoir, Géry, dis-je d'une voix qui tremblait.

Je regardai sa haute silhouette s'éloigner, puis entrai dans la maison. Je trouvai Fernande blottie près du feu, en train de boire un grog sucré avec du miel. Madame Florence, en boitillant, mettait le couvert. En me voyant arriver, elle jeta un regard éloquent vers la pendule :

— Eh bien, il était temps ! Il va bientôt faire complètement noir ! Je commençais à m'inquiéter.

— Oh, mère ! protesta mon amie, la voix enrouée. Elle voulait quitter Géry le plus tard possible, et je la comprends.

Avec l'impression d'évoluer dans un rêve, j'allai jusqu'à une chaise, m'assis, et, tout en ôtant mon chapeau, je dis, extasiée :

— Il vient de me demander en mariage...

Fernande bondit sur ses pieds, vint à moi et, malgré son rhume, m'embrassa sur les deux joues :

— Oh, Emmeline, que je suis contente pour toi ! J'espère que tu as dit oui, au moins ?

— Oui, dis-je sur le même ton. Oui, j'ai dit oui.

— Bravo, Emmeline ! Je le savais bien, moi, qu'il ne tarderait pas à demander ta main !

— Ça, c'est bien ! approuva madame Florence. Ça prouve que ses intentions sont sérieuses. À qui fera-t-il officiellement sa demande ? À moi ? Mais je ne suis pas votre mère !

Brutalement ramenée à la réalité, je secouai la tête :

— Je ne sais pas. Peut-être ira-t-il trouver mon parrain Dodore. C'est lui mon tuteur. Quoique... je suis majeure maintenant.

— Mais il faut faire les choses dans les règles. Vous direz à ce jeune homme de venir me parler. Après tout, vous vivez sous mon toit, et je suis responsable de vous.

— Oui, madame Florence. Je le lui dirai.

Toute la soirée, je demeurai dans un état second, à la fois incrédule et émerveillée. Je remis à Fernande et à sa mère les cadeaux que j'avais achetés pour elles, mais elles n'y prêtèrent qu'une attention secondaire. La demande en mariage de Géry était beaucoup plus importante.

Dans notre chambre, avant de nous endormir, Fernande insista pour que je lui raconte tout. Je le fis, mais ne parlai pas du baiser. Cet instant troublant ne concernait que Géry et moi. Mon amie se répandit en commentaires enthousiastes, malgré les quintes de toux qui l'interrompaient. Lorsqu'elle s'endormit enfin, je demeurai longtemps éveillée, évoquant les moments merveilleux que je venais de vivre, et, dans l'obscurité, je souriais de bonheur.

J'attendis le dimanche avec une impatience où venait se glisser, de temps à autre, une inquiétude insidieuse. Je me disais que Géry avait parlé à son père. Quelle avait été la réaction de celui-ci ? Tout en roulottant mes mouchoirs, je mangeais les nougats que Géry m'avait offerts – comme ils étaient délicieux ! – et j'écoutais les propos rassurants de Fernande.

— Monsieur Dorcelles ne s'opposera pas au bonheur de son fils. Il l'aime, c'est son seul enfant. Il ne voudra pas le rendre malheureux, c'est l'évidence même.

Je finissais par me laisser convaincre par ce raisonnement logique. Néanmoins, le dimanche après-midi, lorsque je me préparai pour notre rendez-vous, je m'aperçus que mes mains tremblaient. Madame Florence m'avait fait acheter des gâteaux chez Zoller, le pâtissier de la place d'Armes chez qui nous étions clientes, et, avant de me laisser partir, elle me répéta une fois de plus :

— Dites-lui bien que je l'attends. Lorsqu'il vous reconduira, invitez-le à entrer. Il doit me faire sa demande.

Je promis et, accompagnée de Fernande dont le rhume était pratiquement guéri, je sortis en essayant de dissimuler ma hâte. Dehors, je marchai vite, mais Fernande était aussi pressée que moi. Lorsque j'aperçus, devant les grilles du cimetière, Géry qui nous attendait, une faiblesse rendit mes jambes flageolantes, et, en même temps, un nœud d'appréhension se forma dans ma poitrine. J'avais compris, en voyant le visage grave de mon bien-aimé, que mes craintes n'étaient pas vaines.

Il vint vers nous, et son regard posé sur moi exprimait le même amour. Il nous salua, prit une de mes mains, la serra dans les siennes puis la leva jusqu'à ses lèvres et déposa sur mon poignet un baiser qui me fit frissonner de la tête aux pieds. Fernande, avec discrétion, s'éclipsa :

— Je vais jusqu'à la tombe de mon père. À tout à l'heure.

Géry se pencha vers moi, plongea ses yeux dans les miens :

— Emmeline, ma douce... murmura-t-il avec ferveur.

Immobiles tous les deux, nous oubliions le monde extérieur. Je repris néanmoins conscience des promeneurs, et je vis deux femmes nous envelopper d'un regard curieux. Je reculai d'un pas, embarrassée.

— Marchons, dis-je.

Comme il l'avait fait le jour de la foire, il me tendit son bras, que je pris après un instant d'hésitation. En le regardant, je vis que ses yeux s'étaient assombris, et qu'il cherchait comment m'annoncer une nouvelle que j'avais déjà devinée. Je le devançai :

— Votre père a refusé, n'est-ce pas ?

Il me jeta un coup d'œil surpris :

— Comment le savez-vous ?

Le cœur serré, je soupirai :

— Je m'en doutais. Vous êtes son héritier, et moi je ne possède rien. Je pourrais même être l'une de vos ouvrières, si je ne travaillais pas pour la maison Godard. Pour lui, notre union serait une mésalliance. Il ne peut que s'y opposer.

— Mais je ne le laisserai pas faire, Emmeline ! Je lui ai dit que je ne changerais pas d'avis. Je lui ai dit que je vous aime vraiment, profondément, que c'est vous la femme de ma vie. Nous avons fini par nous disputer. Il vous voit comme une intrigante, et il a voulu me persuader que vous ne désirez que ma fortune. Je n'ai pas pu le supporter.

— Oh, Géry ! m'exclamai-je, blessée. Comment peut-il penser... ? Vous ne l'avez pas cru, n'est-ce pas ?

Il me sourit, et son visage s'adoucit :

— Bien sûr que non ! On voit bien qu'il ne vous connaît pas ! Je lui ai proposé de vous rencontrer, mais il a refusé. Il ne veut rien savoir. Il considère mon amour pour vous comme un égarement de jeunesse.

Malheureuse, je ne répondis pas. Nous étions arrivés devant la tombe de madame Valloires, et, pour la première fois, je confiai à Géry le projet qu'elle avait eu :

— Elle voulait me léguer de l'argent, pour que j'aie une dot. Croyez-vous que dans ce cas votre père m'aurait acceptée plus facilement ?

Il hésita, et je compris ce qu'il n'osait pas dire. Tristement, je constatai :

— Il me refuse aussi parce que nous ne sommes pas du même milieu, n'est-ce pas ? J'y avais déjà pensé...

— Oui, avoua sombrement Géry. Il veut me faire épouser une jeune fille qui, elle, est de mon milieu, mais que je n'aime pas. Elle est intéressée, égoïste, ne pense qu'aux toilettes et aux bijoux. Ce n'est pas ainsi que je vois ma future femme.

Il se tourna vers moi, du dos de la main caressa mon visage :

— Ma future femme, c'est vous, Emmeline, et personne d'autre. J'ai dit à mon père que je vous épouserais malgré lui.

— Comment a-t-il réagi ? demandai-je avec angoisse.

— Il était furieux. Il m'a menacé de rompre toute relation avec moi. Sauf notre relation de travail, bien sûr. Sur ce plan-là, il a besoin de moi. Notre maison a été fondée par mon grand-père, et je suis le seul héritier. Mais mon père a prononcé ces mots terribles : « Si tu agis en me bafouant ainsi, je ne te considérerai plus comme mon fils. »

— Mon Dieu ! m'exclamai-je, affolée. Vous êtes prêt à vous brouiller avec lui pour moi ?

— Pour vous, Emmeline, dit-il avec douceur et passion, je suis prêt à tout.

Songeuse, je secouai la tête :

— Je ne veux pas être une cause de rupture entre vous. Je me sentirais bien trop coupable. Quant à votre père, il m'en voudrait encore plus. Et puis, il serait malheureux. Vous êtes son fils unique, et il vous aime.

— S'il m'aimait, il ne considérerait que mon bonheur, et il accepterait que je vous épouse.

— Mais s'il me prend pour une intrigante, son refus n'est que le désir de vous protéger malgré vous.

— Oh, Emmeline ! Vous êtes trop bonne de lui chercher des excuses !

Mais je m'obstinai et continuai :

— Il est votre seule famille. Je ne veux pas vous brouiller avec lui. Si j'avais le bonheur d'avoir encore mon père...

Ma voix s'étrangla, mes yeux se remplirent de larmes. Géry s'arrêta et me regarda, malheureux :

— Emmeline... Ne pleurez pas, je vous en prie !

L'inquiétude que je lus dans ses yeux me toucha. Je lui adressai un sourire tremblant.

— Dites-moi ce que vous voulez que je fasse, reprit-il. Voici la situation telle qu'elle est : je désire vous épouser, et mon père s'y oppose. La seule solution est de nous marier contre sa volonté. Mais vous la refusez parce que vous ne voulez pas être une cause de rupture entre lui et moi. Alors, que nous reste-t-il ?

Je levai vers lui un visage désolé :

— Je ne sais pas, Géry, balbutiai-je d'une toute petite voix.

Je voyais ses yeux s'assombrir, et je comprenais qu'il retenait sa colère. Je fus soulagée d'apercevoir

Fernande qui venait vers nous. Elle s'arrêta et s'exclama :

— Eh bien, vous en faites une tête, tous les deux ! Que se passe-t-il ?

Puis, sans transition, elle fronça les sourcils :

— Ah, je crois que je comprends. Monsieur Dorcelles a refusé. C'est ça, n'est-ce pas ?

Mon regard malheureux lui apprit qu'elle avait deviné juste. Avec son énergie habituelle, elle ne se laissa pas abattre :

— Venez, suggéra-t-elle, allons trouver mère. Elle nous attend.

Nous revînmes directement jusqu'à notre maison. En chemin, j'expliquai la situation à Fernande et, comme Géry, elle me trouva trop bonne :

— C'est ton bonheur qui est en jeu, Emmeline. Si Géry veut t'épouser malgré le refus de son père, n'aie aucun scrupule à accepter.

Je ne répondais pas. Géry, dont je tenais toujours le bras, marchait en silence. Son front buté et ses mâchoires crispées me disaient de façon claire qu'il était mécontent de ma réaction.

Nous le fîmes entrer dans notre petit logement. Pendant un court instant, je détaillai la pièce avec les yeux de Géry, et je remarquai combien elle était modeste. Lui, sans aucun doute, vivait dans un appartement identique à celui de madame Valloires, avec des tapis, du marbre et des dorures. Le nôtre devait certainement lui paraître bien pauvre.

Mais il n'y fit pas attention. Il ôta son chapeau, salua madame Florence, accepta la chaise qu'elle lui avança ainsi que le gâteau qu'elle lui offrit. Nous bûmes une tasse de café et, ensuite, Géry regarda madame Florence qui lui souriait d'un air entendu :

— Madame, dit-il solennellement, je désire épouser Emmeline. Je vous promets de la rendre heureuse.

— Je vous crois, monsieur Géry, et puisque Emmeline a déjà dit oui, je n'ai plus qu'à donner mon consentement.

Du bout des doigts, Géry se massa le front :

— Mais il y a un problème : mon père s'oppose à notre union.

Il répéta à madame Florence ce qu'il m'avait déjà dit, expliquant que, de mon côté, j'hésitais à l'épouser contre la volonté de monsieur Dorcelles. La brave femme me regarda, compréhensive :

— Je reconnais bien là la bonté d'Emmeline. Elle ne veut jamais causer de tort à quelqu'un délibérément.

— Mais moi, je désire l'épouser ! s'emporta Géry.

Madame Florence réfléchit un instant :

— Je pense que si votre père connaissait Emmeline, il changerait d'avis. Ne pourriez-vous pas la lui présenter ?

— Je le lui ai proposé. Il a refusé. Et je connais assez mon père pour savoir que, si j'insiste, il se bloquera davantage.

— Ou alors... puis-je vous conseiller la patience ? S'il constate que votre attachement ne faiblit pas et que c'est vraiment Emmeline que vous voulez, il finira peut-être par changer d'avis ?

Géry eut une moue sceptique :

— Rien n'est moins sûr. Et puis, cela peut prendre des années. Et moi, je veux qu'Emmeline soit ma femme dès que possible !

Madame Florence poussa un profond soupir :

— C'est une situation difficile. Il faut y réfléchir et essayer de trouver une solution qui ne blessera personne.

— En tout cas, dit Géry avec force, j'aime Emmeline et je l'épouserai. J'en prends l'engagement devant vous. Et, dès maintenant, je la considère comme ma fiancée.

Il prit dans la poche de son gilet un écrin qu'il ouvrit, en sortit une bague ornée d'un rubis :

— Cette bague appartenait à ma mère et, avant elle, à ma grand-mère. Chaque Dorcelles, de génération en génération, l'offre à la femme qu'il désire épouser. Donnez-moi votre main gauche, Emmeline.

J'obéis, et il passa la bague à mon doigt. Profondément émue par ce geste qui était à la fois une preuve d'amour et un engagement, je murmurai, les larmes aux yeux :

— Merci, Géry.

— Qu'elle est belle ! s'exclama Fernande avec admiration, les yeux fixés sur la bague. Elle est vraiment superbe !

En serrant ma main dans les siennes, Géry déclara gravement :

— Maintenant, vous m'êtes promise, Emmeline. C'est vous qui serez ma femme.

Je sentis de nouveau l'amour qui nous unissait et, avec un sourire, je hochai la tête. Mais comment accepter d'être une cause de dissension entre son père et lui ?...

Lorsque Géry s'en alla, rien n'était résolu.

— Je parlerai de nouveau à mon père, affirma-t-il avant de nous quitter. Je lui dirai que vous portez la bague des Dorcelles. Il faudra qu'il comprenne que ma décision est inébranlable.

Après son départ, mon amie Fernande s'extasia de nouveau :

— Quelle chance tu as, Emmeline ! J'aimerais bien, moi aussi, qu'on m'offre une bague pareille ! Sans compter que sa mère possédait certainement d'autres bijoux ! Et ils seront à toi ! Quelle chance tu as ! répéta-t-elle

Je contemplai la bague, éblouie par sa beauté, heureuse de la porter, mais je remarquai tristement :

— Si monsieur Dorcelles ne m'accepte pas, je ne pourrai pas épouser Géry.

— Alors, laisse-moi te dire que tu as tort ! explosa Fernande. Moi, à ta place...

— Emmeline ne veut pas être responsable d'une brouille entre le père et le fils, intervint madame Florence, et je la comprends. Toi, Fernande, tu réagis d'une façon plus égoïste.

— Alors, que vas-tu faire ? me demanda mon amie. Attendre que monsieur Dorcelles décède ? Il ne vivra pas éternellement, c'est certain, mais qui sait combien d'années il te faudra patienter ?

— Oh, je ne veux pas souhaiter la mort de son père pour épouser Géry ! protestai-je, offusquée.

— Alors, que vas-tu faire ? interrogea de nouveau Fernande.

— Je ne sais pas, avouai-je, désemparée. Je ne sais pas.

Pour me rassurer, je regardai la bague que je portais à l'annulaire, et je me sentis subitement réconfortée.

13

Le dimanche suivant, après la messe, à la sortie de l'église, j'aperçus de loin monsieur Dorcelles, vêtu de noir selon son habitude. Je lui lançai un regard de rancune, mécontente de penser qu'il me refusait sans même me connaître. À cause de lui, mon bonheur avec Géry semblait bien compromis.

Comme chaque dimanche, je saluai les sœurs et échangeai quelques mots avec elles. J'eus envie d'ôter mon gant et de leur montrer ma bague, en une revanche puérile, pour clamer que j'étais la fiancée de Géry. Mais je me retins et ne dis rien.

Ce matin-là, il pleuvait depuis l'aube. Alors que nous étions devant l'église, la pluie se mit à redoubler de violence, obligeant les personnes présentes à se disperser et à chercher un abri. Certaines se réfugièrent à nouveau dans l'église. Géry, que nous avions retrouvé après avoir quitté les sœurs, remarqua :

— Avec un temps pareil, notre promenade habituelle du dimanche après-midi est bien compromise.

Madame Florence intervint et proposa :

— À la place, venez donc chez nous, monsieur Géry. Je serai heureuse de vous accueillir, et vous verrez votre fiancée à l'abri de la pluie !

Géry accepta cette invitation avec reconnaissance. Une rafale soudaine nous obligea à nous séparer. Nous revînmes chez nous, et, tandis que nous marchions courbées en deux sous notre parapluie pour essayer de résister au vent, Fernande constata :

— Voilà la mauvaise saison qui arrive. Avec l'hiver, ensuite, ce sera la neige et le verglas. Sans compter que les jours vont être de plus en plus courts. Nous ne pourrons plus nous promener comme nous l'avons fait cet été.

Je soupirai et ne répondis pas. J'y avais déjà pensé, moi aussi. Subitement, je me sentis triste. J'étais la fiancée de Géry, ce qui en soi était merveilleux, mais il ne pouvait me présenter ni à son père, ni à ses relations. Je me trouvais dans une situation boiteuse qui me désolait.

L'après-midi, Géry vint nous voir et, près de lui, je me sentis de nouveau heureuse. Fernande m'en fit la remarque après son départ :

— Je t'ai regardée pendant qu'il était là, Emmeline. Tes yeux scintillaient comme des étoiles. Lorsque vous êtes ensemble, votre bonheur fait plaisir à voir. À ta place, je ne m'occuperais pas de son père et je l'épouserais comme il me le demande.

— Un mariage à la sauvette, en secret, comme des coupables ! Ça ne me plairait pas d'agir ainsi en cachette ! Je veux épouser Géry au grand jour.

— Ça, c'est de l'orgueil, et sœur Cécile te le dirait. Que ce soit en secret ou non, le principal est d'être mariée.

— Et puis, continuai-je, je ne veux pas brouiller Géry avec son père. Il pourrait me le reprocher plus tard.

— Alors tu préfères que, dans l'immédiat, il te reproche ton refus ?

Elle vit mon regard malheureux et n'insista pas. Après toutes les années que j'avais passées chez les sœurs, je gardais la conviction que les prières permettaient de résoudre les problèmes les plus difficiles et, chaque soir, avant de m'endormir, je priais avec ferveur.

En attendant, la situation demeurait la même. Géry continuait à venir le dimanche après-midi, et tous nos voisins savaient maintenant que la petite Emmeline aimait un jeune homme riche dont le père, fabricant de tissu, refusait d'entendre parler. Germaine, l'amie de madame Florence, qui était elle aussi roulotteuse, me donnait des conseils assortis à sa nature belliqueuse :

— Moi, à votre place, j'irais le voir, et je lui demanderais pourquoi il ne me trouve pas assez bien pour son fils !

Je la laissais parler sans répondre. Je devinais parfaitement les raisons du refus de monsieur Dorcelles, et je n'avais pas envie de les entendre. De plus, j'étais bien trop timide pour envisager de me conduire comme Germaine me le conseillait.

Un après-midi de décembre où il faisait beau, dès son arrivée chez nous, Géry déclara à madame Florence :

— Permettez-moi, chère madame, de vous enlever Emmeline pour une heure ou deux. Je vais la présenter à ma nourrice. C'est elle qui m'a élevé, et il est grand temps qu'elle fasse la connaissance de ma fiancée.

Madame Florence n'osa pas s'opposer à cette demande faite sur un ton courtois mais péremptoire. Elle accepta de me laisser partir seule avec Géry, et nous nous retrouvâmes dehors, pareils à deux enfants ravis de faire une escapade.

Le soleil brillait, un vent frais soufflait allègrement. Géry me tendit son bras, et nous nous mîmes à marcher.

— Je vous emmène hors de la ville. Alice et son mari habitent derrière le faubourg de La Neuville. C'est presque la campagne. Ils ont un logement dans une maison que j'ai reçue en héritage de ma grand-mère maternelle. Alice s'occupe du ménage, et Hippolyte, son mari, du jardin et de tout ce qu'il y a à faire pour garder l'ensemble en bon état. J'espère que vous les aimerez. Ce sont de braves gens, et Alice – que j'ai toujours appelée maman Alice – a remplacé la mère que je n'ai pas eue.

— J'espère aussi que je leur plairai, dis-je avec une soudaine appréhension.

Géry me regarda avec amour et déclara, sûr de lui :

— Oh, vous n'avez aucune crainte à avoir !

Tout en marchant, il me raconta des souvenirs d'enfance liés à la présence d'Alice qui avait été là pour l'aimer, le cajoler, le consoler s'il pleurait, le soigner s'il était malade. À travers ses récits, j'appréciais cette femme qui, avec lui, s'était toujours montrée tendre et maternelle.

Après avoir quitté la ville par la porte de Cantimpré, nous marchâmes encore quelques instants, puis ce fut la campagne. Je me laissais guider par Géry et, bientôt, il prit un chemin de terre au bout duquel se dressait une grille. Au-delà, j'aperçus une allée, un parc avec de hauts arbres que je regardai avec ravissement, et une maison si grande qu'elle aurait bien mérité le nom de manoir.

— Voilà, c'est ici, dit Géry en ouvrant la grille.

J'eus un cri d'admiration :

— Que c'est beau ! Et ces arbres ! Ils sont superbes ! J'aime beaucoup les grands arbres.

Géry sourit de mon enthousiasme et s'effaça pour me laisser passer :

— Entrez, Emmeline, ma douce... et bienvenue chez moi.

Subitement intimidée, je franchis la grille. Puis, au bras de Géry, j'avançai dans l'allée. Au lieu de monter le perron qui conduisait à la porte principale, Géry fit le tour de la maison jusqu'à un logement, sur le côté, et il frappa à une fenêtre dont les vitres étincelaient de propreté. Aussitôt, la porte s'ouvrit, et une petite femme aux cheveux grisonnants et au visage souriant apparut :

— Géry, mon petit ! Bonjour, mademoiselle ! Entrez tous les deux. Nous vous attendions.

Un homme vint la rejoindre, et j'aimai tout de suite ses yeux doux et bons. Il nous salua également, et Géry, avec fierté, me présenta :

— Voici ma fiancée. Elle s'appelle Emmeline. Elle est brave, bonne, charmante, et je l'aime. J'espère que vous l'aimerez aussi.

Ils me serrèrent la main, un peu embarrassés. Puis Alice nous invita de nouveau à entrer, nous fit asseoir, nous servit du café, nous offrit du *racouvert* qu'elle avait fait spécialement pour nous. Reprise par ma timidité, je ne savais que dire. C'était surtout Géry qui parlait. En se servant d'un morceau de gâteau, il dit en riant :

— Vous souvenez-vous, maman Alice, de ce jour où j'ai grignoté le dessous du *racouvert* que vous aviez préparé, en pensant que ça ne se verrait pas ? Mais, lorsque vous avez découpé les parts, on a découvert mon forfait ! Et j'ai été puni ! Vous m'avez dit : « Puisque tu as eu l'incorrection de te servir avant les autres, tu n'en auras plus ! » Je devais avoir huit ans, à l'époque, et j'étais parfois un vilain garnement !

Alice me regarda, une étincelle complice dans les yeux :

— C'est vrai qu'il m'en a fait voir, vous savez ! Il n'était pas toujours sage... Je pourrai vous raconter quelques-unes de ses bêtises !

— N'en racontez pas trop, maman Alice ! Je ne veux pas que ma fiancée me voie sous un mauvais jour.

— Oh, il n'était pas méchant ! s'empressa de préciser Alice à mon intention. Simplement un peu turbulent parfois, comme tous les garçons.

Son mari, comme moi, ne disait rien. Il se contentait de m'observer, d'un regard expectatif mais totalement dénué d'hostilité. Lorsque nous eûmes bu le café, Géry se leva :

— Maman Alice, prenez les clefs de la maison et venez avec nous. Je voudrais la faire visiter à Emmeline. Lorsque nous serons mariés, c'est ici que nous vivrons.

Alice s'empressa, alla chercher un trousseau de clefs et nous invita à la suivre. Tandis que je marchais derrière elle, les mots de Géry tournaient dans ma tête : « Lorsque nous serons mariés », avait-il dit. Je ne pensais pas que son père eût subitement donné son accord. Géry envisageait-il de passer outre, et de se fâcher avec lui par amour pour moi ?...

Nous fîmes le tour par le jardin, et je pus de nouveau admirer les grands arbres. Alice vit mon regard et expliqua :

— C'est Polyte qui s'en occupe. Il coupe leurs branches et il gratte la mousse qui, d'après lui, les empêche de respirer. En ce moment, c'est l'hiver, mais vous les verrez, cet été ! Ils sont superbes, surtout les peupliers, là-bas, sur le côté.

Nous montâmes les marches du perron, et Alice ouvrit la porte. Géry s'effaça pour me laisser passer, et je pénétrai dans un hall assez grand. Un large escalier de chêne, aux marches soigneusement cirées, menait au premier étage.

— Visitons d'abord le rez-de-chaussée, décréta Géry.

Il y avait une cuisine, une lingerie, une salle à manger, un salon, une bibliothèque. Partout, je retrouvais le luxe qui régnait chez madame Valloires : les dorures, les tapis, les cheminées de marbre et les lambris de chêne. Le tout était d'une impeccable propreté. Dans le salon, Géry me montra l'un des fauteuils :

— Lorsque j'étais enfant et que nous venions rendre visite à ma grand-mère, je m'installais là, dans ce fauteuil. Pendant qu'elle discutait avec mon père, il m'arrivait bien souvent de m'endormir... Le mobilier n'a pas changé, continua-t-il en regardant autour de lui. Depuis le décès de ma grand-mère, il y a quelques années, tout est resté pareil. Bien entendu, vous pourrez transformer ce qui ne vous plaît pas, Emmeline. Ce sera vous la maîtresse de maison.

— Il n'y a rien à changer, dis-je spontanément. Tout est si beau !

Je vis l'air soulagé de Géry, qui avoua :

— Il est vrai que j'aime cette maison telle qu'elle est. Elle me permet d'y revoir plus facilement ma grand-mère.

— Les tentures sont neuves, les rideaux et les tapis aussi, remarqua Alice. Madame Clotilde les avait fait refaire peu de temps avant sa mort.

— Et tout est bien entretenu, constata Géry. Je vous dois des félicitations, maman Alice.

La brave femme rosit de plaisir et toussota :

— Allons à l'étage, si vous le voulez bien.

Il y avait plusieurs chambres, et, sur le seuil de la plus grande, Géry me chuchota à l'oreille :

— Celle-ci sera la nôtre.

Je me sentis rougir et me détournai sans répondre. Nous redescendîmes au rez-de-chaussée, et Géry, me prenant la main, m'entraîna dans le salon en disant :

— Vous pouvez nous laisser quelques instants, maman Alice. Je vais jouer à ma fiancée une sérénade au piano.

Il m'avait déjà confié qu'il avait une passion pour le piano ; son père avait accepté qu'il prît des leçons à condition que cela ne perturbât point son travail. Je savais qu'il passait tous ses moments libres à jouer, et que cela représentait pour lui un grand plaisir.

Alice nous laissa seuls, et Géry me fit asseoir sur le canapé. Puis il prit place devant le superbe piano à queue, souleva le couvercle, fit courir ses doigts sur les touches. D'un petit meuble, il sortit quelques partitions, ouvrit l'une d'elles et se mit à jouer.

Les notes, aériennes, légères, s'envolèrent dans la pièce, en prirent possession, m'enveloppèrent de leur magie. Je fus immédiatement sous le charme. Géry jouait merveilleusement bien, et c'était un véritable bonheur de l'écouter.

Avant chaque morceau, il m'annonçait qui en était le compositeur. Je découvris ainsi Bach, Chopin, Beethoven... Muette d'admiration, j'écoutais, et j'aurais continué à écouter pendant des heures. Je ne prenais pas garde au froid qui, insensiblement, dans la pièce non chauffée, me glaçait les pieds et les mains. J'écoutais et, en même temps, j'admirais Géry, son visage sérieux, concentré, et ses mains qui, agiles, couraient sur le clavier.

Lorsqu'il eut terminé les partitions qu'il avait prises, il s'arrêta, me regarda.

— Oh, Géry ! m'écriai-je. Comme c'est beau ! Et que vous jouez bien !

— Vous avez aimé ? Alors, je jouerai souvent pour vous.

Il vint jusqu'au canapé, s'assit près de moi, prit mes mains dans les siennes :

— Mon Dieu, Emmeline, vous êtes gelée ! Et moi qui, comme un égoïste, ne pense qu'à mon piano ! Il fallait me dire de m'arrêter, ma douce...

Je levai vers lui un regard ébloui, encore sous le charme :

— Oh non, Géry ! C'était si beau !

— Mais vous avez eu froid, protesta-t-il en frictionnant mes mains entre les siennes. Venez plus près, ajouta-t-il en m'attirant.

Je me blottis contre lui, retrouvant avec bonheur l'impression de sécurité que j'éprouvais entre ses bras.

— La prochaine fois, je dirai à maman Alice d'allumer le feu. Et, lorsque nous serons mariés, je jouerai souvent, rien que pour vous.

Ces allusions successives à notre mariage me poussèrent à demander, d'une voix hésitante :

— Mais, Géry... votre père...

Son visage s'assombrit aussitôt :

— Il s'obstine dans son refus, et il est si têtu qu'il ne changera pas d'avis, j'en ai bien peur. Hier encore, il m'a dit : « Moi vivant, tu n'épouseras pas cette fille. Ou alors, si tu passes outre à ma volonté, je ne te considérerai plus comme mon fils. »

— Vous voyez bien ! dis-je, ulcérée, les larmes aux

yeux. Je ne veux pas être responsable d'une situation pareille. Je me sentirais bien trop coupable.

Géry accentua la pression de ses bras autour de moi :

— Et moi, Emmeline, je veux vivre avec vous le plus vite possible. Je vous aime, ma douce...

D'une main, il me releva le menton, plongea son regard dans le mien. Ce que j'y lus me donna le vertige. Lentement, il se pencha. Ses lèvres se posèrent sur les miennes. Une sorte de feu embrasa mon corps tout entier. Je fermai les yeux, me laissant emporter par un flot de sensations nouvelles et inconnues. D'elles-mêmes, mes mains se nouèrent autour du cou de Géry, caressèrent sa nuque. Lorsque notre baiser prit fin, j'avais oublié le froid de la pièce qui me glaçait les pieds.

— Emmeline, comme je vous aime ! répéta Géry. Il va falloir que nous trouvions une solution. Je veux que vous soyez ma femme. Je n'aimerai jamais que vous. Ne refusez pas, ma douce.

— Attendons un peu, suggérai-je. Si nous nous marions contre sa volonté, votre père m'en voudra davantage encore. Et s'il vous renie, il en sera malheureux. Je ne le veux pas, Géry.

— Mais s'il ne change jamais d'avis, allons-nous attendre d'être vieux pour nous marier ? Vous êtes aussi têtue que lui, Emmeline, et ma position n'est pas facile entre vous deux.

Je vis qu'il était sur le point de se fâcher, et je me levai :

— Venez. Allons rejoindre Alice et Hippolyte. Sans compter qu'il y a le trajet du retour à faire, et que madame Florence m'a demandé de rentrer avant la nuit.

Avec l'air boudeur d'un enfant contrarié, il m'obéit. Pour le dérider, je parlai de nouveau de l'enchantement que j'avais ressenti pendant qu'il jouait. Son visage s'éclaira :

— Si le temps le permet, nous reviendrons dimanche prochain. Et je jouerai encore pour vous.

J'acquiesçai sans hésiter. À Alice et son mari, qui nous attendaient dans leur logement, je fis part de mon admiration pour les qualités de pianiste de Géry. Alice hocha la tête :

— Il est très doué, c'est vrai. Son professeur lui disait souvent qu'il aurait pu aller loin. Mais, en tant que fils unique, il doit reprendre l'affaire de son père.

J'eus de nouveau une pensée de rancune contre ce monsieur Dorcelles que les sœurs portaient aux nues en tant que bienfaiteur. Envers son propre fils, il se comportait beaucoup moins bien, puisqu'il s'opposait à ce qu'il aimait : une carrière dans la musique d'abord, et, ensuite, la jeune fille qu'il voulait épouser... Je soupirai sans répondre.

Alice tint à nous offrir un dernier morceau de racouvert et une tasse de café avant de repartir. Lorsque nous leur fîmes nos adieux, à un moment où Géry parlait avec Hippolyte, elle me confia :

— Je suis contente d'avoir fait votre connaissance. Géry m'avait déjà parlé de vous et, la semaine dernière, il m'a dit : « Maman Alice, je viendrai dimanche vous présenter ma fiancée. » J'étais un peu inquiète, mais maintenant, je suis rassurée. Je vois bien, à la façon dont vous le regardez, que vous l'aimez sincèrement. Et vous avez l'air d'une bonne petite. Avec vous, il sera heureux.

Je remerciai la brave femme pour ses paroles ; tandis que je lui serrais la main, j'échangeai avec elle un sourire plein de compréhension. En même temps, j'éprouvais une sincère gratitude parce que, contrairement à monsieur Dorcelles, elle m'acceptait. Lorsque je la quittai, je savais que nous serions deux, dorénavant, pour aimer Géry.

Le soir, je racontai tout à Fernande et à sa mère. Mon amie, éblouie par la description que je fis de la maison, s'exclama une fois de plus :

— Comme tu as de la chance, Emmeline ! Moi, à ta place, j'accepterais tout de suite de l'épouser. Je ne te comprends vraiment pas.

Sans répondre à cette remarque, je parlai aussi d'Alice, et de ce qu'elle m'avait dit. Mon amie me posa de nombreuses questions, s'extasiant lorsque je décrivais le luxe des pièces :

— Tu te rends compte, Emmeline ? Tu vas vivre dans une maison pareille ! C'est merveilleux !

J'eus envie de répliquer que je serais tout aussi heureuse dans une simple pièce sans confort, pourvu que je fusse avec Géry. Mais je me retins. Je savais que, là non plus, Fernande ne comprendrait pas.

La semaine se passa comme d'habitude et, le dimanche suivant, Géry m'emmena de nouveau. Il faisait moins beau. Le ciel était gris et un vent aigre soufflait. Mais, au bras de Géry, je n'avais pas froid.

Comme la fois précédente, Alice et son mari nous accueillirent. Je leur offris une boîte de bêtises de Cambrai, et je fus touchée de voir à quel point ce petit cadeau leur faisait plaisir.

— Il ne fallait pas, mademoiselle Emmeline, vraiment, il ne fallait pas... répétait Alice, l'air ravi.

Hippolyte me regardait avec, dans les yeux, une expression d'approbation qui n'y était pas le dimanche précédent. C'était un homme placide, et je me rendais compte qu'il parlait très peu. Il laissait bavarder sa femme, n'intervenant qu'aux moments où elle le prenait à témoin, de temps à autre, par des « Hein, Polyte ? » auxquels il répondait brièvement.

Après avoir bu une tasse de café, Géry m'entraîna dans le salon de la grande maison. Cette fois-ci, Alice avait fait du feu, et une atmosphère douillette et chaleureuse nous accueillit. Je m'assis sur le canapé, Géry s'installa au piano, et se mit à jouer.

Tout de suite, le même enchantement revint. J'écoutai longtemps, bercée par la musique que Géry interprétait divinement. La façon dont il jouait éveillait en moi une profonde émotion. Quand il s'arrêta enfin, je fis un effort pour reprendre pied dans la réalité.

— C'était très beau, murmurai-je avec ferveur lorsqu'il vint s'asseoir près de moi.

— Figurez-vous que, cette semaine, j'ai répété tous les soirs. Je voulais jouer parfaitement pour vous. Je suis heureux que vous ayez aimé, Emmeline.

Il me regarda avec tant d'amour que je me sentis fondre. Avec douceur, il me prit dans ses bras et m'embrassa. Le même feu se mit à courir dans tout mon corps et je fermai les yeux. Puis ses lèvres descendirent le long de mon cou, et je frissonnai.

— Emmeline, ma douce... gémit-il. Vous me rendez fou. Je rêve de vous toutes les nuits. Je veux que vous soyez à moi. Épousez-moi.

C'était mon désir le plus cher, et pourtant, je ne pouvais me résoudre à aller contre la volonté de son père. Il prévint mon objection :

— Pendant la semaine, j'ai réfléchi. Vous refusez de m'épouser pour ne pas indisposer mon père, et moi, je veux vivre avec vous. Je peux vous proposer autre chose : installez-vous ici. Nous vivrons ensemble, et mon père comprendra que c'est vraiment vous que j'aime.

Je le regardai avec une surprise horrifiée :

— Vivre ensemble ? Sans être mariés ? Mais... ce n'est pas possible. Pour qui me prenez-vous ? Croyez-vous que j'accepterais d'être une maîtresse entretenue ?

Des larmes d'humiliation brûlèrent mes yeux. Géry me prit contre lui, apaisant :

— La grande différence sera que je vous considérerai comme ma femme, la seule femme de ma vie. Et que je vous épouserai dès que vous me direz oui. Sinon, combien de temps nous faudra-t-il attendre ? Nous allons perdre des années de bonheur !

Je me détournai pour ne plus voir son regard suppliant :

— C'est impossible, dis-je, encore choquée. Vous devriez avoir honte de me faire une proposition pareille. Partons, ajoutai-je brusquement.

Je me levai et me dirigeai vers la porte. Géry, malheureux, me prit le bras :

— Pardonnez-moi, Emmeline. Je n'ai pas voulu vous vexer. Puisque vous refusez de m'épouser, j'ai pensé à cette solution. Je vous considérerai comme ma femme, ce que vous serez de toute façon.

Je secouai la tête, refusant de discuter davantage. Nous fîmes nos adieux à Alice et Hippolyte, puis nous repartîmes. Sur le trajet du retour, voyant que j'étais encore fâchée, Géry continua de plaider sa cause :

— Emmeline, je ne voulais pas vous manquer de respect. Je vous aime, ma douce, et je voudrais vous garder auprès de moi tout le temps, vous gâter, vous chérir, vous entourer de tout mon amour. Acceptez, je vous en prie. Sinon, qu'allons-nous faire ? Allons-nous attendre indéfiniment ?

Je n'avais pas de réponse à cette question, et je me tus. Lorsque nous fûmes devant ma porte, à l'endroit où il me quittait habituellement, il m'embrassa avec une sorte de violence avant de s'en aller et de me laisser là, les larmes aux yeux, le cœur battant.

Dès que je retrouvai Fernande et sa mère, je leur racontai tout. Je m'attendais à ce que, comme moi, elles fussent indignées. Mais je fus à la fois surprise et déçue. Elles ne partagèrent pas mon point de vue, et mon amie se mit à m'accabler de reproches :

— Tu ne peux pas lui en vouloir s'il te fait une proposition que tu juges offensante. D'abord, elle ne l'est pas, puisqu'il t'avait demandé de l'épouser. Ensuite, c'est ta faute, uniquement, puisque tu t'obstines à refuser. Lui, il t'aime, il veut vivre avec toi, c'est normal. Je te l'ai dit, moi, ce qu'il faut faire. Épouse-le, et tant pis pour son père !

Je me tournai vers madame Florence, espérant une aide de son côté. Elle hocha la tête :

— Il n'en manque pas qui se mettent en ménage lorsque, pour une raison ou pour une autre, ils ne peuvent pas se marier. J'en ai connu, moi. Ils ont régularisé leur situation par la suite.

Mon amie interrogea abruptement :

— Pourquoi refuses-tu de vivre avec lui ? As-tu peur qu'il t'abandonne ?

— Oh non, non, dis-je spontanément. J'ai confiance en lui. C'est simplement que... eh bien... me proposer d'être sa maîtresse... je ne m'y attendais pas. J'ai considéré que c'était un manque de respect à mon égard.

— Ah, voilà encore ton orgueil ! s'exclama Fernande. Mais ne comprends-tu pas que c'est toi qui l'obliges à réagir ainsi ? Avant de te proposer d'être sa maîtresse, comme tu dis, il t'a demandé d'être sa femme, non ? Et c'est toi qui ne veux pas !

Je massai mes tempes douloureuses, contrariée et malheureuse :

— J'ai attrapé une migraine, dis-je en soupirant. Et j'avoue que je ne sais plus quoi faire.

— Allons, mettons-nous à table, décréta madame Florence en apportant la soupe fumante. Cela va vous faire du bien de manger, Emmeline. Et, après une bonne nuit, vous y verrez plus clair. Ma mère me le répétait toujours : « La nuit porte conseil. »

Pourtant, malgré cette affirmation optimiste, le lendemain rien n'était résolu. Et la vie continua, identique à elle-même. Je roulottais mes mouchoirs pendant la semaine, et, le dimanche, Géry venait me chercher. C'était devenu une habitude, et le déroulement était toujours le même. Après avoir retrouvé Alice et Hippolyte, bavardé quelques instants avec eux en buvant une tasse de café, Géry et moi nous allions dans le salon de la grande maison, où un bon feu nous attendait. Géry s'installait au piano, et je l'écoutais.

— Quel plaisir de jouer pour vous ! me disait-il. C'est beaucoup plus agréable que de jouer seul comme je le fais chaque soir. Mon père ne m'écoute pas. La musique ne l'intéresse pas, et même, elle l'ennuie. Comme je vous l'ai déjà dit, il ne pense qu'à son travail.

Lorsqu'il s'arrêtait, après avoir rangé ses partitions il venait me rejoindre sur le canapé, me prenait dans ses bras, m'embrassait. Je me blottissais contre lui, et je me trouvais si bien que je comprenais que là était ma place. Il me suppliait de l'épouser, ou, tout au moins, de lui faire confiance et d'accepter de vivre avec lui. Je ne répondais pas et, chaque dimanche, il recommençait.

Pourtant, mon état d'esprit se mettait à changer.

Lorsque j'étais près de lui, j'aurais voulu ne jamais m'en aller. Et lorsqu'il fallait, ensuite, nous séparer jusqu'à la semaine suivante, je m'apercevais qu'il m'était de plus en plus dur de le quitter.

Il y eut un dimanche, en janvier, où une tempête de neige nous obligea à annuler notre escapade habituelle. Cet après-midi là, Géry demeura avec nous, et la présence de Fernande et de sa mère me fit comprendre combien je souhaitais me retrouver seule avec lui. Lorsqu'il s'en alla, j'allai le reconduire jusqu'à la porte et, dans le couloir du petit logement, alors que nous n'étions plus que deux, il prit mon visage entre ses mains :

— Emmeline, je veux vivre avec vous. Je vous en prie, ma douce... N'attendons plus.

Ses baisers se firent passionnés et, après son départ, je demeurai un instant étourdie. Je me rendis compte que, moi aussi, j'avais envie de sa présence auprès de moi ; pour la première fois, je me demandai pourquoi je m'obstinais dans mon refus.

De plus, chaque soir, avant de nous endormir, Fernande et moi nous discutions. Petit à petit, je me laissais influencer par les arguments de mon amie. Géry m'aimait sincèrement, me répétait-elle, et j'étais folle d'opposer à cet amour une résistance déplacée.

— Il va se lasser, me dit-elle un jour, et il en trouvera une autre qui, elle, ne dira pas non.

Ces paroles m'inquiétèrent. J'avais confiance en Géry, et je n'avais jamais envisagé une telle éventualité. Mais je pensai à ces jeunes filles qu'il connaissait, et particulièrement à celle que son père désirait lui faire épouser... Peut-être essayait-elle de le séduire ? Je ne savais rien de sa vie en dehors de moi.

Une jalousie brûlante incendia mon cœur, mêlée à

une crainte insidieuse. Le dimanche, ces sentiments disparurent, chassés par le regard plein d'amour que Géry posait sur moi. Mais, tout au long de la semaine, ils revinrent. Et, en roulottant mes mouchoirs, je l'imaginais aux prises avec des jeunes filles irrésistibles qui mettaient tout en œuvre pour le séduire. Alors, des doutes empoisonnaient mon esprit, et je me sentais malheureuse.

Je m'attachais de plus en plus à Alice et Hippolyte. Eux, de leur côté, m'avaient totalement acceptée. Hippolyte lui-même, un peu plus réticent qu'Alice au début, me prenait à témoin en me montrant, dans le jardin, les premières pousses vertes qui, en février, sortirent de terre :

— Regardez, voici les crocus. Encore un peu de patience, et ils fleuriront. Et ici, ce sont les jonquilles qui pointent déjà leur nez. Ça nous annonce le printemps, tout ça, mademoiselle Emmeline !

J'approuvais, je m'intéressais à ce qu'il disait, et il était ravi. Quant à Alice, dès que nous nous trouvions seules, à un moment ou à un autre, elle me parlait de Géry. Un jour, elle m'avoua :

— Géry a eu plusieurs fréquentations, mais jamais il n'a amené l'une d'elles ici. Quand vous êtes arrivée et que j'ai vu la façon dont il vous regardait, j'ai compris qu'il avait trouvé celle qu'il cherchait.

Il se montrait de plus en plus ardent, me répétant qu'il ne voulait plus me quitter. Et moi, je me trouvais tellement bien dans ses bras que je finissais par le désirer autant que lui. Le dernier dimanche de février, après avoir joué en virtuose, il vint vers moi ; au lieu de s'asseoir sur le canapé, il me prit les mains et mit un genou en terre :

— Emmeline, acceptez de vivre ici, avec moi. Vous serez mon adorée, et je vous aimerai tous les jours de ma vie. Acceptez, je vous en prie.

Je lus dans ses yeux une telle supplication, un tel amour sincère et vrai que je ne pus résister. Sans l'avoir prévu, je m'entendis lui répondre :

— Oui, Géry, je veux bien.

Son visage exprima d'abord l'incrédulité, puis un immense bonheur. Il bondit sur ses pieds avec une exclamation enthousiaste, s'assit près de moi, me serra contre lui dans un élan joyeux :

— Merci, Emmeline, ma douce ! Vous ne le regretterez pas, je vous le promets.

J'enfouis ma tête au creux de son épaule, espérant, de toutes mes forces, avoir choisi la bonne solution.

14

Ensuite, tout alla très vite. Fort de mon accord, Géry décida que je m'installerais dans sa maison dès le dimanche suivant. J'avais déjà expliqué à Alice et Hippolyte que je ne voulais pas épouser Géry contre la volonté de son père, et ils accueillirent favorablement notre décision de vivre ensemble. Alice remarqua :

— Lorsque monsieur Dorcelles verra combien Géry est attaché à vous, il finira par dire oui.

Le soir même, j'annonçai ma décision à Fernande et à sa mère. Elles aussi, elles m'approuvèrent, et mon amie me répéta, une fois de plus, qu'à ma place elle épouserait Géry sans s'occuper de son père.

— Tu t'en vas dimanche prochain ? ajouta-t-elle. Comme tu vas nous manquer ! N'est-ce pas, mère ?

— Vous viendrez me voir, dis-je. Je serai toujours heureuse de vous recevoir. Je n'oublie pas que vous m'avez accueillie après le décès de madame Valloires.

Dans la semaine, je fis mes préparatifs. Maintenant que j'avais pris ma décision, je me sentais à la fois impatiente et excitée. Un après-midi où il faisait beau, je proposai à Fernande de lui montrer la maison où j'allais habiter. Madame Florence, que son rhumatisme ne tourmentait pas trop, tint à nous accompagner. Elles ne virent que l'extérieur de la maison car, sans Géry, je n'osai pas entrer. Mais cela suffit pour qu'elles se répandent en commentaires admiratifs.

— C'est superbe ! constata mon amie. Ah, comme tu as bien fait d'accepter ! Et comme tu vas être heureuse !

Alors que nous revenions chez nous, en arrivant dans notre rue, nous vîmes au loin Germaine, notre voisine, qui s'éloignait, un panier au bras.

— Que vais-je dire à Germaine et aux autres ? demandai-je. Je ne veux pas qu'elles me jugent mal.

— Elles ne te jugeront pas mal. Elles adorent les romans d'amour contrarié. Et si elles critiquent quelqu'un, ce sera monsieur Dorcelles, et non toi.

Je m'aperçus que mon amie avait raison. Pourtant, je ne me décidai pas à annoncer la nouvelle à mon parrain ni à mon frère. Je craignais leur désapprobation, surtout celle de ma tante Léocadie.

En parlant de mon travail de roulotteuse, Géry m'avait dit :

— Vous serez ma femme et vous ne travaillerez pas. La seule chose que vous aurez à faire sera de vous occuper de moi. Ainsi, avait-il ajouté avec un sourire taquin, je suis sûr que vous le ferez bien !

Le samedi, veille de mon départ, je prévins madame Amanda, notre distributrice. Sans donner de détails, je lui annonçai que j'allais partir et que je ne travaillerais plus pour elle.

— Je suis désolée de perdre une bonne ouvrière comme vous, remarqua-t-elle avec sincérité. Si jamais vous revenez, je vous reprendrai avec plaisir.

Elle me paya ma semaine, et j'ajoutai cette somme à mes économies. Fernande avait beau me répéter que, dorénavant, j'allais être riche, je tenais à cet argent que j'avais gagné par mon travail.

Pour notre dernier repas, j'avais acheté des andouillettes de Cambrai, que mon amie aimait particulièrement. Elle était triste de me quitter, et elle me promit d'aller me voir souvent.

— Je viendrai avec mes mouchoirs, et nous parlerons pendant que je travaillerai.

Ce soir-là, lorsque nous fûmes couchées, nous étions aussi excitées l'une que l'autre. Nous bavardâmes longtemps, et je m'endormis avec, dans la tête, la dernière phrase de Fernande, prononcée sur un ton convaincu :

— Tu vas être heureuse, Emmeline, et je suis bien contente pour toi.

Le lendemain, Géry vint me chercher à l'heure habituelle. Depuis le matin, je ne tenais plus en place. Lorsqu'il arriva, mes bagages étaient prêts depuis longtemps. J'avais mis ma plus belle robe, et j'avais passé un long moment à me préparer et à me coiffer, aidée par Fernande.

L'expression radieuse de Géry me toucha. Je compris que j'avais le pouvoir de le rendre heureux ou malheureux, et le conseil de madame Valloires me revint en mémoire : « Ne le repoussez pas, vous feriez son désespoir. » Lorsque, après avoir bu une tasse de café, il se leva pour partir avec élan et sans hésitation, je mis ma main dans la sienne.

Je fis mes adieux à Fernande et à sa mère. Je les embrassai avec affection, et je souris à mon amie lorsque je vis des larmes dans ses yeux :

— Allons, je ne pars pas très loin, et nous nous reverrons souvent. À bientôt !

Dès que nous fûmes dehors, Géry, qui portait mes bagages, s'arrêta devant une carriole :

— Ma princesse bien-aimée, veuillez prendre place dans mon carrosse, dit-il en s'inclinant.

Je regardai la carriole toute neuve, le cheval au poil luisant et bien brossé :

— Oh, Géry, comme c'est charmant ! Je ne m'attendais pas...

— Aujourd'hui est un jour spécial, remarqua-t-il en m'aidant à monter dans la voiture. Laissez-moi vous emmener, ma douce.

Il grimpa auprès de moi, prit les rênes, avec un claquement de langue fit avancer le cheval. Je remarquai avec amusement que les rideaux, aux fenêtres, remuaient ou s'écartaient franchement. Nos voisines, curieuses mais discrètes, n'étaient pas sorties mais observaient notre départ.

Le temps était couvert ; pourtant, une douceur dans l'air annonçait déjà le printemps. Tout en guidant le cheval, Géry me parla de son amour pour les animaux. Il me confia que, alors qu'il était enfant, sa grand-mère lui avait offert un chien.

— Je l'aimais beaucoup. Moi qui étais un enfant solitaire, je m'étais attaché à lui. Il était mon seul ami. L'année de mes quinze ans, il est tombé malade et il est mort. J'ai été si malheureux que je n'ai jamais pu me résoudre à avoir un autre chien.

— Vous ne m'en aviez jamais parlé, remarquai-je, émue par ce triste souvenir.

— Je n'y avais pas pensé jusqu'ici. Oh, j'ai encore beaucoup de choses à vous raconter. Et vous de même, je pense. Nous aurons tout le temps de le faire, maintenant.

Il m'adressa un sourire tendre, amoureux, chaleureux. J'eus la vision de soirées intimes, devant le feu, où je l'écouterais me parler de lui. Je lui souris à mon tour, et je ressentis de nouveau cet attrait très fort qui nous unissait.

Nous arrivions. Nous franchîmes la grille, qu'Hippolyte avait laissée grande ouverte. Contrairement aux autres fois, Géry ne contourna pas la maison. Il arrêta la carriole devant le perron, sauta sur le sol, me tendit la main :

— Venez, ma douce. À partir de maintenant, cette maison est la nôtre. Venez en prendre possession.

Troublée, je descendis de la voiture. Sans lâcher ma main, Géry me fit grimper les marches du perron, ouvrit la lourde porte :

— Entrez, ma douce. Vous êtes chez vous. Ici, je vous chérirai toute ma vie, je vous le promets.

Lorsque nous fûmes dans le hall, il referma la porte, me prit dans ses bras :

— Emmeline... murmura-t-il d'une voix sourde. Merci de me faire confiance...

Il m'embrassa. Je fermai les yeux, emportée par un tourbillon irrésistible. Puis il me prit la main, m'entraîna dans le salon :

— Venez.

Sur la table basse, dans la pièce bien chauffée, un plateau nous attendait, près d'une assiette de petits fours. Pendant que j'ôtais mon chapeau et ma veste, Géry alla jusqu'à la porte et appela :

— Maman Alice ! Nous sommes là !

La brave femme apparut aussitôt, une cafetière à la main.

— Je vous avais entendus arriver, avoua-t-elle en souriant. Je vous ai préparé du café. Puis-je le servir maintenant ?

Je n'eus pas la présence d'esprit de répondre tout de suite. Ce fut Géry qui dit :

— Bien sûr, maman Alice.

En la voyant remplir les tasses, je me rendis compte que, dorénavant, elle s'attendrait à ce que je lui donne des ordres, puisque ce serait moi la maîtresse de maison. En serais-je capable ? me demandai-je avec une pointe d'angoisse. Je n'avais jamais eu de personnel à mon service, et j'ignorais comment il fallait se comporter.

Après avoir versé le café, Alice se retira discrètement. Géry s'assit près de moi, me tendit l'assiette de petits fours :

— Laissez-moi vous choyer, ma douce. Buvons notre café, et ensuite, si vous le voulez bien, je vous jouerai un peu de piano. Ce soir, pour la première fois, nous mangerons dans notre salle à manger. J'ai dit à maman Alice de préparer un repas de fête, rien que pour nous deux : un repas d'amoureux aux chandelles !

Il s'installa au piano et, tandis qu'il jouait, je l'écoutai en grignotant des petits fours. Je me sentais heureuse et détendue. La veille, madame Florence, rougissante et embarrassée, m'avait dit :

— Voyez-vous, Emmeline, je dois vous prévenir... Géry se comportera envers vous comme un mari, et... eh bien... euh...

Je l'avais aussitôt rassurée :

— N'ayez pas peur, madame Florence. Tout se passera bien. Avec Géry, rien de mal ne peut m'arriver.

Et, effectivement, je n'éprouvais aucune crainte. J'avais au contraire l'impression curieuse de me trouver, dans cette maison, à la place qui était la mienne. Je regardai Géry en pensant que je l'aimais et que, dorénavant, ma vie lui appartenait.

Lorsque arriva l'heure du repas, Alice vint nous

demander si nous désirions passer à table. Cérémonieusement, Géry m'offrit son bras et me guida jusqu'à la salle à manger. Là aussi, la pièce était bien chauffée, et les lourdes tentures qui masquaient les fenêtres, repoussant au-dehors le froid et l'obscurité, lui donnaient un aspect intime, accentué par le chandelier qui, sur la table, dispensait une douce lumière. Le couvert était soigneusement dressé : des assiettes de fine porcelaine, des verres dont le cristal étincelait à la lueur des bougies. Une corbeille de roses blanches répandait un délicat parfum, et je me penchai pour les respirer :

— Oh, les jolies fleurs !

— Elles vous sont destinées, Emmeline. Qu'elles soient le gage de mon amour pour vous.

Il prit l'une de mes mains, la baisa, me conduisit à ma chaise, qu'il tint pendant que je m'asseyais. Puis il prit place à son tour. Nous étions face à face, et la scène avait quelque chose d'irréel, d'étrange et de merveilleux.

— En ce jour si important pour nous, j'ai demandé à Hippolyte de nous préparer une bouteille de champagne. Buvons à notre amour.

Il fit sauter le bouchon et versa dans ma coupe le liquide ambré et pétillant. Je n'osai pas avouer que je n'en avais jamais bu. J'avalai prudemment quelques gorgées, que je trouvai délicieuses. Les yeux dans ceux de Géry, je finis le contenu de ma coupe.

Alice nous servit un repas excellent, dans lequel je retrouvai le raffinement de ceux que nous préparait Augustine, chez madame Valloires. Géry décida que nous ne boirions que du champagne, et, charmée par ce breuvage nouveau pour moi, je vidais ma coupe chaque fois qu'il la remplissait. Entre les plats, Géry s'emparait de ma main, la serrait dans les siennes, et me disait des mots d'amour, me promettant de m'adorer jusqu'à la fin de sa vie.

Après le repas, Alice nous servit, dans le salon, une dernière tasse de café.

— Avez-vous encore besoin de moi ? interrogea-t-elle.

— Non, merci, maman Alice.

— Alors, à demain. Bonne nuit.

Elle s'en alla, refermant doucement la porte. Géry me prit dans ses bras et, avec passion, se mit à m'embrasser. Puis il se leva :

— Venez, ma douce.

Je le suivis, totalement confiante. Il m'emmena dans la chambre qui, dorénavant, allait être la nôtre. Là, il se remit à m'embrasser et, grisée à la fois par le champagne et par ses serments, je m'abandonnai entre ses bras. Lentement, avec douceur pour ne pas m'effaroucher, il se mit à me déshabiller. Ses lèvres coururent sur mon épaule nue :

— Emmeline... Que tu es belle...

Des frissons me brûlèrent la peau, un émoi inconnu me transporta. Je fermai les yeux et laissai Géry embrasser et caresser mon corps. L'amour qui nous unissait trouvait sa plénitude dans notre union physique, et ce fut pour moi un éblouissement.

Après, Géry me prit tendrement contre lui, et murmura d'une voix troublée :

— Emmeline, ma douce... Tu es ma femme maintenant.

Les yeux clos, je me blottis contre sa poitrine, nichant ma tête au creux de son épaule, prenant instinctivement la position dans laquelle, par la suite, tous les soirs, je m'endormirais dans ses bras. Et ma dernière sensation fut la caresse de ses lèvres sur mon visage tandis que je glissais dans le sommeil.

À partir du lendemain, mon existence se mit à ressembler à un conte de fées. Entourée par l'amour de Géry, heureuse et comblée, je laissais les jours s'écouler. Chaque matin, lorsque Géry partait travailler, j'acceptais cette séparation parce que je savais qu'il reviendrait en fin d'après-midi, et qu'alors nous aurions pour nous deux toute la soirée et toute la nuit.

Je préparais le repas, je mettais amoureusement le couvert. À chacun de ses retours, je courais avec impatience vers mon amour. Il me serrait contre lui, m'embrassait, me disait que la journée lui avait paru longue sans moi. Puis nous prenions notre repas. Ensuite, il jouait du piano, ou bien il ouvrait *Le Petit Cambrésien*, son journal habituel qu'il avait acheté au kiosque de la place au Bois, et il lisait près de moi, tandis que je débarrassais la table et que je faisais la vaisselle. Cette scène paisible et intime me plaisait. Parfois, il laissait tomber son journal, s'emparait d'un torchon et se mettait à essuyer les verres et les assiettes. Mais, bientôt, il s'arrêtait, me prenait dans ses bras et m'embrassait.

— Viens, ma douce.

Il m'emmenait dans notre chambre et, sans remords, j'abandonnais la vaisselle inachevée. Le grand lit nous accueillait, et nous nous aimions avec passion. Notre entente physique était un enchantement toujours renouvelé.

Dans la journée, je faisais connaissance avec ma nouvelle maison. La coiffeuse, dans la chambre, comportait plusieurs tiroirs, et Géry m'avait montré les bijoux qu'ils contenaient :

— C'étaient ceux de ma grand-mère. Elle m'avait

toujours dit : « Ils seront pour ta femme. » Ils t'appartiennent maintenant.

J'allais aussi me promener dans le jardin. C'était le début du printemps, et je regardais les arbres reverdir. Dans le potager, Hippolyte s'occupait des premiers semis, et il me demandait respectueusement :

— Si vous désirez quelque chose de spécial, n'hésitez pas à me le dire. Je mettrai tout ce que vous voudrez.

Peu habituée à donner des ordres, je répondais invariablement :

— Faites comme vous avez l'habitude, Hippolyte. Ce sera très bien.

Cet arrangement, qui respectait sa liberté, lui convenait. Avec Alice, un accord s'était instauré de lui-même : elle s'occupait des commissions et du ménage, qu'elle venait faire chaque matin, mais c'était moi qui me chargeais des repas. J'éprouvais un véritable plaisir à cuisiner pour Géry. Je découvrais ses goûts, et je m'appliquais à réussir les plats qu'il aimait.

Quelques jours après mon installation, Fernande vint me voir. Elle arriva par un bel après-midi ensoleillé, alors que, dans le jardin, je regardais Hippolyte semer plusieurs routes de salade. Je fus sincèrement heureuse de la revoir, et, après l'avoir présentée à Hippolyte et à Alice, je l'entraînai à l'intérieur de la maison.

— J'espère que je ne te dérange pas, Emmeline ? C'est que je ne tenais plus de ne rien savoir ! Je voulais avoir de tes nouvelles. Tu vas bien, Emmeline ? Tu es heureuse ?

Je n'eus pas le temps de répondre. Elle reprit aussitôt, avec un éclat de rire :

— Que je suis bête de te poser une question pareille ! Ton bonheur éclate dans tes yeux ! Tu resplendis, Emmeline !

Elle me sourit avec affection. Je la fis entrer et lui demandai si elle voulait visiter la maison.

— Oh oui, bien sûr ! J'avoue que je suis venue aussi pour ça. Je suis dévorée de curiosité !

Avec fierté, je lui montrai toutes les pièces. Contrairement à moi qui avais déjà vécu chez madame Valloires, Fernande ne connaissait pas les intérieurs cossus. Elle s'extasia, poussa des cris d'admiration et de ravissement. Pour terminer, je l'emmenai dans la cuisine, où je préparai du café.

— Tu nous manques, Emmeline, avoua-t-elle. Depuis que tu n'es plus là, j'ai l'impression d'être toute seule. Le soir, je n'ai plus personne à qui parler avant de m'endormir. Ça me fait tout drôle.

Occupée à verser le café dans les tasses, je ne répondis pas. Pouvais-je avouer à mon amie que, de mon côté, j'avais à peine pensé à elle ? Chaque soir, lorsque je me trouvais dans les bras de Géry, plus rien ne comptait...

Elle me parla de sa mère, de nos voisines et de Germaine qui avaient demandé de mes nouvelles. Tout en l'écoutant bavarder, il me semblait que ces personnes, avec lesquelles je vivais si peu de temps auparavant, appartenaient à un autre monde. Maintenant, près de Géry, je menais une vie totalement différente.

Malgré tout, la visite de mon amie m'avait fait plaisir. Lorsqu'elle se leva pour partir, je l'encourageai à venir me voir aussi souvent qu'elle le désirait. Elle ne se fit pas prier :

— La prochaine fois, j'apporterai mes mouchoirs. Ainsi, je pourrai rester plus longtemps, et je travaillerai en bavardant.

Je la reconduisis jusqu'à la grille, et je la regardai

s'éloigner en lui faisant des signes d'adieu. Puis je revins vers la maison qui maintenant était la mienne.

J'étais parfaitement heureuse. Le seul point noir était l'attitude de monsieur Dorcelles, qui s'obstinait dans son refus. J'avais espéré qu'il changerait d'avis en voyant que Géry m'avait installée dans la maison de sa grand-mère, mais ce n'était pas le cas. Et je me doutais de ce qu'il pensait : il me considérait comme une maîtresse entretenue, et probablement comme une intrigante qui ne cherchait qu'à profiter de la fortune de son fils.

— Le temps travaille pour vous, m'avait dit Alice. Quand Monsieur verra combien Géry reste attaché à vous, il comprendra.

En attendant, je ne voulais pas y penser. Si j'avais refusé d'épouser Géry, c'était uniquement pour ne pas braver la volonté de son père. Je considérais que je ne lui avais fait aucun tort. Je ne me sentais donc pas coupable, et je pouvais profiter entièrement de mon bonheur.

Au début de l'été, je m'aperçus que j'attendais un enfant. Des nausées matinales m'alertèrent. Je me souvins que, peu de temps après mon installation chez Fernande, Annette, une voisine qui avait déjà trois enfants, en attendait un quatrième. Elle nous confiait qu'elle était la proie de nausées et de vomissements, et qu'elle ne supportait plus le café. J'étais exactement dans le même cas. Il m'arrivait aussi, parfois, d'avoir des sueurs froides qui me mettaient au bord de la syncope.

Un matin, j'eus un de ces malaises en présence d'Alice. Elle comprit tout de suite. Elle me fit asseoir, me frictionna les tempes à l'eau fraîche, tout en déclarant :

— Il semblerait bien qu'un bébé soit en route, n'est-ce pas ? Si vous le désirez, je demanderai à Marie-Catherine de venir. C'est une cousine du côté de mon père, et c'est une bonne sage-femme.

J'acceptai, tout en lui recommandant de ne rien dire à Géry pour le moment. J'attendrais, pour lui en parler, d'avoir une certitude.

Marie-Catherine vint deux jours plus tard, dans l'après-midi. Elle m'ausculta et confirma ce que nous soupçonnions déjà, Alice et moi. Après le départ de la sage-femme, je fus saisie d'une sorte d'exaltation. J'annonçai à Alice que j'allais confectionner un repas de fête, et je demandai à Hippolyte de préparer une bouteille de champagne.

Lorsque Géry rentra et qu'il vit la table dressée dans la salle à manger – habituellement, nous prenions nos repas dans la cuisine, plus intime –, il haussa les sourcils :

— Qu'y a-t-il, ma douce ? Aujourd'hui est-il un jour spécial ?

— Oui, dis-je. J'ai quelque chose à t'annoncer, Géry. Je le ferai dès que nous serons à table et que nous boirons le champagne.

Il me scruta, essayant de deviner :

— J'avoue que je ne vois pas... Eh bien, passons à table tout de suite. J'ai hâte de savoir. En voyant tes yeux qui brillent, je suppose que ce doit être une bonne nouvelle ?

J'attendis que nous soyons assis, face à face, et que Géry eût versé le champagne dans les coupes. Après avoir trinqué et bu, je reposai ma coupe et annonçai, le cœur battant :

— Géry... Nous allons avoir un enfant.

Je vis la surprise, dans ses yeux, immédiatement remplacée par une joie délirante et un immense bonheur. Il se leva d'un bond, vint à moi, me prit dans ses bras :

— Emmeline... C'est vrai ? Tu en es sûre ?

— Oui. Marie-Catherine est venue cet après-midi. Elle a dit qu'il naîtrait en janvier prochain.

— Emmeline, quel bonheur ! Merci, ma douce.

Il m'embrassa avec une sorte de ferveur, tandis que je fermais les yeux en pensant que je n'avais jamais été aussi heureuse.

Fernande venait me voir régulièrement. Nous avions fixé le jour de ses visites au jeudi, et elle arrivait ponctuellement vers trois heures de l'après-midi, afin de ne pas perdre de temps dans son travail. Pendant que nous bavardions, elle roulottait et, bien souvent, je l'aidais. Je n'avais rien perdu de mon habileté et j'étais heureuse de retrouver, même pour un bref instant, ce travail qui avait été le mien.

Vers la fin du mois de juillet, je ne pus m'empêcher de lui confier mon secret. D'abord surprise, elle m'embrassa ensuite avec affection :

— Je suis bien contente pour toi, Emmeline. Maintenant, tu n'as plus le droit de refuser de te marier, continua-t-elle en me regardant avec gravité.

— Géry m'a dit la même chose, avouai-je. Mais si je le fais, son père va le rejeter de sa vie. Sais-tu ce qu'il a dit quand il a appris que nous allions avoir un enfant ? « Cette fille sait mener sa barque. Maintenant, elle essaie de t'attacher par le lien d'un enfant. »

Mon amie poussa un cri d'indignation :

— Oh ! Est-ce possible ? C'est incroyable, vraiment ! On voit bien qu'il ne te connaît pas ! Raison de plus pour ne pas t'occuper de lui et épouser Géry.

Je secouai la tête :

— Non. Je ne veux pas que monsieur Dorcelles me juge encore plus mal.

— Mais, Emmeline... Je ne te comprends pas. C'est à ton enfant qu'il faut penser, maintenant. Il a besoin d'une situation régulière.

— Je le sais bien. Cette situation régulière, il l'aura. Géry m'épousera dès que je lui dirai oui. Mais je veux que notre mariage se fasse avec l'accord de monsieur Dorcelles. Géry serait malheureux d'être rejeté par son père. Il l'aime beaucoup. Je ne veux pas l'obliger à choisir entre lui et moi.

Mon amie me considéra avec reproche :

— Tu es trop bonne, Emmeline. Et ce monsieur Dorcelles me semble particulièrement intraitable. Que feras-tu s'il ne change jamais d'avis ?

— Je prie tous les soirs. Attendons encore. Nous verrons bien.

Fernande haussa les épaules :

— À ton aise. C'est ta vie, après tout, et tu la mènes comme tu l'entends. Mais je suis persuadée que tu as tort.

Elle termina avec soin le coin de son mouchoir, coupa soigneusement le fil, puis releva la tête et me regarda, un sourire aux lèvres :

— À mon tour maintenant. Moi aussi, j'ai quelque chose à t'apprendre.

Elle prit un air mystérieux et mutin :

— Te souviens-tu que, dans notre rue, juste en face de chez nous, il y avait une chambre à louer ? Un locataire est arrivé, voici déjà plusieurs semaines. Je ne t'en avais pas encore parlé parce que... eh bien...

— Fernande ! m'exclamai-je. Comme tu es cachottière ! Raconte !

— Il s'appelle Anatole, il est blond, avec des yeux bleus si doux ! Nous nous sommes rencontrés de temps à autre, lorsqu'il partait ou qu'il rentrait chez lui. J'avoue que je m'arrangeais pour me trouver dans la rue à ces moments-là. Le dimanche, après la messe, lorsque mère était occupée à bavarder avec d'autres femmes, nous échangions quelques mots. Et puis, au concert du 14 juillet, il est venu nous saluer, et il ne m'a pas quittée. Mère le connaissait, bien sûr, elle le trouvait parfaitement poli et bien élevé. Lorsque nous sommes rentrées, ce soir-là, elle m'a interrogée, et je ne lui ai pas caché que ce jeune homme me plaisait. Le dimanche suivant, il lui a demandé l'autorisation de me fréquenter. Mère a dit oui, et... Oh, Emmeline ! Je suis si heureuse !

Son enthousiasme me fit sourire.

— Parle-moi de lui, suggérai-je.

— Il a vingt-neuf ans, et il est seul au monde. Il a perdu ses parents lorsqu'il était enfant, et c'est sa grand-mère qui l'a élevé. Elle est décédée voici quelques années. Comme je vais l'aimer, Emmeline ! Je vais passer le reste de ma vie à lui faire oublier qu'il a été malheureux.

— Tu as bien raison. Et que fait-il, comme travail ?

— Il travaille chez Protez-Delâtre, tu sais, la manufacture de chicorée. Il a une responsabilité importante : il s'occupe du four à coke, qu'il faut surveiller tout le temps, car il ne doit surtout pas s'éteindre ! C'est là que sont torréifiées les *cossettes*[1], qui arrivent par wagonnets entiers. Maintenant, je connais tout sur la

1. Racines de chicorée séchées.

chicorée ! Et j'espère que tu achèteras des paquets de cette marque uniquement ! Crois-moi, c'est la meilleure ! termina-t-elle en riant.

— C'est Alice qui fait les commissions et elle me rapporte de la chicorée « La Chiffonnière ».

— Eh bien, dis-lui de changer. Ne serait-ce que pour me faire plaisir !

Je promis volontiers, en riant moi aussi. À l'affection que nous éprouvions l'une pour l'autre venait se mêler une connivence nouvelle. J'étais sincèrement heureuse pour mon amie : elle aussi, elle aimait et elle était aimée.

15

Je ne vivais que pour Géry et pour l'enfant que j'attendais. J'espérais que ce serait un fils. Je suivais les conseils qu'Alice et Marie-Catherine me répétaient : ne pas dormir sur le ventre, afin de ne pas étouffer le bébé ; ne pas mettre de collier, car alors l'enfant naîtrait avec le cordon ombilical autour du cou et risquerait d'être étranglé ; ne pas lever les bras ; ne pas mettre les mains dans l'eau froide ; et, surtout, satisfaire toutes les envies que je pouvais avoir.

À ce sujet, Marie-Catherine me racontait qu'un des bébés qu'elle avait mis au monde était né avec une tache rouge sur l'épaule, grande comme une fraise, tout simplement parce que sa mère avait eu envie de fraises pendant sa grossesse.

— Il y a aussi des bébés qui ont une tache de vin sur le visage, qu'ils gardent toute leur vie. Faites attention, me recommanda-t-elle. N'hésitez pas à boire et à manger tout ce que vous désirez, d'autant plus que vous devez manger pour deux !

Il y eut en effet une période où je me découvris des envies subites et irraisonnées pour le pain d'épice. Géry m'en ramenait, le soir, et j'en dévorais plusieurs tranches avec gourmandise et délectation. Cela l'amusait. Il me rapportait également des fondants, des dragées, des bêtises de Cambrai. Il me dorlotait, se comportait envers moi comme si j'étais précieuse et fragile. Il me disait qu'il m'aimait doublement – pour moi et pour notre enfant – et j'en étais touchée.

Hippolyte et Alice, eux aussi, étaient aux petits soins pour moi. Hippolyte m'apportait des tomates et des laitues du jardin, et Alice me répétait que, si je mangeais beaucoup de salade, j'aurais un enfant aux yeux verts.

Mon ventre s'alourdissait, et je me déplaçais de moins en moins facilement. Je passais des après-midi entières, assise dans un fauteuil, à lire les livres que contenait la bibliothèque. Je laissais de côté *Les Caractères* de La Bruyère et *Les Mémoires* de Saint-Simon, que je trouvais bien trop sérieux pour moi. Je leur préférais les *Contes* de Maupassant, *Les Lettres de mon moulin* et *Le Petit Chose* d'Alphonse Daudet. Les aventures de Tartarin de Tarascon m'amusèrent beaucoup. Mais, par contre, je n'aimai pas *Madame Bovary,* le roman de Flaubert. Je fus choquée par le comportement de cette Emma qui trompait son mari. Je savais bien, moi, que jamais je ne tromperais Géry.

Je lui en parlai, et il rit de mon indignation. Nous discutions, le soir, de mes lectures, et nous comparions nos points de vue. À ma grande surprise, il tenta d'excuser Emma :

— La différence avec toi, ma douce, c'est que cette femme n'aime pas son mari, et elle est obligée de vivre avec lui. Au fond, c'est une malheureuse. Elle a peut-être droit à quelques circonstances atténuantes.

Mais je demeurai sur mes positions, et continuai à trouver Emma bien méprisable.

Je lus aussi un roman d'Émile Zola, *Germinal,* qui était paru récemment et que Géry acheta pour moi à la librairie D'Haluin-Carion. La vie difficile des mineurs y était bien décrite, mais l'histoire était si dramatique qu'elle m'attrista beaucoup.

Ainsi, je vivais en recluse, et cela me convenait tout à fait. Hormis Géry, Alice, Hippolyte, et Fernande qui continuait à me rendre visite régulièrement, je ne voyais personne. Le dimanche, Géry et moi nous allions assister à la messe à l'église la plus proche, qui était celle de La Neuville, et je ne rencontrais plus les sœurs. À leurs questions, Fernande avait répondu que j'étais allée vivre chez mon parrain et ma tante, qui vieillissaient et qui avaient besoin de moi. Je me disais parfois que, si elles connaissaient ma situation actuelle, elles me désapprouveraient. Et pourtant je me sentais imperméable à toute critique. J'étais heureuse, et notre amour, à Géry et à moi, justifiait tout.

De son côté, Géry s'était pris d'une grande passion pour un nouveau mode de locomotion qui prenait de plus en plus d'ampleur : le vélocipède. J'avais déjà vu cet appareil à deux roues, qu'il fallait faire avancer en pédalant. Garder l'équilibre sur un tel engin me paraissait bien difficile, mais Géry affirmait qu'il n'en était rien. Lors des fêtes du 15 août, il alla assister à la course de vélocipèdes qui eut lieu sur le champ de manœuvres, et il revint enthousiasmé :

— J'ai discuté avec l'un des coureurs. Il se déplace ainsi depuis longtemps. Il dit que c'est formidable. On va beaucoup plus vite qu'à pied. J'ai pensé que je pourrais en acheter un. Pour aller travailler, je ferais le trajet plus rapidement, et le soir, je serai rentré plus tôt ! Qu'en penses-tu, Emmeline ? Il y en a en vente chez Brouillard, l'opticien de la place d'Armes. Je vais aller me renseigner.

Tout d'abord, cette idée m'effraya. Je dis à Géry que c'était dangereux, qu'il allait tomber et se rompre le cou. Il se mit à rire, affirmant qu'il suffisait d'apprendre à se tenir en équilibre tout en pédalant pour avancer. Je demeurai sceptique. Mais, comme je ne voulais pas le décevoir en m'opposant à son désir, je cessai mes objections.

Un après-midi du mois d'octobre, alors que j'allais me mettre à préparer le souper, je fus attirée par un bruit de trompe qui retentissait soudain, dehors, sous la fenêtre. J'écartai le rideau et j'aperçus Géry qui, perché sur un engin à deux roues, m'adressait de grands signes. Je le rejoignis aussitôt dans le jardin, un peu effarée :

— Mon Dieu, Géry... Qu'est-ce que... ?

— Regarde, Emmeline ! s'écria-t-il avec l'exubérance d'un enfant content de lui. Voici mon nouveau vélocipède ! J'ai voulu t'en faire la surprise. N'est-ce pas qu'il est beau ? Cela s'appelle aussi un bicycle, ou encore une bicyclette.

Il actionna de nouveau la trompe fixée au guidon :

— Qu'en penses-tu, ma douce ? Je vais te faire une démonstration. Regarde.

Il s'installa, les pieds sur les pédales et les mains au guidon, et se mit à avancer. Il parcourut toute l'allée, allant jusqu'à la grille et revenant ensuite jusqu'à moi. Il s'arrêta, quêtant mon approbation :

— Il est superbe, n'est-ce pas ? De plus, c'est un moyen de locomotion facile et rapide.

— Mais... es-tu sûr de ne pas tomber, Géry ? Se tenir ainsi en équilibre...

Il se mit à rire :

— Ne crains rien. Veux-tu que je te montre encore une fois ?

Il refit la même démonstration et, en le regardant

rouler dans l'allée, je dus admettre que ce vélocipède avait belle allure. Il ne ressemblait pas à ceux que j'avais aperçus, parfois, dans mon enfance, et qui m'avaient toujours paru ridicules avec leur grande roue avant et leur minuscule roue arrière. Celui-ci possédait deux roues de taille égale qui lui conféraient une certaine élégance.

En s'arrêtant devant moi, Géry actionna de nouveau la trompe. Intrigués par ces bruits inhabituels, Alice et son mari sortirent de leur logement et vinrent voir ce qui se passait. Ravi de leur surprise, Géry se remit à rouler dans l'allée. D'abord affolés, les braves gens se rassurèrent en voyant qu'il maîtrisait entièrement ce nouvel engin.

— Je l'utiliserai pour aller travailler, matin et soir. Grâce à lui, le trajet me prendra beaucoup moins de temps.

Il alla le ranger soigneusement dans la remise où se trouvaient les outils de jardin, l'échelle et la brouette dont se servait Hippolyte. Tout en l'observant, Alice remarqua :

— Il est heureux, cela se voit. Et maintenant, son père n'est plus là pour l'empêcher d'acheter ce qu'il veut. Combien de fois lui a-t-il dit de ne pas dépenser d'argent avec des caprices ?

Cette remarque fit taire mes dernières objections. Je décidai de ne plus parler à Géry de mon inquiétude quant à un accident possible. Il venait de me montrer que, sur ce vélocipède, il se déplaçait parfaitement bien. Là aussi, je devais lui faire confiance.

À la fin de l'automne, Fernande m'annonça qu'elle allait se marier. Elle m'invita à assister à la cérémonie et au repas qui suivrait mais, à cause de ma grossesse avancée, je refusai. Elle m'expliqua qu'elle s'était fait faire une robe chez madame Mory, la couturière.

— Je tiens à ce qu'il fasse beau le jour de mon mariage, continua-t-elle. Pour cela, mère m'a donné un bon conseil : nous porterons des œufs au couvent des Clarisses.

Comme tout le monde, je connaissais la tradition qui voulait que, si l'on donnait des œufs aux Clarisses, en échange on était assuré du beau temps, en vertu du dicton qui disait : « *Il faut porter des œufs à sainte Claire / Afin qu'elle retienne l'eau en l'air.* »

Je regardai les yeux brillants d'excitation de mon amie, et, pour la première fois, je l'enviai de pouvoir épouser le garçon qu'elle aimait. Personne ne s'opposait à son mariage ; il n'y avait pas d'obstacle à son bonheur. J'eus de nouveau une pensée de rancune envers monsieur Dorcelles, à laquelle se mêlaient amertume et regret. Chaque jour, je priais pour qu'il finît par m'accepter. Lorsqu'elle s'apercevait de mon découragement, Alice me disait qu'il changerait d'avis lors de la naissance du bébé.

J'offris à mon amie, comme cadeau de mariage, un bracelet que m'avait donné madame Valloires. Fernande l'avait toujours admiré, et je le lui avais prêté à plusieurs reprises. Elle fut éblouie de recevoir un tel présent, qu'elle jugeait somptueux. Avec une sincère reconnaissance, elle m'embrassa, émue jusqu'aux larmes :

— Merci, Emmeline. Je le garderai toujours précieusement en souvenir de toi.

Le jour de son mariage, je pensai à elle. Elle fut quelque temps sans venir me voir, et je supposai que, dans sa nouvelle vie, j'occupais maintenant une place secondaire. Et puis, un jour, après plusieurs semaines, je la vis arriver, radieuse et épanouie. Je l'accueillis avec plaisir, lui offris une tasse de café.

— Emmeline, tu me manquais. Je me suis dit : « Il faut que j'aille la voir. » D'autant plus que je dois te montrer quelque chose. Regarde.

Elle sortit de son sac une photographie soigneusement enveloppée dans du papier, et me la mit sous les yeux avec fierté :

— Pour notre mariage, Anatole a décidé qu'il nous fallait un souvenir, et nous sommes allés chez monsieur Caluyez, le photographe de la rue des Liniers. Qu'en penses-tu, Emmeline ?

Je regardai la photo. Fernande était assise sur une chaise, et Anatole se tenait debout derrière elle. Leur visage était éclairé par le même sourire et la même expression de bonheur. Je remarquai la robe élégante de mon amie et la couronne de fleurs d'oranger dans ses cheveux.

— Vous êtes superbes tous les deux, dis-je sincèrement.

Fernande reprit la photo et l'enveloppa avec soin avant de la remettre dans son sac :

— J'ai voulu te la montrer avant de la faire encadrer. Nous la mettrons chez nous. Depuis que nous sommes mariés, je vis chez Anatole, mais il n'y a qu'une grande pièce, qui sert à la fois de cuisine et de chambre. Nous allons essayer de trouver un autre logement, avec deux ou trois pièces, d'autant plus que nous espérons bien avoir des enfants.

Elle continua à bavarder, ne tarissant pas d'éloges sur son Anatole.

— Dans la journée, je vais chez mère, et nous

travaillons encore ensemble. Mais le soir, quel bonheur lorsque nous nous retrouvons tous les deux, Anatole et moi ! Je suppose que je ne t'apprends rien, n'est-ce pas, puisque tu connais cela aussi, avec Géry !

J'acquiesçai. Cette réflexion était juste, et, pourtant, après le départ de mon amie, j'eus de nouveau un sentiment de colère envers monsieur Dorcelles. À cause de son entêtement, je n'avais pas eu de photo de mariage. Et, même si Géry m'épousait par la suite – ce dont je ne doutais pas un seul instant –, ce ne serait pas la même chose. Nous pourrions aller chez Caluyez, nous aussi, et nous aurions également une photographie comme souvenir. Mais je n'aurais pas, dans mes cheveux, une couronne de fleurs d'oranger que je pourrais mettre ensuite sous un globe de verre, comme celle que j'avais vue chez madame Valloires, sur la commode de sa chambre. Et cette pensée me rendit triste.

Cependant, dès que Géry revint et me prit dans ses bras, j'oubliai tout. Je me retrouvai immédiatement dans le cocon d'amour et de sécurité qu'il tissait autour de moi, et dans lequel je m'épanouissais pleinement.

Je me déplaçais de plus en plus lourdement et, parfois, je m'inquiétais, me disant que Géry devait me trouver bien peu gracieuse. Mais il me répétait qu'il m'aimait doublement, et, là aussi, mes inquiétudes s'envolaient aussitôt.

Pour Noël, nous fîmes, en tête à tête, un repas de fête préparé par Alice. En m'asseyant à la table de la salle à manger, j'aperçus, posé sur la nappe, près de mon assiette, un paquet enrubanné. Je l'ouvris avec curiosité.

Il venait de la maison Vitu-Barbotin et il contenait un flacon de parfum. Je le débouchai et le respirai avec délices.

— Oh, merci, Géry ! Quelle odeur délicate !

Je n'avais jamais possédé de parfum. Le seul « sent-bon » que je connaissais était l'eau de Cologne.

— Il te plaît, ma douce ? J'ai choisi quelque chose de léger. Tu n'es pas faite pour les odeurs lourdes et épicées.

Je ne pus résister au désir d'en déposer quelques gouttes dans mon cou et derrière mes oreilles. Géry se leva et vint respirer ma peau.

— Hmmm ! dit-il en se penchant et en enfouissant son nez dans mon cou. Qu'il sent bon, en effet !

Je me mis à rire :

— Géry ! Tu me chatouilles ! Attends, moi aussi j'ai un cadeau pour toi.

J'allai chercher, dans l'armoire où je l'avais dissimulé, le paquet contenant la robe de chambre qu'Alice avait achetée, pour moi, à *La Belle Jardinière*. Elle l'avait choisie elle-même ; elle connaissait les goûts de Géry mieux que moi. Mais j'avais tenu à la payer avec mon argent personnel.

— Une robe de chambre ! Justement, la mienne commence à se faire vieille ! Elle est superbe. Merci, ma douce.

Après le repas, Géry se mit au piano et joua pour moi des chants de Noël, qui me rappelèrent ceux que nous chantions, avec les sœurs, dans la chapelle. Je revis, en un éclair, les bienfaiteurs qui, à cette occasion, se trouvaient là, et, parmi eux, monsieur Dorcelles. Pour la première fois, je pensai qu'il devait se trouver bien seul, en ce jour de Noël, puisque son fils était avec moi. Un court instant, je le plaignis. Mais, aussitôt, ma rancune habituelle reprit le dessus : s'il avait voulu m'accepter comme bru, en ce moment il se trouverait avec nous.

Le mois de janvier arriva. C'était le dernier mois de ma grossesse. Je disais parfois à Géry, en riant, que j'avais l'impression d'être un éléphant. Dehors, l'hiver sévissait. Je sortais de moins en moins, même dans le jardin. Je me blottissais frileusement dans le salon au creux d'un fauteuil, et je lisais.

Comme chaque année, j'envoyai mes vœux à mon frère et à mon parrain Dodore. Je ne parlai pas du changement survenu dans ma situation. Je ne voulais pas leur dire que je vivais avec un jeune homme sans être mariée, de crainte d'être mal jugée. J'envoyai également une carte à Gervaise, ma « petite », avec laquelle je restais en relations épistolaires. Je confiai ensuite les enveloppes à Géry, afin qu'il les postât à Cambrai. Ainsi, ils croiraient que j'habitais toujours à la même adresse. Et, s'ils me répondaient, madame Florence recevrait les lettres et me les transmettrait par Fernande.

En attendant la naissance de mon enfant, je me laissais vivre. Il était remuant, me donnait des coups de pied, et, parfois, la nuit, m'empêchait de dormir. Alors, je prenais la main de Géry et la posais sur mon ventre. Ces mouvements l'enchantaient :

— Ce sera un bon sportif, affirmait-il. Je lui apprendrai à nager, à jouer au ballon, à rouler à bicyclette.

Pour lui, il ne faisait aucun doute que notre enfant serait un fils. Marie-Catherine, forte de sa longue expérience, pensait elle aussi que ce serait un garçon. Je me disais que, fille ou garçon, je l'aimerais de la même façon.

Les premières douleurs me prirent le lendemain de l'Épiphanie, alors que Géry venait de partir. La veille, j'avais ressenti quelques contractions qui, ensuite, s'étaient calmées. Mais, cette fois, la douleur était plus forte, et elle allait en augmentant.

J'appelai Alice. En me voyant, elle comprit immédiatement :

— Il semblerait bien que le bébé se décide à arriver. N'ayez pas peur, je suis là. Venez vous allonger, et ensuite j'enverrai Polyte chercher Marie-Catherine.

Je suivis son conseil et, bientôt, j'eus l'impression que mon corps était ballotté par des vagues de douleur. Elles arrivaient, m'enrobaient, me roulaient dans leurs flots agités, prenant de plus en plus de force. Je me mordais les lèvres pour ne pas crier. Ensuite, elles se retiraient lentement, me laissant un peu de répit. Mais elles revenaient aussitôt, encore plus violentes, encore plus féroces. Et le temps ne fut plus pour moi qu'une succession d'heures de souffrance.

Marie-Catherine arriva, prit la situation en main. Entre les contractions, elle me disait de respirer à fond. À la fin, elle m'ordonna de pousser. Le visage noyé de sueur et de larmes, je m'efforçais de lui obéir. Après une douleur qui m'arracha un grand cri, la tempête subitement quitta mon corps. Je me laissai retomber sur le dos, avec l'impression de flotter sur un lit de nuages.

Ce fut à ce moment qu'un vagissement très doux s'éleva, me remuant profondément. Mon enfant ! Je tentai de me redresser et de le voir.

— C'est un garçon ! cria Marie-Catherine d'une voix victorieuse. Un beau gros garçon !

Je fermai les yeux. Une grande lassitude, mêlée à un

ineffable bonheur, m'engourdissait : je venais de donner à Géry le fils qu'il souhaitait.

Alice me l'apporta ensuite, lavé, emmailloté, et le déposa dans mes bras. Je détaillai avec émerveillement son visage fin, ses yeux clos, ses oreilles parfaitement ourlées.

— Regardez comme il est beau, murmura-t-elle avec émotion.

Les larmes aux yeux, elle ajouta :

— Merci de me donner ce grand bonheur... Je n'ai eu qu'un seul enfant, qui n'a pas vécu, et j'ai toujours considéré Géry comme mon garçon. Et maintenant, ce bébé... eh bien, c'est comme si je devenais grand-mère...

Elle me le reprit délicatement, le plaça dans le berceau qui avait été celui de Géry. Puis elle me lava le visage, me recoiffa, me passa une nouvelle chemise de nuit. Ensuite, elle me fit boire une décoction d'orge et de pruneaux, que j'avalai docilement.

— C'est pour faire venir le lait, m'expliqua-t-elle. Ainsi vous n'aurez pas de problème pour nourrir votre petit.

Ensuite, elle me recoucha avec des gestes maternels, lissa le drap :

— Reposez-vous maintenant. Je vais aller payer Marie-Catherine. Elle boit une tasse de café. Polyte va tuer une poule et je vous ferai un bon bouillon pour ce soir.

Elle sortit. Je me laissai envahir par une douce somnolence. Je commençais à glisser dans le sommeil lorsque, dehors, retentirent les coups de trompe avec lesquels Géry annonçait chaque soir son retour. J'ouvris les yeux et attendis, le cœur battant. Il y eut un bruit de voix, j'entendis Alice qui parlait, puis Géry qui poussait une exclamation. Tout de suite après, des pas précipités retentirent dans l'escalier, et la porte de la chambre s'ouvrit. Géry apparut ; son regard, immédiatement, s'attacha au mien :

— Emmeline... Alice vient de me dire... Tu vas bien, ma douce ?

Je fis un signe d'acquiescement et lui souris. Il vint à moi, prit l'une de mes mains, et en même temps il se pencha vers le berceau. Longuement, il regarda notre enfant endormi. Avec une profonde émotion, il murmura :

— Je crois que je n'ai jamais été aussi heureux. Et que je ne t'ai jamais autant aimée. Merci, ma douce.

Il se tourna vers moi, s'assit avec précaution au bord du lit et m'entoura de ses bras. Je me laissai aller contre son épaule et, tandis qu'il laissait courir ses lèvres sur mon visage, je pensai que moi non plus je n'avais jamais été aussi heureuse.

Je demeurai couchée neuf jours, pendant lesquels Alice s'occupa de tout. Elle faisait le ménage, préparait les repas, nettoyait et langeait mon bébé, confectionnait pour moi des plats reconstituants qu'elle m'apportait sur un plateau. Elle me choyait, m'aidait à faire ma toilette, se comportait avec moi comme si j'avais été sa fille. J'appréciais sa présence douce et attentive, et ce fut une période où nous fûmes très proches l'une de l'autre.

Quelques jours après la naissance de notre enfant, Géry revint un soir et me tendit un petit paquet enrubanné :

— Pour toi... Pour te remercier de m'avoir donné un fils.

Je tournai le paquet dans tous les sens. Je vis qu'il venait de chez Dubois, le bijoutier de la place d'Armes. Je levai sur Géry un regard interrogateur.

— Ouvre-le, ma douce. J'espère que cela te plaira.

Avec délicatesse, j'ôtai le ruban et le papier d'emballage. Une petite boîte apparut. Je l'ouvris et poussai un cri d'admiration.

— Oh, Géry !

Sur un fond de velours bleu nuit reposait un pendentif en forme de cœur. Il était orné de plusieurs pierres précieuses qui scintillaient à la lumière de la lampe.

— Il représente mon cœur qui n'appartiendra jamais qu'à toi, ma douce.

Avec émotion et gratitude, je lui tendis les bras :

— Merci, Géry.

Il se pencha, et nous échangeâmes un long baiser. La naissance de notre enfant scellait davantage encore notre entente. Nous lui avions donné le prénom de Gilles, qui était celui du grand-père de Géry. C'était un bébé adorable, qui ne pleurait que lorsqu'il avait faim. Alice et Hippolyte fondaient de tendresse devant lui. Et j'avais l'impression d'être devenue, pour Géry, deux fois plus précieuse depuis que je lui avais donné un fils.

Lorsque je commençai à me lever et à reprendre des forces, je réalisai un matin que, depuis la naissance de notre enfant, Géry ne m'avait pas parlé de son père. Le soir même, je l'interrogeai. Son visage s'assombrit, son expression se fit réticente.

— Dis-moi la vérité, insistai-je. Tu lui as dit que nous avions un fils ?

— Oui, je le lui ai dit. Mais il a répondu que je n'avais pas à en être fier, et il a ajouté une phrase injurieuse à ton égard. Ne m'oblige pas à te la répéter, ma douce. Nous avons failli nous disputer. Finalement, il m'a ordonné de me taire et de ne plus jamais aborder le sujet.

— Oh, Géry ! m'exclamai-je, au bord des larmes. Comment peut-il réagir ainsi ? Pourquoi ne veut-il pas comprendre que... ?

Ma voix s'étrangla. Géry me prit dans ses bras :

— Voyons, ne te mets pas dans des états pareils. C'est mon père, et je le respecte, mais il est têtu, et lorsqu'il a pris une décision, même si elle est mauvaise, il refuse d'admettre qu'il a tort. En agissant comme il le fait, il se prive de beaucoup de joies. De plus, son attitude ne changera rien à l'amour que j'ai pour toi. Et elle ne nous empêchera pas non plus d'être heureux.

Je dus admettre que Géry avait raison. Chaque soir, couchés dans notre grand lit, blottis l'un contre l'autre, nous écoutions les petits bruits de succion que faisait notre bébé en dormant, et nous délirions de bonheur.

Je demandai à Alice d'aller annoncer à Fernande que mon petit garçon était né. Dès le lendemain, mon amie vint me rendre visite, et cette fois sa mère l'accompagnait. Elles s'extasièrent sur mon bébé, et madame Florence affirma qu'il ressemblait à Géry. Elles m'offrirent une petite chemise et un mouchoir de cou qu'elles avaient confectionnés elles-mêmes. Je les remerciai chaleureusement. Mon amie remarqua le pendentif en forme de cœur que j'avais décidé de porter continuellement sur moi. Je lui expliquai que Géry me l'avait offert pour la naissance de notre fils.

— Tu es heureuse, Emmeline, constata-t-elle. Et la

maternité te rend encore plus belle. Je ne t'ai jamais vue aussi radieuse.

Il était vrai que je me sentais comblée. Je ne désirais rien d'autre que la présence de Géry et de notre enfant. Tous les trois, nous formions une vraie famille.

16

Les jours, les semaines, les mois continuaient de se succéder dans un bonheur parfait. La nature elle-même contribua à cette euphorie en nous offrant un printemps radieux, empli de fleurs et de chants d'oiseaux, puis un été luxuriant aux longues journées ensoleillées.

L'après-midi, je promenais mon bébé dans les allées du parc, puis je m'installais avec lui à l'ombre des grands arbres. Je le contemplais tandis qu'il dormait comme un ange, dans sa voiture d'enfant, à l'ombre d'un voile de tulle qui le protégeait des insectes. Je cousais pour lui des petits vêtements dont Alice m'achetait les patrons, ou bien je lisais. Engourdie de chaleur, je me laissais gagner par une torpeur agréable. Autour de nous, les abeilles bourdonnaient et, insensibles à la brûlure du soleil, butinaient avec ardeur les fleurs dont Hippolyte s'occupait avec un soin jaloux. Sous le souffle de la brise, les peupliers chuchotaient, et leur doux bruissement s'accompagnait du chant mélodieux des oiseaux.

Je restais dehors jusqu'au retour de Géry. Il venait directement vers nous, sur son vélocipède dont il ralentissait l'allure pour ne pas effaroucher notre enfant. La première fois qu'il avait actionné sa trompe près de lui, le bébé avait pris peur et s'était mis à pleurer. Depuis, Géry se montrait prudent.

Chaque soir, en arrivant, il m'embrassait, se penchait sur notre enfant endormi. Si celui-ci était réveillé, Géry le prenait dans ses bras, faisait le tour du parc avec lui, lui montrait les fleurs, lui parlait, le chatouillait, le faisait rire. C'était un bébé potelé, éveillé, en parfaite santé. Je le nourrissais, et dès les premiers jours Alice avait confectionné, avec des gousses d'ail, un collier qu'il portait autour du cou et qui, affirmait-elle, était souverain contre les vers et les maladies.

L'été nous offrait ses longues soirées, et nous en profitions. Après avoir couché notre enfant, Géry et moi prenions notre repas sur la terrasse. J'avais dressé le couvert, préparé des plats froids et rafraîchissants après la chaleur de la journée. Nous mangions et, ensuite, Géry m'emmenait dans le salon et jouait du piano. Puis la soirée se terminait toujours de la même façon : dans notre chambre, dont la fenêtre était ouverte sur la nuit étoilée, nous nous aimions avec passion.

Depuis la naissance de notre enfant, Géry me pressait de l'épouser.

— Maintenant, disait-il, nous devons nous marier. Gilles a besoin d'une situation régulière. Il est mon fils, et je désire le reconnaître légalement. Il doit porter mon nom.

Mon amie Fernande me tenait les mêmes propos. Je savais qu'ils avaient raison, et pourtant, je ne parvenais pas à me décider. Je n'oubliais pas que monsieur Dorcelles avait proféré cette menace : « Si tu l'épouses, tu ne seras plus mon fils. » Je me disais que Géry en souffrirait, et je ne le voulais pas. Je refusais de lui apporter quoi que ce fût de négatif, de douloureux. Je répondais évasivement :

— Rien ne presse. Quand Gilles aura l'âge d'aller à l'école, nous verrons. D'ici là, ton père changera peut-être d'avis.

Je répétai la même chose à Fernande qui, un jour, se mit en colère. Elle me déclara sans ambages que je me créais moi-même une situation de fille-mère et que, à cause de moi, mon fils n'était qu'un bâtard.

— Je ne suis pas une fille-mère, répliquai-je avec douceur. Géry ne m'a pas abandonnée, et Gilles n'est pas un bâtard, puisque son père vit avec nous. Nous nous marierons dès que je dirai oui. Mais je veux que notre mariage ne blesse personne.

— C'est à monsieur Dorcelles que tu penses en disant cela ? Combien de fois faudra-t-il te répéter que tu as tort ? Que peux-tu espérer d'un homme pareil ? Il ne cherche même pas à connaître son petit-fils !

C'était vrai, mais je continuais à m'obstiner. Les sœurs avaient toujours affirmé que monsieur Dorcelles était bon, et je me souvenais de l'hiver où nous avions pu nous chauffer grâce à lui. Je continuais à prier chaque soir pour qu'il comprît son erreur vis-à-vis de moi. Et, comme Alice, je me persuadais que le temps travaillait pour nous. Pourtant, je n'allais pas tarder à regretter mon entêtement.

Bientôt, les visites de Fernande s'espacèrent. Elle attendait un enfant, et elle en était heureuse.

— La naissance est prévue pour le mois de février, m'avait-elle dit. J'espère avoir un garçon, moi aussi.

À la fin de l'été, elle commença à se déplacer plus lourdement. Ses visites cessèrent complètement. Égoïstement, je me repliai davantage sur mon bonheur. Les deux êtres qui représentaient toute mon existence me suffisaient, et le reste du monde était secondaire.

Le temps lui-même avait pour repères de petits événements liés à la vie de mon enfant : son premier sourire, sa première dent, et le jour de décembre où il fit ses premiers pas. Dès qu'il se rendit compte qu'il pouvait se déplacer seul, il apprit très vite à marcher. Et il se mit à fureter partout, curieux de tout et touchant à tout. Alice et moi devions le surveiller sans cesse.

Un jour, il faillit se passer un drame. J'avais demandé à Alice de m'acheter une bassine en fer-blanc pour remplacer celle dans laquelle je faisais bouillir les petits vêtements de Gilles. Elle me rapporta un chaudron circulaire, tout en m'expliquant :

— Il est plus grand qu'une bassine, et il vous servira pour baigner votre petit. Il est d'excellente qualité ; il durera longtemps. Je l'ai acheté à *La Cave*, le magasin de Desenfans qui est en sous-sol. On y trouve de tout. C'est toujours là que j'achète mes articles de quincaillerie.

Je connaissais ces magasins de Cambrai qui offraient une ouverture au ras du trottoir et dans lesquels on accédait en descendant quelques marches de pierre. J'y avais effectué mes achats lorsque je vivais chez madame Florence et que je faisais les commissions. Je pris la bassine en remerciant Alice et je mis de l'eau à chauffer pour préparer une lessive.

Je fis bouillir le linge, puis je retirai le chaudron du feu et le posai par terre afin de le laisser refroidir. Profitant d'un moment où je tournais le dos, Gilles s'en approcha. Alice, qui remontait de la cave, cria :

— Attention !

Je me retournai, affolée. En un éclair, lâchant les

pommes de terre qu'elle tenait, elle se précipita vers mon fils et le saisit juste au moment où il allait basculer dans le chaudron. Elle le serra contre elle, encore tremblante, ne pouvant que répéter :

— Oh mon Dieu... Oh mon Dieu...

Je pris mon enfant qui pleurait sans se rendre compte du danger auquel il avait échappé, et je le berçai pour le consoler. En même temps, je remerciai Alice avec émotion et gratitude. Elle murmura :

— J'ai cru qu'il allait tomber dans l'eau bouillante ! Heureusement, il y a eu plus de peur que de mal ! C'est que, ce petit, on l'aime tant, Polyte et moi ! On donnerait sa vie pour lui.

Notre fils eut un an et, à cette occasion, Géry lui offrit un cadeau qu'il rapporta du *Bazar du Nord* : un cheval de bois monté sur roulettes. Il installa notre enfant dessus, et se mit à le tirer dans toute la maison. Gilles, d'abord surpris, ne tarda pas à pousser des cris de joie. Il se prit immédiatement d'une grande passion pour ce jouet. Par la suite, lorsque Géry était absent, c'était à Hippolyte qu'il demandait de le tirer. Et le brave homme, avec une patience remarquable, promenait mon petit garçon à travers les pièces de la maison sans jamais montrer le moindre signe de lassitude.

C'était l'hiver. À cause du froid qui régnait dehors, nous enfermions notre bonheur dans l'intimité de notre maison bien close. Pour aller travailler, Géry utilisait toujours son vélocipède, et il rentrait complètement frigorifié. Je l'installais près du feu, je lui versais une boisson chaude. Je lui disais que ce moyen de transport, dont il vantait les mérites, ne protégeait pas de la neige, de la pluie, du gel ou du vent.

— Ce serait la même chose si j'utilisais la carriole, me répondait-il. Ou si j'allais à pied. Au moins, avec ce bicycle, je vais plus vite.

En février, il y eut une abondante chute de neige, suivie d'une période de gel. Les roues et les chemins furent recouverts de verglas. Je suppliai Géry d'être prudent. Je savais que, sur son vélocipède, il roulait vite, et je craignais toujours une chute possible.

Un soir, il ne rentra pas à l'heure habituelle, et immédiatement je m'inquiétai. Je voulus me persuader qu'il avait été retardé par un imprévu quelconque, mais les minutes s'écoulaient et il ne revenait pas. Je tournais en rond dans la cuisine, près du repas qui chauffait doucement sur le feu, guettant le son de trompe habituel. À la fin, n'y tenant plus, je pris mon fils dans mes bras et j'allai frapper à la porte du logement d'Alice et d'Hippolyte :

— Je suis inquiète. Géry n'est pas encore rentré.

Je vis dans les yeux d'Alice une angoisse égale à la mienne.

— C'est ce que je me disais aussi, avoua-t-elle. On n'a pas entendu la trompe. Et ce n'est pas dans ses habitudes d'être en retard. Surtout que la nuit tombe vite. Il fait déjà noir.

— Je vais prendre une lampe et aller au-devant de lui, proposa Hippolyte. Avec ce verglas, il a peut-être fait une chute. Ne craignez rien, je le retrouverai.

Le brave homme s'habilla chaudement, se munit d'une lampe à carbure, d'un bâton, et partit courageusement dans la nuit et le froid. Je restai avec Alice, et nous attendîmes ensemble. Mais le temps passait et ni Géry ni Hippolyte ne revenait. Avec un soupir, je repris mon fils qui, assis sur le tapis près du feu, jouait avec des cubes.

— Il est l'heure de le faire manger et de le coucher, dis-je. Et je vais aller surveiller mon repas. Il ne s'agit pas de le laisser brûler !

— C'est vrai, approuva Alice. Géry ne serait pas content.

Elle voulut sourire, mais son visage demeurait inquiet. Je revins dans ma cuisine, fis manger mon petit garçon, l'oreille tendue, guettant désespérément les bruits au-dehors. Ensuite, j'allai le coucher et le berçai jusqu'à ce qu'il fût endormi. Puis je retournai m'asseoir près du feu et je continuai à attendre, de plus en plus nouée au fur et à mesure que la soirée s'avançait.

De temps en temps, j'allais à la porte, je scrutais la nuit noire. Rien ne bougeait ; tout semblait figé par le gel. Découragée, je rentrais, j'allais voir mon enfant paisiblement endormi. Je finis par m'installer dans la cuisine, près de la fenêtre, les yeux fixés vers l'extérieur, et je me mis à prier.

Je priai sans interruption, n'osant pas regarder l'heure qui, en avançant, augmentait mon angoisse. Après un temps qui me parut interminable, je vis, dans le jardin, la lueur d'une lampe. Je me précipitai dehors, haletante. Hippolyte était là, seul.

— Hippolyte ! criai-je. Où est Géry ?

Il fit un signe d'impuissance :

— Je ne l'ai pas vu. Je suis allé jusqu'à Cambrai, avec bien du mal... Les chemins sont glissants. Je suis tombé deux fois.

— Mais Géry ?... répéta Alice, accourue elle aussi. Tu ne l'as pas rencontré ?

Hippolyte refit le même geste désolé :

— Non. J'ai pensé qu'il était peut-être passé par un autre chemin. Je les ai pris l'un après l'autre. C'est pour ça que j'ai mis si longtemps... Mais je ne l'ai vu nulle part.

— Alors ? demandai-je d'une voix étranglée. Qu'allons-nous faire ?

Hippolyte hocha la tête :

— Il faut attendre qu'il fasse jour. Dès l'ouverture des portes, j'irai à Cambrai, jusque chez monsieur Dorcelles. Peut-être a-t-il retenu son fils chez lui à cause du verglas.

Cette suggestion calma un peu mon anxiété. Alice s'empressa d'approuver :

— C'est fort possible. Nous le saurons demain.

Je voulus encore protester, dire que nous ne pouvions pas rester là à ne rien faire alors que, peut-être, Géry avait besoin d'aide quelque part. Mais je compris qu'Hippolyte avait raison, et je m'inclinai devant sa décision :

— Alors, à demain. Et merci, Hippolyte.

Les braves gens retournèrent chez eux et je rentrai dans ma maison où, sans Géry, je me sentis subitement étrangère. Je m'aperçus qu'il était plus de minuit. J'ôtai le repas du feu et, incapable d'avaler quoi que ce fût, j'allai me coucher sans souper.

Je ne dormis pas. J'imaginai Géry tombé dans la neige, blessé, incapable de se déplacer. Mais, dans ce cas, me disais-je aussitôt, Hippolyte l'aurait retrouvé. À moins que Géry n'ait pris un raccourci, ou qu'il ne soit tombé dans un fossé ou derrière un buisson, échappant aux recherches d'Hippolyte à cause de l'obscurité ? Je ne croyais pas à la version selon laquelle Géry serait resté chez son père. Il ne l'aurait pas fait sans me prévenir, sachant bien que je m'inquiéterais. Quelque chose était arrivé, c'était évident. Je me torturais l'esprit, consumée d'angoisse. Malgré moi, je guettais, contre toute espérance, le bruit de la trompe qui annoncerait enfin le retour de mon bien-aimé. Mais le silence, seul, répondait à mon attente.

Dès qu'il fit jour, Hippolyte, comme il l'avait promis, repartit. Alice et lui avaient des traits tirés, et je supposai qu'ils n'avaient pas dormi non plus. Il s'en alla dans le petit matin glacial, et une nouvelle attente commença.

Elle fut encore plus longue que la précédente. Mon petit garçon se réveilla. Je le levai, l'habillai, le fis manger, tout en écoutant son gazouillis joyeux et insouciant. Puis je l'installai dans son parc en bois où, assis sur une couverture, il s'amusa à empiler ses cubes, occupation qui le passionnait. Et la matinée s'étira interminablement.

Comme la veille, je guettai, à la fenêtre, le retour d'Hippolyte. Je souhaitais de toutes mes forces le voir apparaître, accompagné de Géry. Et, tout en attendant, je priais avec ferveur, inlassablement.

Midi venait de sonner lorsque Hippolyte revint, mais, cette fois-ci encore, il était seul. Je me précipitai, vite rejointe par Alice.

— Polyte ! cria-t-elle. Alors ?...

Le brave homme nous regarda et ne répondit pas tout de suite. Je remarquai qu'il avait un air hagard, comme s'il avait reçu un coup dont il n'arrivait pas à se remettre.

— Alors ? insista Alice. Où est Géry ?

Hippolyte tenta de parler, n'y parvint pas, déglutit avec effort. Ses yeux croisèrent les miens et s'emplirent de tristesse et de pitié. Affolée, je m'exclamai :

— Qu'y a-t-il, Hippolyte ? Parlez, voyons !

Il secoua la tête, sembla s'ébrouer, comme un cheval assailli par des mouches, et dit enfin, avec difficulté, d'une voix rauque et méconnaissable :

— Géry... Il a eu un accident hier... Il a dérapé, et...

Il se tut, les larmes aux yeux, incapable de continuer.

— Mon Dieu ! gémit Alice. Il est blessé ? Que s'est-il passé ?

— Où est-il ? demandai-je avec angoisse. À l'hôpital ?

Hippolyte fit un signe de dénégation :

— Non, il n'est pas à l'hôpital. Les personnes qui l'ont trouvé l'ont fait transporter chez monsieur Dorcelles. Et... eh bien... il...

Une sorte de sanglot l'interrompit. Il baissa la tête et je m'aperçus qu'il pleurait. Ses larmes coulaient sur son visage rougi par le froid, et ce chagrin silencieux fit monter en moi une panique que je m'efforçai de juguler. J'éprouvai soudain du mal à respirer et portai mes deux mains à ma poitrine.

— Polyte... dit Alice dans une plainte. Tu ne veux pas dire que... Ce n'est pas possible... Pas Géry, mon petit Géry...

Hippolyte releva la tête et posa sur elle un regard tragique qui répondait à sa question. Alice poussa un grand cri qui m'emplit les oreilles, qui s'amplifia dans ma tête pendant que, lentement, autour de moi, tout devenait noir. J'eus l'impression que je tombais au ralenti, puis l'obscurité m'engloutit.

Lorsque je repris conscience, j'étais allongée sur le divan du salon, là où, si souvent, Géry m'avait dit des mots d'amour, tenue contre lui et embrassée. J'aperçus d'abord les visages d'Alice et d'Hippolyte, penchés sur moi avec inquiétude. Je vis leurs yeux rougis, me redressai subitement :

— Ce n'est pas vrai, n'est-ce pas ? Dites-moi...

Je suppliai Hippolyte du regard. Il s'éclaircit la gorge et avoua, l'air malheureux :

— Je suis allé jusque chez monsieur Dorcelles. C'est là que Géry a été transporté hier. Le docteur Hannois n'a rien pu faire... D'après lui, Géry avait reçu à la tête un coup violent, et il a succombé à un épanchement sanguin dans le cerveau. Tout laisse à supposer qu'il a dérapé et qu'il s'est cogné la tête en tombant.

Je ne pus accepter l'atroce vérité. Avec un mélange de révolte et de désespoir, je criai :

— Non ! Oh non !...

Une détresse brûlante me submergea, et je me mis à sangloter éperdument. Effrayée par la violence de mon chagrin, Alice tenta de me prendre dans ses bras :

— Calmez-vous, murmura-t-elle. Vous allez vous faire du mal...

Mais ses paroles ne parvenaient pas jusqu'à mon esprit. Je m'agrippai à elle, et elle se mit à pleurer avec moi. Notre Géry, que nous aimions tant, nous avait été ravi, et cette pensée nous était insupportable. Nous mêlâmes nos larmes jusqu'à ce qu'elles finissent par se tarir d'elles-mêmes. Un peu calmée, je m'essuyai les yeux. Mais je savais que ma peine ne cesserait jamais, et une nouvelle panique me saisit à l'idée que, dorénavant, je devrais vivre sans Géry. Comment accepter une existence sans lui, sans sa présence, sans son amour ? Ne plus entendre sa voix tendre me dire « ma douce », ne plus voir ses yeux se poser sur moi, ne plus jamais me blottir dans ses bras... C'était impossible. Une nouvelle crise de larmes me terrassa.

Elle fut suivie de nombreuses autres. J'étais si malheureuse que j'avais l'impression d'être en dehors du monde, isolée par un mur de souffrance. Dans les heures et les jours qui suivirent, seul mon petit garçon me rattacha à la vie. Le fait de m'occuper de lui m'aida à ne pas devenir folle. Mais je passai les premières nuits, seule dans le grand lit, à pleurer et à crier de désespoir.

Je ne revis pas Géry. Par monsieur Dorcelles, je fus tenue à l'écart comme l'indésirable que j'étais. De toute façon, je préférais garder de mon bien-aimé le souvenir du jeune homme aimant et plein de vie qu'il avait été, et non l'image d'un corps figé dans la rigidité de la mort. Alice et Hippolyte allèrent à l'enterrement et, ce jour-là, dans la maison avec mon petit garçon, je pleurai et priai beaucoup.

Le choc brutal qui m'avait privée de mon amour me plongeait dans une hébétude constante, traversée de violentes crises de révolte. Deux semaines environ après le drame, je réalisai un matin que, maintenant que Géry n'était plus là, je n'avais aucun droit de vivre dans sa maison. Et, pour la première fois, je regrettai d'avoir refusé de l'épouser.

Je pensai également à mon amie Fernande. Je supposai que son bébé allait bientôt naître, à moins qu'il ne fût déjà né. Je n'en savais rien. Elle-même ignorait certainement le drame qui me frappait. Il faudrait que j'aille jusque chez elle, me dis-je. Mais je n'en avais pas le courage. Je m'enfermais farouchement dans ma souffrance, n'acceptant auprès de moi que mon enfant, ainsi que la présence d'Alice et d'Hippolyte. Ces derniers comprenaient ma peine et la partageaient. Comme moi, ils se tournaient vers Gilles pour trouver un réconfort à leur désespoir.

Je m'aperçus que j'allais avoir des problèmes d'argent. Géry me donnait régulièrement une somme pour la bonne marche de la maison, mais tout avait été dépensé et maintenant je devais puiser dans mes économies. Je m'interrogeai avec inquiétude : seule avec mon petit garçon, qu'allais-je devenir ? Il allait falloir que je cherche du travail et probablement un autre logement. Et je me rappelai les paroles de Fernande au sujet de ma situation de fille-mère.

Avec l'approche du printemps, les journées se firent plus longues, et, dans le parc, les oiseaux se remirent à chanter. Les arbres se couvrirent de bourgeons. La nature revivait, mais mon cœur, blessé à mort, demeurait glacé. Je voyais chaque matin, dans mon miroir, un visage figé, des yeux désespérés. Seul mon petit garçon parvenait à me faire sourire. Mais parfois, il avait un geste, un regard, une expression qui me rappelaient Géry et qui réveillaient mon chagrin. Alors j'éclatais en sanglots. Pour ne pas l'effaroucher, je m'efforçais de me calmer et je ravalais mes larmes.

Un matin du mois de mars, je sortis dans le jardin. Le soleil brillait joyeusement, mais son éclatante lumière ne parvenait pas à chasser le noir dans lequel j'évoluais depuis le décès de Géry. Je cherchai des yeux Alice qui, quelques instants auparavant, avait emmené mon petit garçon en lui disant qu'ils allaient cueillir du persil pour la soupe. Gilles aimait se rendre utile, et il me ramenait, bien serrées dans sa menotte, quelques branches de persil qu'il me tendait avec fierté.

J'allai jusqu'au potager, mais ils ne s'y trouvaient pas. Hippolyte était occupé à bêcher un carré de terre, et je l'interrogeai. Il s'interrompit un instant, remonta sa casquette sur son front.

— Alice et Gilles ? Non, je ne les ai pas vus. Ils ne sont pas venus par ici.

Prise d'une sourde inquiétude, je repartis, fis le tour de la maison. En arrivant dans l'allée qui menait à la grille, je m'imobilisai avec un coup au cœur. Alice, mon enfant dans les bras, parlait avec un homme qui se tenait derrière la grille. Plus loin, dans le chemin, une carriole était arrêtée, et le cheval broutait l'herbe du talus. Le cœur battant violemment, je fis quelques pas en arrière. J'avais immédiatement reconnu cet homme vêtu de noir, sa haute silhouette, son visage sévère. C'était monsieur Dorcelles, le père de Géry.

Dissimulée par l'angle de la maison, je l'observai avec suspicion. Que faisait-il là ? Il semblait interroger Alice, lui poser des questions. Je remarquai qu'il gardait les yeux fixés sur mon fils. Mon inquiétude grandissait. Allait-il entrer, venir me trouver, me dire que je devais m'en aller de la maison où Géry m'avait installée ? Mais je le vis saluer Alice, se détourner et marcher jusqu'à la carriole, dans laquelle il se hissa. Je soupirai de soulagement.

Alice revenait, tenant toujours mon fils dans ses bras. Celui-ci se débattit pour lui échapper, et elle le déposa sur le sol. J'allai vers eux, saisis mon petit garçon et le serrai farouchement contre moi.

— C'était monsieur Dorcelles, n'est-ce pas ? dis-je à Alice. Que voulait-il ?

La brave femme me regarda, l'air embarrassé :

— Il m'a posé des questions sur Gilles. Il désirait le connaître.

— Ne pouvait-il pas le faire avant, alors que Géry était encore là ?

Ma voix vibrait de rancune. Alice secoua la tête :

— Il a été bouleversé en voyant l'enfant. Il faut dire que sa ressemblance avec Géry est frappante.

— Et... il va revenir ?

— Oui. Il reviendra dimanche, dans l'après-midi. Il veut vous parler.

Mon cœur eut un sursaut d'affolement :

— Me parler ? Pourquoi ?

— Il ne me l'a pas dit.

— Ne pouviez-vous le lui demander ?

— Je n'ai pas à l'interroger. Il est le maître. Il donne des ordres et je lui obéis.

Mais moi, pensai-je en serrant les lèvres, devais-je lui obéir également ? Jusqu'alors, il m'avait repoussée, refusant mon existence, et maintenant il voulait me rencontrer sans en donner la raison. Que cachait cette intention ? Une méfiance vint s'ajouter à mon inquiétude. Je finis par me dire qu'il désirait que je quitte les lieux. Mais, pour cela, était-il obligé de venir me le dire lui-même ?...

Pendant les deux jours qui suivirent, je préparai mes bagages, sachant, de toute façon, que tôt ou tard je devrais m'en aller. Comme ce serait dur de quitter cette maison où, avec Géry, j'avais été si heureuse ! Chacune des pièces me parlait de lui, et, dans le salon, je revoyais sa haute silhouette devant le piano, jouant pour moi tandis que je l'écoutais avec ferveur...

Cette période heureuse était cruellement révolue, et je devais continuer seule, sans Géry. Mais il m'avait laissé son fils et, dorénavant, je ne vivrais que pour lui.

17

Je vécus jusqu'au dimanche dans une inquiétude qui, peu à peu, se mua en angoisse. Lorsque monsieur Dorcelles arriva, en début d'après-midi, je m'efforçai de ne pas montrer le tremblement intérieur qui m'agitait. Hippolyte avait ouvert la grille, et la carriole entra, roula dans l'allée, s'arrêta devant la maison. Alice accueillit le visiteur, le mena jusqu'au salon où je l'attendais. Mon petit garçon, dans sa chambre, faisait sa sieste habituelle.

Pour la première fois, je me trouvai en face du père de Géry. Je l'avais déjà aperçu de loin, dans la chapelle des sœurs, ou lors de la messe, le dimanche. Mais je n'avais jamais croisé son regard, qui se posa sur moi avec une expression glacée. Immédiatement, je compris que cet homme ne m'aimait pas.

— Bonjour, mademoiselle, dit-il froidement. Je vous remercie de me recevoir.

— Bonjour, monsieur, balbutiai-je, paralysée de timidité.

Alice, qui l'avait suivi, lui proposa de s'asseoir, lui demanda s'il désirait une tasse de café ou un verre de vin.

— Je ne veux rien, dit-il en prenant place dans un

fauteuil. Je suis venu pour discuter avec mademoiselle. Veuillez nous laisser, Alice.

— Bien, monsieur.

Elle s'inclina et, les yeux baissés, sortit de la pièce en fermant soigneusement la porte. Et je me retrouvai seule avec monsieur Dorcelles. En le détaillant, je découvrais qu'il avait la même forme de tête que mon bien-aimé, le même profil, le même nez droit. Mais là s'arrêtait la ressemblance. Géry avait un visage ouvert, des yeux et un sourire chaleureux, tandis que monsieur Dorcelles m'offrait un visage hautain, rigide, impénétrable.

Ses yeux me fixèrent, et je frissonnai sous le mépris qu'ils exprimaient. Posément, il déclara :

— Si vous le voulez bien, mettons les choses au point tout de suite. Vous n'ignorez pas ce que je pense de vous. Pour moi, vous êtes une intrigante, qui a réussi à se faire aimer de mon fils pour profiter de lui - de sa fortune, plus exactement.

Une vive indignation balaya ma timidité, et je m'écriai :

— Oh non ! Non ! C'est faux ! J'aimais Géry sincèrement ! Je vous assure que...

Il leva la main et m'interrompit froidement :

— Inutile de me noyer sous des déclarations de ce genre. Je ne vous croirai pas. Mon opinion est faite depuis le début. Je vous ai percée à jour tout de suite, dès que Géry m'a parlé de vous. Lui n'a rien vu, évidemment.

Ulcérée, les larmes aux yeux, je protestai :

— Oh, monsieur !...

De nouveau, il leva la main, de plus en plus méprisant :

— Pas de comédie, je vous prie. Ça ne prendra pas. Écoutez plutôt ce que j'ai à vous dire.

Je respirai un grand coup, serrai mes mains l'une contre l'autre et attendis.

— J'ai bien réfléchi. Maintenant que Géry n'est plus là, votre situation est précaire. Vous allez devoir quitter cette maison, trouver un autre logement et du travail. Seule avec votre fils, vous serez mal considérée, et lui, le pauvre petit, souffrira toute sa vie de sa condition de bâtard. Y avez-vous pensé ?

Je ne pus qu'acquiescer. Ces idées m'étaient déjà venues à l'esprit, et je regrettais de plus en plus de n'avoir pas épousé Géry.

— De mon côté, voici ma situation : ma femme est morte à la naissance de notre fls. Je n'avais plus que lui. Et maintenant, je n'ai plus rien. Il ne me reste que cet enfant, qui est le fils de mon fils.

Il se tut un instant et je le regardai, interrogative. Il se pencha en avant et son visage s'anima un peu tandis qu'il continuait :

— Avec vous, il ne connaîtra qu'une vie de misère, et il ne sera qu'un bâtard. Alors qu'il a droit à tout ceci. – Il eut un grand geste ciculaire. – Cette maison, et la mienne, et l'entreprise que je dirige dont il est l'héritier. Comprenez-vous ?

Je fis un signe de tête, tout en cherchant où il voulait en venir. Il m'observa un instant et reprit :

— Je peux lui éviter, moi, cette vie de misère et de bâtardise, et je peux lui rendre tout ce qui lui revient.

Je le regardai de nouveau, incompréhensive :

— Mais... Comment ?...

— Je me suis renseigné auprès d'un ami qui est avocat. Il existe une solution. Voici ce que je vous propose : laissez-moi le fils de Géry. Je l'élèverai dans le milieu qui est le sien. Il portera le nom auquel il a droit et, plus tard, il me succédera.

Je ne comprenais pas bien. Je ne retins que les mots « laissez-moi le fils de Géry », qui m'inquiétèrent.

— La volonté de Géry était que son fils lui succède. Il me l'a dit un jour. Et je ferai en sorte qu'elle se réalise. Pour le bien de votre enfant, vous n'avez pas à hésiter. Je le prendrai sous ma protection, et vous, vous serez libre. Vous n'aurez pas à porter l'étiquette de fille-mère.

Je m'agitai, de plus en plus inquiète. D'une voix étranglée, je demandai :

— Vous voulez que... je vous abandonne mon enfant ?

— Vous avez parfaitement compris. En échange, je vous donnerai une grosse somme d'argent.

Je sursautai, piquée au vif :

— Mais... pour qui me prenez-vous ? Je ne veux pas d'argent, et je ne veux pas non plus vous laisser mon enfant ! Comment pouvez-vous me proposer une chose pareille ?

Ses yeux froids me dévisagèrent :

— Je sais que vous n'êtes qu'une intrigante, et je ne veux pas de vous autour de mon petit-fils. Dès que je l'aurai pris en charge, je ne veux plus entendre parler de vous. En compensation, votre fils sera un Dorcelles.

— Vous voulez me prendre mon fils ? répétai-je, outrée. Mais c'est odieux ! Comment pouvez-vous agir ainsi ? Séparer une mère de son enfant ?

— Le petit n'en souffrira pas. Il s'en rendra à peine compte. À cet âge, on oublie vite. Il est habitué à Alice, et c'est elle qui l'élèvera, comme elle a élevé Géry.

— Et moi ? protestai-je, au bord des larmes. Avez-vous pensé à moi ? Je ne pourrais jamais accepter. Mon enfant est tout de qui me reste de Géry, et...

Un sanglot m'interrompit, et je me mordis les lèvres. Le mépris revint dans les yeux de monsieur Dorcelles :

— Inutile de me faire cette sorte de comédie. Je vous ai déjà prévenue.

Je m'essuyai les yeux et remarquai, malheureuse :

— Pourtant, les sœurs vous définissaient comme un homme bon...

Je le vis se raidir, tandis qu'il répliquait :

— Parce que je leur donnais de l'argent ? C'était ma femme qui agissait ainsi, et j'ai continué, par amour pour elle... Je l'ai passionnément aimée, poursuivit-il d'une voix sourde. Lorsqu'elle est morte, mon cœur est mort en même temps qu'elle. Elle n'a pas eu le bonheur de connaître son enfant. Vous, vous aurez eu le vôtre pendant quinze mois. Par rapport à elle, vous êtes privilégiée.

Je ne dis plus rien, mais toute mon attitude exprimait mon refus. Monsieur Dorcelles reprit :

— Je vous fais une proposition équitable, et j'entends qu'elle reste entre nous. N'en parlez à personne, même pas à Alice et Hippolyte. Elle ne concerne que vous. Sachez qu'en affaires, je suis intransigeant. Lorsque j'ai décidé d'obtenir quelque chose, je vais jusqu'au bout. De votre côté, vous avez tout intérêt à accepter. Pour vous d'abord : vous serez libre et vous aurez de l'argent. Pour le fils de Géry, ensuite : il sera l'héritier des Dorcelles.

Je secouai la tête, incapable de répondre. Monsieur Dorcelles se leva, toujours rigide et glacé :

— Je vous apporterai des papiers à signer. Vous abandonnerez tout droit sur votre enfant. Je pourrai l'adopter et lui donner mon nom. Il aura ainsi une situation légale et il portera le nom qui est le sien.

— Mais je ne veux pas ! criai-je avec force. Comment pouvez-vous penser que j'accepterais ?

— Je vous laisse une semaine pour réfléchir, continua-t-il sans tenir compte de mon interruption. Je reviendrai dimanche prochain avec les papiers. Si je peux vous donner un conseil, le voici : je suis riche et puissant, ne vous opposez pas à moi. Vous ne gagnerez pas. Je suis prêt à tout pour que vous me laissiez mon petit-fils. Je connais les fabricants de toute la région, et, sur un mot de ma part, aucun n'acceptera de vous donner du travail. Voulez-vous donc devenir misérable et mourir de faim ?

Effarée, je ne trouvai rien à répliquer. Monsieur Dorcelles marcha jusqu'à la porte, qu'il ouvrit. Il se retourna et lança, en martelant bien ses mots :

— D'un côté, une vie de misère et un enfant bâtard. D'un autre côté, de l'argent pour vous, le nom et la fortune des Dorcelles pour votre fils. Le choix est facile à faire.

Il m'adressa un signe de tête glacial :

— À dimanche prochain, mademoiselle. Ne me reconduisez pas, c'est inutile. Je connais le chemin.

Il sortit et, les jambes coupées, je me laissai tomber sur un fauteuil. La scène que je venais de vivre me semblait irréelle. J'entendis Alice reconduire monsieur Dorcelles, et je demeurai immobile, incapable de réagir. Ce fut le doux gazouillis de mon enfant qui me fit reprendre conscience de la réalité. Il se réveillait de sa sieste ; je me rendis auprès de lui, le pris dans mes bras, le serrai contre moi avec amour. Non, pensai-je, jamais je n'accepterai la proposition de monsieur Dorcelles.

Alice ne m'interrogea pas et, de mon côté, je ne lui dis rien. J'étais trop choquée pour être capable de répéter la conversation qui venait de se dérouler. Et la phrase autoritaire de monsieur Dorcelles résonnait encore dans mes oreilles : « N'en parlez à personne, même pas à Alice et Hippolyte. » Je craignais cet homme, sa puissance, ses menaces, et je n'osai pas lui désobéir.

Mais mon enfant était à moi, et j'entendais bien le garder. Pourtant, les paroles de monsieur Dorcelles me laissaient une impression désagréable. Il avait clairement laissé sous-entendre que, si je refusais de lui confier mon fils, il m'empêcherait de trouver du travail. Je ne doutais pas un seul instant qu'il en serait capable. Que deviendrais-je alors ? Cette inquiétude m'empêcha de dormir. Je me tournai et me retournai dans le grand lit, vide de l'absence de Géry, et me retrouvai en train de pleurer, impuissante et démunie. Si seulement je l'avais épousé alors qu'il en était encore temps ! J'avais refusé pour ne pas indisposer davantage son père contre moi, sans penser un seul instant que Géry pouvait m'être enlevé. « Tu es trop bonne », m'avait dit Fernande. Elle non plus, je ne l'avais pas écoutée, trop sûre de Géry et de son amour. Le destin s'était chargé de me montrer que j'avais eu tort. Un amer regret me submergea, et je sanglotai longuement.

Dès le lendemain, je me mis à appréhender le dimanche suivant. Monsieur Dorcelles allait revenir chercher ma réponse. Je revivais sans cesse la scène qui nous avait opposés, je pensais à la proposition qu'il m'avait faite. Celle-ci, peu à peu, s'ancrait dans mon esprit, et je me rendais compte qu'il avait raison : mon fils était l'héritier de la fortune des Dorcelles ainsi que de la maison qui avait appartenu à son père. Mais, légalement, il n'aurait rien. Avais-je le droit de rejeter une offre qui lui rendrait tout, et de lui imposer, à la place, une existence pauvre ?

Pourtant, à ces questions, un instinct farouche répondait qu'il m'était impossible de l'abandonner. Monsieur Dorcelles voulait m'écarter sans pitié, mais ce qu'il exigeait était trop dur. Mon petit garçon était ma seule raison de vivre. Je ne pouvais pas le laisser et m'en aller.

Tout en remuant ces pensées dans ma tête, je le regardais évoluer dans le milieu auquel il était habitué et qui était le sien : assis sur son cheval de bois, le visage animé et joyeux, tandis qu'Hippolyte le tirait dans les allées du jardin, ou bien le soir, paisible et confiant, endormi dans le berceau qui avait été celui de Géry. Et moi, j'allais l'arracher à cet univers pour une vie incertaine. Lorsqu'il serait plus grand, il souffrirait sans doute d'être un bâtard, et plus tard, lorsque je lui parlerais de son père, et de la proposition qui m'avait été faite, peut-être me reprocherait-il mon choix ?...

Je tournais en rond, ne sachant que faire. J'avais envie de suivre mon cœur et mon instinct de mère, qui me disaient de garder mon petit. Mais, justement, cette réaction n'était-elle pas égoïste ? Je ne devais pas penser qu'à moi ; je devais aussi penser à lui et aux avantages dont je n'avais pas le droit de le priver.

Je me trouvais dans une incertitude cruelle. J'appelais mentalement Géry, le suppliant de me donner une réponse. Que souhaitait-il pour son fils ? Le soir, dans notre grand lit, je pleurais et je priais. Les jours passaient, le dimanche fatidique approchait, et je ne parvenais pas à me décider. Je demandais à Dieu de me conseiller pour le bien de mon fils.

Dans la nuit du vendredi au samedi, je fis un rêve que j'interprétai comme Sa réponse. Je rêvai de ma grand-mère Blanche. Nous étions ensemble, dans la cuisine de mon enfance, et, assise sur ses genoux, au coin du feu, je l'écoutais parler. Elle me racontait qu'elle avait peur, lorsqu'elle était seule la nuit et que son mari était parti faire ses longues tournées de colporteur. « Mais je ne le lui disais jamais, ajoutait-elle. Je ne voulais pas l'obliger à rester près de moi alors que je savais qu'il avait besoin d'espace et de liberté. »

Je m'éveillai sur ces paroles, et, immédiatement, je me rappelai une scène qui était restée enfouie dans un coin de ma mémoire. Ma grand-mère Blanche m'avait dit, une fois, qu'elle avait toujours laissé son mari sillonner les routes parce qu'elle voulait qu'il fût heureux. Et je me souvenais d'une phrase qu'elle avait prononcée et que, à l'époque, je n'avais pas bien comprise : « Si tu aimes vraiment quelqu'un, tu dois penser à lui avant de penser à toi. »

La voie que je devais suivre m'apparut subitement avec clarté, et je me sentis glacée, parce qu'elle allait exiger de moi un sacrifice immense et tellement douloureux qu'il me paraissait impossible. Le cœur déchiré, je comprenais que, pour l'amour de Gilles, pour qu'il ne fût pas un paria, je devais accepter le marché de monsieur Dorcelles.

De toutes mes forces, je voulus me persuader que mon enfant serait ainsi plus heureux. Je ne me trouverais plus auprès de lui pour l'entourer de mon amour, mais il serait élevé par Alice, et je savais que la brave femme l'aimait autant que moi. La veille, en se promenant dans l'allée du jardin, il était tombé. Il s'était relevé en pleurant, et nous lui avions tendu les bras. J'étais plus près de lui, mais c'était vers Alice qu'il s'était dirigé. Même si cette pensée était dure à accepter, il n'avait que quinze mois et il m'oublierait vite, comme monsieur Dorcelles me l'avait dit. Mais moi, parviendrais-je à vivre sans lui ?...

Je décidai de quitter Cambrai, de m'en aller loin du bourreau qui me prenait mon fils, mais qui était son grand-père... Puisque je n'aurais plus aucun droit, je préférais disparaître.

Mais il fallait que je trouve où aller. Je ne pouvais plus me réfugier auprès de Fernande. D'abord, elle habitait Cambrai, et de plus, maintenant, elle avait sa propre vie, avec son mari et son enfant. Un jour prochain, elle viendrait me le présenter, mais je ne serais plus là. Ma disparition lui ferait-elle de la peine ? Notre amitié était sincère, et je savais qu'elle me manquerait. Mais nous avions chacune notre existence à mener, et le temps était venu de nous séparer.

Je ne pouvais pas non plus chercher de l'aide auprès de mon frère, qui était toujours valet de ferme chez Gustave. Ni auprès de mon parrain Dodore, à cause de ma tante si désagréable. Ils ne connaissaient même pas ma situation. Je n'avais pas voulu leur annoncer que je vivais avec Géry, et ils croyaient toujours que j'habitais chez Fernande. Allais-je devoir m'en aller au hasard et me retrouver seule au monde, sans personne pour me soutenir ?...

Une idée soudain me vint, lumineuse : Gervaise, ma « petite » ! Chez les sœurs, j'avais été sa « petite maman », et elle s'était attachée à moi comme à une mère. À la mort de madame Valloires, alors que j'étais allée m'installer chez Fernande, je lui avais écrit pour la prévenir de mon changement d'adresse. Elle m'avait répondu que si, un jour, j'avais des difficultés, je ne devais pas hésiter à me rendre chez elle. Elle m'accueillerait sans problème, je n'en doutais pas un seul instant. Je pris du papier, et je me mis à lui écrire.

Elle non plus ne connaissait pas ma situation, et je décidai de ne pas en parler. La période de ma vie avec Géry ne serait plus désormais qu'une parenthèse merveilleuse dans mon existence, qui demeurait à jamais mon secret. Je dis simplement à Gervaise que j'étais au service d'un couple de personnes âgées, et que l'un des deux époux venait de décéder. Le mari, demeuré seul, allait partir vivre chez sa fille. Je me trouvais sans travail, et je lui demandais de m'offrir l'hospitalité.

Je confiai la lettre à Hippolyte, qui alla la poster immédiatement. Et, profondément malheureuse mais déterminée, j'attendis la venue de monsieur Dorcelles.

Fidèle à lui-même, il arriva à la même heure que la fois précédente. De nouveau, Alice l'introduisit dans le salon, puis se retira en fermant la porte. Il me salua et me toisa, l'air toujours aussi dédaigneux :

— Alors, mademoiselle, avez-vous réfléchi ? Quelle est votre décision ?

Mes yeux s'emplirent de larmes. Au moment de lui dire que je lui laissais mon enfant, tout courage m'abandonnait. Comment parvenir à prononcer de telles paroles ? Espérant sans doute m'influencer, monsieur Dorcelles sortit de sa serviette de cuir noir plusieurs feuilles, ainsi qu'une enveloppe relativement épaisse.

— Je vous ai apporté les papiers à signer. – Il prit l'enveloppe, me la tendit. – Voici de l'argent. Il y a une somme importante. Cela vous aidera à refaire votre vie.

J'eus un sursaut, m'exclamai avec indignation :

— De l'argent ? Je n'en veux pas ! Si je vous laisse

mon fils, c'est dans son intérêt, pour qu'il puisse avoir tout ce qu'il aurait eu si j'avais épousé Géry. Mais ce n'est pas pour de l'argent !

Il eut un sourire méprisant, comme s'il s'amusait de ma révolte :

— Je vous ai déjà dit, il me semble, de ne pas jouer ce rôle avec moi. Cette somme est prévue dans notre marché, je vous la remets.

Il déposa l'enveloppe sur la table. J'eus envie de protester de nouveau, mais je me rendis compte qu'il ne m'écouterait pas. Je me tus, car une autre idée d'utiliser cet argent m'était venue. Monsieur Dorcelles étala les papiers sur la table, me montra du doigt le bas de chaque page :

— Vous devez signer ici, et ici. Et encore ici.

Je compris que, par ces signatures, j'abandonnais mon enfant. Mes larmes se mirent à couler. Le cœur écrasé par un chagrin insupportable, j'allai jusqu'au secrétaire, revins avec une plume et de l'encre. La vue brouillée par mes pleurs, je ne pris pas connaissance de ce qui était écrit. J'apposai ma signature d'une main tremblante, et, lorsque ce fut fini, je me mis à pleurer sans retenue.

Pendant ce temps, monsieur Dorcelles rangea soigneusement les feuilles dans sa serviette noire, laissant sur la table l'enveloppe contenant l'argent. Je fis un effort pour me calmer, m'essuyai les yeux. Maintenant qu'il avait obtenu ce qu'il désirait, il arborait une expression satisfaite, et je le détestai.

Sans transition, il dit, et ce souhait résonna comme un ordre :

— Je voudrais voir l'enfant.

— Il dort, murmurai-je d'une voix enrouée. Venez.

Je le conduisis jusqu'à la chambre. Mon petit garçon, dans son berceau, dormait, un poing contre sa joue. Ses cils blonds palpitaient au rythme de sa respiration et j'éprouvai, en le voyant là, si beau et si innocent, un tel déchirement que je faillis me sentir mal. À travers mes larmes, je vis monsieur Dorcelles se pencher, le regarder longuement. Lorsqu'il se releva, son visage avait perdu son air glacial. Pour la première fois, je lui vis une expression humaine.

— Il ressemble à Géry, remarqua-t-il d'un ton bas et ému.

Mon bébé s'agita, et sans faire de bruit, d'un commun accord, nous sortîmes de la pièce. De retour dans le salon, monsieur Dorcelles reprit son attitude distante :

— Que cela soit bien clair entre nous : nous venons de conclure un marché, et j'entends que vous le respectiez. J'adopterai votre fils et, comme je vous l'ai déjà dit, il sera mon héritier. En échange, je ne veux plus jamais entendre parler de vous. Non seulement vous abandonnez tout droit sur l'enfant, mais je vous interdis de tenter de le revoir, ou de rester en contact avec Alice. Si vous le faisiez malgré ma défense, je ne tarderais pas à le savoir, et je tiens à vous prévenir qu'en affaires je peux être impitoyable. Avez-vous bien compris ?

Je ne pus qu'acquiescer d'un signe de tête, incapable de prononcer un mot. Ainsi, cette décision qui me déchirait le cœur ne représentait pour lui qu'une affaire comme une autre... Comment pouvait-il être aussi insensible ?

Il reprit, toujours aussi rigide :

— Maintenant que tout est réglé, vous n'avez plus aucune raison de rester ici. À quel moment avez-vous prévu de partir ?

Je compris que cette question était une invitation à m'en aller le plus rapidement possible. Je m'éclaircis la gorge et parvins à demander :

— Ne pourriez-vous me laisser quelques jours ? Je vais quitter Cambrai, et je pense aller chez une amie, à qui j'ai écrit récemment. J'attends sa réponse.

Je crus qu'il allait refuser, mais il décida de se comporter en vainqueur généreux. Il s'inclina légèrement :

— Bien. Je vous laisse une semaine. Dimanche prochain à la même heure, je viendrai chercher l'enfant. Lorsque j'arriverai, j'exige que vous soyez partie – définitivement. Me suis-je bien fait comprendre ?

— Oui, monsieur, balbutiai-je, soudain prise de faiblesse.

Il eut un hochement de tête satisfait, reprit sa serviette et se dirigea vers la porte :

— Eh bien, adieu, mademoiselle. Soyez certaine que je respecterai ma part de marché comme, je l'espère, vous respecterez la vôtre. Votre fils sera un Dorcelles. Je vais de ce pas prévenir Alice et Hippolyte.

Il m'adressa un salut rapide et sortit de la pièce. Anéantie, je ne bougeai pas. Pourtant, mon instinct de mère me criait de le rattraper, de reprendre les papiers que je venais de signer et de les déchirer en morceaux. Je ne comprenais plus comment j'avais pu abandonner mon adorable petit garçon, si confiant et si tendre, à un homme aussi dur. Je me tordis les mains, torturée par cette question : avais-je fait le bon choix ?

Quelques instants plus tard, Alice frappa à la porte. J'allai lui ouvrir. Ele vit mes yeux gonflés et rougis, et m'interrogea avec inquiétude :

— Que se passe-t-il ? Monsieur Dorcelles vient de

nous parler, à Polyte et à moi. Il a dit qu'il viendrait chercher Gilles dimanche prochain, et que je devrais m'occuper de lui. Qu'est-ce que ça signifie ?

Malheureuse, je secouai la tête :

— Je ne peux rien vous dire. Nous avons passé un marché, selon l'expression de monsieur Dorcelles, et j'ai donné ma parole. À partir de maintenant, il va prendre Gilles en charge.

La brave femme ouvrit des yeux effarés :

— Mais... mais... et vous ?

— Oh, moi ! dis-je d'un ton désabusé. Monsieur Dorcelles m'écarte sans pitié, et je suis obligée de partir. Il a trouvé les moyens de me convaincre.

Cherchant à comprendre, elle me regarda sans répondre. Je continuai :

— Je n'ai pas le droit de vous dire la vérité, et puis vous penseriez peut-être que je suis une mauvaise mère...

Spontanément, elle m'interrompit :

— Une mauvaise mère, vous ? Ah non alors, je ne penserai jamais une chose pareille ! Je vis auprès de vous depuis que votre petit est né, et je vois bien que vous l'aimez.

Avec émotion, je la pris aux épaules :

— Eh bien, dites-le-lui, plus tard, s'il vous interroge. C'est vous qui l'élèverez, monsieur Dorcelles me l'a promis. Lorsqu'il sera assez grand pour comprendre, dites-lui que je l'aimais plus que moi-même, plus que tout... et que, si j'agis ainsi, c'est pour son bien à lui... même si cela me brise le cœur...

Des sanglots m'interrompirent. Je fis un effort pour les refouler, pris sur la table l'enveloppe qu'avait laissée monsieur Dorcelles et la tendis à Alice :

— Voici de l'argent. C'est pour Gilles. Mais que cela reste entre nous. Je vous fais confiance pour l'utiliser à bon escient. Si, par exemple, monsieur Dorcelles refuse de lui offrir le jouet qu'il désire, vous l'achèterez avec cet argent. Et puis, chaque année, pour l'anniversaire de Gilles, donnez-lui un cadeau de ma part, en lui disant que je pense très fort à lui.

Alice acquiesça, prit l'enveloppe et me regarda avec pitié :

— Vous allez partir... définitivement ? Vous ne verrez plus jamais votre petit ?

Je secouai la tête avec désespoir :

— Je ne serai plus là pour l'aimer. Alors vous, Alice, aimez-le pour moi, aimez-le doublement. Vous deviendrez pour lui maman Alice, comme vous l'avez été pour Géry.

Solennellement, elle promit :

— Vous pouvez compter sur moi.

Cette promesse m'apporta un léger apaisement. Je savais qu'avec Alice mon enfant ne manquerait pas de tendresse. Je devinai même, derrière la désolation sincère qu'elle éprouvait de me voir partir, une satisfaction secrète : elle garderait Gilles auprès d'elle, alors qu'elle avait craint de ne plus le voir si je l'avais emmené avec moi.

Deux jours plus tard, je reçus la réponse de Gervaise. Comme je m'y attendais, elle m'offrait l'hospitalité sans hésiter, affirmant qu'elle se réjouissait de ma venue. Elle m'expliquait où elle habitait dans Caudry, et demandait la date de mon arrivée. Je répondis tout de suite en la remerciant et en précisant que j'arriverais par le petit train du Cambrésis. J'avais étudié les horaires et je savais qu'en prenant celui de 12 heures 45, je serais à Caudry à 1 heure 32 de l'après-midi. Je ne doutais pas que Gervaise m'attendrait à la gare, heureuse de me revoir.

Je décidai de ne préparer qu'un seul bagage et de n'emporter que mes vêtements ordinaires. Je n'aurais plus besoin des robes élégantes que je m'étais fait faire pour Géry. Par contre, j'emmenai mes économies ainsi que les bijoux de madame Valloires. J'ajoutai ceux de la grand-mère de Géry, qu'il m'avait offerts. Mais, prise d'un scrupule, je me ravisai et les remis dans le tiroir de la coiffeuse. Ces bijoux appartenaient aux Dorcelles et, plus tard, ils seraient à mon enfant. La pensée me vint qu'il en était de même pour la bague de fiançailles que je portais au doigt.

Je la regardai longtemps avant de me décider. De génération en génération, m'avait dit Géry, chaque Dorcelles l'offrait à sa future femme. Il fallait donc que je la laisse pour mon fils. Je dus me faire violence pour l'ôter de mon doigt et la mettre avec les autres dans le petit coffret. Avant de partir, je confierais le tout à Alice, afin qu'elle explique à Gilles, plus tard, à quoi était destinée cette bague.

Finalement, je ne pris que le pendentif en forme de cœur que Géry m'avait offert à la naissance de notre fils. Celui-là était bien à moi, et je le garderais toute ma vie.

La semaine s'écoula, et je voyais arriver, avec une appréhension mêlée de détresse, le dimanche fatidique de la séparation. Je passais chaque instant avec mon enfant, afin de m'emplir le cœur et les yeux de sa présence. Je gravais en moi son visage d'angelot, son expression heureuse, son rire cristallin. Par moments, une panique me saisissait à l'idée de ne plus jamais le voir. Alors je le prenais dans mes bras et je l'étouffais de baisers. Une fois, je le serrai si fort qu'il prit peur. Il se mit à pleurer, se débattit pour m'échapper et tendit les bras vers Alice, qui le prit contre elle avec douceur.

La nuit, je me réveillais et j'allais me pencher sur son berceau. Je n'avais pas fermé les lourdes tentures et, à la faible lueur qui me parvenait de la fenêtre, je le regardais dormir. Je le contemplais avec ferveur, avec amour, avec un regret déchirant. Je demeurais ainsi longtemps, jusqu'à ce que, brisée de fatigue et de chagrin, je regagne enfin mon lit.

Et puis, jour après jour, nuit après nuit, le temps passa et le dimanche fut là. Pendant toute la matinée, je jouai avec mon petit garçon. Je tirai le cheval de bois sur lequel il était installé, écoutant pour la dernière fois ses cris de joie. Ensuite, j'allai faire mes adieux à Alice et Hippolyte. Émus et désolés, ils ne savaient que dire. Les larmes aux yeux, je les embrassai, sachant que je ne les reverrais jamais. Puis je revins dans ma cuisine avec Gilles. Je le fis manger et le couchai pour sa sieste. J'avais décidé de m'en aller lorsqu'il serait endormi, afin qu'il ne me vît pas partir.

Je m'installai près du berceau, le balançai doucement en répétant à mon petit que je l'aimais, que je l'aimerais toute ma vie et que je ne l'oublierais jamais. Lorsqu'il fut endormi, je le contemplai ardemment, une dernière fois, incapable de trouver le courage de m'en aller. Seule l'arrivée imminente de monsieur Dorcelles parvint à me décider.

Avec l'impression de m'arracher le cœur, je sortis de la chambre à reculons, m'emplissant avidement les yeux de l'image paisible de mon enfant endormi. Puis j'allai dans le couloir, où je pris mon bagage. Et, en me mordant les lèvres pour retenir mes sanglots, aveuglée par les larmes, je m'enfuis hors de la maison qui avait abrité mon grand bonheur.

18

Lorsque je descendis du train, j'aperçus Gervaise qui attendait sur le quai. Je la reconnus tout de suite. La fillette de treize ans dont j'avais gardé le souvenir était devenue une belle jeune fille. Elle me vit et se dirigea vers moi avec un grand sourire :

— Petite maman ! Comme je suis contente de vous revoir ! Comment allez-vous ?

Je me rendis compte que mon air malheureux ne lui échappait point. Elle fronça les sourcils en m'observant avec inquiétude. Je m'obligeai à réagir, la serrai contre moi, l'embrassai chaleureusement :

— Gervaise... dis-je, émue. Moi aussi, je suis contente de te revoir. Et je te remercie de m'accueillir.

Elle prit mon sac, que j'avais posé par terre, et m'entraîna avec enthousiasme :

— J'ai été ravie de recevoir votre lettre. Avec vous, je ne serai plus seule. Lorsque père est au travail, le temps parfois me semble bien long. Il y a les voisines, bien sûr, mais elles sont toutes mariées et plus âgées que moi. Elles discutent de leur mari, des problèmes de leurs enfants. Et je n'ai pas d'amies parmi les filles de mon âge. Les années que j'ai passées chez les sœurs nous ont séparées, et elles me laissent un peu à l'écart. Alors je suis d'autant plus heureuse de votre venue !

Elle pressa mon bras sous le sien et m'adressa un nouveau sourire. Tout en bavardant, nous étions sorties de la gare et je me laissai guider dans les rues. Intarissable, Gervaise parlait, me citait le nom des cabarets devant lesquels nous passions, ajoutait que son père, le dimanche après-midi, avait l'habitude d'aller jouer au javelot *empenné*. Je connaissais ce jeu – à la fois proche et différent de l'*astiquette* de mon parrain Dodore –, qui utilisait des petits javelots formés d'une tige en fer à la pointe effilée, et terminés par une touffe de plumes teintées – d'où le qualificatif *empenné*.

Nous passâmes devant l'atelier où travaillait son père. Je vis un long mur de briques éclairé par de hautes fenêtres.

— Bien sûr, aujourd'hui, c'est fermé. Mais dans la semaine, le travail n'arrête pas, de jour comme de nuit. Père est tulliste, et moi je suis raccommodeuse. Je vous montrerai de quoi il s'agit.

Nous étions arrivées devant l'Hôtel de Ville, imposant bâtiment de pierres blanches, et Gervaise m'indiqua, de l'autre côté de la place, l'église qui, me dit-elle, était vieille et décrépite. Avec fierté, elle me fit admirer, un peu plus loin, la nouvelle construction qui allait bientôt la remplacer.

— Regardez, elle sera superbe, aussi grande qu'une cathédrale. À cause de la dentelle, la population de Caudry a augmenté, et l'ancienne église devenait trop petite.

J'écoutais et regardais dans un état second. Mon esprit était resté auprès de mon enfant endormi, et je m'accrochais à cette image pour tenter d'accepter l'idée atroce de notre séparation. Gervaise, tout en continuant à bavarder, m'entraîna de nouveau, me demandant si j'avais faim et si je désirais qu'elle me fît à manger.

— Père et moi, nous avons déjà dîné, mais je peux faire cuire quelque chose pour vous. Ou bien faire réchauffer le reste du fricot.

Je lui répondis que je n'avais pas faim. Mon cœur continuait à saigner, et la seule idée d'avaler de la nourriture me donnait la nausée. Gervaise n'insista pas, parla d'autre chose. Elle me fit passer dans une rue, puis dans une autre, avant d'arriver dans une ruelle tranquille aux pavés disjoints. Elle s'arrêta devant une maison précédée d'un jardinet :

— Voilà. C'est ici que nous habitons. Bienvenue chez nous, petite maman.

Elle poussa la grille, entra, m'invitant à la suivre. Dans le couloir, elle posa mon sac sur le sol, ouvrit la porte d'une pièce que je compris être la cuisine. Un homme, assis près du feu, lisait le journal.

— Nous voici, père, annonça Gervaise. Petite maman est arrivée.

Le père de Gervaise se leva et vint à moi. Son visage à l'aspect jovial, barré d'une moustache, se fendit d'un large sourire :

— Je suis bien content de vous accueillir chez moi. Avec vous, Gervaise aura une compagnie. Depuis qu'elle sait que vous allez venir, elle ne tient plus en place !

— Merci, monsieur, de m'offrir l'hospitalité, dis-je avec sincérité. Il y a eu... euh... des perturbations dans ma vie, et, dans l'immédiat, je ne savais pas où aller.

— Restez ici autant que vous le désirez. Gervaise ne demande que ça. Et, puisque nous allons vivre ensemble, appelez-moi Modeste. C'est mon nom.

Je réitérai mes remerciements au brave homme. Je le connaissais un peu ; je l'avais rencontré chez les sœurs lorsque, le dimanche des visites, il venait voir sa fille. Gervaise m'avait présentée en tant que « petite maman », et il m'avait remerciée d'avoir remplacé un peu, auprès d'elle, la mère qu'elle n'avait plus.

— Je vous laisse, ajouta-t-il. Ma partie de javelot m'attend. Je suppose que vous avez des tas de choses à vous raconter. En tout cas, si vous la laissez faire, ma fille va vous étourdir de paroles !

Il sortit de la cuisine en riant. Gervaise m'avança une chaise :

— Asseyez-vous. Désirez-vous manger ? Ou boire un verre d'eau ? Ou préferez-vous que je vous fasse visiter la maison et que je vous conduise à votre chambre ?

J'acceptai un verre d'eau, et ensuite Gervaise me fit les honneurs de la maison. Outre la cuisine, située sur l'arrière, il y avait la pièce de devant, solennelle avec ses beaux meubles et sa table de bois bien ciré. De l'autre côté du couloir se trouvait la chambre de son père. Puis, par un étroit escalier de bois, elle me guida à l'étage, me montra sa chambre, et ouvrit la porte d'une pièce plus petite, un peu mansardée :

— Vous dormirez ici. C'était la chambre de ma grand-mère. Je ne l'ai pas beaucoup connue, elle est décédée l'année de mes quatre ans. Je me souviens à peine d'elle.

Ces paroles réveillèrent la douleur de mon cœur meurtri, car je pensai que mon petit garçon, lui, ne garderait aucun souvenir de moi. Je me mordis les lèvres ; les larmes aux yeux, je me détournai et posai mon bagage sur le lit. Le mobilier comprenait également une armoire, une table de chevet et, sous la fenêtre, une commode sur laquelle étaient posés un broc et une cuvette. À la tête du lit, je vis, accrochés au mur, un chapelet formé de gros grains de bois, ainsi qu'un crucifix.

— Grand-mère était très croyante, expliqua Gervaise,

qui avait suivi la direction de mon regard. Elle priait beaucoup. Elle affirmait que, si on priait Dieu, il nous exauçait toujours.

Je pris mon mouchoir et essuyai les larmes que je sentais perler au bord de mes cils. Gervaise m'observa un instant, hésita, puis se décida à me demander :

— Qu'y a-t-il, petite maman ? Vous êtes triste, je l'ai bien remarqué.

Je vis son regard inquiet, sa sollicitude sincère. Mais je ne pouvais rien lui dire. À elle ni personne d'autre. Je répondis simplement, d'une voix qui se voulait ferme :

— Il vient de se produire un grand malheur dans ma vie. Mais je préfère ne pas en parler. Simplement, ne m'en veux pas si quelquefois tu me surprends en train de pleurer. J'espère que le temps m'aidera à prendre le dessus.

Mais, en prononçant ces mots, je savais bien que le temps lui-même n'y changerait rien. Toute ma vie, mon cœur de mère crierait son besoin de mon petit garçon, et le vide cruel causé par son absence. Gervaise me prit les mains, les serra dans les siennes :

— Vous y arriverez. Et moi, je vous aiderai, avec toute mon affection. Je vous aime bien, petite maman, et je ne veux pas que vous soyez malheureuse.

Dans un élan impulsif, elle déposa un baiser sur ma joue. Je lui souris avec tendresse. Dans son innocence, elle ne pouvait se douter du drame que je venais de vivre.

— Si vous le désirez, je vais vous laisser vous installer. Dès que vous aurez terminé, vous descendrez. Je vous attendrai en bas.

Avec discrétion, elle sortit de la chambre. Restée seule, je m'approchai de la fenêtre. Elle donnait sur le jardin et j'aperçus, dans le fond, quelques arbres fruitiers – des poiriers, ou des pommiers. Eux aussi s'ornaient de bourgeons d'un vert tendre, et je pensai aux grands arbres du parc, sous lesquels je m'installais l'été précédent en attendant le retour de Géry. Je le revis tandis qu'il roulait vers moi, actionnant la trompe de sa bicyclette, le visage rayonnant de bonheur et d'amour. Comme nous avions été heureux ! Et tout cela, maintenant, était anéanti à jamais. Il ne me restait même pas notre enfant pour m'aider à vivre.

Mon chagrin, que je refoulais depuis le matin, explosa subitement. Je me mis à pleurer, et en même temps je tentais d'étouffer mes sanglots dans mon mouchoir. J'eus une crise de larmes qui dura longtemps. Quand enfin elle se termina, je me sentis un peu plus calme. Je séchai mes yeux, et, pour me changer les idées, ouvris mon sac de voyage et rangeai mon linge et mes vêtements dans l'armoire. En plaçant le coffret à bijoux dans un tiroir de la commode, je ne pus résister au désir de l'ouvrir et de regarder le pendentif en forme de cœur que Géry m'avait offert. Je le pris, le serrai contre moi. Il était lié à une scène empreinte de tant d'amour qu'il représentait pour moi bien plus qu'un simple bijou. Déchirée, je le remis dans le coffret, tandis que des larmes de nouveau coulaient sur mes joues.

Il y avait de l'eau dans le broc. J'en versai un peu dans la cuvette et, avec un coin de la serviette de toilette, je me rafraîchis le visage. Je m'observai un instant dans le miroir accroché au mur. Mes yeux étaient rougis, et Gervaise devinerait que j'avais pleuré.

Je descendis la rejoindre dans la cuisine. Elle me lança un bref coup d'œil mais ne fit pas de remarque. D'un ton volontairement enjoué, elle dit :

— Voulez-vous venir avec moi ? C'est l'heure où,

chaque dimanche, je me rends chez mon cousin Octave, afin de m'occuper de son petit garçon pendant qu'il va jouer au billon.

J'acceptai dans le but de me changer les idées. Tandis que je mettais ma veste, Gervaise prit au portemanteau, près de la porte, une cape noire abondamment ornée de dentelle :

— Regardez, père m'a offert une *visite*. C'est la mode, et celle-ci est très belle. Comme nous sommes dimanche, je vais la mettre en votre honneur. Je l'ai fait faire chez les demoiselles Gabet, deux sœurs qui sont couturières, ici à Caudry, pas loin de la gare. Je vous conduirai chez elles si vous avez besoin de vêtements. Elles travaillent très bien. Avez-vous remarqué comme cette dentelle est belle ! Elle a été fabriquée dans notre ville, dans nos ateliers !

Sa fierté naïve me fit sourire. Nous sortîmes de la maison, et je remarquai avec surprise que le soleil brillait. Depuis que j'avais quitté mon petit garçon, tout me paraissait obscur. Nous croisions des gens, endimanchés eux aussi, que Gervaise saluait poliment.

— Octave n'habite pas très loin, m'expliqua-t-elle. Sa femme est morte en couches il y a deux ans, et le bébé – une petite fille – n'a pas vécu. Il se retrouve seul avec son petit garçon, Jérôme, qui vient d'avoir sept ans. C'est un enfant adorable. Vous l'aimerez, j'en suis sûre.

Elle s'arrêta devant une maison qui n'était pas très différente de celle où elle habitait. Elle poussa la porte et, aussitôt, un petit garçon blond accourut vers elle :

— Gervaise, Gervaise ! Je t'attendais ! Dis, est-ce que tu me feras encore une tasse de chocolat comme la fois dernière ?

— Seulement si tu es sage, répondit Gervaise en se penchant pour l'embrasser.

Il m'aperçut et s'immobilisa, m'observant avec un mélange de curiosité et de timidité.

— Dis bonjour à Emmeline, continua Gervaise. C'est elle qui va vivre chez moi. Tu sais bien, je t'en ai parlé.

Le petit garçon hocha affirmativement la tête et me tendit la main :

— Bonjour, madame, dit-il poliment.

Je l'attirai à moi, déposai un baiser dans ses cheveux blonds :

— Bonjour, Jérôme.

Il me regarda avec de grands yeux graves, et je lui souris. Gervaise venait de m'apprendre qu'il avait perdu sa mère deux ans auparavant ; sans doute en avait-il souffert. La pensée de mon enfant, de nouveau, me tordit le cœur.

— Ah, te voilà, Gervaise ! Bonjour, mademoiselle.

Un homme grand et blond, dont la ressemblance avec Jérôme était frappante, venait vers nous.

— Je suis Octave, ajouta-t-il en me serrant la main. Et vous, vous devez être Emmeline. Gervaise nous a annoncé votre venue. Même qu'elle était bien contente ! Mais entrez, entrez. Vous avez bien quelques minutes ?

— Nous entrerons une autre fois, Octave, dit Gervaise. Je sais que vous êtes impatient d'aller faire votre partie de billon, et Jérôme est encore plus pressé d'avoir sa tasse de chocolat. Regardez-le !

Le petit garçon, près de la porte, trépignait littéralement. Gervaise lui prit la main :

— Allons-y. À ce soir, Octave. Nous vous attendrons pour souper, comme d'habitude. En l'honneur d'Emmeline, j'ai prévu un menu spécial : mouton aux haricots, et, comme dessert, une tarte au *libouli*[1].

1. Crème à base de lait bouilli.

Jérôme se mit à sautiller, ravi :

— Chic alors ! Une tarte !

Gervaise lui fit les gros yeux :

— Seulement si tu es sage ! lui rappela-t-elle. Et n'oublie pas ton cahier de devoirs. Tu feras ta page d'écriture chez moi, et je surveillerai ton travail. Monsieur Wiart trouve que tu n'es pas assez appliqué. Et moi, je veux que tu sois un bon élève. C'est important de bien travailler à l'école.

Le visage de l'enfant se rembrunit. Avec une moue de mécontentement, il prit son cartable, posé dans un coin du couloir.

— C'est bien, approuva Gervaise. Allons-y maintenant. À ce soir, Octave.

Nous revînmes à la maison et Gervaise, tout de suite, installa Jérôme à la table de la cuisine :

— Montre-moi ce que tu as à faire. Tous ces mots à recopier ? Applique-toi. Si ce n'est pas bien, je te ferai recommencer. Par contre, si c'est bien, tu auras une tasse de chocolat comme récompense. À toi de voir où est ton intérêt.

Le petit garçon hocha la tête et se pencha sur son cahier, le visage concentré et les sourcils froncés. Gervaise me prit par le bras :

— Venez, petite maman. Nous allons le laisser travailler. Si nous bavardons près de lui, cela va le distraire, et il ne fera rien de bon. Je vais vous montrer la pièce que je raccommode en ce moment.

Elle m'emmena dans la salle de devant. Dans un coin, près de la fenêtre, était posé sur le sol un ballot de toile. Gervaise l'ouvrit. Il contenait un coupon de dentelle, long de plusieurs mètres.

— Voilà mon travail : je dois rechercher les défauts

ou les fils cassés, et recoudre de telle façon que ça ne se voie pas. C'est le métier de beaucoup de femmes ici à Caudry.

Je m'approchai et regardai avec intérêt la dentelle qu'elle me montrait. Je pensai que j'avais appris, chez les sœurs, à faire des points invisibles. J'étais venue me réfugier chez Gervaise sans réfléchir plus avant, mais il faudrait que je gagne ma vie, et le métier de raccommodeuse me convenait tout à fait. Je le dis à Gervaise, qui approuva tout de suite :

— Nous travaillerons ensemble, ce sera moins monotone. Vous savez, continua-t-elle avec cette fierté enfantine qui m'amusait, j'arrive à gagner jusqu'à dix-huit francs par semaine !

Je calculai que, avec mon amie Fernande, lorsque j'étais roulotteuse, nous avions une moyenne hebdomadaire de vingt francs. Le salaire n'était donc pas très différent et, ainsi, je pourrais donner à Modeste une somme pour mon logement et ma nourriture, comme je l'avais fait chez madame Florence.

Gervaise s'assit sur une chaise, posa les pieds sur un petit banc, et étala sur ses genoux une toile noire :

— Un fond noir est nécessaire pour que l'on puisse mieux voir les défauts, m'expliqua-t-elle. Il faut faire défiler lentement le coupon de dentelle et tout observer, centimètre par centimètre. Et, dès qu'il y a défaut, le réparer.

Je décidai que j'y parviendrais aisément. J'avais une bonne vue, et je savais coudre. J'annonçai à Gervaise que j'étais prête à commencer dès que possible.

— Père en parlera demain à son patron. Il n'y aura aucun problème. Et je serai bien contente d'avoir de l'aide. Père me rapporte les coupons qu'il fabrique sur son métier, et quelquefois, Octave aussi. C'est beaucoup de travail pour moi toute seule !

Elle rangea la dentelle, referma le ballot de toile. En souriant, elle me montra ses doigts noircis :

— Il faudra vous habituer à avoir les mains noires. C'est à cause de la mine de plomb que les ouvriers mettent pour lubrifier leur machine. Mais ne vous inquiétez pas : j'ai du savon noir et une brosse ! Venez, allons nous laver les mains !

Dans une petite arrière-cuisine qui donnait sur le jardin, il y avait un trépied supportant un bassin rempli d'eau. Après avoir soigneusement lavé et essuyé nos mains, nous revînmes près de Jérôme, qui terminait sa page d'écriture. Il tendit son cahier à Gervaise ; celle-ci observa attentivement chaque mot :

— Hmmm... Oui, c'est bien. Je vois que tu t'es appliqué. J'espère que monsieur Wiart sera satisfait. Maintenant, à moi de tenir ma promesse. Va te laver les mains, Jérôme.

Le petit garçon rangea son cahier et obéit. Gervaise sortit de l'armoire une plaque de chocolat Menier, prit une casserole dans laquelle elle versa du lait :

— Désirez-vous une tasse de chocolat aussi, petite maman ?

J'acquiesçai. Jérôme revint et s'installa à la table, l'air gourmand. Gervaise, avant de verser le chocolat dans les tasses, lui donna la cuillère en bois à lécher, ce qu'il fit avec une délectation qui me fit sourire. Par une association d'idées inattendue, je pensai que moi-même, lorsque j'avais l'âge de Jérôme, j'étais allée vivre chez mon parrain Dodore où ma tante avait rendu ma vie bien pénible. Je regardai ce petit garçon qui n'avait plus sa mère et j'eus soudain pour lui un élan de compassion et de tendresse. Tandis qu'il buvait son chocolat avec une satisfaction visible, je me dis que je m'occuperais de cet enfant qui, peut-être, m'aiderait à rendre ma peine moins vive. Et, pour la première fois de la journée, mon cœur s'allégea un peu.

Transplantée dans un autre monde, séparée de mon fils, je dus m'adapter à ma nouvelle existence. La présence de Gervaise et de Jérôme m'aida beaucoup. Ma « petite » était toujours vive, énergique, et m'étourdissait de paroles qui ne laissaient aucune place à mes pensées tristes. Dès le lendemain de mon arrivée, nous nous mîmes à travailler ensemble, et, tout en réparant les défauts dans la pièce de dentelle, elle bavardait, me parlant d'elle-même, de son père, des voisins ou de gens de Caudry que je ne connaissais pas encore, et aussi de notre travail, qu'il fallait rendre impeccable.

— Après nous, disait-elle, il y a encore plusieurs étapes : le lavage, la teinture en blanc, en noir, ou dans un autre coloris, et l'apprêt : on met de la fécule de pomme de terre pour donner de la raideur à la dentelle. Puis il y a une dernière vérification, au cas où un défaut nous aurait échappé – c'est le « raccommodage à l'apprêt ». Pour finir, l'écaillage, c'est-à-dire la séparation des bandes, et le pliage. Et le tout est envoyé en France ou ailleurs. Cette pièce que nous sommes en train de vérifier, par exemple... où va-t-elle aller ? Elle ornera peut-être les vêtements des femmes en Amérique...

Peu à peu, je me familiarisai avec la ville, ses magasins, ses usines et leurs grandes cheminées. J'accompagnais Gervaise quand elle « allait aux commissions », et elle me présenta chaque commerçant.

Parfois, nous passions devant le château ; une longue allée bordée de grands arbres conduisait à une grille, au-delà de laquelle on apercevait une imposante construction, sorte de manoir à la façade percée de hautes fenêtres. Cette demeure me faisait penser à celle que je venais de quitter, et elle me rappelait la période de mon bonheur.

Je fis la connaissance de Clémence, notre voisine la plus proche. Elle était veuve et vivait seule, et, elle aussi, était raccommodeuse. C'était une petite femme toujours active ; lorsqu'elle ne travaillait pas sur sa dentelle, elle passait son temps à récurer sa maison, car, répétait-elle, rien ne lui déplaisait autant qu'une *cassine*[1]. Je la comparais à ma mère qui attachait également beaucoup d'importance à la propreté de son intérieur. Clémence était toujours vêtue impeccablement, portant chaque jour un tablier fraîchement repassé.

— Elle n'aime pas les *déloquetés*, les mal habillés, me confia Gervaise. Et elle utilise, pour dissimuler ses cheveux gris, de la teinture Melrose, qu'elle achète chez monsieur Bertrand, le coiffeur de la rue Gambetta.

Ma « petite » me répétait sans cesse qu'elle était heureuse de ma présence auprès d'elle. Nous raccommodions ensemble, et je l'aidais à faire le ménage, la cuisine, la vaisselle. Modeste, son père, travaillait dans un atelier où, avec un « camarade de métier », ils se relayaient en partageant la journée et même la nuit en périodes de cinq ou six heures qu'ils appelaient *passes*. Ainsi, je m'habituais à le voir partir à neuf heures pour rentrer à une heure de l'après-midi, puis repartir à sept heures du soir jusqu'à une heure du main.

— Il est l'heure de *monter à m'passe*, disait-il avant

1. Maison sale.

de s'en aller. Dans notre atelier, on travaille sans interruption, jour et nuit. On appelle ça « prendre le métier dans les mains l'un de l'autre ».

Si c'était le matin, il ajoutait :

— J'ai tout juste le temps de passer à *mo Hinri* boire mon café et ma « goutte » ! – ce qui, je le savais, correspondait à un verre de genièvre.

Il m'expliqua que le métier sur lequel il travaillait, d'une longueur de six mètres, était un Leavers qui venait d'Angleterre, comportant des milliers de fils qu'il fallait surveiller, et un jacquard qui, grâce à des cartons perforés, donnait à la dentelle un dessin différent selon les commandes des clients.

— Figurez-vous que mon Leavers effectue en une demi-heure un travail qu'une bonne dentellière mettrait quinze jours à faire ! me dit-il avec fierté.

Tous les ouvriers qui, comme lui, travaillaient sur un métier étaient appelés *tullistes*. Il y avait les *faiseux de dessins,* qui fabriquaient de la dentelle fantaisie, contrairement aux *faiseux d'unis,* qui produisaient le tulle uni. Octave, le père du petit Jérôme, était comme Modeste *faiseux de dessins*. Lui aussi, il aimait son travail et, lorsqu'il venait manger avec nous – ce qui arrivait assez souvent puisqu'il vivait seul –, il en parlait également. Il avait commencé comme préparateur avant de « monter au métier ».

— On recevait des écheveaux bruts, et je faisais les bobines, les rouleaux, les chaînes. Je donnais un coup de main au tulliste quand il avait besoin de moi. Ce n'est qu'après le service militaire que je suis devenu tulliste à mon tour.

Modeste et lui nous ramenaient des bleus de travail noirs et gras de mine de plomb. J'aidais Gervaise à les laver, et nous avions bien du mal à y parvenir, malgré l'aide de la brosse de chiendent et du savon noir.

Il y avait aussi Jérôme, et je m'attachais de plus en plus à ce petit garçon blond qui, par sa présence, compensait un peu l'absence du mien. Car mon cœur demeurait toujours aussi meurtri et si, dans la journée, mes nombreuses tâches m'occupaient l'esprit, il n'en était plus de même le soir, lorsque je me retirais dans ma chambre.

Alors, le chagrin fondait sur moi. Je retrouvais, inchangée, insupportable, la souffrance d'être séparée de mon enfant. Je l'imaginais, endormi dans son petit lit, tel que je l'avais quitté. Une douleur viscérale m'étouffait, et bien souvent je me mettais à pleurer, de désespoir, de frustration et d'impuissance. Si seulement j'avais une photographie, pensais-je avec un regret brûlant. Peu de temps avant l'accident qui lui avait coûté la vie, Géry avait parlé de faire venir monsieur Caluyez et de lui demander de nous photographier tous les trois dans le parc.

— Nous le ferons dès les premiers beaux jours, avait-il promis.

Mais, lorsque le printemps était arrivé, Géry n'était plus là, et, dans ma détresse, je n'avais plus pensé à la photographie. Et maintenant, je n'avais rien, même pas ce souvenir tangible de mon petit enfant. Il ne me restait que son image, que je gardais précieusement au fond de mon cœur.

Un jour, quelques semaines après mon arrivée, Jérôme me dit :

— J'ai demandé à Gervaise pourquoi elle vous appelle « petite maman ». Elle m'a expliqué que, chez les sœurs, quand elle avait sept ans, vous vous êtes occupée d'elle. Mais moi aussi, j'ai sept ans, et vous vous occupez de moi. Alors, je peux vous appeler « petite maman » ? Dites ? Je peux ?

À la fois surprise et touchée par sa demande, je ne répondis pas tout de suite. Octave, qui était présent, sourit à son fils :

— Pourquoi pas ? Si Emmeline veut bien, évidemment.

Je n'y vis pas d'objection, et donnai mon accord à l'enfant. Ravi, il vint à moi et m'embrassa :

— Merci, petite maman.

Gervaise se mit à rire :

— Je vais avoir l'impression d'avoir un petit frère, maintenant !

Je ne répondis pas et baissai les yeux, car Octave me regardait avec une expression à la fois attentive et tendre qui me troubla. Je décidai de l'ignorer mais, au cours des jours suivants, je le surpris plusieurs fois en train de m'observer de la même façon. Je me dis qu'il était simplement reconnaissant de m'occuper de son fils, et je m'efforçai de ne plus y penser.

Gervaise, elle aussi, finit par le remarquer :

— Octave a l'air de vous apprécier, petite maman. Il ne dit rien, mais je vois bien comment il vous regarde.

Peu de temps après, Clémence, notre voisine, me fit la même réflexion, et elle ajouta :

— Il vous trouve à son goût et, de plus, vous aimez bien Jérôme. S'il vous épouse, il aura une bonne mère pour son fils.

Sur le moment, ces paroles me choquèrent et je ne répliquai rien. Je n'étais pas encore prête à oublier Géry. D'ailleurs, je ne l'oublierais jamais. Et il était beaucoup trop tôt pour penser à refaire ma vie. Mais je ne pouvais nier que, entre Jérôme et moi, il y avait une grande affection. Ce petit garçon qui n'avait plus sa mère et moi qui étais privée de mon fils, nous avions besoin l'un de l'autre.

Au cours des jours suivants, je me mis à observer discrètement Octave. C'était un homme doux et bon, et les paroles de Clémence demeuraient dans mon esprit. S'il me demandait d'être la mère de son fils, que lui répondrais-je ? Je savais que je n'aimerais plus jamais personne comme j'avais aimé Géry, avec autant d'intensité, d'ardeur et de passion. Mais je découvris avec une certaine surprise que je pourrais éprouver, pour Octave, une tendresse sûre et paisible, basée sur la confiance et le respect.

Malgré tout, il me fallait du temps. Le drame qui m'avait meurtrie était encore trop proche. Je décidai de me montrer distante envers Octave, afin de le décourager s'il avait l'intention de brûler les étapes. J'avais besoin de me remettre de l'épreuve douloureuse que je venais de vivre. Et, au cas où j'accepterais d'être sa femme, mon amour pour Géry et l'existence de mon petit garçon resteraient à jamais mon secret.

Deuxième partie

Maxellende

1

Mes parents me donnèrent le prénom de Maxellende en l'honneur de la sainte patronne de Caudry, vénérée dans toute la région et réputée pour rendre la vue aux aveugles. Le grand-père de mon père, qui souffrait de problèmes d'yeux et dont la vue s'affaiblissait, avait été guéri lors du pèlerinage qui avait lieu chaque année.

Ma mère me racontait l'histoire de cette jeune fille qui avait vécu à Caudry il y avait bien longtemps, et qui avait fait vœu de consacrer sa vie à Dieu. Mais un jeune homme nommé Harduin, fils du seigneur de Solesmes – une ville proche de Caudry –, voulut l'épouser. Maxellende refusa et, fou de rage, Harduin la tua d'un coup de poignard. Aussitôt, il perdit la vue.

À ce moment du récit, je retenais ma respiration. J'écoutais passionnément la suite. Maxellende, enterrée d'abord dans le village de Saint-Souplet, fut ramenée à Caudry trois ans plus tard. Au cours de cette cérémonie, Harduin, pris de remords, demanda pardon pour son geste meurtrier. Et, miraculeusement, la vue lui fut rendue.

L'évêque de Cambrai proclama alors la sainteté de Maxellende ; comme elle avait été tuée un 13 novembre, cette date fut choisie pour organiser un pèlerinage annuel.

Je rêvais à cette jeune fille de jadis, et j'étais heureuse de porter son prénom. Je lui donnais les traits de ma marraine Gervaise, que je trouvais très belle et qui était toujours gentille avec moi. Contrairement à ma mère, elle ne me grondait jamais si je faisais des bêtises. Je l'adorais.

J'aimais aussi beaucoup mon grand frère Jérôme. Il avait neuf ans de plus que moi et, dès que je fus capable de marcher, je me mis à le suivre partout. Il avait un don pour fabriquer n'importe quel objet à partir d'un morceau de bois. Il se mettait à tailler, à couper, à gratter, et il offrait à mes yeux ravis un animal ou une poupée que j'entortillais de chiffons.

Il était mon protecteur ; il m'expliquait ce que je ne comprenais pas. Pendant mes premières années, alors que j'étais encore trop petite pour fréquenter l'école, je le regardais tandis que, assis à la table de la cuisine, il s'appliquait à faire ses devoirs. Je l'admirais, mais il me disait :

— Tu as bien de la chance de ne pas aller à l'école. Tu comprendras lorsque tu iras. Ce n'est pas amusant du tout.

— Voyons, Jérôme, ne parle pas ainsi, protestait ma mère. Tu vas la décourager.

Mon frère secouait la tête et n'insistait pas. Il me gâtait autant que ma marraine Gervaise ; lorsque quelqu'un lui offrait des bonbons ou un gâteau, il s'empressait de venir les partager avec moi. Je faisais la même chose, moi aussi. Au cours de l'année, nous avions chacun notre fête. Pour les filles, c'était Sainte-Catherine. J'appris la chanson qu'il fallait adresser à la sainte pour recevoir un cadeau : « *Je voudrais bien que Sainte Catherine / Elle mette dans mes petites bottines / Des joujoux / Beaux comme tout / Des bonbons / C'est si bon / Et une poupée / Une poupée s'il vous plaît.* » Tandis que, à la Saint-Nicolas, réservée aux garçons, mon frère chantait en patois : « *Saint Nicolas no' saint patron / Apportez-nous qued'cosse ed bon / Saint Nicolas patron des écoliers / Mettez du chuque dins nos sorlets.* »

Nous savions que le bon saint passait pendant la nuit du 6 décembre de maison en maison, accompagné de son âne qui portait la hotte de cadeaux. Mes parents plaçaient, près des chaussures de Jérôme, une carotte pour le brave animal. Le lendemain, la carotte avait disparu, remplacée par une figurine en pain d'épice, dont Jérôme m'offrait la moitié, et que je dégustais avec un immense plaisir. J'étais bien contente que mon frère fût si gentil, car je n'ignorais pas que saint Nicolas laissait aux garçons qui n'étaient pas sages un martinet ou même les crottes de son âne.

J'avais comme compagne de jeux Adolphine, une fille de mon âge qui habitait en face de chez nous. Son frère, qui se prénommait Hugues, avait deux ans de plus que nous. Nous étions inséparables. L'hiver, lorsqu'il avait gelé, ensemble nous *griolions* [1], et si je tombais Hugues me consolait. Lorsque le printemps était là, il nous emmenait à la chasse aux *hurions* [2]. Hugues les attrapait, attachait un fil à l'une de leurs pattes arrière, et reliait l'autre extrémité à une boîte d'allumettes. Nous leur faisions faire la course : chacun plaçait le sien sur une ligne de départ, puis nous les lâchions et nous les observions tandis qu'ils avançaient en tirant leur boîte. Le premier hanneton qui franchissait la ligne d'arrivée avait gagné.

Si Adolphine perdait, elle se mettait à pleurer. Afin de

---

1. Glissions sur la glace.
2. Hannetons.

la laisser gagner, Hugues s'arrangeait pour retarder les autres hannetons – le sien et le mien – en faisant tomber devant eux, comme par inadvertance, un caillou ou un brin d'herbe. Les gros insectes, désorientés, hésitaient un instant, ce qui permettait à celui d'Adolphine d'avancer et de remporter la victoire. Mon amie, alors, poussait des cris de joie, tandis que Hugues et moi échangions un sourire de connivence. Nous nous sentions complices sans avoir besoin de parler.

Un incident scella notre entente. C'était un jour d'été. Je devais avoir environ cinq ans et je jouais dans la rue, avec Adolphine, au diabolo. Jérôme, avec son talent de sculpteur, m'avait fabriqué le petit objet qui avait la forme de deux petits cônes assemblés pointe contre pointe. À tour de rôle, Adolphine et moi le lancions en l'air pour tenter de le rattraper sur une ficelle tendue entre deux baguettes. Si l'une de nous le laissait tomber, c'était à l'autre de jouer.

Nous étions tellement passionnées par notre jeu que nous ne vîmes pas arriver deux garnements qui habitaient à l'extrémité de notre rue, et que nous craignions pour leur brutalité. Ils vinrent à moi, m'arrachèrent les baguettes des mains, attrapèrent le diabolo, riant de mes protestations et me traitant de « pisseuse ». Je fondis en larmes, incapable de lutter contre leur méchanceté. Adolphine se mit à appeler Hugues à grands cris. Il arriva immédiatement et se précipita sur les deux garçons. Avec colère, il leur reprit le diabolo et, lui qui n'était pas violent, leur donna des coups de baguette sur la tête en les menaçant de tout raconter à leurs parents. Ils essayèrent d'abord de se révolter mais, bien vite, ils abandonnèrent et s'enfuirent.

Hugues, alors, vint à moi, me tendit son mouchoir, que je pris en reniflant.

— Voyons, ne pleure plus, Maxellende. On dirait un *tiot papar*[1] ! C'est tout, ils sont partis, et ils ne t'embêteront plus. S'ils recommencent, ils auront affaire à moi.

Je me mouchai, essuyai mes larmes, et déposai sur la joue de Hugues un baiser rempli de gratitude. Ce fut à partir de ce moment que, en sa présence, je me sentis toujours protégée.

Dès que je fus en âge de comprendre, je découvris que Caudry était la cité de la dentelle mécanique. Les métiers qui la fabriquaient, nombreux dans la ville, contribuaient à son essor. Mon père m'expliquait que ces métiers venaient d'Angleterre ; certains avaient été installés à Calais d'abord, d'autres étaient arrivés à Caudry où, chaque année, de nouveaux ateliers se créaient et de nouvelles usines se construisaient.

Mon père était fier de participer à cet essor. Je l'entendais discuter avec ma mère. Comme tous les tullistes, il était payé au *rack*. J'appris que le rack correspondait à 1 920 tours du métier, et que le rendement était la longueur de tulle obtenue pendant un rack. Je compris que, plus le nombre de racks était important, plus la somme gagnée était élevée.

— Mais le temps passé à « patriquer » n'est pas payé, remarquait mon père.

Ce qui signifiait que, si le métier ne tournait pas, le tulliste ne gagnait rien. Cela se produisait lorsqu'il fallait l'arrêter pour réparer un fil qui s'était cassé, par exemple. Ou bien pendant le « racoupage », c'est-à-dire le remplacement des bobines vides par des bobines

1. Petit bébé.

pleines. Si c'était mal fait, les fils de chaîne ne tardaient pas à tomber. Le temps que le tulliste passait à réparer était du temps perdu, puisque non rétribué.

C'était pourquoi mon père se montrait très attentif. Il surveillait sans cesse son métier et réparait sans délai les fils cassés, afin de ne pas donner trop de *tablature* à ma mère qui était raccommodeuse. Il lui rapportait avec fierté sa « quinzaine », que son patron lui payait toujours lui-même, en pièces d'or – des louis ou des napoléons. Ma mère, avec une satisfaction visible, les plaçait dans une boîte en fer-blanc qui se trouvait dans l'armoire de sa chambre.

Parfois, mon père racontait en riant que l'un de ses camarades d'atelier apportait un *sauret*[1] qu'il faisait cuire sur le poêle de l'atelier, et qu'il mangeait tout en travaillant pour ne pas perdre de temps.

— C'est sa femme qui n'est pas contente ! Il lui rapporte ensuite du mauvais travail, et c'est la scène de ménage !

Ma mère, quant à elle, ne se plaignait pas. Je l'observais tandis que, penchée sur son ouvrage, elle vérifiait soigneusement la pièce de dentelle qui lui était confiée. Cette dentelle si belle me fascinait. J'avais envie de la toucher, de m'en draper comme d'une robe. Ma mère m'en empêchait. Pour me convaincre, elle me montrait ses doigts, que la mine de plomb noircissait. Elle me disait :

— Tu travailleras avec moi lorsque tu seras plus grande, Maxellende. Jusque-là, prends patience.

Je souhaitais que ce moment arrivât très vite, et je trouvais les années bien longues.

---

1. Hareng saur.

J'allais souvent chez ma marraine Gervaise. Modeste, son père, m'aimait bien. Je le considérais un peu comme un grand-père et je l'appelais *Pépère*. Il m'emmenait voir les lapins qu'il élevait, et me permettait de leur donner des feuilles de chou ou des épluchures de carottes.

Quant à ma marraine, elle connaissait mon goût pour les sucreries, et elle avait toujours pour moi un ou deux fondants, qu'elle achetait à mon intention chez monsieur Dussart, à *L'Épicerie Parisienne*. Parfois, lorsque j'avais été très sage, j'avais la permission de rester chez elle pour le repas. C'était pour moi comme une fête. Ma marraine me préparait des *patacons* : elle coupait des pommes de terre en tranches très fines et les faisait cuire sur la platine du feu, avant de les saler et de me les servir, dorées et croustillantes.

Si c'était dimanche, elle me préparait un *quiou* : elle pelait une pomme, en enlevait les pépins, puis l'entourait de pâte et la mettait au four. Au dernier moment, elle ajoutait du sucre dans le creux laissé par les pépins, et, lorsque celui-ci était caramélisé, elle me donnait la friandise à déguster. C'était un véritable régal. Je le disais à ma marraine, et elle riait, heureuse de me faire plaisir.

— Ils sont meilleurs que ceux de maman, ajoutais-je.

Elle me reprenait gentiment :

— Ils sont différents, c'est tout. C'est parce que ta mère ne laisse pas la pomme entière. Elle la coupe en morceaux avant de la recouvrir de pâte. Ça ressemble à un petit *racouvert*.

Je hochais la tête et ne disais plus rien, mais je continuais à penser que les *quious* de ma marraine étaient meilleurs.

J'aimais aussi aller chez elle parce qu'elle était

toujours gaie. Elle chantonnait en travaillant et, si je faisais des bêtises, elle riait au lieu de me gronder. En grandissant, je prenais de plus en plus conscience du fait que ma mère riait rarement et ne chantait jamais. Pourtant, elle m'aimait, de cela j'étais sûre. Parfois, elle me prenait contre elle et m'étouffait de baisers. Le soir, lorsqu'elle me bordait dans mon petit lit, elle me caressait le visage et m'observait longuement avant de se détourner, les yeux humides. Je la voyais toujours grave et triste, et, par comparaison, je me sentais attirée par la gaieté insouciante de ma marraine Gervaise.

Après avoir obtenu son certificat d'études, mon frère Jérôme fut embauché comme préparateur dans l'atelier où travaillait mon père. Je le vis moins souvent car il dut, lui aussi, partir aux mêmes horaires. Il ne se plaignait pas, même lorsqu'il devait se lever en pleine nuit pour accompagner notre père. Celui-ci, d'ailleurs, se montrait intransigeant :

— C'est comme ça que tu apprendras le métier. Quand tu seras tulliste, tu me remercieras. Et pas question de « faire el'lundi » ! Tu sais ce qu'on dit : *Tiot lundi, grin'ne semaine* !

Il faisait allusion à certains ouvriers qui, non contents d'aller s'amuser dans les cafés le dimanche, prenaient en plus le lundi comme jour de congé, même s'il leur fallait pour cela rattraper le temps perdu pendant le reste de la semaine.

Mon frère hochait la tête docilement et continuait à travailler sans protester. Pourtant, l'année de mes six ans, un dimanche où nous avions rendu visite à notre oncle Gaspard, Jérôme parla pour la première fois de ce qu'il souhaitait faire.

Oncle Gaspard était le frère aîné de mon père. Il ne s'était jamais marié et vivait seul dans un village des environs. Il exerçait la profession de navetier. Il fabriquait des *époëles*[1] pour les *otils* des nombreux artisans qui, dans la région, tissaient le coton dans leur cave. Ma mère m'avait parlé de son parrain Dodore qui travaillait ainsi et qu'elle aimait observer lorsqu'elle était petite. J'avais déjà vu les navettes que fabriquait notre oncle Gaspard dans du buis car, disait-il, ce bois était résistant et facile à polir.

— C'est ça que je veux faire, avoua Jérôme. J'aime travailler le bois, et j'en ai parlé à *mononc'* Gaspard.

Mon père, d'abord surpris, faillit se fâcher :

— Qu'est-ce que c'est quc cette histoire ? Tu viens de décider ça d'un seul coup ?

Jérôme baissa la tête :

— Oh non, il y a longtemps que j'y pense.

— Alors, pourquoi ne l'as-tu jamais dit ?

Les sourcils froncés et l'air mécontent de notre père me firent peur. Je me recroquevillai dans mon coin pour tâcher de me faire oublier. Mais il ne faisait pas attention à moi, et je regardai avec inquiétude l'air embarrassé de mon frère.

— Je n'osais pas, dit-il, les yeux toujours baissés. Vous vouliez que je sois tulliste comme vous, et je pensais que ça me plairait. Mais, chaque fois que nous allons chez *mononc'* Gaspard, je vois les navettes qu'il fait, et j'ai envie de travailler avec lui.

Mon père ne répondit rien, et son silence me semblait terrible. Sans en comprendre la raison, je voyais que les paroles de mon frère le mettaient en colère. Ma mère, très doucement, remarqua :

1. Navettes.

— C'est vrai que Jérôme est doué, Octave. Regarde ce qu'il fait avec le moindre morceau de bois. Il serait sans aucun doute un excellent navetier.

Là, j'étais tout à fait d'accord ; je possédais une collection de jouets façonnés par mon frère. Mon père respira un grand coup et fixa son fils :

— Alors, demanda-t-il – et sa voix tremblait –, tu préfères être navetier que tulliste ?

Mon frère releva la tête et lui lança un regard qui ressemblait à une supplication :

— Oui, dit-il sur un ton timide mais ferme.

— Eh bien, ça alors ! s'exclama mon père. Ça alors ! Si je m'attendais à ça !...

Il semblait maintenant désorienté, et il regardait ce grand garçon de quinze ans qu'il croyait connaître et qui lui échappait.

— Et... en as-tu parlé à Gaspard ?

— Oui, avoua de nouveau Jérôme, cette fois-ci plus bas.

La voix de mon père s'enfla :

— Ah bon ? Tu lui en as parlé sans me le dire ? De mieux en mieux ! Et qu'a-t-il répondu ?

— Il est d'accord pour me prendre en apprentissage. Il dit qu'il n'a pas d'enfant ni personne à qui transmettre son savoir. Il sait que je travaille bien le bois, et il pense que je pourrais être meilleur que lui. D'après lui, il ne me faudra pas plus d'une semaine pour fabriquer ma première navette.

Sans le vouloir, mon frère s'animait, une flamme brillait dans ses yeux. Mon père secoua la tête, consulta ma mère du regard.

— Si c'est ce qu'il désire vraiment... commença-t-elle.

— Nous verrons, coupa mon père. Il faut que je réfléchisse. J'irai voir Gaspard, et nous en reparlerons.

Mon frère se tut, à la fois inquiet et plein d'espoir. Et la conversation en resta là.

Au cours de la semaine, rien ne sembla changé. Jérôme continua à accompagner notre père à son travail, et je crus que tout continuerait ainsi. Mais, le dimanche suivant, ma mère prépara un ballot de linge dans lequel elle plaça les vêtements de Jérôme, et m'expliqua :

— Nous allons chez oncle Gaspard, et Jérôme restera là-bas. Il va faire son apprentissage pour devenir navetier.

Je regardai mon frère et vis son air joyeux. En même temps, je compris qu'il allait nous quitter, et je demandai d'une voix étranglée :

— Tu ne seras plus avec nous, Jérôme ? Je ne te verrai plus ?

— Mais si ! dit-il en riant. Le dimanche, vous viendrez chez *mononc'* Gaspard ; et moi, je reviendrai aussi vous voir !

Mais je me sentis la gorge serrée, car je me rendais bien compte que ce ne serait plus pareil. Et je savais que ce grand frère qui, depuis ma naissance, veillait sur moi allait me manquer.

Pour compenser son absence, je me rapprochai de mon amie Adolphine et de son frère Hugues. Et puis, bientôt, la rentrée arriva et apporta dans ma vie un dérivatif, car j'entrai à l'école des sœurs.

Mon père aurait préféré que j'aille à l'école laïque des filles, dirigée par madame Ternisien, mais ma mère, qui avait été élevée dans un pensionnat religieux, alla m'inscrire auprès de sœur Scholastique. La seule satisfaction que j'en retirai fut de savoir qu'Adolphine allait être dans ma classe. C'était pour moi le plus important ; ainsi, nous ne serions pas séparées.

Les premiers jours, je fus bien près de détester les horaires qui nous contraignaient à arriver avant la cloche, sous peine d'être punies, et qui nous volaient notre liberté. Il ne nous restait plus que le jeudi ou le dimanche pour jouer, dans la rue, au diabolo, à *diule*[1], ou dans les champs avec le *dragon*[2] de Hugues. Il m'arrivait aussi de ne plus être là lorsque passaient, devant notre maison, les marchands ambulants que je connaissais par leur surnom et que j'aimais bien : *Amo Chicorelle*, dont le prénom était Philomène, qui poussait sa brouette remplie de paquets de chicorée ; *Amo du sauret*, un brave homme nommé Baptiste, qui portait, sur son dos, une hotte contenant les harengs saurs qu'il vendait ; *Amo del kaïère*, le rempailleur de chaises, qui était aussi marchand de chiffons – *ramasseu d'loques* – et qui nous donnait parfois, à Adolphine et à moi, des bouts de tissu dans lesquels ma mère taillait des petits vêtements de poupée.

Ces moments agréables et ces jeux étaient remplacés par des heures de classe à la discipline pesante. Je comprenais maintenant Jérôme, lorsqu'il me disait que ce n'était pas amusant du tout. Il fallait demeurer assise, sans bouger, sans bavarder, et être toujours attentive. Même si ce fut dur au début, je parvins pourtant à m'y faire. Et je fus récompensée dès que je sus lire. À la maison, je laissais de côté *Le Caudrésien*, le journal qu'achetait mon père et qui était trop compliqué pour moi, et je me plongeais dans *Le Salon de la mode*, auquel ma mère était abonnée et qu'elle recevait tous

1. À la marelle.
2. Cerf-volant.

les samedis. Je le lisais, j'admirais les gravures coloriées, tandis que ma mère s'intéressait aux travaux d'aiguille et aux patrons découpés qui lui permettaient de me fabriquer une robe ou un tablier. Et, à l'école, je finis par devenir une élève appliquée, essayant de donner satisfaction, de ne jamais me faire punir, mais, au contraire, de recevoir félicitations et compliments.

Et puis, il y eut le jour où notre classe fut photographiée. Ce fut pour nous une grande nouveauté. Ma mère m'avait mis, pour l'occasion, ma jolie robe à volants et un ruban rose dans les cheveux. Les sœurs nous disposèrent sur trois rangs, dans la cour de l'établissement, et nous fûmes captivées par les préparatifs du photographe et par son appareil posé sur trois pieds. Il disparut sous un drap noir, nous dit de faire attention au petit oiseau qui allait sortir et que je ne vis pas. C'était la première fois de ma vie que cela m'arrivait, et j'étais tellement intimidée que je ne souris même pas. Par la suite, lorsque nous pûmes admirer la photo, je constatai que nous avions toutes, mes compagnes et moi, le même air impressionné.

L'année suivante, une grève éclata parmi les tullistes. Les commandes se faisaient rares, ce qui arrivait de temps à autre, et les fabricants voulurent baisser le tarif mis au point l'année précédente par le syndicat des tullistes. Devant le refus de celui-ci, ils fermèrent leurs ateliers, obligeant ainsi leurs ouvriers à chômer.

Cette décision rendit ces derniers fort mécontents. Lorsqu'il y eut de nouvelles commandes et que les patrons rouvrirent leurs usines, la majorité avait décidé de faire grève. Mon père était de ceux-là. Il tournait en rond dans la cuisine, ou bien, la plupart du temps, il allait au cabaret discuter avec ses camarades. Il était furieux parce que, malgré l'ordre du syndicat, certains ouvriers continuaient de travailler.

— Ces « moutons noirs » sont une honte, disait-il avec colère. Des lèche-bottes, voilà ce qu'ils sont. Ils ont peur de se faire mal voir des patrons.

— Peut-être ont-ils tout simplement besoin d'argent, rétorquait ma mère, plus compréhensive. Certains ont des enfants qu'il faut nourrir.

— Alors, ils n'ont qu'à faire comme nous, et prendre dans leurs économies !

Tous les grévistes ressentaient cette attitude comme une trahison. Ils attendaient ceux qui travaillaient à la sortie des ateliers et les poursuivaient jusque chez eux en imitant le bêlement des moutons. Bientôt, ces « moutons noirs » furent mis à l'écart, ainsi que leur famille. On refusait de les servir dans les cabarets, on n'adressait plus la parole à leur femme et on ne les saluait plus. Un coiffeur de la rue Gambetta, surnommé par les Caudrésiens *El tiot coiffeur*, refusa de couper les cheveux et de raser ceux qui continuaient à travailler.

Une chanson, qui datait de la grève précédente, en 1891, peu après ma naissance, revint et fut chantée par tous les grévistes : « *À la tienne mon vieux ! / Sans les moutons noirs / Nous serions tous des frères / À la tienne mon vieux ! / Sans les moutons noirs / Nous serions tous heureux.* » Ceux qui étaient syndiqués, comme mon père, entonnaient un autre refrain qui se terminait par : « *Crions avec éclat / Vive le syndicat !* »

Cette grève avait des répercussions jusque dans la cour de l'école. Une élève de ma classe, nommée Violaine, était la fille d'un non-gréviste. Un matin, pendant la récréation, plusieurs élèves, parmi les plus grandes, la poussèrent dans un coin de la cour et l'entourèrent tout en criant :

— Bêêê ! Bêêê ! Violaine est une vilaine ! Bêêê ! Bêêê !

La pauvre petite se mit à pleurer. Elle tenta de s'enfuir, mais les grandes la repoussèrent à l'intérieur du cercle et reprirent leurs bêlements :

— Bêêê ! Bêêê !

Nous regardions la scène sans oser intervenir. Sœur Clotilde, qui surveillait la récréation, arriva, libéra Violaine, gronda les grandes filles et menaça de les punir si elles recommençaient. Faussement contrites, elles baissèrent la tête, mais, le soir, à la sortie, elles attendirent Violaine dans la rue et la pourchassèrent jusque chez elle en bêlant de nouveau.

Je racontai la scène à mes parents.

— Même les enfants s'en mêlent ! déplora ma mère. Pourtant, cette petite Violaine n'est pas responsable de l'attitude de son père !

— C'est à lui de comprendre qu'il agit mal, et que son comportement fait du tort à sa femme et à ses enfants, rétorqua mon père, intransigeant.

J'étais soulagée qu'il ne fût pas un « mouton noir », et que la persécution dont Violaine était victime me fût épargnée. D'autres filles et d'autres garçons se trouvaient dans le même cas. Hugues me raconta que deux élèves de sa classe avaient été mis à l'écart par leurs camarades. Plus personne ne leur parlait, ni ne voulait jouer avec eux. Et ils étaient, eux aussi, poursuivis de bêlements sur le chemin du retour.

— J'espère qu'il n'y aura pas de violences, soupirait ma mère. Rappelle-toi, Octave, lors de la grève qui a eu lieu l'année où Maxellende est née. À l'usine Broad, il y avait eu des bagarres, et les gendarmes ont chargé les manifestants. La troupe est même venue pour rétablir l'ordre.

Je voyais bien qu'elle était inquiète, et, chaque fois qu'elle allait chercher, dans la boîte en fer-blanc qui contenait nos économies, l'argent nécessaire à notre nourriture, elle comptait les pièces qui nous restaient. Même ma marraine Gervaise avait perdu son insouciance. Je l'entendis un jour dire à ma mère :

— Ça fait plusieurs semaines qu'elle dure, cette grève. Espérons qu'elle finira bientôt.

Elle se termina au bout de trois mois, par une victoire du syndicat des tullistes : il n'y eut pas de baisse sur le tarif établi l'année précédente. Mais l'hostilité des grévistes envers les « moutons noirs » fut longue à disparaître. Et mon esprit d'enfant retint de ces événements qu'il valait mieux, dans les difficultés, rester unis plutôt que de se séparer.

Mon frère était content de son travail. Lorsque nous allions le voir, il nous faisait admirer les navettes qu'il fabriquait.

— Il fait aussi des *vautoirs*, disait oncle Gaspard, enchanté de son apprenti. Regardez !

Jérôme nous montrait ces peignes destinés à guider le fil et indispensables au tisseur. Mes parents le félicitaient, mais moi je faisais la moue. Depuis qu'il travaillait avec oncle Gaspard, il ne prenait plus le temps de sculpter pour moi des jouets ou des animaux. Et, à cause de notre différence d'âge, je le sentais s'éloigner. Il n'était plus le garçon qui partageait avec moi son Saint-Nicolas en pain d'épice. Il devenait un jeune homme, et une légère moustache, déjà, ombrait sa lèvre supérieure. Je comprenais que j'étais en train de perdre mon compagnon de jeux, et j'en éprouvais de la tristesse.

Un dimanche où il était venu nous rendre visite, alors que nous venions de dîner, il annonça avec fierté :

— Je mets de l'argent de côté, et, bientôt, je pourrai m'acheter une bicyclette. Je suis allé voir chez Bretez, et j'ai demandé les prix. C'est plus ou moins cher selon les marques. Il y a Gladiator, et aussi Phébus... En tout cas, quand je viendrai vous voir, je mettrai beaucoup moins de temps qu'à pied !

J'entendis une sorte de bruit étouffé, et je levai les yeux sur ma mère. Elle était devenue très pâle. Les mains appuyées contre ses lèvres, comme pour retenir un cri, elle fixait sur mon frère des yeux égarés. Il fronça les sourcils avec inquiétude :

— Qu'avez-vous, petite maman ? demanda-t-il.

Ma mère respira profondément, et ses joues reprirent un peu de couleurs. Elle regarda Jérôme et secoua la tête :

— N'achète pas ce genre d'engin. Crois-moi. C'est très dangereux.

— Mais pas du tout ! protesta mon frère. Un voisin de *mononc'* Gaspard en a un, et il s'en sert pour aller travailler. C'est très pratique, au contraire !

Je vis les yeux de ma mère s'emplir de larmes, tandis qu'elle répliquait :

— Je sais de quoi je parle, Jérôme. J'ai connu quelqu'un qui... qui a eu un accident, avec son vélocipède... Il est tombé et... il a été tué. N'achète pas ça, je t'en prie.

Sa voix trembla. Elle se tut, essuya d'un revers de main les larmes qui perlaient dans ses cils, se détourna, prit le seau d'eau et s'en alla le remplir dehors, à la pompe. De mon côté, pour l'aider, je me mis à débarrasser la table et à empiler les assiettes. Jérôme, désorienté, interrogea notre père :

— Quelle est cette histoire d'accident ? Vous êtes au courant, père ?

— Non, elle ne m'en a jamais parlé. Mais cela a dû la marquer. En tout cas, n'aborde plus ce sujet devant elle.

— Mais j'ai vraiment envie d'acheter une bicyclette ! Le voisin de *mononc'* Gaspard m'a déjà prêté la sienne : je sais rouler, il n'y a rien de difficile. C'est un moyen de locomotion extraordinaire, qui nous fait gagner beaucoup de temps !

Ma mère revenait, ouvrait la porte de la cuisine. Jérôme se tut, et, pour ne pas la contrarier, n'en parla plus. Mais je devinai qu'il n'avait pas changé d'avis et que, dès qu'il aurait l'argent nécessaire, il s'achèterait la bicyclette dont il rêvait.

2

À douze ans, je fis ma communion solennelle. Je fus très impressionnée lorsque, avec mes compagnes, je remontai la longue nef de l'église Sainte-Maxellende. Nous étions toutes vêtues d'une robe blanche et coiffées d'un voile, et, au cours des dernières semaines, il y avait eu entre nous une sorte de rivalité : chacune désirait être la plus belle. Sœur Marie-Agnès, qui nous avait entendues, nous avait fait comprendre que nos pensées devaient être plus élevées et ne pas s'arrêter à un simple vêtement. Seul devait compter pour nous le fait que nous allions recevoir le corps du Christ.

Je demeurai recueillie pendant tout le temps de la messe, mais lorsque monsieur le curé Vilain déposa sur ma langue l'hostie que j'accueillais les yeux fermés, je m'étonnai de ne rien ressentir. Où était la grande joie promise par sœur Marie-Agnès ? Je m'efforçai de chasser la déception qui m'avait envahie, et me mis à prier avec ferveur.

Après la messe, alors que nous avancions dans l'allée jusqu'à la sortie, j'aperçus ma mère dans l'assistance, et je vis qu'elle pleurait. Ses larmes m'attristèrent, mais, heureusement, ma marraine Gervaise m'adressa un grand sourire. Elle m'avait offert, la veille, un missel dont la couverture en cuir était ornée de fines dorures, que je serrais entre mes mains et dont j'étais très fière.

Il y eut un grand repas de famille à la maison. Pour la circonstance, ma mère avait invité son frère, mon oncle Timothée, que je ne connaissais pas beaucoup car nous ne le voyions qu'à la Toussaint ou le premier janvier. Lui-même, au début, parut désorienté dans un milieu différent du sien. Mais, au cours du repas, la nourriture et le bon vin l'aidèrent à se sentir à l'aise. Et, lorsque vint son tour, il n'hésita pas à se lever et à chanter, d'une belle voix profonde, *Le Temps des cerises*.

Dans l'après-midi, nous nous rendîmes aux vêpres. Mon amie Adolphine, qui dans le classement du catéchisme était première, eut l'honneur de réciter une prière appelée « acte ». Avec les autres, tandis que nous portions un gros cierge, je l'écoutai, sachant qu'elle désirait énoncer cette longue prière sans une seule faute. Elle l'avait apprise au cours des jours précédents et me l'avait répétée tant de fois que je la connaissais par cœur, moi aussi. Elle parvint à la dire parfaitement, et, lorsqu'elle eut terminé, son regard croisa le mien. Je lui souris pour la féliciter.

À la maison, le dessert nous attendait, et nous mangeâmes de bon appétit les tartes au *libouli* et à la compote préparées par ma mère et ma marraine Gervaise. Elles servirent ensuite du café et des liqueurs, et je fus triste de voir se terminer ce repas de fête donné en mon honneur. Un petit cadeau de mon oncle Timothée parvint à me consoler. Avant de partir, alors que je l'embrassais pour lui dire au revoir, il me glissa dans la main une pièce de cinq francs en argent, à l'effigie de Napoléon III, que nous appelions « roue de brouette ». Je le remerciai avec chaleur. Cela me permettrait d'acheter des bonbons que je partagerais avec Adolphine.

La fin de l'année scolaire arriva. Avec les filles de ma classe, j'allai à Clary pour le certificat d'études. Je fus reçue, ainsi qu'Adolphine, et j'en ressentis une légitime fierté. Lorsque nous revînmes, nos parents nous félicitèrent avec chaleur. Hugues nous embrassa, visiblement heureux. Alors qu'il déposait sur chacune de mes joues un baiser fraternel, je me sentis étrangement émue. Pour la première fois depuis que je le connaissais, je le regardai différemment. Je m'aperçus qu'il avait grandi et que le petit garçon qui avait partagé mes jeux n'existait plus. Il laissait la place à un jeune homme qui allait sur ses quinze ans et qui, subitement, me troublait.

Comme l'avait fait au début mon frère Jérôme, Hugues était entré comme préparateur dans l'atelier où travaillait son père. Après son service militaire, il deviendrait tulliste à son tour. C'était dans ce but qu'il s'appliquait à bien travailler, et il ne se plaignait pas lorsque son père le réveillait en pleine nuit pour le quart du matin. Simplement, avec humour, il m'en parlait en chantant quelques extraits d'une chanson créée par un Caudrésien, Fernand Beauvillain, tulliste lui aussi : « *C'est dur de s'déjouquer*[1] *d'bonne heure / Par les plus fortes gelées d'hiver.* »

— Je m'occupe des bobines, m'expliquait-il. Je suis d'abord *écosseur* : ça veut dire que j'enlève les bobines vides des chariots. Ensuite, je suis *bobineur* : c'est moi qui place les fils dans les bobines, en faisant bien attention qu'elles soient à la bonne largeur. C'est un travail important parce qu'il évite la casse des fils du

1. Se lever du lit.

métier. Et puis je suis *remonteur* : je remets les bobines pleines dans le chariot.

De mon côté, moi aussi, dès que je quittai l'école, je travaillai avec ma mère. Je l'aidai pour le ménage ainsi que pour la lessive. J'appris combien il était dur de nettoyer les vêtements de travail et le tablier bleu à bavette de mon père, gluant de « mine de plomb » ; c'était ainsi que les tullistes appelaient le graphite avec lequel ils lubrifiaient leur métier. Ma mère avait acheté une nouvelle lessiveuse galvanisée à fond plat et à tube central, dans laquelle nous faisions bouillir le linge, que nous lavions ensuite avec la lessive Phénix, réputée pour nettoyer mieux que le savon de Marseille. Malgré tout, le travail demeurait long et difficile, et, pour mes douze ans, bien fastidieux. J'étais encore assez enfant pour préférer jouer avec Adolphine. Mais mon amie était occupée avec sa mère aux mêmes tâches que les miennes.

J'appris aussi à devenir raccommodeuse. Ces mètres de dentelle superbe, dont je rêvais de m'envelopper lorsque j'étais petite, devinrent pour moi un travail à effectuer, plus ou moins difficile selon les dessins. Au cours des années précédentes, à l'école chez les sœurs et à la maison pendant les vacances, j'avais déjà appris à coudre. Avec ma mère, au début, je vérifiais chaque pièce et, lorsqu'il y avait des défauts, je ne réparais que les plus faciles. C'était ma mère qui se chargeait des *écrasures* ; lorsque, sur le métier, de nombreux fils s'étaient cassés, cela avait fait un trou dans la dentelle. Peu à peu, je parvins à devenir experte et à faire, moi aussi, des points invisibles. Néanmoins, ma mère vérifiait toujours mon travail ; aussi, je veillais à ce qu'il fût toujours impeccable. Et, à la fin de la semaine, j'étais fière de savoir que j'avais gagné quelques francs, que ma mère mettait de côté pour moi et qui, plus tard, m'appartiendraient.

Je continuais à aller voir ma marraine Gervaise. Dès que je le pouvais, je me rendais chez elle. Elle s'était mariée l'année précédente et avait épousé un *perceur de cartons*. Elle m'expliqua en quoi consistait son travail :

— Vois-tu, Maxellende, les dessins qui figurent sur la dentelle que nous raccommodons ont d'abord été imaginés et réalisés par un esquisseur comme monsieur Denicourt.

Je hochai affirmativement la tête. Je connaissais monsieur Denicourt, ainsi que monsieur Vandenbossche, qui étaient esquisseurs publics et qui proposaient leurs créations aux fabricants en fonction des demandes.

— Après, il y a le dessinateur-metteur en cartes. Lui, il doit adapter le dessin pour le travail combiné du jacquard et de la navette, et pour cela le reporter sur du papier quadrillé. Ensuite, c'est le pointeur qui porte sur une feuille appelée barème les numéros correspondant au travail des fils. Et c'est ce barème qui est confié au perceur de cartons. C'est là qu'intervient Crépin. En se basant sur les indications, il perfore, au moyen d'un piano à percer, les cartons du jacquard. Et finalement, le laceur de cartons les réunit en passant un lacet dans les trous prévus à cet effet. Et ainsi, grâce au métier Leavers du tulliste, le dessin qui avait été effectué au départ sur du papier se retrouvera sur la dentelle.

Crépin était un brave homme qu'elle menait par le bout du nez. Lorsqu'il était au travail, avec elle je faisais de la pâtisserie. Elle venait d'acheter au *Bon Marché* un gaufrier rectangulaire, et elle m'apprit à faire des gaufres. Selon les occasions, au fil des semaines et des mois, elle me montra comment confectionner un *racouvert*, un *quiou*, des *ratons* pour la Chandeleur ou des tartes pour la ducasse.

J'aimais bien travailler avec ma marraine Gervaise. Elle était toujours de bonne humeur, et, grâce à son caractère joyeux, elle parvenait à rendre attrayantes même les corvées. Un jour, elle se trompa en essayant une nouvelle recette de tarte et mit trop de farine. Lorsque celle-ci sortit du four, elle ressemblait à du ciment. Elle était tellement dure que ma marraine fut prise d'un fou rire auquel je me joignis. Avec elle, tout se passait dans la gaieté. Et il m'arrivait de me sentir coupable lorsque, parfois, je réalisais que je préférais sa compagnie à celle de ma mère qui, elle, ne riait jamais.

À mesure que je grandissais, je me rendais compte que ma mère avait parfois des accès de tristesse inexplicables. De temps à autre, je l'apercevais immobile, le regard dans le vide, avec sur le visage une expression douloureuse que je ne m'expliquais pas. Lorsque je lui parlais, elle sursautait, passait une main sur ses yeux, et donnait l'impression d'éprouver beaucoup de difficulté à revenir sur terre.

Un jour, je la surpris dans sa chambre, sans l'avoir voulu. Nous avions fait la lessive, plié les draps secs et propres ainsi que les serviettes de toilette. Ma mère était allée tout ranger dans son armoire. Je m'aperçus qu'elle avait oublié une des serviettes et je m'en allai la lui porter. Alors que je poussais la porte de sa chambre, je m'arrêtai, interdite. Assise sur le lit, ma mère avait sorti de sa boîte à bijoux un pendentif en forme de cœur et le regardait avec une expression poignante, à la fois pleine d'amour et de désespoir. Des larmes coulaient sur son visage. Je restai immobile, ne sachant que faire, n'osant plus avancer.

Au bruit de la porte, ma mère se tourna vers moi et me vit. Comme si elle me parlait de très loin, elle dit :

— Laisse-moi, Maxellende. Aujourd'hui est pour moi un anniversaire très triste. Tu ne peux pas comprendre. Ne t'inquiète pas, j'arrive.

Je repartis dans la cuisine, désorientée et malheureuse. Quelques minutes après, elle vint me rejoindre, et se comporta comme s'il ne s'était rien passé. De mon côté, je n'osai pas l'interroger. Mais cette scène demeura dans un coin de mon esprit, et je me demandais ce qui pouvait ainsi attrister ma mère.

Mon frère Jérôme n'avait pas oublié son désir d'acheter une bicyclette. Il se passionnait pour le Tour de France qui avait lieu cette année pour la première fois. Un après-midi d'été, nous fûmes attirées dehors, ma mère et moi, par des coups d'avertisseur prolongés et répétés. Mon père, qui cette semaine-là était « du matin », se trouvait dans le jardin où il désherbait notre potager. Tous les trois, nous nous rendîmes sur le devant de la maison. Au milieu de la rue, hilare et content de lui, Jérôme actionnait la trompe d'un superbe vélocipède sur lequel il était assis dans une position de conquérant. Attirées par le bruit, Adolphine et Élisabeth, sa mère, ainsi que d'autres voisines, sortaient de leur maison et s'approchaient.

— Regardez ! s'écria Jérôme avec fierté. Voici mon nouveau cheval ! Il me conduit partout où je veux et quand je veux ! Voyez comme il va bien !

Il se mit à pédaler, roula jusqu'au bout de la rue, revint vers nous, avec un sourire réjoui. Il y eut des exclamations d'enthousiasme, des cris, des bravos. Moi-même, avec Adolphine, je me mis à applaudir. Mais je remarquai que ma mère, près de moi, ne disait rien. Étrangère à la joie des autres, elle demeurait figée, avec un regard fixe où je lus de la peur. Jérôme lui-même s'en aperçut, tandis qu'il descendait de sa bicyclette et qu'il se dirigeait vers nous.

— Ne craignez rien, petite maman, lui dit-il. Il n'y a aucun danger. Je sais rouler, et, de plus, je ne vais jamais trop vite.

Mais ma mère ne sembla pas rassurée. Elle secoua la tête et considéra la bicyclette avec une sorte de répulsion. Elle demeura à l'écart tandis que nous l'admirions et que Jérôme nous en montrait le fonctionnement. Élisabeth essaya de lui faire entendre raison :

— Que craignez-vous, Emmeline ? Jérôme n'est plus un enfant, voyons. Et puisqu'il vous dit qu'il n'y a aucun danger...

— Il ne sait pas... dit ma mère d'une voix blanche. J'ai connu quelqu'un qui a eu un accident et qui a été tué...

— C'est peut-être parce qu'il roulait trop vite. Vous pouvez faire confiance à Jérôme. Il est prudent, vous le savez bien.

Ma mère ne répondit pas, mais je vis bien qu'elle n'était pas convaincue. Elle fit un effort sur elle-même pour ne pas ternir la joie de Jérôme et cessa ses remarques.

Lorsque mon frère repartit, elle le suivit d'un regard inquiet jusqu'à ce qu'il eût tourné le coin de la rue. Et, par la suite, chaque fois qu'il venait nous voir, elle posait sur la bicyclette des yeux pleins de méfiance et d'appréhension.

La vie continuait. Je quittais progressivement le monde de l'enfance pour m'acheminer vers celui des adultes. Certains événements m'en rapprochaient. Ainsi, ma marraine Gervaise me demanda d'être, à mon tour, la marraine de l'enfant qu'elle attendait. J'acceptai avec joie, me sentant subitement devenue importante. Lorsque son fils naquit, je fus heureuse de pouvoir participer à l'achat d'une voiture d'enfant, grâce à mon salaire de raccommodeuse. J'allai la choisir avec ma mère et ma marraine au *Bon Marché* et, dans les semaines qui suivirent, je promenais tous les jours mon filleul, qui avait été baptisé Martin et qui avait hérité du caractère joyeux et agréable de sa mère.

J'allais sur mes treize ans et je commençais à délaisser mes jouets et mes poupées de chiffon. Avec Adolphine, qui avait le même âge, je regardais les toilettes présentées dans *Le Salon de la mode*, que ma mère continuait à recevoir chaque semaine. Lorsque je promenais mon filleul et que mon amie m'accompagnait, nous allions vers le centre de la ville, où se trouvaient les magasins ; nous nous arrêtions devant *Le Louvre de Caudry*, attirées par les robes et les vêtements exposés ; nous admirions longuement la vitrine de madame Gabet, qui présentait un grand choix de chapeaux et d'ombrelles, ainsi que celle de la maison *À Saint Crépin* qui, affirmait en riant ma marraine Gervaise, vendait les meilleures chaussures parce qu'elle portait le nom de son mari.

À la maison, avec ma mère, je continuais à raccommoder les pièces de dentelle, et, tout en travaillant, je me mettais à imaginer ce qu'elles deviendraient ensuite. Je savais que la plus grande partie de ce qui était fabriqué à Caudry était exportée, principalement en Amérique, et qu'une autre partie, moins importante, était destinée aux maisons de haute couture parisiennes. Alors je rêvais aux femmes riches et belles qui porteraient cette dentelle que je réparais et que je m'efforçais de rendre impeccable. Je les enviais, sans pourtant les jalouser. Au contraire, j'étais fière de penser que j'aurais participé, même d'une manière infime, à la beauté du vêtement qu'elles achèteraient. Et je trouvais dommage qu'elles ignorent tout de la façon dont il avait été fabriqué. J'aurais voulu qu'elles viennent prendre conscience des opérations qui transformaient de simples bobines de fil en une dentelle aussi superbe.

Moi-même, je n'avais jamais vu le métier Leavers sur lequel travaillait mon père. Je savais où se trouvait son atelier, mais je n'en connaissais que les murs extérieurs, les hautes fenêtres et la grande cheminée. Ce fut à cette époque que l'occasion me fut donnée d'y aller une fois, de manière totalement imprévue.

Ce jour-là, mon père, contrarié par une grève qui venait d'éclater, avait oublié le casse-croûte que ma mère et moi lui avions préparé. C'était l'un de ceux qu'il préférait : du pain que nous avions tartiné de fromage blanc et que nous avions *dossé d'éclette*[1]. Lorsque ma mère s'en aperçut, elle dit :

— Octave a oublié son pain et son bidon de café. Va vite les lui porter, Maxellende.

Je pris le sac de toile contenant les provisions et je courus jusqu'aux ateliers. Je pénétrai dans la cour et, devant la porte, j'eus un instant d'hésitation. J'attendis un moment mais, comme je ne voyais personne, je me décidai à entrer.

Le bruit des métiers m'accueillit. Je me trouvais dans une immense pièce, très grande et très haute. Plusieurs métiers fonctionnaient ; je vis des courroies, des chariots, des barres en mouvement, des milliers de fils,

1. Frotter la croûte du pain avec un « éclat » (gousse) d'ail.

des cylindres sur lesquels se déroulaient d'épais cartons percés de trous. Et tout cela tournait, tressautait, vibrait, cliquetait, dans un tintamarre qui me parut étourdissant.

Devant l'un de ces métiers se tenait mon père. Debout, allant d'une extrémité à l'autre, il en surveillait la marche avec attention. Je m'approchai. Alors je vis, sur le haut du métier, l'apparition de la dentelle qui, peu à peu, se créait et s'enroulait sur une barre au rythme de la machine. Je demeurai immobile, bouche bée d'admiration. Mon père m'aperçut, remit derrière son oreille le crochet dont il s'était servi pour replacer un fil :

— Maxellende ! Que fais-tu ici ?

— Vous avez oublié ceci, père. Je vous le rapporte.

— Merci. Pose-le là, sur le côté, dit-il sans cesser un instant sa surveillance.

J'obéis et demeurai encore un peu pour admirer cette dentelle toute neuve qui se créait sous mes yeux. Le bruit, pourtant, était pénible. Je le dis à mon père, qui me regarda avec un sincère étonnement :

— Vraiment ? J'y suis tellement habitué que je ne l'entends plus !

Il se pencha de nouveau sur les fils et je le laissai travailler. Je revins lentement jusqu'à la maison. Cette dentelle que je venais de voir était identique à celle que je raccommodais et pourtant, dorénavant, pour moi elle serait différente. J'avais vu comment le métier parvenait à la fabriquer à partir de simples fils, à une vitesse remarquable et sur une surface de plusieurs mètres. Et je trouvais que le travail du tulliste et de tous ceux qui, avec lui, contribuaient à cette réalisation était un travail digne d'admiration et de respect.

La grève qui contrariait mon père ne le touchait pas directement, mais elle paralysait l'industrie de la dentelle dans notre ville. C'était, cette fois, les teinturiers et les apprêteurs qui avaient cessé le travail ; leur syndicat demandait une hausse des salaires de trente pour cent, et venait de refuser l'augmentation de vingt-cinq pour cent proposée par les patrons.

L'apprêt et la teinture étaient parmi les dernières opérations dans la fabrication de la dentelle. Les tullistes, quant à eux, continuaient leur travail, mais ensuite tout restait bloqué, et les fabricants ne pouvaient plus respecter leurs commandes.

Cette grève, commencée au mois de juin, continua en juillet. Les grévistes faisaient des quêtes et se faisaient embaucher provisoirement dans des fermes, mais refusaient de reprendre le travail si leurs revendications n'étaient pas acceptées.

Vers le milieu du mois de juillet, le patron du *Transvaal* – usine ainsi baptisée parce qu'elle avait été construite à l'époque de la guerre des Boers –, pour pouvoir satisfaire ses clients, fit venir des ouvriers de plusieurs villages voisins pour remplacer les grévistes.

Ces ouvriers furent immédiatement très mal vus par la population caudrésienne. Le soir même, lorsqu'ils sortirent de l'usine, plus de cent personnes les attendaient, les accueillirent en bêlant et les escortèrent jusque chez eux, toujours en bêlant. Les gendarmes durent intervenir. Je me rappelai l'incident qui avait eu lieu, lors d'une grève précédente, alors que j'étais à l'école.

— Que viennent faire ces ouvriers chez nous ? commenta mon père. Ici, nous n'aimons pas les « moutons noirs ».

La même situation se répéta les jours suivants. Le

nombre des personnes qui attendaient les moutons noirs devant le *Transvaal*, au moment de l'entrée et de la sortie des travailleurs, augmentait de jour en jour. À la fin du mois, il y en avait plusieurs centaines qui escortaient et huaient les ouvriers jusque chez eux. Il y eut même des manifestations à l'entrée de ces villages.

— Les grévistes ne sont pas contents de voir leur action cassée par ces moutons noirs venus d'ailleurs, disait mon père. Il faut les comprendre. Nous les soutenons.

Enfin, au début du mois d'août, la chambre syndicale des ouvriers teinturiers et apprêteurs obtint satisfaction, et tout rentra dans l'ordre. Néanmoins, les remous causés par cette grève mirent longtemps à s'apaiser. Et les moutons noirs furent mis à l'écart pour de longs mois.

Dans le village où il habitait avec notre oncle Gaspard, Jérôme avait fait la connaissance d'une jeune fille dont il était tombé amoureux. Lorsqu'il nous la présenta, elle me plut tout de suite. Elle avait un air doux et timide, et ses yeux, lorsqu'ils se posaient sur mon frère, s'éclairaient d'un amour sincère. Jérôme nous expliqua qu'elle avait huit frères et sœurs et que ses parents, aidés de leurs enfants les plus âgés, possédaient dans leur cave plusieurs *otils* sur lesquels ils tissaient mouchoirs, draps ou taies d'oreiller. Et, chaque année, dès la belle saison, toute la famille allait s'embaucher dans des fermes pour la moisson et la récolte des betteraves.

— C'est ce que faisait mon parrain Dodore, constata ma mère. C'est un métier qui n'est pas facile.

Cette jeune fille se prénommait Sylvette. Lorsque, le

dimanche, nous allions voir Jérôme chez mon oncle Gaspard, elle venait partager notre repas. On voyait bien qu'elle était pauvre, et que sa robe des dimanches était loin d'être neuve.

— Avec moi, me confiait Jérôme, elle aura une existence meilleure. Mon travail marche bien, et je gagne correctement ma vie. De plus, nous vivrons chez *mononc'* Gaspard, ce qui nous évitera de *monter notre ménage*. Dès que nous serons mariés, je l'amènerai à Caudry, et tu l'aideras à se choisir de nouveaux vêtements. Tu veux bien ?

J'acquiesçai avec enthousiasme. Sylvette était charmante et ce serait un plaisir, pour moi, de lui faire connaître les magasins de ma ville.

Leur mariage eut lieu l'année suivante, au début de l'été. En tant que demoiselle d'honneur, j'avais comme cavalier l'un des frères de Sylvette. Aussi timide que sa sœur, il se mettait à rougir dès que je le regardais et n'osa jamais m'adresser la parole. À la sortie de la messe, les mariés furent accueillis par des chasseurs qui tirèrent plusieurs coups de fusil, afin de mettre en fuite les éventuels mauvais esprits. Puis il y eut un repas de famille, simple et chaleureux. Entre les plats, les chansons se succédèrent : *Rêve de valse, Le Bonnet de coton, L'Habit d'min grand-père, L'Femme du Coulonneux*. Mon père interpréta *Dins l'métier d'tulle ch'n'est pos tout rose*, et il fut très applaudi.

Quand tout fut terminé et que nous repartîmes chez nous, j'embrassai mon frère et sa jeune femme. Sylvette me sourit lorsque je lui souhaitai de nouveau beaucoup de bonheur. Je savais qu'avec mon frère elle serait heureuse car, comme notre père, il avait un caractère bon et doux. Et moi, me disais-je, en plus d'Adolphine, j'aurais maintenant une nouvelle amie.

3

Je changeais ; je devenais une jeune fille. Et, autour de moi, le monde changeait, lui aussi. Plusieurs inventions venaient bouleverser notre vie et, sans aucun doute, l'améliorer. Un photographe s'était installé à Caudry ; non seulement il photographiait ceux qui le désiraient chez lui ou lors des fêtes – où nous avions pris l'habitude de le voir avec son énorme appareil posé sur un trépied –, mais il vendait des appareils de poche que, de plus en plus, les habitants se procuraient pour immortaliser d'heureux événements, comme des réunions de famille ou des mariages.

Une autre invention était apparue depuis plusieurs années : le phonographe. Les parents de mon amie Adolphine en avaient acheté un, et ils nous invitaient de temps en temps à écouter les disques qu'ils possédaient. De la marque Pathé, carré et imposant, en bois sculpté, avec un pavillon d'où sortait miraculeusement une musique que nous écoutions avec ravissement, il avait sa place dans la pièce de devant, avec les beaux meubles. À tour de rôle, nous voulions l'essayer, et je posais avec précaution l'aiguille sur le disque, ce qui représentait pour moi une opération très délicate. Chaque fois que nous revenions chez nous, je disais à mes parents :

— C'est agréable de pouvoir écouter de la musique chez soi. Quand achèterons-nous un phonographe ?

— Nous verrons, répondait invariablement ma mère.

Mais l'achat n'avait jamais lieu. Alors je me rendais chez Adolphine et, ensemble, avec son frère Hugues et quelquefois sa mère, nous apprenions à danser, au son des valses et des polkas qu'ils possédaient.

Il y avait aussi le téléphone. Il ne m'était jamais arrivé de m'en servir, mais ceux qui l'avaient déjà fait parlaient d'invention miraculeuse. Il suffisait de parler dans un appareil, disaient-ils, et la personne qui avait été appelée répondait dans ce même appareil, qui transmettait fidèlement sa voix. C'était encore mieux que le télégraphe, affirmait Hugues avec enthousiasme.

— Nous allons pouvoir bavarder ensemble même si nous sommes séparés par une longue distance. N'est-ce pas formidable ?

Je me demandais si cela était vraiment possible. Personnellement, j'étais beaucoup plus intéressée par l'invention du cinématographe. Je me souviendrais longtemps de la première séance à laquelle j'assistai, dans la salle de l'hôtel de l'*Univers*, lorsque le cinéma Lumière passa dans notre ville. Je fus captivée par les images et les films qui furent projetés. L'un d'eux, dramatique, *Le Roman d'une jeune fille pauvre*, me fit pleurer ; mais je fus vite consolée par un film comique, *Chaussette au régiment*, qui, lui, me fit bien rire. Je sortis de la séance tout à fait enchantée. Nous étions déjà allés au théâtre, et nous avions vu peu de temps auparavant *Le Barbier de Séville*, qui m'avait beaucoup plu. Mais je préférai sans hésitation le cinéma.

— C'est parce que c'est nouveau, commenta ma mère, à qui je fis part de mon enthousiasme. Lorsque tu y seras habituée, ça ne te fera plus le même effet.

Je refusai de la croire. J'avais trouvé dans le cinéma une évasion et une sorte de magie qui, j'en étais persuadée, seraient de nouveau présentes les prochaines fois.

On entendait également parler de voitures automobiles, et Jérôme affirmait qu'il en avait rencontré une sur la grand-route, alors qu'il circulait lui-même en bicyclette. Il disait qu'elle faisait tant de bruit et qu'elle crachait une telle fumée noire qu'il avait pris peur et qu'il s'était réfugié dans le fossé du bas-côté.

— J'ai attendu de ne plus la voir ni l'entendre avant de ressortir du fossé. C'est un engin monté sur quatre roues, bruyant, malodorant, et, d'après ce que j'ai pu voir, le conducteur, qui était protégé par de grosses lunettes, ne devait pas être à l'aise car il tressautait sur les pavés, sans compter que l'engin vibrait beaucoup ! J'avoue que je préfère ma bicyclette.

— On dit que ces automobiles créent des accidents, remarqua mon père. Elles vont trop vite, elles affolent les chevaux, et aussi les gens. On les surnomme les « engins du diable ».

Parmi toutes ces inventions, il y en avait encore une autre, dont on parlait de plus en plus : l'électricité – *l'estricité,* comme disaient la plupart des gens en patois. Fernand Beauvillain venait d'ailleurs de composer une chanson sur ce sujet. Dès qu'elle serait installée dans les maisons, nous n'aurions plus besoin de nos lampes à pétrole. De simples fils nous l'apporteraient à domicile, et il nous suffirait d'appuyer sur un bouton pour obtenir une lumière parfaite, ne laissant aucun coin dans l'ombre.

Cette électricité pouvait aussi être utilisée pour l'éclairage des ateliers ; un ingénieur était venu expliquer aux fabricants que, pour faire tourner les métiers, un moteur électrique remplacerait avantageusement les actuelles machines à vapeur qui fournissaient la force motrice.

— C'est vrai que les longues courroies des transmissions ont parfois provoqué des accidents, commentait mon père. Et puis, d'après l'ingénieur, le courant électrique fera tourner le métier aussi longtemps qu'on le voudra, et toujours régulièrement. Ce qui nous évitera de devoir réveiller Jules !

Je savais ce qu'il voulait dire. Jules, l'ouvrier chargé de surveiller la machine à vapeur, avait tendance à s'endormir quand il travaillait la nuit. Lorsque mon père et ses compagnons constataient un ralentissement dans la vitesse de leur métier, ils frappaient sur les tuyaux avec une clef, afin de rappeler Jules à l'ordre.

— Et pour l'éclairage, continuait mon père, ça sera mieux aussi. Notre atelier est éclairé au gaz, et les becs papillons ne nous permettent de voir que l'extérieur du métier. Si on veut réparer les fils de chaîne, nous devons utiliser notre petite lampe à huile. Un jour, Alfred a approché la sienne trop près, et il a mis le feu. Les fils ont brûlé, des centaines, peut-être des milliers – il faut dire que, sur un métier Leavers, il y en a entre quinze mille et vingt mille – sans compter le temps perdu pour tout remettre en état, après.

Hugues, avec son enthousiasme habituel, vantait ce nouveau progrès :

— Grâce à l'électricité, notre travail sera facilité. C'est vraiment formidable !

En ce qui concernait la dentelle, il y avait également des nouveautés. Après avoir visité, en Allemagne, des fabriques modernes de broderie mécanique, Fernand Beauvillain fit installer dans notre ville des métiers à broder avec jacquard, les premiers en France, ce qui ne manquerait pas d'accroître notre production.

Au sujet des fils utilisés sur les métiers, il y eut aussi un changement. Les brodeurs et les dentelliers employaient surtout, en dehors du coton, de la soie naturelle. Un nouveau filé, la rayonne, avait été découvert, et cette « soie artificielle » semblait destinée à remplacer l'autre.

— Il paraît qu'elle sera plus solide, disait mon père. Si cela pouvait éviter aux fils de se casser, ce serait un grand avantage !

Au milieu de tous ces progrès, la vie continuait pourtant semblable à elle-même. Martin, mon filleul, grandissait, devenait un petit garçon volontaire et attachant. Lorsque, avec ma marraine, je confectionnais de la pâtisserie, il nous observait avec attention, les yeux brillants, attendant le moment où sa mère lui tendait le récipient ayant contenu la crème ou la pâte :

— Tiens, *min tiot gueux* ! lui disait-elle affectueusement.

À l'aide de son doigt, il se mettait à lécher les restes qui adhéraient à la paroi, avec une application et une gourmandise qui m'amusaient. J'aimais bien, moi aussi, le gâter. Je prenais quelques francs dans mon argent personnel, et j'allais acheter pour lui, à *L'Epicerie Parisienne*, des gaufres fourrées, des macarons, et du cacao soluble Menier, qu'il aimait particulièrement. Son visage s'éclairait d'un sourire lorsque je les lui offrais, et il déposait sur ma joue un baiser en disant :

— Merci, marraine.

Sa joie me faisait plaisir. Cet enfant m'était cher, et je pensais que j'aimerais bien avoir moi aussi, plus tard, un petit garçon comme lui.

À seize ans, même si j'étais trop jeune pour me marier, je ne pouvais m'empêcher de rêver à celui que j'épouserais. Je l'imaginais beau, aimable, gentil. Je voulais qu'il soit courageux, sobre et travailleur, et qu'il ne passe pas son temps au cabaret le dimanche, les lundis et les lendemains de fête, comme certains le faisaient. Et, bien sûr, je souhaitais qu'il m'aime, sincèrement et profondément.

Chaque fois que je me mettais à rêver ainsi, toujours le même visage m'apparaissait : celui d'Hugues, mon ami d'enfance. Il possédait toutes les qualités que je désirais pour mon futur mari. Nous nous connaissions depuis toujours, et notre amitié prenait maintenant un tour plus tendre, sans que nous ayons besoin de nous parler.

Le 1er mai, cette année-là, m'apporta la confirmation de ce que je pensais. Le muguet, d'abord, devint le symbole officiel, remplaçant le triangle rouge qui, auparavant, symbolisait la division de la journée en trois parties égales : huit heures de travail, huit heures de sommeil, et huit heures de loisirs.

Il y avait également une tradition qui concernait les jeunes gens désirant adresser un message à la jeune fille qu'ils aimaient. Pendant la nuit précédente, sans se faire voir, ils allaient placer, à la grille de sa maison, ou, pour les plus hardis, en haut de la cheminée, un *mai*, un énorme bouquet formé de branchages fleuris. Chaque arbre avait son langage, que nous connaissions tous, et la jeune fille qui déchiffrait le message n'avait plus qu'à deviner l'identité de son auteur.

Ce matin du 1er mai, j'eus la surprise et la joie de découvrir qu'un immense bouquet formé de branches de bouleau et d'aubépine ornait la cheminée de notre maison. Je savais que ces arbres signifiaient : « Je te chéris, j'ai pour toi la tendresse la plus vive. » Je devinai tout de suite, sans hésitation, qu'il avait été placé là par Hugues.

Lorsque je le revis, dans la journée, je ne dis rien, et lui non plus. Mais nos regards se croisèrent et parlèrent pour nous. Ses yeux me demandèrent si j'avais aimé son message, et les miens répondirent que je l'acceptais et que j'en étais heureuse.

Ce fut tout, et la situation demeura inchangée jusqu'à la fête des tullistes. Cette fête, qui avait lieu chaque année en juillet, était très attendue et très appréciée. J'avais aidé ma mère à préparer le repas – du lapin aux pruneaux et de nombreuses tartes – que Jérôme, Sylvette et notre oncle Gaspard vinrent partager, ainsi que ma marraine Gervaise, son mari, son père, et bien entendu mon petit filleul Martin.

Ensuite, dans l'après-midi, nous partîmes tous vers la place où se trouvaient les baraques de forains et les manèges. Des concours étaient prévus, de billon, fléchettes, arc et arbalète, et Modeste espérait remporter un prix en participant au concours du javelot empenné. Dans les cabarets, des *tirloteux*[1] passaient avec leurs billets et leur boîte contenant les objets à gagner : blagues à tabac, pipes, porte-monnaie... Parfois, le cabaretier lui-même mettait en jeu une poule ou un canard, et nombreux étaient ceux qui tentaient leur chance. Sur les trottoirs se pratiquait le jeu du « sou à la ligne ». Les joueurs traçaient un trait sur la terre et lançaient des pièces de deux sous, qui devaient atterrir le plus près possible de cette ligne. Le gagnant,

1. *Tirloter* : tirer à la loterie. Le *tirloteux* était celui qui achetait un billet de loterie, mais ce mot pouvait s'appliquer également au marchand qui vendait les billets.

alors, les ramassait et les lançait l'une après l'autre en criant : « Pile » ou « Face ». Chaque fois qu'il avait deviné juste, les pièces étaient à lui.

Sur la place, la musique des limonaires nous accueillit. Il y avait déjà beaucoup de monde, et j'aperçus Hugues et Adolphine devant un *rogaillo* – un manège de chevaux de bois. Je m'empressai d'aller les rejoindre.

— Nous attendons que le manège s'arrête pour faire un tour, me dit Adolphine. Tu viens avec nous ?

J'avais emmené quelques francs, pris sur l'argent de mon travail, et, le matin même, ma marraine Gervaise m'avait donné mon « dimanche ». J'acceptai donc avec plaisir. Le *rogaillo* offrait des chevaux immobiles, d'autres qui montaient et descendaient, deux grandes gondoles vénitiennes colorées et ornées de dorures, des cochons roses, ainsi qu'une grande toupie dans laquelle on pouvait s'asseoir et que l'on faisait tourner au moyen d'un volant.

Nous fîmes plusieurs tours de manège, d'abord sur les chevaux mobiles, puis dans la gondole, et enfin dans la toupie. Hugues la fit tournoyer à toute vitesse, dans un sens puis dans l'autre, à tel point qu'Adolphine et moi finîmes par demander grâce. En descendant du manège, j'avais l'impression d'avoir perdu l'équilibre, et Hugues me soutint :

— Appuie-toi sur moi.

Je demeurai quelques instants contre lui, avec l'impression que nous étions ainsi, tous les deux, isolés des autres. Ce fut Adolphine qui nous rappela à la réalité :

— Venez, allons là-bas ! Hugues, je voudrais un nougat !

Avec des fléchettes, Hugues réussit à en gagner quelques-uns, qu'il nous offrit. En face, il y avait un tir à la carabine, et il fallait pulvériser des pipes. Hugues les rata l'une après l'autre, s'attirant les sarcasmes de sa sœur, qui le traita de maladroit. Il fut plus heureux à la baraque voisine, qui proposait le jeu des anneaux et des bouteilles.

— Encerclé, c'est gagné ! annonça d'une voix forte le forain.

Hugues demanda plusieurs anneaux, et grâce à l'un d'eux, qu'il lança plus adroitement, il gagna une bouteille de vin Félix Potin qu'il brandit victorieusement.

Plus loin, un avaleur de sabres attira notre attention. Debout sur une estrade, entouré de nombreux curieux, il était en train de s'enfoncer dans la gorge un sabre d'une longueur impressionnante.

— Comment est-ce possible ? demandai-je, effarée.

Hugues sourit :

— Il fait semblant. Toute son habileté consiste à donner l'impression qu'il l'avale réellement.

— À moins que ce ne soit un sabre en carton ? suggéra Adolphine. Ainsi, il l'avalerait quand même ?

Ayant terminé, l'homme leva les bras, sourit, salua sous les applaudissements. Il ne paraissait pas souffrir le moins du monde, et je me dis que l'explication d'Hugues était certainement la bonne.

Au milieu de la place, monsieur Régnier, le photographe, attendait les volontaires auprès de son énorme appareil posé sur trépied. Adolphine l'aperçut et nous demanda :

— Que diriez-vous si nous faisions tirer notre portrait ? Tous les trois ensemble ? C'est une bonne idée, non ?

Mon regard croisa celui d'Hugues, et je compris que nous étions d'accord. Monsieur Régnier, affable, s'empressa. Il nous fit asseoir, Adolphine et moi, sur deux chaises qu'il avait installées tout exprès, et plaça Hugues debout derrière nous. Puis il disparut sous le drap noir qui recouvrait son appareil. Il laissa passer quelques secondes, revint jusqu'à nous, tourna le visage d'Adolphine légèrement vers la gauche, me releva le menton et nous dit de ne plus bouger.

— Regardez bien l'objectif, et souriez, ajouta-t-il.

Il repartit sous son drap noir, attendit encore quelques secondes, puis cria :

— Attention ! Ne bougez plus !

Un éclair nous aveugla. Monsieur Régnier fit encore d'autres photos, prenant son temps, venant à chaque fois rectifier un petit détail dans notre attitude. Enfin, en souriant, il nous dit :

— Vous pourrez venir chercher les photographies dans la semaine. Cela vous fera un beau souvenir !

Enchantés, nous le remerciâmes, laissant la place à d'autres clients qui attendaient. Nous fîmes quelques pas, nous mêlant de nouveau à la foule. Près des balançoires, nous vîmes une de nos anciennes compagnes de classe nommée Marie-Rose. Elle vint vers nous, tout excitée :

— Il y a une voyante, là-bas ! Madame Irma. Êtes-vous allées la consulter ? Moi, j'y suis allée. Elle m'a dit des choses très vraies sur le passé et le présent, et elle m'a prédit l'avenir. Elle est formidable. Venez !

Mon regard croisa celui d'Adolphine.

— Pourquoi pas ? dit-elle.

J'acquiesçai, et Marie-Rose, se plaçant entre nous, nous prit chacune par un bras. Hugues bougonna :

— Eh bien, moi, je vous laisse. Les voyantes et les histoires de bonnes femmes, très peu pour moi ! Des charlatans qui profitent de la crédulité des jeunes filles, voilà ce qu'elles sont !

— Ce n'est pas vrai, protesta Marie-Rose. Celle-là m'a dévoilé des choses, pour le présent, que j'étais seule à savoir.

Hugues haussa les épaules et, sans insister, s'éloigna. Marie-Rose nous entraîna :

— Elle est là, tout près.

À côté d'une tente de petite dimension, un panneau indiquait : « Madame Irma, extra-lucide, voit le passé, le présent et l'avenir. Un franc la consultation. »

— Où est-elle ? interrogea Adolphine. Il n'y a personne.

Du menton, Marie-Rose indiqua la tente :

— Elle est à l'intérieur, avec une cliente. Attendons. Elle va arriver.

— Elle est vraiment si extraordinaire ? demandai-je avec doute.

— Oui, vraiment. Elle a décrit ma situation comme si elle me connaissait, et a parlé de choses qui me sont arrivées récemment. Quant à l'avenir, je ne peux pas savoir si elle a dit vrai. Je verrai bien ! conclut-elle en riant.

— Et qu'a-t-elle dit ? intervint Adolphine.

— Oh, je ne veux pas le répéter. Cela ne concerne que moi. Allez-y vous-même, c'est tout ce que je peux vous conseiller.

À cet instant, la voyante sortit de la tente avec une jeune femme que je ne connaissais pas. Elle nous vit, vint vers nous. De petite taille, assez corpulente, de type espagnol, elle avait un visage avenant. Un turban noué autour de sa tête lui donnait une allure exotique, et ses yeux, bons et attentifs, me mirent en confiance.

— Je vous ai amené mes amies, expliqua Marie-Rose.

— C'est bien, approuva la femme en souriant. Qui veut entrer d'abord ? Vous, mademoiselle ?

Ainsi interpellée, je ne pus qu'acquiescer. Elle souleva un pan de la tente, et je la suivis à l'intérieur. Il n'y avait qu'une table et deux chaises installées de part et d'autre. Je fus à la fois surprise et déçue ; je m'attendais à un antre de sorcière, avec un décor étrange, un hibou empaillé, un chat noir, une boule de cristal. Au lieu de cela, je ne vis sur la table qu'un jeu de cartes.

Madame Irma prit place sur l'une des chaises, m'indiqua l'autre :

— Asseyez-vous.

Je m'assis avec raideur. Elle sourit de nouveau :

— N'ayez pas peur. Certaines clientes sont quelquefois impressionnées, mais il ne le faut pas. Ce sont les cartes qui vont tout me dévoiler à votre sujet.

Elle les prit, les battit plusieurs fois, me les tendit :

— Concentrez-vous et coupez de la main gauche.

J'obéis, sans parvenir à me détendre tout à fait. Elle étala les cartes sur la table, selon un ordre qui m'était inconnu. En même temps, elle les étudiait attentivement.

— Je vois autour de vous des gens qui vous aiment. Vos parents, d'abord. Et aussi une jeune femme blonde, dont vous êtes très proche.

— Ma marraine Gervaise ! m'écriai-je spontanément.

La femme tendit le doigt vers une carte :

— Regardez : le valet de cœur, à côté de l'as de cœur. Il y a sans aucun doute un jeune homme blond qui est amoureux de vous.

Je rougis et, cette fois-ci, je ne répondis pas. Mais je savais bien de qui il s'agissait.

Madame Irma continuait :

— C'est un jeune homme de votre entourage. Vous le

connaissez depuis toujours. Il fera bientôt sa déclaration. Et je vois, pour vous deux, un mariage.

Ce qu'elle me disait s'adaptait exactement à ma situation, je devais le reconnaître. Elle se pencha et, en me montrant le valet de trèfle, elle constata :

— Pourtant, il y a un autre jeune homme, ici. Un brun, cette fois. Si vous ne le connaissez pas encore, vous allez le rencontrer bientôt. Faites attention. Il va bouleverser votre vie. Mais ne vous y trompez pas : c'est le blond que vous épouserez.

Un autre jeune homme ? Je ne voyais pas de qui il s'agissait, ni pourquoi il bouleverserait ma vie. Madame Irma reprit :

— Il y a autour de votre mère une situation qui va se dénouer. Il y a eu un drame dans sa vie, mais c'était avant votre naissance. Il faudrait qu'elle vienne me voir. Je pourrai lui donner davantage de précisions.

— Je ne sais pas si elle acceptera, dis-je, tout en me rappelant certaines scènes au cours desquelles j'avais surpris ma mère en larmes.

Madame Irma se mit à disposer les cartes deux par deux, tout en continuant ses commentaires :

— Celui qui vous aime est sincère et fidèle. De votre côté, il y aura une perturbation inattendue à cause de ce jeune homme brun. Mais tout rentrera dans l'ordre, et je peux vous prédire sans me tromper un mariage heureux avec le premier.

Cette histoire de jeune homme brun finissait par me contrarier. Je me rassurai en pensant que j'épouserais Hugues quoi qu'il pût advenir. Tandis que la femme ramassait les cartes, je me levai et lui tendis le prix de la consultation.

— Merci, me dit-elle. Et si votre mère veut venir me trouver, je suis à sa disposition.

Je fis un signe de tête incertain. Je pensai qu'elle n'accepterait pas de consulter une voyante. Comme Hugues, elle ne croyait pas aux diseuses de bonne aventure.

Je sortis de la tente et laissai la place à Adolphine. Marie-Rose se précipita vers moi :

— Alors, tu es convaincue maintenant ? Elle t'a dit des choses vraies ?

— Oui. Je ne te répéterai rien, mais tout correspond à ma situation, c'est vrai.

Nous attendîmes Adolphine, et, lorsqu'elle réapparut, elle semblait ravie. Alors que nous nous éloignions, elle avoua avec enthousiasme :

— C'est formidable ! Elle m'a prédit que, très bientôt, j'allais rencontrer un jeune homme dont je tomberais amoureuse, et que je l'épouserais l'an prochain !

Marie-Rose hocha la tête avec conviction :

— Je vous l'avais dit qu'elle était formidable ! Mais moi, maintenant, je dois vous quitter. J'ai promis à ma mère de ne pas m'attarder. Nous avons des invités, et je vais l'aider à préparer le souper.

— Nous allons te reconduire jusque chez toi, décréta Adolphine. Cela nous fera une promenade. Le monde et le bruit me donnent mal à la tête.

Les parents de Marie-Rose habitaient dans le coron Tofflin. C'était un groupement d'habitations ainsi baptisé parce qu'il avait été construit pour loger les ouvriers de l'usine du même nom, la plus ancienne de Caudry. Théophile Tofflin, qui travaillait alors à Saint-Pierre-lès-Calais, était revenu dans sa ville natale et avait été le premier à y installer un métier à dentelle. Il avait ensuite pris un, puis plusieurs ouvriers, avant d'être imité par d'autres, et c'était ainsi que Caudry était devenu le berceau de la dentelle mécanique.

Nous reconduisîmes Marie-Rose jusque chez elle et

bavardâmes quelques instants avec sa mère. Puis nous sortîmes et reprîmes la direction du centre de la ville. Les rues étaient animées et, par les portes ouvertes des cabarets, nous parvenait l'écho des conversations des nombreux clients. Parfois, c'étaient des chansons, lorsque le patron possédait un phonographe. Adolphine, tout en marchant près de moi, commentait les prédictions de la voyante :

— Elle m'a parlé du jeune homme que j'épouserai. Je ne le connais pas encore, je le rencontrerai lors d'une fête ou d'un bal. Pourquoi pas aujourd'hui ? Ce serait amusant, non ?

Je souris à son impatience :

— Cela n'arrivera peut-être pas si tôt, Adolphine. Si cela arrive !...

Elle fit une moue contrariée :

— Comment ça ? Tu en douterais, par hasard ? Eh bien, pas moi, figure-toi !

— Moi non plus, mais, comme l'a dit Marie-Rose, attendons. Nous verrons bien.

Des cris m'interrompirent. Devant nous, à l'extrémité de la rue, les passants s'écartaient, avec des exclamations de colère ou de peur. Au milieu d'eux, un homme, visiblement ivre, avançait en allant de côté et d'autre, brandissant un *billon*[1] d'un air menaçant.

— Attention, murmura Adolphine. Il vient par ici.

Après avoir failli enfoncer une fenêtre et s'être repris au dernier moment, l'homme se dirigeait vers nous en proférant des menaces d'une voix avinée. Il se précipita soudain sur moi, levant son billon comme s'il allait m'en asséner un coup sur la tête. Je me figeai. Adolphine poussa un cri aigu.

1. Masse de bois servant pour le jeu du même nom.

Subitement, tout changea. Quelqu'un arriva en courant derrière l'homme, l'attrapa à bras-le-corps, le désarma. Je reconnus Hugues. Un flot de soulagement et de reconnaissance chassa la peur qui me paralysait. Prise de faiblesse, je m'appuyai contre un mur.

D'autres hommes entouraient l'individu et s'efforçaient de le calmer. Hugues vint vers moi, l'air angoissé :

— Maxellende ! Tu n'as rien ? Quand j'ai vu cet homme se jeter ainsi sur toi, j'ai couru aussi vite que j'ai pu...

Dans un élan irrépressible, il me prit contre lui, et je m'abandonnai dans ses bras.

— Tu n'as rien, n'est-ce pas ? répéta-t-il.

Je secouai la tête et fermai les yeux, encore étourdie. La voix d'Adolphine me parvint :

— Tu es arrivé juste à temps, Hugues. Tout à fait comme le preux chevalier qui vient sauver sa belle en danger !

Les bras d'Hugues se resserrèrent autour de moi :

— Maxellende... murmura-t-il d'une voix sourde. Je ne pourrais pas supporter qu'on te fasse du mal.

Je sentais son cœur battre contre le mien, et un grand bonheur m'envahissait. L'impression qui, depuis quelque temps déjà, me disait que je lui étais chère devint à ce moment une certitude, et je sus que la voyante avait dit la vérité.

4

Cette scène resserra les liens qui nous unissaient, Hugues et moi. Il m'avait souvent défendue, dans notre enfance, lorsque des garnements me taquinaient ou me traitaient de « pisseuse », l'injure habituelle réservée aux filles. Mais, cette fois, l'événement qui s'était produit avait une importance particulière. Il avait placé Hugues dans la position qui serait la sienne dorénavant : celle d'un protecteur. Je savais qu'il me suffisait d'attendre et que, bientôt, il m'avouerait son amour.

L'été arriva, apportant avec lui une période de canicule. Autour de la ville, l'air vibrait de chaleur et donnait l'impression de grésiller au-dessus des champs. Le moindre mouvement nous mettait en sueur. Pour effectuer notre travail de raccommodeuse, ma mère et moi nous enfermions dans la maison, porte et fenêtres bien closes, afin de repousser au-dehors l'ardeur du soleil. Mais nous avions vite les mains moites, et, malgré toutes nos précautions, des mouches s'introduisaient dans la pièce et bourdonnaient sans cesse autour de nous, malgré les gestes agacés avec lesquels je les chassais.

Je n'aimais pas la chaleur et je la supportais difficilement. Lorsque je me plaignais, mon père me répondait que j'avais l'avantage d'être chez moi, dans une pièce silencieuse et relativement fraîche, et que dans les ateliers c'était bien pis.

— Il y fait étouffant, et pourtant, il faut bien le supporter. Ça fait partie des inconvénients ! concluait-il avec bonne humeur.

Pourtant, un jour de la semaine suivante, alors qu'il était « du soir » – il occupait le poste de une heure à six heures de l'après-midi –, nous le vîmes revenir, les traits tirés et l'air contrarié.

— Je me suis blessé, annonça-t-il abruptement. Mon crochet m'a échappé. À cause de cette fichue chaleur, il m'a glissé des doigts et il est allé se planter dans ma cuisse.

— Mon Dieu ! s'écria ma mère, affolée. Tu ne l'as pas retiré toi-même, au moins ?

Je savais que le crochet des tullistes, recourbé comme un hameçon, était dangereux ; s'il entrait accidentellement dans la chair, il fallait l'enlever avec beaucoup d'adresse, car l'on risquait de tout déchirer.

— Mais si, je l'ai retiré ! bougonna mon père. Il n'était pas entré trop profondément. La toile de mon pantalon l'avait retenu.

— Octave... reprocha doucement ma mère. Tu sais pourtant que c'est dangereux !

— Eh ! Que voulais-tu que je fasse ? Il fallait que je le récupère, et je ne voulais pas laisser mon métier arrêté trop longtemps. Le nombre de racks diminue vite !

— Montre-moi ça, dit ma mère. Je vais désinfecter la plaie. Maxellende, apporte de l'eau et du savon.

J'obéis. Mon père releva la jambe de son pantalon, et j'aperçus la blessure, juste au-dessus du genou. Elle n'était pas très grande, mais la peau était déchirée sur plusieurs centimètres et, de chaque côté de la plaie, la chair était boursouflée.

— Il faudrait quand même aller voir le docteur Herlemont, suggéra ma mère. Il est peut-être nécessaire de faire un ou deux points de suture.

Mon père fit la grimace :

— Ça ne me plaît guère. Mets-moi un pansement, ce sera bien suffisant.

Mais ma mère insista et, bien à contrecœur, mon père finit par suivre son conseil. Il revint peu de temps après, et s'assit en poussant un énorme soupir.

— Tu avais raison, Emmeline. Le docteur Herlemont m'a fait deux points de suture. Et figure-toi qu'il voulait me donner quelques jours d'arrêt. Ah non alors ! Je lui ai dit : « Ce n'est pas une petite blessure de rien du tout qui m'empêchera d'aller travailler. » Il affirme que, jusqu'à ce qu'elle soit bien refermée, la position debout n'est pas conseillée. Mais, comme je ne voulais rien savoir, il a fini par me faire un pansement bien serré, en me recommandant de venir le changer tous les jours.

— Tu aurais peut-être dû accepter, Octave. Il y a quelques semaines, ton ami Léon a eu douze jours de repos, et il les a pris.

— Mais il avait eu le petit doigt écrasé en graissant son métier, objecta mon père. Ça le gênait pour travailler. Tandis que mes mains fonctionnent parfaitement !

Il vit l'air contrarié de ma mère et prit un ton rassurant :

— Allons, ce ne sera rien. Dans quelques jours, je serai guéri. Cela aurait pu être plus grave.

Ma mère hocha la tête. Elle savait, comme moi, que les risques d'accidents faisaient partie du travail des tullistes. L'un d'eux avait eu, peu de temps auparavant, le pouce écrasé en rentrant un fil de chaîne dans les guides. Un autre, voulant reprendre un fil cassé sur son porte-fils, s'était fait happer le doigt dans le mouvement intérieur du métier : l'ongle avait été arraché et le doigt écrasé. Un autre encore s'était fait prendre l'avant-bras droit dans l'engrenage d'un jacquard. Plus récemment, un ami de mon père avait eu l'index gauche fracturé entre le galet à pointes et la charnière de son métier ; le médecin parlait d'une amputation probable. Chaque tulliste savait qu'il devait être vigilant, mais, comme le disait mon père : « Un accident est si vite arrivé ! » Et il concluait, avec un sourire fataliste : « Dans le métier de tulle, ce n'est pas tout rose ! »

Je n'avais pas parlé à ma mère de la proposition de la voyante. Je m'étais sentie gênée de faire allusion à un drame qui ne me concernait pas et dont j'ignorais tout. Elle répétait souvent qu'elle ne croyait pas aux diseuses de bonne aventure, et je surprenais son sourire incrédule lorsque mon amie Adolphine parlait du jeune homme qu'elle devait rencontrer lors d'une fête.

Le 15 août, mon frère Jérôme, sa femme Sylvette et notre oncle Gaspard vinrent passer la journée avec nous. Après la messe et la procession, nous fîmes honneur au repas. Alors que nous mangions la traditionnelle tarte au *libouli*, mon frère annonça :

— Sylvette et moi, nous avons décidé d'aller à Cambrai dimanche. Il y a une marche de chars historiques, suivie d'un feu d'artifice et d'un bal. Ses parents vont nous accompagner. Que diriez-vous de venir avec nous ?

Ma mère poussa une sorte de cri étouffé et se mordit

les lèvres. Jérôme, qui n'avait rien remarqué, continuait :

— C'est une bonne idée, non ? Cela te plairait, Maxellende ?

Avant que j'aie pu répondre, ma mère intervint, d'une voix dure :

— Non. Pas à Cambrai. C'est trop loin, et il fait trop chaud.

— Mais... protesta Jérôme, surpris et incompréhensif.

Sylvette posa une main sur la sienne et il se tut. Avec adresse, elle changea la conversation :

— Avez-vous remarqué que, cette année, les tiges des gentianes des prés sont très hautes ? Mon père dit qu'il y aura beaucoup de neige cet hiver. L'an dernier, par contre, elles étaient basses, et l'hiver a été doux et court.

Oncle Gaspard donna son avis, mon père également. Moi, je regardais ma mère et je m'interrogeais. Son visage s'était assombri, et elle paraissait être ailleurs. Je pris soudain conscience du fait qu'elle n'avait jamais voulu se rendre à Cambrai, au cours des années précédentes, lors de la fête communale, de la foire aux pains d'épice ou du « 24 de Sainte-Catherine », connus dans toute la région. Pourtant, de nombreuses familles caudrésiennes y allaient, mais ma mère, à chaque fois, avait trouvé une excuse pour refuser. Après les révélations de Madame Irma, je me demandais si le drame qui la concernait s'était produit dans cette ville.

Quelques jours plus tard, je confiai mes réflexions à ma marraine. Je lui avais raconté ce que m'avait dit la voyante ; ma marraine, de son côté, m'avait révélé que, à l'époque où ma mère était arrivée chez elle, elle semblait effectivement très malheureuse.

— Mais cela se passait avant ta naissance, Maxellende. Si petite maman n'en parle pas, respecte son silence. De toute façon, tu n'es pas concernée.

Je décidai de suivre ce conseil, qui me parut sage. Mais je continuai à me demander ce qui pouvait contrarier ainsi ma mère et la rendre triste, alors que tant d'années s'étaient écoulées.

Les mois passaient, et Adolphine ne rencontrait pas le jeune homme dont avait parlé Madame Irma. Par moments, mon amie hochait la tête avec doute :

— Elle s'est peut-être trompée, après tout.

— Attends, conseillais-je régulièrement. Cela peut encore se produire prochainement.

Mais je me demandais, moi aussi, si cette prédiction était vraie. Ce fut la fête du Jeune Bois qui nous apporta la réponse.

Cette fête, qui avait lieu chaque année en juin, attirait de nombreuses personnes venues de toute la région. Outre les *rogaillos* que nous aimions tous, de nombreux jeux étaient proposés, comme les mâts de cocagne, ou les courses en sac et en brouette. Le soir, un bal avait lieu, suivi d'un feu d'artifice.

Nous nous y rendîmes vers le milieu de l'après-midi. Hugues et Adolphine m'accompagnaient, ainsi que nos parents respectifs. Après avoir écouté le concert donné par l'Harmonie Municipale de Caudry, nous nous installâmes à une buvette pour manger une portion de frites puis de la tarte. Autour de nous, l'ambiance était bruyante et chaleureuse. Bientôt, le Jeune Bois fut entièrement illuminé, l'orchestre s'installa, et le bal commença.

Hugues m'invita à danser. C'était avec lui que j'avais

appris, au son des disques que ses parents possédaient. Dans ses bras, je me laissai griser par la musique, et j'oubliai tout ce qui n'était pas nous. Entre les danses, nous retrouvions nos parents et Adolphine qui, de son côté, était invitée par de nombreux jeunes gens.

Au bout d'un moment pourtant, Hugues me fit remarquer que son cavalier était toujours le même. Je le regardai avec attention. C'était un jeune homme à l'air sympathique. Tout en dansant, il se penchait vers Adolphine, et elle, le visage levé vers lui, semblait boire ses paroles. Ils se souriaient, et je pensai immédiatement à la prédiction de Madame Irma.

Hugues fronça les sourcils :

— Il serre ma sœur de trop près, celui-là. S'il l'ennuie, il va avoir affaire à moi.

— Allons, dis-je, conciliante, laisse-la tranquille. Cela n'a pas l'air de la gêner, bien au contraire.

Ils dansèrent ensemble toute la soirée. Au moment du feu d'artifice, il partit rejoindre les compagnons avec qui il était venu à la fête, tandis qu'Adolphine, près de moi, me serrait le bras avec excitation :

— Maxellende... C'est lui ! chuchota-t-elle.

— Il semblerait bien, approuvai-je en souriant.

Nous regardions les fusées qui faisaient éclater des soleils de plusieurs couleurs, des cascades de feu, des rosaces brillantes, des flammes de Bengale rouges et vertes, salués par les cris d'admiration de la foule. Je voyais le visage extasié de mon amie, et je savais que les étoiles qui faisaient scintiller ses yeux n'étaient pas dues au feu d'artifice.

Sur le chemin du retour, ses parents, ayant remarqué l'assiduité d'un jeune homme auprès de leur fille, voulurent savoir qui il était. Adolphine leur donna les renseignements qu'ils désiraient. Il se nommait

François, avait vingt-neuf ans, habitait un village des environs où il vivait seul depuis le décès de sa mère, deux ans auparavant. Il exerçait le métier de coiffeur et, à l'occasion, celui de photographe, car tout ce qui avait trait à la photographie le passionnait.

— Il m'a demandé comment je m'appelais et où j'habitais. Lorsqu'il l'a su, il m'a dit qu'il viendrait à Caudry chaque fois qu'il y aurait une fête !

Les parents de mon amie observèrent un silence prudent. Je devinai leur méfiance au sujet d'un jeune homme qu'ils ne connaissaient pas et qui se mettait à tourner autour de leur fille.

Ce François tint parole et il fut là à toutes les fêtes : la fête des tullistes en juillet, celle du 15 août, la ducasse de septembre, la fête du rosaire le 1er octobre, celle de Sainte-Maxellende le 13 novembre. Entre-temps, lorsqu'un cirque s'installait dans notre ville, il venait assister à la représentation et s'arrangeait pour rencontrer Adolphine. À chaque fois, il lui donnait rendez-vous pour le dimanche suivant. Je servais de chaperon. Elle venait me chercher, nous partions nous promener et, à l'endroit convenu, François nous attendait. Le plus souvent, Hugues nous accompagnait ; tandis qu'Adolphine et François bavardaient entre eux, Hugues et moi nous les suivions, parlant de tout et de rien, heureux de nous retrouver et d'être ensemble.

À la fin de l'été, François demanda aux parents de mon amie la permission de fréquenter leur fille, et il eut droit à « l'entrée de la maison ». Radieuse, elle ne me parlait que de lui :

— Il est tellement gentil ! Mère dit qu'il fera toutes mes volontés, et qu'il me rendra parfaitement heureuse. Hugues, lui, désapprouve notre différence d'âge. C'est vrai que François a douze ans de plus que moi. Tu trouves que c'est beaucoup, Maxellende ?

— Bien sûr que non, affirmai-je sincèrement. Cela n'a aucune importance.

— François voudrait que notre mariage ait lieu l'an prochain, continuait-elle. Il dit qu'il va avoir trente ans et qu'il est temps pour lui de prendre femme ! Mes parents, eux, trouvent que je suis trop jeune.

— Et toi, que désires-tu ?

— Oh, moi, je veux l'épouser, bien sûr ! Et aller vivre avec lui. Mais promets-moi de venir me voir lorsque je serai mariée, Maxellende.

— Je te le promets. Tu vas beaucoup me manquer, et je viendrai si souvent que tu chercheras le moyen de te débarrasser de moi !

— Et toi, tu épouseras mon frère. Tu deviendras ma belle-sœur, et tu feras partie de ma famille. Les occasions de nous revoir ne nous manqueront pas.

Ainsi, l'avenir était tout tracé, et il nous convenait tout à fait. Bientôt, mon amie se mit à faire des préparatifs pour son mariage et à broder son trousseau. Je pensais que mon tour viendrait, mais il me fallait encore attendre. Hugues devait d'abord effectuer son service militaire. Il ne m'avait encore rien dit, mais, grâce à l'accord tacite qui existait entre nous, je savais que je lui étais promise.

Jérôme continuait à se déplacer à bicyclette lorsqu'il venait nous voir seul, et ma mère avait fini par se résigner. Ce moyen de locomotion faisait de plus en plus d'adeptes. Il plaisait beaucoup aux gens, contrairement aux automobiles qui continuaient à être appelées « engins du diable ».

Un autre moyen de locomotion était en train de voir le jour, par les airs cette fois. Le 25 juillet 1909, Louis Blériot réussit la traversée de la Manche, de Calais à Northfall, en trente-huit minutes. Les avis furent partagés. Beaucoup furent enthousiastes et admiratifs, comme Hugues qui accueillait favorablement chaque nouveau progrès. Mon père, par contre, secoua la tête :

— Jamais on ne me fera monter dans un de ces engins volants. À mon avis, ils risquent de s'écraser au sol à la moindre occasion.

François, le fiancé d'Adolphine, était quant à lui un passionné de photographie. Lorsqu'il venait voir mon amie, le dimanche, il n'oubliait jamais son appareil Kodak. Lorsque nous nous promenions ensemble, il en profitait pour nous photographier. Le dimanche suivant, il nous apportait les photos développées. Je collectionnais celles où je figurais, et je les regardais souvent : sur l'une d'elles, j'étais avec Adolphine devant l'église Sainte-Maxellende ; sur une autre, je souriais à Hugues près de la petite chapelle du château ; sur une autre encore, je plissais les yeux dans le soleil, devant notre maison. Mon amie ne tarissait pas d'éloges sur le talent de son fiancé. Son mariage était prévu pour l'automne, et elle me donnait l'impression de trépigner d'impatience.

Cet été-là, le temps fut désastreux. Les fermiers durent retarder leur moisson. Il y eut, au mois d'août, des pluies d'une telle intensité que la rue Victor-Hugo et la rue de Bonneville furent inondées. L'eau avait pénétré dans les caves des maisons et il fallut avoir recours à la pompe à incendie. Adolphine regardait la pluie avec désespoir et se lamentait :

— Pourvu qu'il ne fasse pas ce temps-là le jour de mon mariage !

— Il a lieu dans un mois, disais-je pour la rassurer. D'ici là, il ne pleuvra plus.

— Je sais ce que je vais faire ! m'annonça-t-elle un matin. Je vais aller porter des œufs aux Clarisses, à Cambrai, pour que sainte Claire retienne l'eau en l'air !

Comme tout le monde dans la région, je connaissais cette tradition. Quelques jours avant le mariage, Adolphine et sa mère se rendirent à Cambrai, et leur entreprise fut couronnée de succès : le jour du mariage, il ne plut pas.

Dans ma nouvelle robe confectionnée par madame Bricout, coiffée du chapeau que j'avais choisi avec soin chez mademoiselle Gabet, je me sentais en beauté. Dans le cortège, au bras d'Hugues qui était mon cavalier, j'éprouvais une impression de bonheur et d'allégresse. Je me rappelai les paroles de la voyante ; ce qu'elle avait dit à Adolphine s'était révélé exact, et il en serait de même pour ses prédictions à mon égard.

Lorsque, à la fin de la messe, Adolphine et François se dirigèrent vers la sortie, mari et femme pour la vie, je me retrouvai avec Hugues. Tandis que nous descendions l'allée et que les cloches se mettaient à sonner à toute volée, nous échangeâmes un long regard, et ses yeux m'adressèrent une promesse muette. Je compris ce qu'ils disaient : « Bientôt, ce sera notre tour. Tu seras ma femme. »

Et mon sourire répondit oui.

Je ne revis plus Adolphine que le dimanche, de temps en temps. Depuis toujours, elle avait fait partie de ma vie, elle avait été ma compagne de jeux, ma confidente, mon amie. Je la considérais comme une sœur tendrement chérie. Elle me manquait, et, pour compenser son absence, je me rendais plus souvent chez ma marraine Gervaise.

Je bavardais avec elle, je jouais avec Martin, mon petit filleul. À cinq ans, il était intelligent et *écafié*[1], comme l'on disait chez nous. Je l'emmenais avec moi lorsque j'allais faire les commissions, et, à *L'Épicerie Parisienne*, je lui achetais les sucres d'orge qu'il aimait. En chemin, il me posait des tas de questions, auxquelles je ne savais pas toujours répondre. Par exemple, il demandait :

— Pourquoi il chauffe, le soleil ? Et la pluie, pourquoi elle mouille ?

Incapable de le lui expliquer, je répondais :

— Tu apprendras tout ça lorsque tu iras à l'école.

— Avec moi, c'est la même chose, constatait ma marraine en riant. Il n'arrête pas de m'interroger sur tout. Il faudrait être un savant pour lui expliquer tout ce qu'il veut savoir !

Lors de la fête patronale de Caudry, le 13 novembre, en l'honneur de sainte Maxellende, mon frère Jérôme vint partager notre repas avec sa femme et notre oncle Gaspard. Alors que nous buvions le café, ma belle-sœur Sylvette, rougissante, nous apprit qu'elle attendait un enfant et que la naissance était prévue pour le mois d'avril. Ma mère l'embrassa avec une affection et un bonheur sincères. En aparté, Sylvette me confia :

— Je suis si heureuse, Maxellende ! J'ai fait partie d'une famille nombreuse, et je désire avoir plusieurs enfants. Jérôme est bien content, lui aussi, et oncle Gaspard également. Ils disent déjà qu'ils en feront un futur navetier !

Quant à moi, je voyais toujours Hugues en ami. Un

1. Éveillé, précoce.

cinéma venait d'ouvrir ses portes à Caudry, dans la salle Boisdenghien, et nous assistions souvent aux séances. Plusieurs films nous étaient proposés chaque dimanche : des drames qui nous faisaient pleurer, et des films comiques qui, eux, nous faisaient bien rire. Hugues et ses parents nous accompagnaient, et, dans la salle, assise près de lui, je me laissais emporter par la magie qu'exerçait toujours sur moi le cinéma.

Quelques mois passèrent ainsi, puis arriva pour Hugues le moment d'aller faire son service militaire. J'appréhendais un peu cette séparation, car des échos désagréables nous parvenaient parfois : certains jeunes gens avaient connu, pendant leur séjour sous les drapeaux, une jeune fille dont ils étaient tombés amoureux, et avaient alors délaissé celle qui leur était promise. Je me répétais, pour me rassurer, qu'Hugues m'aimait, et que je n'avais rien à craindre. La voyante n'avait-elle pas dit qu'il me serait toujours fidèle ?

La veille de son départ, il vint nous faire ses adieux.

— À ton retour, lui dit mon père, tu pourras monter sur un métier, et tu feras partie des tullistes. C'est pour bientôt, mon garçon ! Deux ans sont vite passés !

Lorsque Hugues sortit de la maison, je le raccompagnai jusqu'à la porte. Il se pencha vers moi et resta ainsi, un long moment, ses yeux plongés dans les miens. Le sentiment qui, depuis toujours, nous unissait était là de nouveau, intensifié par notre séparation toute proche. À voix basse, il me dit les mots que j'attendais :

— Maxellende... Tu sais que je t'aime, n'est-ce pas ? Et que je désire faire de toi ma femme ? Dès que j'aurai terminé mon service, j'irai trouver tes parents. D'ici là, tu promets de m'attendre ?

— Oui, Hugues.

Je n'avais pas hésité. Ma réponse ne pouvait être

qu'une évidente acceptation. Il leva une main, caressa doucement ma joue :

— Merci, Maxellende. À bientôt. N'oublie pas que je t'aime.

— Moi aussi, Hugues, je t'aime.

Il me prit dans ses bras, me serra un instant contre lui, puis il s'en alla sans se retourner. Je le regardai tandis qu'il traversait la rue et entrait chez lui. Je me sentais sûre de nous, sûre de notre amour. J'avais totalement oublié le jeune homme brun dont avait parlé Madame Irma.

5

Je me confiai à ma mère, et elle sourit d'un air entendu :

— Il t'aime depuis toujours, et tu seras heureuse avec lui. Il pourra t'épouser dès son retour du régiment. Dieu merci, il n'y a aucun obstacle à votre union. Tu peux en remercier le Ciel, Maxellende.

Cette phrase m'intrigua, et je me demandai ce qu'elle pouvait signifier. Quant à mon père, il hocha la tête avec satisfaction :

— C'est bien, ma fille. Tu auras un mari tulliste. Sais-tu qu'un bon métier produit deux cent cinquante racks à la semaine, et que le tulliste gagne environ deux cents francs par mois ? C'est le double du salaire d'un instituteur. C'est important d'avoir de l'argent dans un ménage ! Tu le verras toi-même lorsque tu seras mariée.

En attendant, Hugues me manquait, l'amour que contenaient ses yeux quand ils se posaient sur moi me manquait, et je me sentais désorientée. Depuis ma petite enfance, il avait été là, et subitement je ne le voyais plus. J'allais souvent rendre visite à Élisabeth, sa mère, qui me lisait les lettres qu'elle recevait. Il était à Toul, et cela me semblait être au bout du monde. Au bas de ses lettres, il n'oubliait jamais d'ajouter quelques mots pour moi ; mais il ne m'écrivait pas personnellement, puisque nous ne nous « fréquentions » pas encore officiellement.

Sans lui, les sorties que nous faisions n'avaient plus le même intérêt. Les deux années qui s'étendaient devant nous m'apparaissaient bien longues. Élisabeth, qui trouvait la séparation également cruelle, me comprenait. Elle savait, comme mes parents, que j'avais promis à Hugues de l'attendre, et elle me considérait comme sa fiancée. Ensemble, nous parlions de lui, nous regardions les photographies qu'elle possédait, nous lisions les lettres qu'il envoyait, et notre amour pour lui faisait de nous des amies.

Avec elle, le dimanche, j'allais voir Adolphine. Mon amie, à son tour, attendait un enfant, et le début de sa grossesse était pénible. Elle se trouvait continuellement sujette à des nausées et des vomissements ; son moral s'en ressentait. Le dimanche après-midi, nous allions lui tenir compagnie, car son mari avait gardé l'habitude d'aller jouer aux cartes dans un cabaret voisin. Elle se plaignait, vitupérait contre l'enfant qui la rendait malade, et nous passions notre temps à la réconforter.

— Cela ira mieux dans quelques semaines, assurait sa mère. Après le quatrième mois, les nausées vont disparaître.

Adolphine secouait la tête, portait une main à sa bouche, et se précipitait vers la cuvette qui se trouvait dans l'arrière-cuisine. Elle revenait en essuyant son visage couvert de sueur, et elle me faisait pitié. Pour la distraire, je lui racontais les dernières facéties de mon petit filleul, ou les films que nous avions vus au Moderne Cinéma. Lorsque nous partions, elle s'accrochait à nous :

— Revenez dimanche prochain. Ça me fait du bien

de vous voir. Les voisines sont gentilles, mais ce n'est pas pareil.

Un dimanche pourtant, Élisabeth ne put m'accompagner. La veille, elle s'était fait une entorse si grave qu'elle ne pouvait plus bouger. Sa cheville était enflée et son pied tout bleu.

— Tu expliqueras à Adolphine pourquoi je n'ai pas pu venir, me dit-elle. Et tu l'embrasseras très fort de ma part.

Je partis donc seule chez mon amie. Je pris, comme d'habitude, le petit train du Cambrésis. Il transportait des ouvriers durant la semaine, mais, le dimanche, il y avait de nombreux voyageurs qui allaient rendre visite à des parents ou qui se rendaient à une fête ici ou là. Il y régnait une ambiance bon enfant. J'empruntais la ligne Caudry-Cambrai, et à chaque arrêt des personnes montaient ou descendaient. Assise près de la vitre, je regardais la campagne et les arbres que le printemps commençait à faire reverdir. Lorsque arriva l'arrêt où je devais descendre, je me levai, m'approchai de la portière que d'autres voyageurs avaient ouverte, et descendis avec prudence le haut marchepied.

Soudain, mon pied glissa, et je faillis tomber. J'atterris brutalement sur le sol, cherchant à retrouver mon équilibre. Un jeune homme, qui se trouvait près de moi et qui attendait visiblement de monter dans le train, se précipita :

— Permettez-moi, mademoiselle...

Il soutint mon bras d'une poigne ferme, et je le regardai avec reconnaissance. Il était brun et élégamment vêtu d'une chemise blanche, d'un pantalon et d'une redingote noirs. Visiblement, ce n'était pas un ouvrier.

— Merci, monsieur, dis-je sincèrement.

Il m'observa un instant avec inquiétude :

— Vous sentez-vous bien ? Vous ne vous êtes pas tordu le pied, au moins ?

Je pensai à l'entorse qu'Élisabeth s'était faite la veille, et je fis quelques pas prudents. Rassurée, je souris :

— Tout va bien, merci. Sans vous, je crois que je serais tombée.

— Je suis heureux de m'être trouvé là, dit-il en répondant à mon sourire. Permettez-moi de me présenter, ajouta-t-il en s'inclinant. Gilles Dorcelles, pour vous servir.

— Je m'appelle Maxellende... commençai-je, mais je fus interrompue par le train qui démarrait.

Je me retournai, affolée :

— Mon Dieu ! m'exclamai-je. Vous avez raté votre train !

— Oh, cela ne fait rien. Je prendrai le prochain. De toute façon, personne ne m'attend à Cambrai.

Il s'inclina de nouveau, souleva légèrement son chapeau :

— Si vous le permettez, je serai heureux de vous accompagner. Ne serait-ce que pour vous retenir au cas où vous manqueriez encore de tomber, acheva-t-il avec une étincelle malicieuse dans le regard.

À ce moment-là, j'aurais dû refuser, réitérer mes remerciements et lui dire adieu. Rien, ensuite, ne serait arrivé. Mais, déjà, j'étais sous le charme. J'oubliai jusqu'aux recommandations de ma mère, selon lesquelles une jeune fille sérieuse n'acceptait pas de se laisser aborder par un inconnu. J'oubliai tout, sauf cet attrait inexplicable que je ressentais envers ce jeune homme et cette connivence qui, déjà, nous unissait.

Je me mis à rire :

— Je ne tombe pas aussi souvent que vous semblez le croire, Dieu merci.

En même temps, j'avançai, et tout naturellement il se mit à marcher à mes côtés. Et tout en marchant, il m'expliquait :

— Je viens souvent, le dimanche après-midi, rendre visite à la nourrice qui m'a élevé. Elle a perdu son mari il y a quelques années, et elle est venue vivre chez sa nièce. Je l'aime beaucoup. Elle a remplacé la mère que je n'avais pas.

À mon tour, je dis que j'allais voir mon amie d'enfance, et je racontai pourquoi, cette fois-ci, j'étais seule.

— Je ne m'en plaindrai pas, déclara-t-il galamment. Cela m'a donné l'occasion de vous connaître, et de vous accompagner. Bien que... vous ne me semblez pas totalement inconnue. Nous serions-nous déjà rencontrés quelque part ?

Cette impression qu'il m'avouait, je la ressentais moi aussi. Mais je pensai aux romans que je lisais en feuilleton dans *Le Caudrésien*, le journal auquel mon père était abonné. Dans ceux-ci, lorsqu'un jeune homme voulait séduire une jeune fille, il prenait souvent l'excuse banale d'une précédente rencontre. Je m'obligeai à répondre froidement :

— Je n'en ai aucun souvenir.

— Pardonnez-moi, dit-il aussitôt, l'air contrit. Ce n'est pas une platitude, je suis sincère.

Je hochai la tête sans répondre, m'apercevant soudain que nous étions déjà arrivés dans la rue où habitait Adolphine. Je l'annonçai à mon compagnon, tout en m'arrêtant devant la maison de mon amie.

— Déjà ? s'exclama-t-il, révélant tout haut ce que je pensais tout bas.

Il s'inclina devant moi, serra ma main gantée entre les siennes :

— Je vous laisse donc. Merci de m'avoir permis de vous accompagner. Ce fut très agréable. Au revoir, mademoiselle.

— Au revoir, monsieur.

Je regardai quelques instants sa haute silhouette s'éloigner, puis me décidai à entrer chez mon amie.

— Maxellende ! Je t'attendais. Mais tu es seule ? Et mère, où est-elle ?

— Elle est immobilisée à cause d'une mauvaise entorse. Alors, je suis venue seule.

— Tu as bien fait, Maxellende. Je suis si contente de te voir ! Si je n'ai personne avec qui parler, je me mets à broyer du noir. François a l'habitude d'aller jouer aux cartes le dimanche après-midi – il le faisait avant notre mariage – et je ne veux pas l'en empêcher. De toute façon, ici il ne tarderait pas à s'ennuyer et à tourner en rond. Ou bien, il s'enferme dans la pièce où il développe ses photographies, et je me retrouve encore toute seule... Viens, assieds-toi, prends un macaron. C'est mère qui me les a apportés la semaine dernière. Comment va-t-elle ? J'espère qu'elle n'est pas gravement blessée ?

Je rassurai mon amie. Tout en grignotant un macaron, je remarquai sa mauvaise mine, son teint verdâtre, ses yeux cernés.

— Et toi ? Comment vas-tu ?

— Oh, c'est toujours pareil. Cela devient vraiment pénible. Moi qui n'étais jamais malade et qui ne connaissais pas les indigestions...

Pour la distraire, je lui narrai les petits événements qui s'étaient produits au cours de la semaine. Je mourais d'envie de lui raconter la rencontre que je venais de faire, mais je préférai la garder secrète.

Je n'en parlai pas davantage à ma mère le soir, ni le lendemain à ma marraine Gervaise, à qui pourtant je confiais tout. Je me doutais qu'elles désapprouveraient mon attitude, puisque j'étais promise à Hugues. Je ne devais pas chercher à lier connaissance avec un autre jeune homme. Mais cet autre, me dis-je, je ne le rencontrerais peut-être plus.

Pourtant, tout au long de la semaine, je ne cessai de penser à lui. J'avais toujours devant moi son visage séduisant, ses yeux à la fois graves et chaleureux, son sourire charmeur. Ma mère me surprit plus d'une fois le regard dans le vide et me rappela à l'ordre :

— Maxellende, je te parle ! Tu rêves, ma fille ?...

Mon travail de raccommodeuse s'en ressentait. Je me montrais moins attentive, et ma mère constata que j'avais oublié de faire deux reprises qui m'avaient totalement échappé. Cela m'arrivait rarement, et j'inventai comme excuse un mal de tête auquel elle ne crut peut-être pas. Elle me regarda, mi-inquiète, mi-intriguée. Elle-même, depuis quelques jours, souffrait d'un gros rhume ; elle toussait beaucoup et monsieur Piettre, le pharmacien, lui avait conseillé le sirop des Vosges Cazé. Mais la toux semblait vouloir persister.

Quant à l'entorse d'Élisabeth, elle se résorbait très lentement, malgré les compresses dont elle entourait sa cheville. À la fin de la semaine, celle-ci était encore gonflée et douloureuse, et Élisabeth ne pouvait se déplacer qu'en boitant et en prenant appui sur les meubles. Elle n'était pas capable de m'accompagner chez Adolphine, et j'en fus secrètement satisfaite.

Sans me l'avouer, j'espérais rencontrer de nouveau le jeune homme auquel je ne cessais de penser. C'était mal, je le savais. J'avais promis à Hugues de l'attendre, et j'étais certaine de l'aimer. Alors, pourquoi éprouvais-je cette impatience heureuse à l'idée de revoir le jeune homme brun ? Car il était brun, et je m'étais rappelé la prédiction de la voyante. Elle avait dit qu'il allait bouleverser ma vie, et une sorte de crainte se mêlait à l'excitation que je ressentais.

Je pris le train à la même heure que le dimanche précédent. Pendant tout le trajet, je tâchai de dominer mon impatience. Je me dis que le jeune homme ne serait probablement plus là, et, à cette pensée, j'éprouvai un mélange de soulagement et de regret.

Alors que nous arrivions à l'arrêt où je devais descendre, tandis que le train ralentissait, je me levai et m'approchai de la portière. Par la vitre, je l'aperçus, et mon cœur bondit. Il était sur le quai, comme la dernière fois, et il observait les voitures comme s'il essayait d'apercevoir quelqu'un. Je compris que c'était moi qu'il cherchait, et j'eus un vertige fait de joie et d'affolement.

Je laissai passer les autres voyageurs pour permettre à mon cœur de se calmer. Puis je m'avançai et, tandis que je descendais avec précaution le haut marchepied, les yeux baissés, j'entendis sa voix qui disait :

— Ne craignez rien. Je suis là pour vous empêcher de tomber.

Je le regardai. Il me souriait, et de nouveau l'enchantement fut là.

— Bonjour, mademoiselle. Je suis heureux de vous revoir. J'espère que ma présence ne vous importune pas ?

Je fus incapable de mentir. Je secouai simplement la tête et, encouragé par ma réaction, il demanda :

— Me permettez-vous de vous accompagner ?

Avec un secret contentement, que je m'efforçai de

cacher, je fis un signe affirmatif. Il m'emboîta aussitôt le pas :

— Vous venez de Caudry, c'est bien cela ?

— Oui, dis-je. Mon père est tulliste, et moi-même je suis raccommodeuse, ainsi que ma mère.

Il hocha la tête d'un air entendu :

— À Caudry, c'est tout à fait normal. Les métiers liés à la dentelle mécanique sont nombreux. Le secteur dans lequel vous travaillez n'est pas bien éloigné du mien. Mon grand-père m'a légué l'entreprise qu'il dirigeait, spécialisée dans la fabrication de toile et de mouchoirs de Cambrai.

— Ma mère a été roulotteuse. C'était à l'époque où elle était jeune fille et habitait Cambrai. Elle coud et brode à la perfection, bien mieux que je ne saurai jamais le faire.

— Allons, ne vous sous-estimez pas, dit-il en me regardant d'une façon qui, de nouveau, fit battre mon cœur plus vite. C'est ce que me répétait toujours maman Alice lorsque je désirais faire quelque chose et que je craignais de ne pas réussir.

— C'est elle que vous venez voir, n'est-ce pas ? Vous venez souvent ?

— Aussi souvent que je le peux. Elle est si heureuse de mes visites ! Elle dit qu'elles sont sa seule joie. Je l'aime tendrement. C'est elle qui m'a élevé.

— Vous n'aviez plus vos parents ?

Aussitôt, je me mordis les lèvres. J'avais posé la question spontanément, parce que tout ce qui le concernait m'intéressait. Mais une jeune fille bien élevée ne devait pas faire preuve de curiosité, surtout envers un jeune homme. Pourtant, il ne se formalisa pas de ma question. Son visage se rembrunit tandis qu'il répondait :

— J'ai perdu mes parents alors que je venais d'avoir quinze mois. Mon père est décédé accidentellement – un stupide accident de bicyclette. Quant à ma mère, elle est partie peu de temps après et n'est jamais revenue.

— Elle est partie ? répétai-je, surprise. Et vous n'avez jamais su... ?

— Jamais. Mon grand-père m'a dit qu'elle m'avait abandonné. C'est lui qui m'a recueilli et élevé. J'ai souvent interrogé maman Alice. D'après elle, lorsque ma mère est partie, elle lui a confié qu'elle était obligée de le faire, sans lui en donner les raisons. Maman Alice affirme qu'elle pleurait et qu'elle semblait désespérée de me laisser : « Elle m'a dit qu'elle agissait ainsi pour ton bien, en accord avec monsieur Dorcelles. Mais je ne sais rien de plus. » Alors, j'ai interrogé mon grand-père.

— Et que vous a-t-il répondu ?

— Il n'a jamais voulu me renseigner. Selon lui, ma mère n'était qu'une intrigante, et il refusait d'y faire allusion. Il repoussait toutes mes questions, me promettant d'en parler plus tard. Mais il est mort subitement d'une embolie l'an dernier, et comme il était le seul à savoir, maintenant, je ne connaîtrai jamais la vérité. D'autant plus que maman Alice vieillit, et sa mémoire a parfois des défaillances.

— Mais cela doit être terrible de ne rien savoir...

— Je me suis fait une raison. Pour moi, ma mère est celle qui m'a élevé, ma maman Alice. L'autre, celle qui m'a abandonné...

Il fronça les sourcils, ajouta d'une voix sourde :

— Il est vrai que je me demanderai toujours pourquoi elle est partie, puisque maman Alice affirme qu'elle m'aimait...

Nous étions dans la rue où habitait Adolphine, et il s'en aperçut :

— Oh, nous arrivons chez votre amie ! Je vous ai ennuyée en ne parlant que de moi. Veuillez m'excuser.

— Vous ne m'avez pas ennuyée du tout. Au contraire.

— Merci. Vous êtes trop aimable.

Je m'arrêtai et il s'inclina devant moi. Il prit ma main droite dans les siennes, la serra d'une étreinte chaude et ferme :

— J'ai été ravi de vous accompagner. Au revoir, mademoiselle. Peut-être à dimanche prochain ?

Je me troublai, balbutiai :

— Heu... je ne sais pas... peut-être...

Il s'inclina de nouveau, lâcha ma main, me sourit, souleva légèrement son chapeau et s'en alla.

Adolphine m'accueillit avec des démonstrations d'amitié, se plaignit de ses malaises, m'interrogea sur sa mère, me fit lire une lettre d'Hugues qu'elle avait reçue. Je lui répondis dans un état second. Mon esprit était ailleurs. Il était resté près du jeune homme brun qui, de plus en plus, me charmait.

Les jours qui suivirent ne furent pour moi qu'une attente impatiente du dimanche. Il avait sous-entendu qu'il serait là, et je brûlais de le revoir. Élisabeth se déplaçait encore difficilement, et je ne pus m'empêcher de me sentir heureuse à l'idée que, cette fois encore, j'irais seule chez Adolphine.

La toux de ma mère ne s'améliorait pas, et semblait même s'aggraver. Elle souffrait de quintes interminables et se plaignait de douleurs dans la poitrine. Monsieur Piettre avait remplacé le sirop des Vosges Cazé par celui de l'abbaye Akker, plus indiqué pour les bronchites. Il avait également conseillé à ma mère d'aller voir le médecin, mais elle avait obstinément refusé. Elle affirmait qu'avec des cataplasmes de farine de lin et de farine de moutarde la toux finirait par disparaître.

Pour moi, tout cela était secondaire et paraissait se dérouler dans un monde extérieur au mien. Je ne pensais qu'au jeune homme brun ; je n'avais pas oublié son nom, et, tout au fond de moi, maintenant, je l'appelais Gilles.

Le dimanche arriva enfin. Je me préparai longuement. Je savais qu'il m'attendrait et je voulais être belle pour lui. Je serrai mon corset au maximum afin qu'il me fît la taille fine, je choisis ma plus belle robe, me coiffai avec soin et passai un temps infini devant mon miroir à fixer sur mes cheveux mon nouveau chapeau de la manière la plus seyante. Enfin, satisfaite de l'image qui m'était renvoyée, je m'en allai, le cœur en fête.

Comme le dimanche précédent, je l'aperçus avant de descendre du train. Dès qu'il me vit, il vint vers moi, et je retrouvai avec émerveillement le bonheur d'être en sa présence. Il me salua poliment, et, en réfrénant l'élan qui me poussait vers lui, je m'obligeai à répondre d'une voix neutre :

— Bonjour, monsieur.

Mais la joie que nous éprouvions se lisait dans nos yeux. D'un commun accord, nous nous mîmes à marcher. Un clair soleil printanier brillait gaiement, et je me sentis soudain follement heureuse.

— La semaine dernière, je n'ai parlé que de moi, disait-il. À vous maintenant. Savez-vous que je ne connais que votre prénom ?

Tandis qu'il m'écoutait avec intérêt, je lui parlai de

moi, de mon travail de raccommodeuse, de mes parents, et je terminai en souriant :

— Vous voyez, c'est une vie toute simple, et bien banale.

Il m'enveloppa d'un chaud regard, qui disait clairement : « En tout cas, moi, je ne vous trouve pas banale. »

— Comment se fait-il que je ne vous aie pas rencontrée plus tôt ? demanda-t-il simplement.

— Je ne sais pas, avouai-je. Je viens voir Adolphine depuis plusieurs mois, mais pas tous les dimanches. En ce moment, je viens plus souvent parce qu'elle a quelques problèmes de santé. Et habituellement, je suis accompagnée de sa mère.

Nous approchions de la maison de mon amie et, instinctivement, nous ralentissions le pas pour retarder le moment de nous quitter. Il se racla la gorge et dit, avec une sorte de timidité qui le fit soudain paraître très jeune :

— Justement... J'ai réfléchi. Si vous n'êtes plus seule, nous ne pourrons plus parler. Me permettez-vous de vous rencontrer ailleurs ? Je peux me rendre à Caudry, si vous le désirez.

Mon cœur eut un sursaut d'affolement. Lui, à Caudry ! Je balbutiai :

— Je ne sais pas... C'est impossible... Mes parents...

— Bien entendu, reprit-il immédiatement, je ne veux pas vous importuner. Excusez ma suggestion, et oubliez-la.

Nous étions arrivés devant la maison d'Adolphine, et, debout face à lui, je le regardai. Il avait l'air désolé d'un petit garçon, et l'expression de ses yeux m'émut. Ils étaient pleins d'ardeur et de supplication.

Pourtant, sa proposition m'avait ramenée à une

réalité que j'oubliais volontairement. Et mon honnêteté me décida à lui avouer :

— C'est que... j'ai un ami d'enfance, qui est en ce moment au service militaire, et... je lui ai promis de l'attendre...

Une ombre vint sur son visage, ses sourcils se froncèrent :

— Je comprends. Moi aussi, de mon côté, j'ai une amie que j'aime tendrement, et qui espère que je l'épouse. C'est ce que mon grand-père avait prévu, et je n'avais jusqu'ici aucune raison de refuser. Mais, maintenant, je crois que tout est remis en question.

Son regard m'interrogea, espérant un assentiment. Prise de vertige devant le sous-entendu que contenaient ses paroles, je ne répondis rien. Il insista :

— Est-ce que je me trompe ? Qu'en pensez-vous ?

— Je ne sais pas, dis-je, prudente. J'ai donné ma parole à Hugues et... – Je me mordis les lèvres, déchirée. – Je ne sais pas, répétai-je. Je vais réfléchir.

Il s'inclina :

— Comme vous voudrez. Me permettez-vous quand même de vous attendre dimanche prochain ?

— Oh oui ! m'exclamai-je spontanément. Bien sûr !

Il sourit, et son visage s'illumina. Il serra ma main dans les siennes, la gardant un peu plus longtemps qu'il n'était nécessaire. Son dernier regard ressembla à une caresse, et, tandis que je murmurai « au revoir, monsieur », il dit à voix basse :

— À dimanche, mademoiselle Maxellende.

Tandis qu'il s'éloignait, mon prénom, ainsi prononcé par lui, résonnait comme une musique dans mes oreilles. Troublée, je ne savais plus où j'en étais.

Tout le temps que je tins compagnie à mon amie, je

ne pensai qu'à la proposition de Gilles. Adolphine finit par s'apercevoir de ma distraction :

— Qu'as-tu, Maxellende ? Je te parle, et tu ne me réponds pas.

Je portai la main à mon front :

— Ne fais pas attention. J'ai mal à la tête.

— Veux-tu de l'aspirine ?

— Non, ce n'est pas la peine. Ça va passer.

Lorsqu'il fut l'heure de mon train et que je m'en allai, je fus soulagée de me retrouver seule et de pouvoir réfléchir. Pendant le trajet du retour, je cherchai quelle était la meilleure solution. Ma raison me conseillait de cesser mes rencontres avec Gilles, mais mon cœur désirait exactement le contraire. Lorsque le train arriva à Caudry, je n'avais toujours pas pris de résolution. Je me dis finalement que je laisserais les événements suivre leur cours et que, si Gilles désirait me rencontrer, je ne l'en empêcherais pas. Ce serait l'avenir qui déciderait, pensai-je, sans me douter un seul instant que le choix allait m'être imposé d'une manière brutale et totalement inattendue.

6

En arrivant chez nous, je croisai l'une de nos voisines qui sortait de notre maison. C'était une vieille femme que je connaissais depuis toujours, qui s'appelait Adélaïde et que tout le monde surnommait Laïte. Je lui souhaitai le bonjour, et elle répondit à mon salut avec une expression inhabituelle que je ne parvins pas à définir. Mais, sur le moment, je n'y attachai pas d'importance.

J'entrai. Ma mère était seule ; mon père, comme il le faisait parfois le dimanche, était allé jouer au javelot empenné. Tandis que j'ôtai ma jaquette et mon chapeau, ma mère me demanda des nouvelles d'Adolphine. Puis, en me regardant bien en face, elle dit :

— Laïte sort d'ici. Elle est venue m'apporter du sirop de radis noir qu'elle fabrique elle-même avec du sucre candi. Et sais-tu ce qu'elle m'a appris ?

Loin de me douter de la vérité, je secouai la tête. Ma mère reprit, sur un ton lourd de reproches :

— Il paraît que tu rencontres un jeune homme, lorsque tu vas voir Adolphine, et qu'il t'accompagne jusque chez elle ?

Je demeurai sans voix. Je n'avais parlé de Gilles à personne, pas même à Adolphine. Comment Laïte avait-elle su ?...

Ma mère répondit elle-même à la question que je me posais :

— La nièce de Laïte n'habite pas très loin de chez Adolphine ; c'est elle qui t'a vue. Laïte me l'a répété, mais elle ne l'a pas fait pour rapporter. Tu la connais, ce n'est pas une *quaterlinque*[1]. Elle croyait que j'étais au courant, et j'ai fait semblant de l'être. Mais je n'ai jamais été aussi surprise. Je ne te croyais pas capable d'agir ainsi en cachette, ma fille.

D'abord, je ressentis une colère contre Laïte, qui avait dévoilé mon merveilleux secret, et contre sa nièce, qui nous avait vus et s'était empressée d'en parler. Je la connaissais à peine, et peut-être l'avais-je croisée tandis que j'étais en compagnie de Gilles. Mais, près de lui, je ne voyais rien d'autre... Puis j'éprouvai une grande contrariété en pensant que, maintenant que mon secret était dévoilé, tout le monde allait être au courant et mal me juger. Aussitôt, un vent de rébellion me poussa à me défendre :

— Je ne faisais rien de mal. La première fois, j'ai failli tomber en descendant du train, et il m'a retenue. Les autres fois, il m'a poliment demandé la permission de m'accompagner, et nous n'avons fait que bavarder. Il est bien élevé, respectueux et correct.

— Mais, Maxellende... protesta ma mère. Pourquoi as-tu accepté, alors que...

Une quinte de toux l'interrompit. Lorsqu'elle se fut calmée, elle but une cuillerée de sirop, tandis que j'expliquais avec ardeur :

— J'ai accepté parce que cela me plaisait. Je n'ai pas pu dire non. J'aime être avec lui, je me trouve bien en sa présence. Et je sens que, pour lui, c'est la même chose.

---

1. Personne médisante.

Ma mère me regarda avec désapprobation :

— Cela ne te ressemble pas d'agir ainsi. Surtout avec un jeune homme que tu ne connais pas. Sais-tu qui il est, au moins ?

— Oui, il me l'a dit. Il m'a même expliqué qu'il venait voir, chaque dimanche, la nourrice qui l'a élevé et qu'il aime beaucoup. Il s'appelle Gilles Dorcelles et il habite Cambrai.

Ma mère devint d'un seul coup très pâle, puis, immédiatement après, très rouge. Elle eut une sorte de râle, comme si elle recherchait sa respiration, et se mit à tousser de nouveau. La quinte dura si longuement que, affolée, j'allai lui tapoter le dos, puis lui versai une cuillerée de sirop Akker. Elle fit un geste de refus, parvint à se calmer, dit dans un souffle :

— Impossible... Impossible...

Je crus qu'elle pensait à Hugues, et je tentai d'expliquer :

— C'est vrai que j'ai promis à Hugues de l'attendre, et que je ne devrais pas m'intéresser à un autre jeune homme. Mais Gilles est si bien ! Il me plaît énormément, et je ne sais plus que faire, je l'avoue.

Ma mère respira profondément. D'une voix qui tremblait, elle dit :

— Il faut arrêter. Immédiatement. Aucune histoire n'est possible entre vous.

— À cause d'Hugues ? Mais... au cas où je désirerais reprendre ma parole, il comprendrait...

Ma mère secoua la tête, et je pris conscience de l'affolement qui se lisait dans ses yeux.

— Non, ce n'est pas cela. Il y a autre chose. Quelque chose de beaucoup plus grave.

— Que peut-il y avoir ? demandai-je, surprise.

— Crois-moi, Maxellende. Je t'assure...

Une nouvelle quinte de toux la plia en deux. Cette fois, elle accepta de boire du sirop et, tandis que je refermais la bouteille, prête à interroger de nouveau, ma marraine Gervaise arriva avec son petit garçon. Martin, immédiatement, courut vers moi :

— Regardez, marraine, ma nouvelle toupie ! Maman me l'a achetée au marché, ce matin. Vous voulez bien jouer avec moi ? Celui qui la fera tourner le plus longtemps aura gagné !

Je ne pouvais pas résister à Martin. Je lui souris et, chassant ma contrariété, je me mis à jouer avec lui. En même temps, j'avais toujours l'image de Gilles devant mes yeux, et je savais que je désirais le revoir.

Ma marraine Gervaise demeura quelques instants avec nous, parlant de tout et de rien selon son habitude. Elle s'inquiéta des quintes de toux répétées de ma mère et lui conseilla, elle aussi, d'aller voir le médecin. Mais ma mère, toujours obstinée, secoua la tête.

Ensuite, mon père rentra du cabaret. Ma marraine prit son fils par la main et nous souhaita le bonsoir, affirmant qu'il était temps pour elle d'aller préparer son souper. À cause de la présence de mon père, ma mère ne me dit plus rien. Mais je voyais bien qu'elle gardait un air contrarié, et je demeurai toute la soirée sur le qui-vive.

Le lendemain matin, je remarquai qu'elle avait les traits tirés par l'insomnie. Je crus d'abord qu'elle avait mal dormi à cause de ses quintes de toux, mais elle me lançait de fréquents coups d'œil tout en se mordant nerveusement les lèvres. Et, dès que mon père fut parti à son travail, avec son pain *dossé d'éclette*, elle me dit :

— Viens avec moi, Maxellende. J'ai à te parler.

Elle ferma à clef la porte de la maison, ce qu'elle ne faisait jamais, et m'emmena dans sa chambre. Je compris qu'elle ne voulait pas que nous soyons dérangées. Elle prit place sur le lit et m'invita à m'asseoir à côté d'elle. Elle semblait respirer difficilement, et deux taches rouges marquaient ses joues. Je pensai avec inquiétude qu'elle devait avoir de la fièvre.

Elle me regarda gravement, avec une sorte d'angoisse :

— Avant tout, Maxellende, répète-moi le nom de ce jeune homme, et dis-moi tout ce que tu sais de lui.

Je m'exécutai docilement :

— Il s'appelle Gilles Dorcelles, il habite Cambrai. Il a été élevé par son grand-père, qui lui a légué l'entreprise qu'il dirigeait. Et par sa « maman Alice », qui doit être, d'après ce que j'ai compris, une sorte de gouvernante.

Ma mère porta ses mains à sa poitrine comme si elle étouffait subitement :

— C'est lui... murmura-t-elle. Il n'y a aucun doute. C'est lui... Comment est-il ?

Malgré moi, je m'animai en le décrivant avec enthousiasme :

— Il est grand et brun, très beau. Très élégant aussi. Et si gentil ! Avec lui, je me sens parfaitement à l'aise.

Ma mère sembla hésiter. Sa respiration se faisait de plus en plus rapide. Puis elle se décida d'un seul coup :

— Il faut absolument que je te parle. Je dois te dire pourquoi rien n'est possible entre vous. Mais, auparavant, promets-moi, jure-moi de ne répéter à personne ce que je vais te dévoiler.

Son ton dramatique m'impressionna. Inquiète à l'idée de ce que j'allais apprendre, je fis ce qu'elle me demandait. Elle poussa un soupir, retint une quinte de toux et commença :

— Il faut remonter à l'époque où j'étais jeune fille.

J'habitais Cambrai et j'étais demoiselle de compagnie chez une vieille dame.

— Oui, acquiesçai-je. Madame Valloires. Vous m'en avez déjà parlé. Vous m'avez même montré les bijoux qu'elle vous avait donnés.

Ma mère hocha la tête :

— C'est vrai. Ce que je n'ai pas dit, c'est que j'ai rencontré, à l'époque, un jeune homme dont je suis tombée amoureuse. Il s'appelait Géry Dorcelles.

Je sursautai :

— Dorcelles ? Comme Gilles ? Mais...

— Attends. Laisse-moi continuer. Il m'aimait, lui aussi, et il voulait m'épouser. Mais je n'étais qu'une ouvrière, et son père s'est opposé à notre mariage. Alors... ne me juge pas mal, Maxellende... Géry m'a proposé de m'installer dans une maison qu'il possédait, pas loin de Cambrai, et j'ai accepté.

— Oh ! m'exclamai-je, choquée. Vous avez vécu avec lui sans être mariée ?

— Je l'aimais, répliqua-t-elle avec simplicité. Et lui, il voulait m'épouser. Mais je ne voulais pas indisposer son père. Alors, nous avons vécu ensemble, et nous avons été follement heureux.

Sidérée, je restai sans voix. Jamais je n'aurais imaginé une telle conduite chez ma mère, toujours si attachée aux principes. Elle resta un instant immobile, les yeux dans le vague. Puis, sans transition, elle se mit à tousser. Lorsque la quinte s'apaisa, elle reprit d'une voix enrouée :

— C'est maintenant qu'arrive le plus difficile... Géry avait acheté une bicyclette et, un soir, il n'est pas rentré. Il s'était tué, bêtement, en roulant trop vite. Et moi, je restais seule avec notre petit garçon. Car nous avions un petit garçon.

— Un petit garçon ? répétai-je, abasourdie. Mais... où est-il ? Il est mort, lui aussi ?

Elle secoua la tête, les yeux pleins de larmes :

— Non. Le père de Géry est venu me voir. Il m'a fait comprendre que mon enfant ne serait qu'un bâtard. Il m'a proposé – avec des arguments convaincants, et même des menaces – de le lui laisser, afin qu'il devienne un Dorcelles à son tour, puisqu'il était le seul héritier. Il avait raison, et j'ai accepté son marché.

— Vous l'avez laissé ? m'écriai-je, incrédule. Vous avez laissé votre petit enfant ?

Ma mère fut prise d'une nouvelle quinte de toux, tandis que les larmes coulaient sur son visage. Lorsqu'elle fut calmée, elle avoua sourdement :

— Cela n'a pas été facile, Maxellende. C'était même si difficile que j'ai cru que je n'y parviendrais pas. Mais je l'ai fait, oui. Je l'ai confié à son grand-père pour qu'il puisse occuper la place qui lui revenait, dans la famille qui était la sienne.

Elle s'essuya les yeux, se moucha, me regarda avec désespoir :

— Comprends-tu maintenant ? Ce petit garçon, nous l'avons appelé Gilles. C'est lui, le jeune homme que tu as rencontré. Comprends-tu pourquoi rien n'est possible entre vous ?

Je protestai, horrifiée :

— Comment avez-vous pu ?... Oh, mon Dieu, comment avez-vous pu ?...

Elle tendit une main vers moi, malheureuse :

— Ne me juge pas, Maxellende. Si tu savais combien j'ai souffert...

Je reculai avec une sorte de répulsion, je criai :

— Je ne vous pardonnerai jamais !

Sans réfléchir, je sortis de la chambre, allai jusqu'à la

porte d'entrée, pris ma cape qui pendait au portemanteau, l'enfilai, sortis comme une folle et me mis à courir au hasard. Dans mon esprit en ébullition surnageait une idée fixe : je voulais m'en aller le plus loin possible de ma mère.

Mais ses révélations me poursuivaient. Et, pour leur échapper, je courais de plus en plus vite, sans but précis, ne voyant plus rien autour de moi. Lorsque, essoufflée, je dus ralentir mon allure, je me rendis compte que j'étais arrivée devant la gare du Cambrésis.

Je n'hésitai pas. Un train attendait pour partir, en direction de Denain. C'était la ligne qui desservait le village où habitait mon frère. J'achetai un billet et montai dans l'un des compartiments.

Des ouvriers se rendant à leur travail étaient déjà installés et commençaient une partie de cartes. Je m'assis à l'une des places restées libres. Pris par leur jeu, ils ne firent pas attention à moi. Je m'appuyai contre la cloison de bois et fermai les yeux, m'efforçant de me calmer.

Je me laissai bercer par le roulement du train, et les exclamations des joueurs m'arrivaient comme si elles venaient d'un autre monde. Je me sentais toujours aussi offusquée par les révélations de ma mère. Je ne pouvais pas admettre qu'elle ait pu abandonner son petit garçon et, ensuite, vivre tranquillement avec mon père sans jamais en parler. Qu'elle fût capable d'une telle dissimulation m'horrifiait. Je n'aurais plus jamais confiance en elle, pensai-je amèrement.

Je comprenais subitement sa répugnance pour les bicyclettes, et sa désapprobation lorsque Jérôme en avait acheté une. Le Géry qu'elle avait aimé s'était tué en roulant trop vite, Gilles m'en avait parlé. Je comprenais aussi ses refus répétés d'aller à Cambrai, lorsqu'il y avait une fête ou un défilé de chars. Et je revis la fois où je l'avais surprise, en larmes, tandis qu'elle tenait dans les mains un pendentif en forme de cœur. Elle m'avait dit qu'il s'agissait pour elle d'un anniversaire très triste, et que je ne pouvais pas comprendre. Mais maintenant je comprenais tout.

Perdue dans mes pensées, je faillis rater l'arrêt où je devais descendre. Je marchai vite jusqu'à la maison de notre oncle Gaspard, m'apercevant tout à coup qu'il faisait très froid et que le vent, qui soufflait avec force, me glaçait. Je fus heureuse d'arriver enfin à la petite maison et, pressée de me réchauffer, je frappai et entrai aussitôt.

Ma belle-sœur Sylvette, assise à la table, épluchait des pommes de terre. Elle leva vers moi un visage ahuri et tout de suite alarmé :

— Maxellende ! Que se passe-t-il ? Est-il arrivé quelque chose ? Quelqu'un est malade ?

Je me laissai tomber sur une chaise et tentai de reprendre ma respiration.

— Non, dis-je. Tout le monde va bien. C'est simplement que... Il faut que je t'explique.

Je m'interrompis, incapable de continuer.

— Attends un peu, conseilla ma belle-sœur avec sagesse. S'il n'y a rien de grave, tu m'expliqueras après. Calme-toi d'abord. Tu trembles. Et tu as l'air gelée. Je vais te faire du café.

Elle se leva lourdement à cause de son ventre volumineux, prit dans le buffet son moulin à café et se mit à moudre paisiblement, tout en bavardant pour me détendre :

— Je vais le faire bien fort, cela va te donner un coup de fouet. Il est vrai que j'ai toujours tendance à mettre « plus de Ferdinand que de Philomène », comme dit

Jérôme. Mais sinon, il se plaint et m'accuse de lui verser de la *chirloute*[1].

Je savais à quoi elle faisait allusion. Il y avait à Caudry un marchand de café nommé Ferdinand Carpentier et, dans la même rue, une fabrique de chicorée appartenant à Philomène Gabet. Tous les Caudrésiens connaissaient l'expression « mettre plus de Ferdinand que de Philomène », qui signifiait mettre davantage de café que de chicorée.

— Dans mon enfance, c'était le contraire, continuait Sylvette. Il y avait même bien des fois où notre « café » n'était que de la chicorée. Nous étions si pauvres ! Et pourtant, nous passions notre temps à travailler dans la cave, sur les *otils*, à fabriquer de la toile. Et, du printemps à l'automne, nous allions avec nos parents jusque dans l'Aisne, nous louer dans une ferme, pour la moisson, les pommes de terre et les betteraves. Je me souviens que, toute petite – je n'avais pas plus de sept ou huit ans –, j'allais *tirer à bouquets*[2] derrière mes parents, et je devais faire bien attention car, après le binage, il ne fallait laisser qu'une seule pousse.

Elle versa le café moulu dans la cafetière, ajouta de la chicorée, fit couler sur le tout de l'eau bouillante et se tourna vers moi en souriant. Ses gestes mesurés, joints à la chaleur du feu et au goutte-à-goutte du café qui s'écoulait, exerçaient sur moi un effet lénifiant. Lentement, la révolte qui m'avait secouée s'apaisait.

— Maintenant, en comparaison, ma vie avec Jérôme ressemble à un rêve. Je n'ai qu'à entretenir la maison et

1. Mauvais café.
2. Enlever, parmi plusieurs pousses formant bouquet, les plus petites pour ne laisser que la plus vigoureuse. Les enfants chargés de cette tâche étaient surnommés « saqueux à bouquets ».

préparer les repas. Et, contrairement à mes parents qui devaient faire attention au moindre sou, j'ai suffisamment d'argent pour toutes nos dépenses. Jérôme vend ses navettes aux tisseurs de Ligny, de Saint-Hilaire, de Saint-Waast... Il a des clients fidèles, et nous ne manquons de rien.

Elle se pencha, souleva le couvercle de la cafetière :

— Il est passé. Tu vas pouvoir en boire une bonne tasse.

Elle le versa, me proposa du sucre, des *tablettes*, des petits-beurre et des biscuits Rogeron qu'elle achetait à *L'Épicerie Parisienne* chaque fois qu'elle venait à Caudry.

— Prends-en un, me conseilla-t-elle. Ils sont très bons. Ce sont mes préférés.

— Je sais. Martin les aime beaucoup aussi. À vrai dire, il aime tout. Il est très gourmand.

Le breuvage noir et sucré me fit du bien. Lorsque je reposai ma tasse, ma belle-sœur constata :

— Je vois *ta figure qui revient* ! Tout à l'heure, tu m'as fait peur. J'ai cru que quelqu'un était malade ou blessé.

Ces paroles me ramenèrent à la réalité et je sentis mon visage se contracter. Il fallait que j'explique à Sylvette pourquoi j'avais fait irruption chez elle aussi brutalement. J'essayai de résumer la situation :

— J'ai appris quelque chose qui, pour moi, est très grave, et qui m'a bouleversée. Je ne peux pas te dire de quoi il s'agit ; j'ai donné ma parole. Et puis, tu ne me croirais peut-être pas. Moi-même, je n'aurais jamais pensé qu'elle ait pu agir ainsi...

— Mais... de qui parles-tu ? demanda Sylvette qui, visiblement, ne comprenait rien.

— C'est mère, dis-je abruptement. Elle m'a avoué quelque chose de... d'inimaginable ! Quelque chose qu'elle a fait, et qui me révolte ! Je ne veux plus la voir. C'est pour ça que je me suis réfugiée ici.

Sylvette ouvrit des yeux effarés :

— Est-ce vraiment si affreux ?

— Oh oui, tu peux me croire ! J'ai juré de ne rien répéter, et il m'est impossible de te le dire, mais elle a agi d'une façon que je ne peux pas accepter.

— C'est arrivé quand ?

— Oh, il y a longtemps ! Avant ma naissance, et avant son mariage avec père. Mais elle nous l'a toujours caché.

Ma belle-sœur secoua la tête, essayant de comprendre :

— Mais, dans ce cas... pourquoi te l'avoir subitement dévoilé ce matin ?

— Il y a eu un événement qui l'a obligée à le faire. Sinon, elle ne m'aurait rien dit ! Et moi, j'aurais préféré ne jamais savoir... terminai-je, les larmes aux yeux.

Sylvette m'observa un instant en silence, et je vis qu'elle était loin de se douter de la vérité. Je m'efforçai de la convaincre :

— Il faut me croire, Sylvette. Ce qu'elle a fait est très grave et je suis complètement révoltée. Je ne veux plus retourner auprès d'elle. Peux-tu me garder ici, le temps que j'arrive à voir clair en moi-même et à me remettre ?

— Tu peux rester ici tout le temps que tu voudras, tu le sais bien, dit ma belle-sœur avec une spontanéité et une gentillesse qui me firent chaud au cœur.

J'eus un soupir de soulagement :

— Merci, Sylvette. Au moins quelques jours. J'essaierai de ne pas vous encombrer et de me rendre utile. J'irai faire les commissions, et je t'aiderai pour le ménage et les repas.

— Ce n'est pas de refus. Avec mon gros ventre, je me

déplace difficilement et je ne peux plus me baisser comme je le voudrais.

À ce moment, la porte qui donnait sur la cour s'ouvrit et Jérôme entra.

— Il me semblait bien avoir entendu ta voix, Maxellende. Que se passe-t-il ?

De nouveau, je dus donner les mêmes explications, sans pourtant dévoiler la vraie raison de ma fuite. Jérôme, perplexe, se gratta le sommet du crâne :

— Petite maman qui aurait mal agi ? Je ne peux pas le croire...

— Moi-même, je n'arrive pas à l'accepter. Et pourtant, je ne mens pas, je t'assure, terminai-je douloureusement.

— Maxellende nous demande de la garder ici quelques jours, intervint Sylvette de sa voix douce. Elle m'aidera au ménage. Nous lui mettrons un matelas dans la chambre du bébé.

Jérôme me regarda, visiblement contrarié :

— Oui, bien sûr, Maxellende, tu peux rester... Mais petite maman... elle va s'inquiéter. Et père aussi. Ils ne savent pas où tu es. Voilà ce que je vais faire : je vais aller *à mo Batisse* [1]. Il vient de faire installer le téléphone dans son cabaret. Je vais lui demander d'appeler Henri, qui ira prévenir père et petite maman que tu es ici.

Henri était propriétaire d'un cabaret près de chez nous. Mon père y allait de temps en temps, pour boire une « goutte », le matin, avec Modeste, le père de ma marraine Gervaise, lorsqu'ils se rendaient à leur travail. Henri possédait également le téléphone, et il était souvent sollicité pour porter des messages à l'un ou l'autre des habitants de la rue.

---

1. Chez Baptiste.

— Ainsi, ils seront tranquillisés, et toi, tu pourras rester ici.

Je les remerciai sincèrement. Je leur étais reconnaissante de m'accepter sans connaître la véritable situation. Il me fallut répéter encore une fois la même chose à oncle Gaspard qui, lorsqu'il sortit de son atelier, fut lui aussi surpris de me trouver là. Il hocha la tête et, sans comprendre davantage, me déclara que sa maison était la mienne.

— Avant, j'étais un vieil ours solitaire, conclut-il. Depuis que Jérôme m'a amené Sylvette, j'ai une maison toujours propre et bien rangée, et des bons repas. Maintenant, avec deux femmes pour me choyer, ce sera encore mieux !

Ainsi, ce matin-là, je m'installai chez eux, et le fait de me trouver dans un autre décor m'aida à me remettre du choc que j'avais reçu. J'aidai Sylvette à préparer le repas, à faire la vaisselle, à nettoyer et ranger la maison. L'après-midi, sa mère vint la voir, puis l'une de ses sœurs, et leurs bavardages me changèrent agréablement les idées. Mais, après le repas du soir, lorsqu'il fallut se coucher et que je me retrouvai seule, allongée dans l'obscurité, sur le matelas que Jérôme avait placé dans un coin de la chambre prévue pour le bébé, les pensées que j'avais repoussées pendant la journée revinrent en force et envahirent de nouveau mon esprit.

Le visage de Gilles apparut devant mes yeux, et je compris pourquoi il m'avait semblé le connaître depuis toujours. Certaines de ses expressions m'avaient paru familières, et ce n'était pas étonnant : la façon qu'il avait de pencher la tête, ou de hausser les sourcils, il l'avait héritée de ma mère, de *notre* mère. Il était mon frère, et l'idylle qui aurait pu naître entre nous était terminée avant d'avoir commencé.

Mes larmes se mirent à couler, brûlantes et amères, et je me mordis les lèvres pour retenir mes sanglots. Je ne voulais plus revoir cette mère qui nous avait ainsi trompés, et je décidai que je resterais chez Jérôme et Sylvette au moins jusqu'à la naissance du bébé. Et ensuite ? me demandai-je. Je n'en savais rien. Mon existence si paisible avait volé en éclats.

Je pensai à Hugues, mon ami de toujours, qui m'avait demandé de l'attendre. Il n'y avait plus de danger, maintenant, que je reprenne ma parole. « Un jeune homme brun va bouleverser votre vie, avait dit Madame Irma, mais c'est le blond que vous épouserez. » Je revis Hugues, ses yeux emplis d'amour, et un peu de douceur descendit dans mon cœur, m'apportant un certain apaisement.

Mais, bientôt, je m'agitai de nouveau. Comment parviendrais-je à vivre avec un tel secret ? Il serait bien trop pesant. Si j'épousais Hugues, je voudrais que nous n'ayons rien de caché l'un pour l'autre. Parviendrais-je à lui dissimuler ce que j'avais appris ?...

Je fus longue à m'endormir. Lorsque, enfin, j'y parvins, ce fut pour basculer dans un sommeil peuplé de rêves confus, dans lesquels je courais pour fuir ma mère qui, le visage ruisselant de larmes, tendait les mains vers moi.

7

Au petit matin, j'ouvris les yeux et, pendant un instant, désorientée, je cherchai où je me trouvais. Puis je me souvins. Les événements de la veille me revinrent à l'esprit. Les rêves de la nuit s'y mêlèrent, m'apportant une sorte de culpabilité qui me mit mal à l'aise.

Lorsque j'entendis Sylvette remuer dans la cuisine, je me levai, m'habillai et allai la rejoindre. Je l'aidai à faire le café, à préparer le petit déjeuner, que nous prîmes tous ensemble, parlant de tout et de rien. Ensuite, lorsque Jérôme et oncle Gaspard furent partis travailler à l'atelier, je proposai à Sylvette de faire le ménage dans toute la maison, y compris les vitres si elle le désirait.

— Je me sens énervée, et j'ai besoin de bouger, ajoutai-je. Je crois que cela me fera du bien.

Elle accepta volontiers. Je lavai et essuyai la vaisselle du petit déjeuner, puis je balayai soigneusement partout. Je venais de rentrer de la cour avec un seau d'eau lorsque la porte qui donnait sur la rue s'ouvrit et, à ma grande surprise, mon père entra.

Je m'immobilisai, déjà raidie, m'attendant à recevoir des réprimandes. Mais il tourna vers moi un visage où je ne lus aucune colère.

— Maxellende... dit-il sans préambule. Je viens te

chercher. Ta mère est très malade. Il faut que tu reviennes.

Avant moi, Sylvette s'exclama :

— Mon Dieu ! Qu'a-t-elle ?

Mon père parut seulement s'apercevoir de sa présence :

— Oh, pardon, Sylvette, je suis désolé de faire ainsi irruption chez vous. C'est que... Emmeline... elle est très mal... Elle a pris froid hier en essayant de rattraper Maxellende. Sa bronchite a empiré. Le docteur Herlemont craint une pneumonie.

De nouveau il me regarda :

— Habille-toi, Maxellende, et partons. Je n'ai pas beaucoup de temps, je suis venu entre deux *passes*.

Refusant de me laisser fléchir, je protestai :

— Après ce que mère m'a dit, je ne veux plus la voir.

Mon père eut un soupir douloureux :

— Elle ne te reconnaîtra même pas. Elle a beaucoup de fièvre et elle délire sans cesse.

— Vous l'avez laissée seule ? s'affola Sylvette.

— Non. En ce moment Gervaise est auprès d'elle.

Habituée à obéir, je ne me rebellai plus. Je m'habillai silencieusement, puis j'embrassai affectueusement Sylvette, la remerciant encore de m'avoir accueillie. Elle me serra contre elle :

— Soigne-la bien, Maxellende. J'espère que ce ne sera pas trop grave. Il va falloir que je le dise à Jérôme, et je sais qu'il va être contrarié. Il aime tellement sa « petite maman » ! Dès qu'elle ira mieux, prévenez-nous.

— C'est promis, dis-je.

Debout sur le pas de la porte, elle nous regarda partir, la mine soucieuse. Mon père marchait vite, et je m'essoufflais à le suivre. Malgré un timide soleil printanier, le temps était froid. Un vent aigre me faisait frissonner. Ou bien était-ce le choc de savoir ma mère si malade ?

Nous prîmes le train. Il n'y avait pas beaucoup de monde et, assise en face de mon père, j'appréhendai de nouveau ses reproches. Mais il demeurait silencieux, et je voulus me justifier. Je m'agitai sur la dure banquette de bois, me raclai la gorge :

— Père... Je suis désolée. Je sais que je n'aurais pas dû réagir aussi violemment, mais je n'ai pas réfléchi... Vous ne savez pas pourquoi je me suis enfuie, et c'est encore plus difficile...

Mon père me regarda avec une tristesse grave :

— Si. Je le sais.

Je sursautai :

— Vous le savez ? Mais ce n'est pas possible ! Comment mère... ?

— Elle a parlé cette nuit, dans son délire. Elle t'appelait, elle essayait de t'expliquer. Et, peu à peu, j'ai tout compris.

Abasourdie, je dis, dans un souffle :

— Alors... Vous savez tout ?

— Oui.

Le calme et la simplicité avec lesquels il prononça ce mot firent revenir ma colère et ma révolte. Les larmes aux yeux, je demandai :

— Vous savez que ce jeune homme, Gilles, est mon frère ? Que mère l'a abandonné ? Et qu'elle nous l'a toujours caché ?

Ulcérée, je ravalai les sanglots qui faisaient trembler ma voix. Je ne pouvais pas comprendre comment mon père admettait une pareille situation aussi paisiblement. Il hocha la tête et soupira :

— Elle a eu tort de ne pas m'en parler, c'est vrai. Je l'aimais assez pour accepter l'aveu qu'elle m'aurait fait.

J'aurais compris sa tristesse d'être séparée de son fils. Contrairement à ce que tu crois, elle ne l'a pas abandonné, Maxellende. Elle l'a confié à son grand-père pour qu'il puisse porter le nom auquel il avait droit. Ce qu'elle a fait là représente, pour une mère, une immense preuve d'amour. Elle a pensé à lui avant de penser à elle, même si son cœur devait en être brisé.

Je ne voulus pas m'avouer vaincue. Je protestai encore :

— Elle a vécu avec un jeune homme avant de vous épouser, et elle ne vous l'a jamais dit. C'est... c'est une sorte de trahison.

Les yeux de mon père me fixèrent, pleins de compréhension :

— Son passé ne regardait qu'elle, et elle a choisi de se taire. Mais elle aurait dû me faire confiance ; cela n'aurait rien changé pour moi. Moi-même, je n'ai jamais oublié ma première femme. Pourquoi lui en voudrais-je d'avoir aimé ce Géry avec qui elle aurait fait sa vie s'il avait vécu ?

Je ne dis plus rien, comprenant subitement que mon père acceptait et pardonnait tout. Je n'avais jamais été très proche de lui, et seule la gravité de la situation provoquait la discussion présente. Elle me faisait découvrir combien il était capable d'aimer, et je portai sur lui un regard nouveau. Je n'aurais pas cru qu'il y eût chez lui tant de sagesse et de tolérance.

Je me sentis honteuse de ma réaction, et je baissai la tête.

— Est-elle vraiment si mal ? demandai-je d'une toute petite voix.

— Elle a beaucoup de fièvre, oui, et elle respire difficilement. Et elle a été contrariée par ta fuite. J'espère que ta présence lui fera du bien. Elle t'a réclamée toute la nuit.

J'eus peur, soudain, d'être responsable de l'aggravation qui s'était produite. La pensée me vint que ma mère pourrait mourir, et une panique me fit suffoquer. Je m'aperçus que je tenais à elle et que, malgré ses révélations qui m'avaient blessée, je l'aimais toujours autant.

Le train s'arrêta. Nous descendîmes et fîmes la route en silence jusqu'à la maison, marchant rapidement. Nous saluions, de temps à autre, les personnes que nous croisions, sans nous arrêter ni leur parler. Je voyais sur le visage de mon père une inquiétude que je partageais de plus en plus.

À la maison, j'ôtai vivement ma cape et mon chapeau, et me dirigeai vers la chambre de mes parents. Alors que je montais l'escalier, ma marraine Gervaise apparut sur le seuil :

— Ah, c'est toi, Maxellende ! Viens vite. Elle te réclame.

— A-t-elle retrouvé ses esprits ? demanda mon père qui me suivait.

Gervaise secoua la tête avec regret :

— Non. Elle délire toujours autant.

J'entrai dans la chambre. Couchée dans le lit, ma mère, le visage très rouge, avait des yeux brillants qui regardaient sans voir. Sa respiration, oppressée et sifflante, emplissait la pièce. Je m'approchai, lui pris la main, balbutiai :

— Mère... je suis là.

Elle ne m'entendit pas, ne s'aperçut même pas de ma présence. Je serrai dans les miennes sa main brûlante de fièvre, m'agenouillai auprès du lit :

— C'est moi, Maxellende, insistai-je.

Elle ne réagit pas davantage. Je levai vers mon père et ma marraine un regard angoissé. Celle-ci montra, sur la table de nuit, plusieurs remèdes :

— Il y a une potion contre la fièvre à lui faire prendre toutes les heures. Et du sirop pour les quintes de toux. Et aussi des cataplasmes et des ventouses. Je lui ai mis un cataplasme ce matin mais, pour les ventouses, je t'attendais, Maxellende. À deux, ce sera plus facile de la retourner.

Mon père posa une main sur mon épaule :

— Il faut que j'aille au travail. Soigne-la bien, ma fille. Et tâchez de la sortir de là, toutes les deux.

Sa voix s'enroua, et il se détourna.

— Comptez sur nous, Octave, nous ferons tout ce qu'il faut, et elle guérira. Ne craignez rien.

L'optimisme de ma marraine nous fit du bien. Mon père quitta la chambre, un peu rassuré. Toutes les deux, nous allongeâmes ma mère sur le ventre, dénudâmes son dos, et j'appliquai les ventouses dans lesquelles ma marraine avait, au préalable, enflammé un morceau de coton imbibé d'alcool. Très vite, dans chacun des petits globes de verre, la peau rougit et gonfla.

— C'est bien, approuva ma marraine. Elles vont tirer le mal.

Ensuite il fallut les enlever, remettre ma mère sur le dos, la recouvrir pour éviter qu'elle ne prenne froid. Le visage toujours aussi rouge, elle se laissait faire sans réagir.

— On dirait qu'elle respire plus facilement. Pour le moment, elle est calme. Je vais te laisser, Maxellende. Il faut que j'aille préparer mon dîner[1]. Et que je reprenne

1. Repas du midi.

Martin. Il est chez Élisabeth. Je reviendrai cet après-midi.

Je restai seule au chevet de ma mère, désemparée et malheureuse. Son visage rouge de fièvre m'affolait. Je pris le broc posé sur la commode, mouillai une serviette de toilette et l'appliquai sur son front brûlant. En même temps, tout bas, je la suppliai :

— Guérissez vite, mère, je vous en prie. Je ne pensais pas ce que j'ai dit. Pardonnez-moi. Je vous aime. Nous vous aimons tous, et nous avons besoin de vous.

Comme si mes paroles avaient éveillé un écho dans son esprit enfiévré, elle se mit à s'agiter :

— Maxellende ! cria-t-elle. Où est Maxellende ? Elle est partie... J'ai couru... pas pu la rattraper... voulu lui expliquer... Gilles... Je l'ai laissé, c'est vrai, mais c'était si dur... Essaie de comprendre, Maxellende...

Je me penchai vers elle, apaisante :

— Oui, je comprends. Calmez-vous.

Mais elle continua à délirer :

— Maxellende ! Elle s'est enfuie... Où est-elle ? Maxellende, ma petite fille...

Les larmes aux yeux, je tentai de me faire entendre :

— Je suis là, mère, je suis ici.

Mais elle n'enregistra pas mes paroles et recommença à m'appeler. Puis, d'un seul coup, elle se mit à tousser, et la quinte fut si longue et si violente que j'eus peur qu'elle ne s'étranglât. Je la soulevai et la soutins, affolée, ne sachant que faire. Lorsque ma mère se calma enfin, je lui fis boire une cuillerée de sirop, qu'elle réussit à avaler. Je la recouchai mais, toujours enfermée dans sa fièvre, elle se remit à prononcer des paroles incohérentes où revenait le nom de Gilles. Je n'osai plus lui parler et, bientôt, elle se tut et tomba dans une sorte de somnolence.

Il y eut un bruit de porte, au rez-de-chaussée, puis la voix d'Élisabeth me parvint :

— Maxellende ! C'est moi.

Je sortis de la chambre, me penchai sur la rampe. Élisabeth, un fait-tout dans les mains, se dirigeait vers la cuisine en boitant.

— Je t'apporte du fricot. Tu n'auras qu'à le faire réchauffer. Comment va Emmeline ? À cause de mon entorse, je ne peux pas monter jusque-là.

— C'est toujours pareil, dis-je. Elle a beaucoup de fièvre. Elle ne reconnaît personne.

Je me demandai ce que savait Élisabeth de la situation. Était-elle au courant de ma fuite ? Je n'en parlai pas, et elle non plus. Elle ajouta simplement :

— Je vais mettre le fait-tout sur le coin du feu. Si tu as besoin d'autre chose, n'hésite pas. Je reviendrai *voir à nouvelles* tout à l'heure.

— Merci, Élisabeth.

Elle s'en alla. Au cours de l'après-midi, je demeurai au chevet de ma mère, rafraîchissant son front à l'aide de linges humectés d'eau froide, lui donnant sa potion toutes les heures. Vers quatre heures, ma marraine Gervaise revint et m'aida à mettre les cataplasmes. La fièvre ne baissait pas, et les quintes de toux étaient toujours aussi violentes.

En fin d'après-midi, le docteur arriva et ausculta longuement ma mère. Il écouta sa respiration toujours aussi laborieuse et me posa des questions sur la fréquence des quintes de toux.

— Il n'y a pas d'aggravation, c'est déjà ça, déclara-t-il. Il faut continuer les soins. Je repasserai demain matin.

Peu après, mon père rentra de son travail. Je me rendis compte que je n'avais rien mangé de la journée, et je fis réchauffer le fricot d'Élisabeth, qui constitua notre souper. Ensuite, je lavai la vaisselle, puis retournai auprès de ma mère pour lui donner sa potion.

Lorsqu'il fut l'heure de se coucher, mon père me dit :

— Va dormir, Maxellende. Je vais rester près d'elle. Je te réveillerai quand je partirai travailler.

Je ne protestai pas. Je me sentais brisée, et j'allai m'allonger sur mon lit, où je m'endormis aussitôt d'un sommeil pesant. Lorsque mon père vint m'appeler, je me redressai, tout de suite inquiète :

— Père... Comment va-t-elle ?

— C'est toujours pareil.

Je courus au chevet de ma mère. Elle ne me reconnut pas davantage que la veille, et je soupirai, découragée. Mon père s'en alla travailler, et la journée se passa de la même façon. Ma marraine Gervaise vint m'aider pour les soins, Élisabeth apporta le repas. Et ma mère, entre les quintes de toux et les périodes de somnolence, demeurait sous l'emprise de la fièvre et prononçait des phrases dans lesquelles elle parlait de Gilles et me suppliait de la comprendre. Ma marraine Gervaise les entendit et, intriguée, me regarda :

— Qui est ce Gilles qu'elle a laissé, et qu'elle appelle « mon petit » ? Tu es au courant, Maxellende ?

Je secouai la tête sans répondre. Je ne voulais pas trahir son secret mais, si ma mère continuait à délirer, ma marraine Gervaise finirait par connaître la vérité.

Une autre nuit passa, puis un autre jour. Il n'y avait pas de changement, et le médecin, qui venait matin et soir, gardait un visage soucieux. Ma mère était toujours inconsciente et brûlante de fièvre. Je cachais à mon père mon inquiétude, et il faisait la même chose vis-à-vis de moi. Mais les regards que nous échangions parlaient pour nous.

Le troisième jour, vers la fin de l'après-midi, la fièvre

sembla encore augmenter. Ma mère s'agita, se mit à délirer et à m'appeler et, entre les quintes de toux, me supplia de ne pas la condamner parce qu'elle avait laissé son petit garçon. Ma marraine Gervaise, qui était présente, ouvrit des yeux ronds. Élisabeth, quant à elle, avait réussi à monter l'escalier avec prudence et se trouvait dans la chambre. Elle entendit tout également. Elles échangèrent un regard effaré, que je fis semblant d'ignorer. J'avais fait le serment de ne rien répéter et je ne voulais pas répondre à leurs questions. Mais, à mon grand soulagement, elles ne m'interrogèrent pas.

Le médecin arriva alors que, impuissantes, nous essayions de calmer ma mère qui continuait à délirer. Il fronça les sourcils, prescrivit une nouvelle potion, et dit en rangeant ses instruments après l'auscultation :

— C'est une crise qui peut être salutaire. Si elle passe la nuit, on pourra la considérer comme sauvée. Je reviendrai demain matin. Entre-temps, n'hésitez pas à venir me chercher si vous constatez une aggravation.

Je rapportai ces paroles à mon père lorsqu'il rentra de son travail. Gervaise et Élisabeth étaient parties et, grâce à la potion du docteur, ma mère semblait plus calme. Après le repas, mon père me dit d'aller me coucher, mais je voulus rester avec lui au chevet de ma mère, puisque le docteur avait parlé d'une aggravation possible.

— Va dormir, Maxellende, insista mon père. Tu as besoin de repos. Je ne tiens pas à ce que tu tombes malade à ton tour. Je t'appellerai si quelque chose ne va pas.

J'obéis, et ma fatigue était telle que je m'endormis malgré l'angoisse qui me tenaillait. Lorsque, au petit matin, mon père vint me secouer doucement l'épaule, je m'assis immédiatement dans mon lit, prise de panique :

— C'est mère ?... Est-elle plus mal ?

— Au contraire, Maxellende. On dirait qu'elle va mieux. Elle a moins de fièvre, et sa respiration est plus facile.

Je me précipitai dans la chambre. Ma mère sommeillait, et je vis tout de suite que son visage n'avait plus la rougeur malsaine des jours précédents.

— Cette nuit, elle a encore déliré, m'apprit mon père. Je lui ai mis des compresses froides sans arrêt. Regarde, tâte son front. Il est beaucoup moins brûlant.

C'était vrai. Je me tournai vers mon père, et le même espoir tremblant se lisait dans nos yeux.

— Il faut que j'aille travailler. Ne la quitte pas, Maxellende, afin d'être là si elle se réveille. Et, si cela se produit, peux-tu envoyer Gervaise me prévenir ?

— Bien sûr, père. Comptez sur moi.

Il sortit de la chambre, et, restée seule, je me penchai sur ma mère. Je la regardai longuement. À la peur que j'avais eue de la perdre, je mesurais combien je l'aimais. Et, puisque mon père acceptait et pardonnait, je devais suivre son exemple.

Je m'assis sur une chaise et attendis. Les minutes s'écoulèrent lentement. Ma mère ne bougeait pas, et sa respiration n'était plus sifflante ni oppressée. Lorsqu'il fut l'heure de sa potion, je soulevai sa tête comme je l'avais fait jusqu'alors, approchai la cuillère de sa bouche et lui fis avaler le contenu. Ses cils battirent et elle ouvrit les yeux. Son regard reflétait une sorte d'étonnement tandis qu'il parcourait la chambre puis se posait sur moi :

— Maxellende... J'ai été malade, n'est-ce pas ?

Heureuse de la voir redevenue lucide, je ne pus retenir mes larmes :

— Oh, mère, vous allez mieux, Dieu merci ! Oui, vous avez été très malade, et nous avons eu peur...

— Combien de temps ?... demanda-t-elle d'une voix faible.

— Depuis lundi. Et nous sommes vendredi.

— Si longtemps !...

Elle laissa retomber sa tête sur l'oreiller avec un long soupir. Puis elle ferma les yeux, l'air épuisée.

— Je me sens bizarre... murmura-t-elle, comme si je n'avais plus de forces...

— C'est la réaction, dis-je. Vous avez été si malade ! Mais maintenant vous allez guérir. Le docteur va bientôt arriver. Il vous donnera un fortifiant et vous irez mieux.

Elle ne répondit pas, et je m'aperçus qu'elle s'était endormie. Je la laissai reposer et je sortis de la chambre sur la pointe des pieds. En bas, je fis ma toilette, je me coiffai et me préparai du café, immensément soulagée de savoir ma mère hors de danger.

Ma marraine Gervaise arriva, et je lui appris la bonne nouvelle. Heureuse, elle m'embrassa, les yeux brillants de joie. Je lui demandai d'aller prévenir mon père, et elle partit sans attendre :

— J'y cours, afin qu'il soit rassuré le plus vite possible !

Élisabeth vint aux nouvelles, ainsi que d'autres voisines, dont Laïte, et toutes partagèrent ma joie et mon soulagement. Le médecin arriva, lui aussi, et fut satisfait de constater que ma mère n'avait plus de fièvre. Elle se réveilla tandis qu'il l'auscultait, et il lui sourit :

— Eh bien, on peut dire que vous nous avez fait peur ! Mais vous êtes sauvée maintenant.

Il lui prit le pouls et fit une moue :

— Hmmm... Un peu faible. Il va falloir reprendre des forces.

— Je me sens complètement à plat, murmura ma mère. Je n'ai même pas l'énergie de me lever.

— Ne vous inquiétez pas, c'est normal. Vos forces vont revenir. Je vais vous donner une potion vitaminée. Je repasserai demain.

Il s'en alla, et je demandai à ma mère ce qu'elle désirait pour le dîner. Elle secoua la tête avec lassitude :

— Je ne sais pas. Je n'ai pas faim, Maxellende.

— Mais il faut manger, mère, afin d'aller mieux.

Elle fit un geste vague :

— Fais ce que tu veux. Ça m'est égal.

Ma marraine Gervaise, qui était revenue, s'exclama :

— Nous allons vous préparer une bonne soupe aux légumes. Et tous les matins, en plus de la potion, vous boirez un bol de café dans lequel Maxellende battra un jaune d'œuf. Je ne connais pas de meilleur fortifiant. Et elle mettra davantage de Ferdinand que de Philomène, n'est-ce pas, Maxellende ?

Amusée par son optimisme, je hochai affirmativement la tête. Ma mère elle-même esquissa un faible sourire.

— Je vais monter de l'eau chaude, dis-je. Et vous aider à faire un peu de toilette.

Pendant que ma marraine épluchait des légumes pour la soupe, je lavai le visage de ma mère, je la coiffai, je l'aidai à revêtir une nouvelle chemise de nuit. Elle se laissait faire comme une grande poupée toute molle, et j'étais désolée de la voir aussi affaiblie. Depuis ma naissance, jamais elle n'avait été malade ; au contraire, elle débordait d'énergie et travaillait toujours sans relâche.

Lorsque j'eus terminé sa toilette, elle laissa retomber sa tête sur l'oreiller et ferma les yeux, prise de faiblesse :

— Je me sens fatiguée. J'ai l'impression que tout tourne autour de moi.

Son visage était creusé et sur son front perlaient des gouttes de sueur.

— Je vais vous laisser reposer, dis-je. Dormez un moment. Cela vous aidera à récupérer.

Je descendis la cuvette et la serviette de toilette. Dans la cuisine, ma marraine terminait la soupe. Elle ôta le couvercle du *couët*[1] :

— Regarde : des poireaux, des carottes, des pommes de terre, du céleri, du persil, du thym. Ça va lui faire du bien. Et surtout, n'oublie pas, tous les matins, un jaune d'œuf dans du café !

Je remerciai ma marraine avec une sincère gratitude. Sa présence auprès de moi, pendant la maladie de ma mère, m'avait beaucoup aidée ; alors que nous craignions pour sa vie, son optimisme m'avait empêchée de céder à l'affolement et au désespoir.

— Je m'en vais maintenant. Crépin va rentrer et le repas ne sera pas prêt ! Je reviendrai cet après-midi. À tout à l'heure, Maxellende.

Elle m'embrassa et ajouta avec émotion :

— Je t'aiderai à remettre petite maman sur pied, ne t'inquiète pas. Je l'aime, moi aussi.

Mon père rentra de son travail, monta immédiatement dans la chambre, et je l'entendis parler avec ma mère. Lorsqu'il redescendit, il se montra également optimiste :

— Lorsque Gervaise est venue me dire qu'elle allait mieux, j'osais à peine y croire.

Je lui servis son repas et, tandis qu'il mangeait, je portai un bol de soupe à ma mère. Je dus l'aider à

1. Fait-tout.

s'asseoir dans le lit. Elle but une cuillerée de potage, puis deux, et s'arrêta :

— Je n'ai pas faim, Maxellende. Et puis, c'est trop chaud. J'en ai attrapé une sueur.

Je lui essuyai le front tandis qu'elle se recouchait, l'air épuisé.

— Je me sens si fatiguée...

Elle ferma les yeux, et je la recouvris avec tendresse :

— Dormez. Tout à l'heure, je vous apporterai un autre bol de soupe. Je la verserai plus longtemps à l'avance afin qu'elle soit tiède.

Je quittai la chambre et refermai doucement la porte. En bas, je montrai le bol à mon père :

— Mère dit qu'elle n'a pas faim et qu'elle est fatiguée. Elle dort.

— Bah, il faut la laisser. L'appétit reviendra tout seul.

Il était content qu'elle soit hors de danger, et cette faiblesse qu'elle ressentait ne semblait pas l'inquiéter. J'essayai de raisonner de la même façon et de me persuader que les forces de ma mère reviendraient petit à petit.

Pourtant, je n'étais pas tranquille. Le lendemain matin, après la potion vitaminée prescrite par le médecin, elle but le bol de café dans lequel j'avais délayé un jaune d'œuf. Ce simple effort la mit de nouveau en sueur. Je lui fis sa toilette et, prise par un besoin d'uriner, elle me demanda de lui apporter le pot de chambre. Elle se leva, et je dus la soutenir, car elle eut un vertige et faillit tomber. Lorsqu'elle fut de nouveau allongée dans son lit, je fus affolée par la pâleur de son visage, dont la peau luisait de sueur.

Je parlai de ces malaises au médecin, qui me dit d'augmenter les doses de la potion :

— La convalescence risque d'être longue, admit-il. Dès qu'elle pourra se lever, qu'elle se mette au soleil, dans le jardin. Le fait de prendre l'air contribuera à lui rendre des forces.

Je pensai, sans oser le dire, que ma mère n'était pas près de descendre l'escalier, puisque le seul fait de se mettre debout près de son lit lui donnait des vertiges.

Elle-même, consciente de l'immense faiblesse qu'elle ressentait, me dit dans l'après-midi, à un moment où nous étions toutes les deux :

— J'ai quelque chose de très important à te demander, Maxellende. Vois-tu, je me sens si faible qu'il me semble que je vais mourir...

— Oh, mère ! protestai-je. Ne dites pas ça !

— Attends, laisse-moi parler. Je ne veux pas mourir sans revoir Gilles. J'avais donné ma parole à monsieur Dorcelles de ne jamais chercher à le revoir. Mais il est décédé, m'as-tu dit... Et j'en ai discuté avec Octave. Il me comprend. Mon petit garçon que j'ai laissé, il y a si longtemps... J'aimerais voir ce qu'il est devenu... Alors, voilà ce que je veux te demander : demain, c'est dimanche. Il t'attendra certainement à l'arrêt du train, comme d'habitude. Va le retrouver, Maxellende, explique-lui tout, et ramène-le ici.

D'abord suffoquée, je ne répondis pas. Je ne m'attendais pas à une pareille requête. Au cours des jours précédents, l'inquiétude que j'avais éprouvée pour ma mère avait repoussé Gilles à l'arrière-plan, et je n'avais pas pensé à lui un seul instant. Et jamais je n'aurais imaginé l'amener chez nous !...

Je prononçai la première phrase qui me vint à l'esprit :

— Mais... les gens... que vont-ils dire ?

Ma mère haussa les épaules :

— Peu m'importe. Cela n'a plus d'importance. Je ne veux pas mourir sans revoir Gilles.

Je protestai de nouveau :

— Mais... d'abord, vous ne mourrez pas... Et puis, comment vais-je lui expliquer ?... Et lui, comment va-t-il réagir ?

— Dis-lui la vérité, tout simplement. Quant à sa réaction... Il est le fils de Géry, et j'espère que monsieur Dorcelles n'a pas étouffé ses bons sentiments.

— Oh, quant à cela, ne craignez rien ! m'exclamai-je avec chaleur. Il est aimable et attentionné.

— Oui, Géry était ainsi... Dis-moi, Maxellende, le feras-tu ? Iras-tu le chercher pour me le ramener ?

Je la regardai. Ses yeux, dans son visage pâle et tiré, me suppliaient. Un élan d'amour et de pitié me bouleversa. Je pensai avec affolement qu'effectivement elle pouvait mourir, et qu'alors je regretterais toute ma vie de n'avoir pas cédé à sa demande.

— Octave est d'accord, ajouta-t-elle pour me convaincre. Dis, ma petite fille, le feras-tu ?

Je pris sa main qui reposait, inerte, sur le drap, et je dis :

— Oui, mère. Si c'est ce que vous désirez, oui, je le ferai.

8

Je pris le train le lendemain. Élisabeth m'accompagnait, afin d'aller voir sa fille. Elle boitillait encore un peu, mais elle était capable de marcher, à condition d'aller lentement. Je lui expliquai que je n'irais pas chez Adolphine cette fois-ci, parce que je devais rencontrer quelqu'un.

— Quelqu'un ? Qui donc ? demanda-t-elle avec curiosité.

Embarrassée, je ne sus que répondre. Elle m'observa un instant en silence, puis déclara calmement :

— C'est au sujet de cet enfant qu'Emmeline a dû laisser, n'est-ce pas ? J'ai entendu ce qu'elle a dit, quand elle délirait. Gervaise se souvient que, lorsque ta mère est arrivée à Caudry, elle était toujours triste et pleurait souvent. C'est parce qu'elle était séparée de son petit garçon ?

— J'ai donné ma parole de ne rien dévoiler. Je ne peux pas vous renseigner, Élisabeth.

— Mais c'est cela ? Que s'est-il passé exactement ? Et pourquoi Emmeline n'en a-t-elle jamais parlé ?

— Elle a eu peur d'être mal jugée, sans doute.

— Moi qui suis son amie, je ne l'aurais pas critiquée. Je la connais suffisamment pour savoir qu'elle est incapable de mal agir.

— Merci, Élisabeth, dis-je sincèrement.

Comme elle insistait pour connaître la vérité, je secouai la tête :

— Elle vous racontera tout elle-même si elle le désire. J'ai donné ma parole, répétai-je.

Le train ralentissait, et nous arrivions à la station où nous devions descendre. Je regardai par la vitre, et je le vis, tel qu'il était resté dans mon souvenir. Grand, beau, élégant. Il observait les voitures, et je montrai à Élisabeth sa haute silhouette :

— Voilà la personne que je dois rencontrer. C'est ce jeune homme, là-bas.

Elle le détailla longuement :

— C'est lui qu'Emmeline... ?

— Je ne peux rien vous dire, répétai-je une fois de plus. Je vais aller lui parler. Vous m'excuserez auprès d'Adolphine. Je me rendrai chez elle une autre fois.

Nous descendîmes du train et Gilles, voyant que je n'étais pas seule, hésita et n'osa pas avancer.

— Eh bien, alors, je te laisse. À tout à l'heure, Maxellende.

Élisabeth s'éloigna, et je me tournai vers lui. Il s'approcha aussitôt en souriant, ôta son chapeau et s'inclina :

— Bonjour, mademoiselle... Maxellende. J'espère que je ne vous ennuie pas ?

Tandis qu'il serrait ma main gantée, je le regardai différemment. Il n'était plus le jeune homme vers qui j'avais été attirée, il était mon frère. Inattendue, une onde de joie me traversa, et je compris que j'étais heureuse d'avoir un frère tel que lui.

Loin de soupçonner la vérité, il attendait ma réponse, légèrement incliné vers moi. Je jetai un coup d'œil aux gens qui, autour de nous, s'interpellaient, bavardaient, sortaient de la gare. Je me mordis les lèvres, embarrassée. Il s'aperçut de mon hésitation et demanda aussitôt :

— Qu'y a-t-il ? Si ma présence vous ennuie, n'hésitez pas à me le dire.

Il avait un air inquiet et désolé, et je secouai la tête :

— Non, ce n'est pas cela. Pas du tout. Au contraire. Enfin, c'est-à-dire... Voilà : je dois vous parler. J'ai à vous dévoiler quelque chose de très important. Pourrions-nous trouver un endroit calme et... sans témoins ?

Intrigué par mon ton sérieux et mon visage grave, il me montra, à l'extrême bout du quai, un banc situé à l'écart :

— Allons nous asseoir là-bas, si vous le voulez bien.

Je fis un signe d'assentiment, et nous marchâmes jusqu'au banc. Il était couvert de poussière, et Gilles sortit un mouchoir de sa poche :

— Permettez, dit-il galamment.

Il essuya soigneusement la poussière avant de m'inviter à m'asseoir et de s'installer à côté de moi, tout en restant à une distance respectueuse. Je l'observais en clignant des yeux dans le soleil. Comment allait-il réagir à mes révélations ?

Je me raclai la gorge et demandai d'abord :

— Promettez-moi de m'écouter sans m'interrompre. Ce que j'ai à dire est difficile.

Il hocha affirmativement la tête, et je commençai :

— C'est au sujet de ma mère. Avant d'épouser mon père, elle a connu un jeune homme, à Cambrai. Elle n'était qu'une ouvrière, et lui, il était riche. Son père s'est opposé à leur union, alors ils ont vécu ensemble sans être mariés. Ce jeune homme s'appelait Géry Dorcelles.

Gilles sursauta :

— Géry ! Mais...

Je levai la main :

— Vous avez promis de ne pas m'interrompre. Permettez-moi de continuer. Ils ont eu un fils. Mais Géry est décédé accidentellement. Alors le grand-père est venu proposer un choix : ou bien ma mère emmenait son enfant avec elle, et il ne serait jamais qu'un bâtard ; ou bien elle le laissait à son grand-père, qui l'élèverait, ferait de lui un Dorcelles et lui donnerait tout ce à quoi il avait droit. Alors, le cœur déchiré, elle lui a laissé son petit garçon.

— Mais... voulez-vous dire que... ce petit garçon... c'est moi ?

— Oui, c'est vous.

Il me regarda, abasourdi :

— Ça alors ! C'est incroyable ! C'est... Jamais je ne m'attendais...

Il secoua la tête comme quelqu'un qui cherche à reprendre ses esprits, me regarda de nouveau, et j'eus l'impression qu'il me voyait, lui aussi, différemment.

— Alors... vous êtes ma sœur ?

— Oui, je suis votre sœur. Ma mère est aussi la vôtre.

Il y eut un silence. Dans les yeux de Gilles, je vis l'incrédulité, le doute, puis une joie qui éclaira son visage et le fit soudain ressembler à un enfant émerveillé.

— Mais alors... reprit-il, moi qui me croyais seul au monde, sans aucune famille... J'ai une mère !

Il se rapprocha de moi et, dans son enthousiasme, me prit la main :

— C'est extraordinaire ! Êtes-vous sûre de ce que vous dites ? Ce serait vraiment ma mère ? Je me suis tant torturé à son sujet, je me suis toujours demandé pourquoi elle m'avait laissé... Mon grand-père me l'avait décrite comme une intrigante. Ce n'est pas vrai, n'est-ce pas ?

— Non, dis-je doucement, ce n'est pas vrai. Peut-être le croyait-il, mais il se trompait. Elle aimait sincèrement votre père. Et, si elle vous a laissé, c'est parce qu'elle n'a vu que votre intérêt. Elle en a été très malheureuse. Je me souviens de plusieurs scènes, au cours de mon enfance, où je l'ai surprise en train de pleurer. Je ne comprenais pas, bien sûr. Je n'ai compris que récemment.

— Et comment avez-vous découvert... ? Je veux dire... Dimanche dernier, vous ne saviez rien ?

— Non, je ne savais rien. Il faut que je termine mon récit. Ma mère a appris par une voisine que je vous rencontrais, et elle m'a interrogée à votre sujet. Lorsque je lui ai dit votre nom, elle a tout de suite compris qui vous étiez. Alors, elle m'a tout avoué.

— C'est incroyable ! répéta-t-il. Et... comment avez-vous réagi ?

— Très violemment. Je lui ai dit que ce qu'elle nous avait caché ressemblait à une trahison. Je me suis enfuie et je me suis réfugiée chez mon frère.

— Ah ? Vous avez un frère ?

— Oui, Jérôme. C'est le fils d'un premier mariage de mon père.

— Alors, c'est un demi-frère ? Comme moi, en somme ?

Je levai les yeux vers lui. Il avait gardé ma main entre les siennes, et son regard posé sur moi était empli de douceur et de tendresse. Je lui souris :

— Oui, comme vous...

Il releva la tête, passa une main sur son visage, comme s'il cherchait à se réveiller :

— J'ai l'impression de rêver... Mais terminez votre récit. Que s'est-il passé ensuite ?

Je me rappelai les jours douloureux au cours desquels j'avais tremblé pour la vie de ma mère.

— Mon père est venu me rechercher. Il fallait que je rentre, parce que l'état de ma mère s'était aggravé. Elle souffrait d'une bronchite, qui s'était transformée en pneumonie. Elle a déliré pendant trois jours. Dans son délire elle a parlé, et mon père a tout appris. Il a réagi avec beaucoup de compréhension. Quant à ma mère, depuis deux jours, elle se sent si faible qu'elle dit que... qu'elle n'a plus de forces et qu'elle va mourir. Alors, elle veut vous revoir, et elle m'a demandé de venir vous chercher pour vous amener auprès d'elle.

Je me tus, les yeux pleins de larmes. Gilles sursauta et s'exclama :

— Mais bien sûr ! Allons-y ! Je ne demande que ça ! Voir ma mère... depuis le temps que j'en rêvais ! Je m'étais résigné à ne jamais la connaître...

Il s'interrompit et demanda avec inquiétude :

— Est-elle si malade ?

Je haussai les épaules, malheureuse :

— Elle l'a été. Maintenant, le docteur dit qu'elle est hors de danger. Mais, je ne sais pourquoi, elle se met dans la tête qu'elle est faible et qu'elle va mourir.

— Allons la voir, décréta Gilles énergiquement. Je la persuaderai, moi, de ne pas mourir, surtout au moment où je la retrouve !

En attendant l'heure du train, nous continuâmes à bavarder, et Gilles ne cessait de m'interroger. Je lui répondais, je lui parlais de ma mère – de notre mère. Je racontais son aversion pour les bicyclettes, ses refus d'aller à Cambrai, et cette tristesse qui paraissait ne jamais la quitter, même lors d'événements heureux, comme le jour de ma communion solennelle. J'avais vu ses larmes, à la sortie de la messe, et elles m'avaient contrariée. Comment aurais-je pu me douter qu'elle pleurait en pensant à la communion de son petit garçon, à laquelle elle n'avait pu assister ?

— Nous avons du temps à rattraper, elle et moi, conclut Gilles en serrant ma main qu'il n'avait toujours pas lâchée. Et nous allons en profiter !

Lorsque le train arriva, il se leva, impatient comme un enfant. Je l'imitai, et, tandis que nous avancions sur le quai, il remarqua, l'air songeur :

— Ainsi, vous êtes ma sœur ?... J'en suis heureux, et pourtant...

Je compris ce qu'il voulait dire et ne répondis pas. Cette attirance qui, tout de suite, nous avait donné l'impression de nous connaître depuis toujours, était-ce cela que l'on appelait les liens du sang ?...

Je n'aperçus pas Élisabeth. Je me dis qu'elle prendrait certainement le train suivant, afin de pouvoir rester plus longtemps avec sa fille qu'elle n'avait pas vue depuis plusieurs semaines. Et puis, par discrétion, sans doute préférait-elle nous éviter sa présence et nous laisser seuls, Gilles et moi.

Il continuait à me questionner, et je lui racontai la façon dont ma mère avait aimé Jérôme comme s'il était son propre enfant, à l'époque où elle-même se trouvait privée du sien.

— Votre frère Jérôme a été pour elle une sorte de remplaçant, si je peux me permettre d'employeur ce mot, remarqua pensivement Gilles. Comme maman Alice pour moi, en somme. Grâce à elle, je n'ai jamais manqué de tendresse, mais, dès que j'ai compris qu'elle n'était pas ma mère, je me suis toujours interrogé... Et aujourd'hui, vous apportez la réponse à toutes mes questions. C'est merveilleux, Maxellende ! C'est une sorte de miracle !

Lorsque le train arriva à Caudry, Gilles descendit d'abord, puis me tendit la main :

— Faites attention à ne pas trébucher, comme le jour où nous nous sommes rencontrés... Imaginez, si vous n'aviez pas failli tomber ce jour-là... Je ne vous aurais pas connue, et je me trouverais toujours dans l'ignorance... Comme cela tient à peu de chose, finalement !

Il me sourit, d'un sourire heureux et reconnaissant. Tout en marchant, je lui montrai rapidement les magasins, l'hôtel de ville, l'église, le château. Dans notre rue, instinctivement, je pressai le pas. Mon père, qui connaissait l'horaire du train, était sur le seuil et guettait notre arrivée. Je l'indiquai à Gilles :

— Voilà notre maison. Et père qui nous attend.

Lorsque nous fûmes devant lui, mon père regarda Gilles et lui tendit la main :

— Merci d'être venu. Emmeline vous a réclamé plusieurs fois.

— Merci à vous, monsieur, répondit Gilles, de me permettre de venir ainsi chez vous. Si vous saviez ce que cela représente pour moi...

J'entrai dans la maison et invitai Gilles à me suivre. J'allai jusqu'à la chambre, m'arrêtai devant la porte.

— Attendez quelques instants, chuchotai-je. Je vais la prévenir.

J'entrai doucement. Ma mère, dans le lit, nous avait entendus. Ses yeux se posèrent sur moi, et ils exprimaient une telle attente, une telle prière, un tel espoir, que je me sentis bouleversée. En réponse à son regard, je dis :

— Il est là, mère.

Elle se souleva légèrement, et ses joues pâles se colorèrent de rose :

— Il est là ? Où donc ?

— Dans le couloir. Il attend.

Elle porta ses mains à sa poitrine, comme pour contenir une trop grande émotion, un trop grand bonheur :

— Ne le fais pas attendre plus longtemps... Qu'il entre, vite... Oh, mon Dieu... Gilles, mon petit...

J'allai à la porte, l'ouvris toute grande. Gilles m'interrogea du regard.

— Allez-y, dis-je. Elle vous réclame.

Il s'avança, l'air profondément ému. Arrivé contre le lit, il s'agenouilla lentement, prit une main de ma mère et, incapable de parler, la porta silencieusement à ses lèvres. Le visage transfiguré, elle le dévorait des yeux, et ils étaient tellement occupés l'un de l'autre qu'ils avaient totalement oublié ma présence. Je compris que ces retrouvailles n'appartenaient qu'à eux seuls, et je me retirai. Dans le couloir, mon père était là, visiblement ému lui aussi.

— Viens, Maxellende. Laissons-les.

J'acquiesçai d'un signe de tête. Sans faire de bruit, je refermai la porte de la chambre. Gilles, toujours agenouillé, tenait la main de ma mère dont le visage était baigné de larmes, et, l'air extasié, ils se regardaient.

9

Ma mère reprit des forces, et le changement fut spectaculaire.

— Je vous interdis de mourir, avait dit Gilles. Je ne vous ai pas retrouvée pour vous perdre !

Elle obéit à cette injonction avec bonheur. Ses joues perdirent leur pâleur, ses yeux retrouvèrent leur éclat, et son visage exprima un continuel émerveillement.

Elle fut bientôt capable de reprendre une vie normale. Gilles venait la voir dès qu'il le pouvait. Sa présence n'avait pas été sans provoquer des commentaires, mais ma mère se moquait de ce que pouvaient dire les *quaterlinques*. Elle était imperméable aux médisances. Pour elle, une seule chose comptait : son fils lui était rendu.

De mon côté, je pus reprendre mon travail de raccommodeuse, que j'avais délaissé. C'étaient Élisabeth et ma marraine Gervaise qui nous avaient remplacées, ma mère et moi, pendant sa maladie.

— Je vais bientôt m'y remettre, assurait ma mère. Je me sens bien mieux maintenant.

En attendant, elle passait de longs moments avec Gilles lorsqu'il venait, et nous les laissions en tête à tête. Nous comprenions qu'ils avaient besoin de se retrouver et de tenter de combler toutes ces années pendant lesquelles ils avaient été privés l'un de l'autre. Je surprenais, parfois, des bribes de conversation. Sur sa demande, ma mère parlait à Gilles de son père :

— Il m'appelait « ma douce », lui disait-elle. Il t'aimait, il était si fier de toi !

Malgré son statut de jeune homme riche, Gilles savait être simple, et il fut tout de suite à l'aise parmi nous. Il fit la conquête de tout le monde. Mon filleul Martin poussait des cris de joie quand il le voyait et se précipitait dans ses bras. Gilles lui apportait des *biscottes de Cambrai*, appelées « petit déjeuner des enfants ». C'étaient de délicieux biscuits de forme allongée, et Martin, toujours gourmand, en raffolait.

Lorsqu'il rencontra Gilles, mon frère Jérôme lui déclara, avec un sourire complice :

— Nous avons tous les deux un point commun : nous avons la même sœur. Considérons-nous comme des frères, voulez-vous ?

Et Gilles avait immédiatement adhéré à cette proposition.

Mon parrain Timothée, quant à lui, demeura éberlué en apprenant la vérité. Il regarda ma mère avec des yeux ronds :

— Tu avais un petit garçon ? Mais... je n'en ai rien su... jamais je n'aurais cru...

Ma mère sourit avec tristesse :

— Personne ne le savait. Je ne l'ai jamais dit. C'est Maxellende qui l'a rencontré par hasard.

Elle lui raconta ce qui s'était passé. La première fois qu'il vit Gilles, il lui dit, avec une sorte d'étonnement :

— Alors, vous êtes mon neveu ? Un beau jeune homme comme vous ? Ben ça alors ! Ça alors !

Il l'observa avec un mélange de méfiance et de respect, conscient de leur différence de milieu. Mais

Gilles parvint à le conquérir en lui offrant une bouteille de *batistine*[1]. Il offrait ainsi des cadeaux à tout le monde et n'en était que plus apprécié.

Ma belle-sœur Sylvette le trouvait séduisant et agréable, avis que partageait ma marraine. Gervaise. Plus nous le connaissions et plus nous l'appréciions. Il me venait, parfois, le regret d'avoir été privée de sa compagnie pendant mes années d'enfance. Je le confiai à ma mère, un soir, après le départ de Gilles. Elle hocha la tête :

— Si je l'avais emmené avec moi, il aurait été là dès ta naissance. Octave l'aurait reconnu comme son fils, il me l'a dit. Et je n'aurais pas été si malheureuse... Je me demande, finalement, si j'ai bien agi en obéissant à monsieur Dorcelles.

— N'ayez pas de regret, mère. Gilles porte le nom de son père et il est l'héritier des Dorcelles. C'est mieux pour lui.

— Oui, c'est vrai. C'est ce que Géry aurait souhaité.

Un dimanche, Gilles nous emmena dans la maison où ma mère avait vécu. Elle retrouva les lieux avec une profonde émotion, et elle éclata en sanglots lorsqu'elle vit le petit lit d'enfant dans l'une des chambres :

— C'est là que je t'ai laissé, et je me suis enfuie pendant ton sommeil. C'est cette dernière image que j'ai gardée de toi : mon petit garçon endormi dans son lit pendant que je m'en allais pour toujours. Comme c'était douloureux ! C'était insupportable.

Mais d'autres souvenirs, heureux ceux-là, réapparurent et la firent sourire parmi ses larmes :

---

1. Liqueur inventée en 1887 par monsieur Simonot, un pharmacien cambrésien, et appelée batistine en hommage à Baptiste de Cambrai, le créateur de la toile qui porte son nom.

— Tu es né dans ce grand lit, Gilles. Et ici, dans le salon, ton père me jouait du piano. Il était très doué et je ne me lassais pas de l'écouter.

Une autre fois, Gilles nous fit visiter la maison des Dorcelles, à Cambrai, où ma mère n'était jamais allée. C'était une maison cossue, mais l'aspect sévère des pièces me rebuta. Ce dimanche-là, nous fîmes une promenade dans la ville, et ma mère remarqua qu'elle avait changé :

— Lorsque je suis partie, il n'y avait pas de tramway. Et puis, il y avait encore les remparts et les portes.

— Le démantèlement a eu lieu à partir de 1892, expliqua Gilles. Quant au tramway, il circule depuis 1903. Et il est bien utile !

Lorsque nous prîmes le train du retour, ma mère déclara :

— Je reviendrai. Il faut que je retrouve Fernande. Elle était mon amie, et elle a dû être peinée de ma disparition. Je ne lui ai plus donné de mes nouvelles.

Elle demeura toute la soirée rêveuse, le regard empli de nostalgie. À un moment, elle remarqua :

— Comme la vie est bizarre, Maxellende ! Je m'étais résignée à finir ma vie sans revoir mon petit garçon, et je n'aurais jamais imaginé que ce serait toi qui le retrouverais... Merci, ma petite fille.

Je secouai la tête en souriant :

— Je ne l'ai pas fait exprès, mère ! Dès que je l'ai vu, je me suis sentie attirée vers lui. C'était inexplicable. Il y a eu quelque chose entre nous, tout de suite.

— Je suis heureuse de voir que vous vous entendez si bien.

— Oh oui, nous nous entendons parfaitement. Et il est si content d'avoir retrouvé une famille alors qu'il était seul au monde !

Gilles et moi apprenions à nous découvrir, et cette découverte donnait un intérêt supplémentaire à notre relation. C'était mon frère, mais je ne connaissais rien de lui, contrairement à Jérôme avec qui j'avais toujours vécu.

Avec la permission de ma mère, Élisabeth avait écrit à Hugues et lui avait tout raconté. Peu de temps après, il vint en permission, et je fus heureuse de le revoir. J'allai le chercher à la gare en compagnie d'Élisabeth, et lorsque je le vis se diriger vers nous, je compris avec certitude qu'il resterait à jamais mon seul amour. Le hâle de son visage faisait ressortir ses yeux bleus et son sourire éclatant. Il était en uniforme et il me parut grand, beau, merveilleux. Il embrassa sa mère en la serrant contre lui, puis se tourna vers moi et m'embrassa, moi aussi, sur les deux joues, comme nous le faisions depuis notre enfance.

— Comme je suis content de vous revoir ! Et père, il va bien ? Et Adolphine ?

— Tout le monde va bien. Et toi, mon garçon ? Tu as l'air en pleine forme.

— Oui, mais j'ai hâte de revenir pour de bon, et de faire ma vie ici.

En disant cela, il se tourna vers moi et me sourit. Je retrouvai, dans ses yeux, le même amour inchangé, et je me sentis profondément heureuse.

Sa venue apporta une certaine effervescence dans la routine de notre vie. Mon filleul Martin eut du mal à reconnaître ce grand soldat impressionnant, mais lorsque Hugues lui offrit le petit moulin à vent, qu'il fit tournoyer en soufflant sur les ailes colorées, la glace fut aussitôt rompue.

Quelques jours plus tard, à un moment où nous étions seuls tous les deux, je lui racontai ce qui s'était passé au sujet de Gilles. Je ne lui cachai rien ; nous avions partagé, depuis notre enfance, les mêmes peines et les mêmes joies. Je parlai des confidences de ma mère, de ma révolte et de ma fuite. Il eut la sagesse de réagir comme mon père :

— À l'époque, elle a fait ce qu'elle a cru être le mieux. Mais elle a certainement été malheureuse d'avoir dû agir ainsi.

Il rencontra Gilles le dimanche suivant, et je fus ravie de constater que la sympathie entre eux fut immédiate. Je n'en attendais pas moins d'Hugues ; je savais qu'il était profondément bon. Quant à Gilles, il charmait tout le monde, même les personnes les plus réticentes. Ma mère affirmait qu'il tenait cela de son père.

Un repas nous réunit tous, ce jour-là, et nous fûmes heureux de nous retrouver. Au cours de la semaine qui suivit, je rencontrai Hugues quotidiennement.

— Encore un peu de patience, me disait-il. La prochaine fois, je reviendrai pour de bon. J'irai trouver tes parents et je leur dirai que je souhaite fréquenter avec toi. Ce ne sera pas une surprise, ils le savent déjà ! Et puis, nous nous marierons.

Parfois, lorsque nous nous trouvions seuls, il m'embrassait, avec un mélange de passion, de respect et de tendresse. Nous étions sûrs de notre amour, et nous étions sages.

Le jour où Hugues dut repartir arriva bien trop vite à mon goût. Avec Élisabeth, je l'accompagnai jusqu'à la gare. Avant de monter dans le train, il m'embrassa fraternellement, me serra contre lui et murmura à mon oreille :

— Attends-moi, n'est-ce pas ?

Je fis un signe de tête affirmatif, m'efforçant de ne pas montrer ma tristesse de le voir partir. Tandis que le train démarrait, Hugues se pencha à la portière, et, les yeux dans les yeux, nous nous regardâmes le plus longtemps possible. Puis le train prit de la vitesse, et nous fûmes séparés.

— Il ne faut pas être triste, dit Élisabeth en me prenant le bras. La prochaine fois, il ne repartira plus.

Mais nous avions le cœur bien lourd malgré tout.

Ma mère rechercha son amie Fernande et, grâce à une ancienne voisine, finit par la retrouver. Elle avait déménagé, vivait avec son mari et son grand fils qui, comme son père, travaillait dans une fabrique de chicorée. Avec joie, elles renouèrent les liens d'amitié qui avaient été rompus vingt ans auparavant. Madame Florence était décédée l'année précédente, et Fernande fut d'autant plus heureuse de revoir ma mère. J'appréciai tout de suite cette femme au visage aimable et souriant, et je regrettai qu'elle n'eût pas une fille qui aurait pu devenir mon amie. Depuis qu'Adolphine était mariée, je me sentais parfois esseulée.

Heureusement, les visites de Gilles apportaient toujours un dérivatif agréable. Un dimanche, il nous emmena chez sa « maman Alice », et ma mère fut très émue de revoir cette femme à qui elle avait confié son petit garçon.

— Elle est âgée maintenant, lui avait expliqué Gilles, et elle perd un peu la mémoire. Je l'ai prévenue de votre visite. Elle se souvient de vous, mais ne vous étonnez pas si elle a parfois des oublis.

C'était une vieille dame au visage doux sous ses cheveux blancs. Émue elle aussi, elle tendit les bras à ma mère, et elles restèrent un long moment enlacées, serrées l'une contre l'autre. Mon père, près de moi, se racla la gorge. Le visage empreint de tendresse, Gilles observait ses deux mamans, comme il venait de les appeler. La nièce d'Alice nous fit asseoir, nous proposa du café. Ma mère s'installa près d'Alice :

— Merci, lui dit-elle, d'avoir si bien aimé mon petit garçon. Merci d'en avoir fait le beau jeune homme qu'il est devenu.

Au cours de la conversation qui suivit, je compris vite que la vieille dame confondait parfois Gilles et Géry, qu'elle avait élevé également. Ma mère, un peu désorientée au début, échangea un regard avec Gilles, qui hocha la tête avec un sourire indulgent. Elle ne fit pas de remarque, et écouta Alice continuer à mélanger ses souvenirs.

Lorsque nous partîmes, ma mère promit de revenir souvent.

— Vous me parlerez de Gilles lorsqu'il était enfant. Je ne me lasserai jamais de vous écouter. J'ai tant d'années à rattraper !

— Si elle vous dit que je jouais du piano, remarqua Gilles sur le chemin du retour, c'est qu'elle me confond encore avec mon père. Car moi, je n'en ai jamais joué !

— Cela ne fait rien, répliqua doucement ma mère. Qu'elle me parle de toi ou de Géry, je serai toujours satisfaite. Vous m'êtes chers tous les deux.

Ainsi, nous prîmes l'habitude, ma mère et moi, de prendre le petit train du Cambrésis et, tandis qu'elle s'en allait passer l'après-midi avec Alice, je me rendais chez Adolphine. Mon amie me lisait les lettres de son frère, me montrait les petites chemises qu'elle confectionnait pour son bébé. La naissance était prévue pour le mois d'octobre, et ses malaises avaient totalement disparu.

Néanmoins, l'été apportait avec lui des jours caniculaires, et elle souffrait de la chaleur. Elle ouvrait à peine ses volets et laissait sa maison dans la pénombre, afin de garder un peu de fraîcheur.

Elle me répétait qu'elle souhaitait avoir une fille, et me confia qu'Hugues en serait le parrain. Ces quelques heures où nous nous retrouvions, elle et moi, nous faisaient beaucoup de bien. Ensuite, j'allais rechercher ma mère chez Alice, et nous reprenions le train. Elle me répétait ce que lui avait raconté la vieille dame, dans l'esprit de laquelle Géry et Gilles ne faisaient plus qu'un seul petit garçon. Et nous revenions à la maison, enchantées toutes les deux.

La rentrée des classes apporta un changement dans la vie de mon petit filleul Martin. Il avait six ans et allait fréquenter pour la première fois l'école des garçons dirigée par monsieur Ringeval. J'accompagnai ma marraine Gervaise au *Louvre de Caudry*, afin de profiter de la grande vente-réclame à l'occasion de la rentrée. Comme Martin était turbulent, elle lui acheta des vêtements pratiques et solides. Le petit garçon les essaya avec mauvaise grâce : l'immobilité ne lui convenait pas ; il préférait courir dans les rues avec ses compagnons de jeux.

— Je me demande comment il se comportera à l'école, s'inquiéta ma marraine, alors que nous revenions, chargées de nos achats. Il ne parviendra jamais à rester assis plusieurs heures de suite. Il est si remuant !

Je souris en regardant le petit garçon gambader devant nous :

— Même si c'est dur au début, il s'habituera. Il le faudra bien. Et cela contribuera peut-être à l'assagir.

Tout se passa bien. Martin se fit de nouveaux camarades, et il en fut enchanté. Il me montra avec fierté son cahier d'écriture, son plumier, ses crayons. Je l'encourageais en lui promettant que, dès qu'il saurait lire, je lui offrirais des livres d'images coloriées. Il me faisait admirer les pages sur lesquelles il traçait les lettres de l'alphabet, et je le félicitais lorsqu'il s'appliquait.

Quelques jours après la rentrée des classes, mon amie Adolphine mit au monde la petite fille qu'elle souhaitait. Son mari, toujours passionné de photographie, fit plusieurs portraits du nouveau-né dans les bras de sa maman. Adolphine m'en offrit un, et en envoya un autre à son frère.

De son côté, ma belle-sœur Sylvette avait donné naissance à un fils qu'ils avaient prénommé Nicolas.

— *Mononc'* Gaspard en est complètement gâteux, m'apprit-elle en souriant. Quand Nicolas est né, il m'a dit : « Je suis un vieux garçon, et je ne serai jamais grand-père. Alors, si tu le veux bien, cet enfant, il sera comme un petit-fils pour moi. »

Je me rendais tantôt chez l'une, tantôt chez l'autre, et je les regardais nourrir leur enfant, le changer, le bercer. Je me disais que ce bonheur tout simple, je le connaîtrais, moi aussi, lorsque j'aurais épousé Hugues. Et le temps me durait jusqu'à son retour.

Un dimanche, à Cambrai, nous fîmes la connaissance de Virginie, l'amie d'enfance de Gilles. Je savais qu'ils s'aimaient tendrement et qu'il prévoyait de l'épouser. Au premier abord, elle ne me plut pas. Je lui trouvai un air hautain et guindé. Pourtant, elle était jolie, et ses yeux, lorsqu'ils se posaient sur Gilles, exprimaient un amour sincère. Je fus déçue de cette première rencontre, mais, par la suite, je pus me rendre compte que Virginie était timide et fort réservée, surtout avec les gens qu'elle ne connaissait pas. Au fur et à mesure de nos rencontres, elle perdit sa froideur ; sans devenir mon amie, elle se rapprocha de moi. Elle aimait Gilles et désirait lui plaire en tout. Or, un jour, il nous avait déclaré, à toutes les deux :

— Avec ma mère et maman Alice, vous faites partie des femmes de ma vie. Je suis heureux de voir que vous vous entendez bien.

Aussi, pour l'amour de Gilles, elle m'accepta plus volontiers.

Les mois se succédèrent. Nous allions parfois au cinéma, qui me plaisait toujours autant. Le *Moderne Cinéma*, en plus des Gaumont-Actualités, nous offrait des drames et des comiques. Au *Casino des Familles*, le programme comportait le même nombre de films, mais il y avait toujours en plus un voyage intéressant, qui nous emmenait dans un autre pays et nous faisait rêver. Et puis, j'aimais beaucoup le héros d'un de leurs films comiques, qui s'appelait Gribouille et qui avait l'art de se trouver dans des situations désopilantes. Certaines scènes nous faisaient rire aux larmes. Pourtant, lorsque nous sortions de la salle, je regrettais qu'Hugues ne fût pas avec moi.

Lorsque j'accompagnais mes parents à une fête, j'éprouvais le même regret. S'il y avait un bal, je refusais d'y aller, puisque Hugues n'était pas là pour me faire danser. Et, lorsque Gilles et Virginie étaient présents, j'avais encore plus conscience d'être seule.

Je ne pouvais qu'attendre, et j'avais parfois l'impression de piaffer comme un cheval impatient. Hugues avait envoyé à ses parents et à sa sœur une photographie sur laquelle il apparaissait en uniforme, souriant et superbe. Adolphine me l'avait montrée et, avec sa gentillesse habituelle, m'en avait fait cadeau. Je l'avais installée sur ma table de nuit, et tous les soirs avant de m'endormir je regardais mon bel amour. Je me disais que son retour m'apporterait le bonheur que je souhaitais, et cette pensée calmait un peu mon impatience.

10

Enfin, ce jour tant désiré arriva. J'accompagnai Élisabeth sur le quai de la gare et, lorsque j'aperçus Hugues dans le flot des voyageurs, je dus me retenir pour ne pas me précipiter vers lui. Immobile près de sa mère, je le laissai venir jusqu'à nous, et un immense bonheur me soulevait. Il n'avait plus ses vêtements militaires, mais des vêtements civils, ce qui me conforta dans l'idée que, dorénavant, l'armée ne le reprendrait plus.

Il s'arrêta face à nous, posa son sac sur le sol ; avec un sourire heureux, il ouvrit tout grand les bras. Nous nous y précipitâmes, et il nous embrassa à tour de rôle.

— Mon garçon ! Enfin, enfin, tu es là ! balbutiait Élisabeth, les larmes aux yeux.

Il se tourna vers moi et, en se penchant, murmura à mon oreille :

— Maintenant, je suis à toi pour toujours, Maxellende.

J'acquiesçai d'un sourire comblé. Sur le chemin du retour, nous fûmes arrêtés bien souvent, par l'une ou l'autre de nos connaissances, qui interpellait joyeusement Hugues :

— Alors, ça y est, te voici revenu parmi nous !

Hugues leur répondait ; puis il ajoutait, à mon intention :

— Quel bonheur de me retrouver ici ! J'en ai rêvé, au cours des dernières semaines, et je pensais sans cesse à toi, Maxellende. C'est ça qui m'a aidé à tenir.

Il fut accueilli par toute la famille avec enthousiasme. Il fit la connaissance d'Élodie, la fille d'Adolphine et de François, dont il n'avait vu que des photographies. Dès le lendemain de son retour, il vint trouver mes parents pour leur demander officiellement ma main. Ils donnèrent bien entendu leur accord, et nous pûmes nous considérer comme fiancés.

Nous éprouvions l'un pour l'autre un amour sûr, basé sur une confiance absolue et une entente qui ne nous avait jamais fait défaut. Il nous suffisait d'échanger un regard pour savoir si nous étions d'accord. Nous fixâmes notre mariage au mois de juin de l'année suivante. Hugues m'annonça :

— Je suis *monté sur métier*, maintenant. Je m'efforce de faire le plus possible de *racks*, pour avoir une meilleure quinzaine.

Ainsi, il était devenu tulliste, comme son père, comme le mien, comme de nombreux Caudrésiens. La période était prospère. L'industrie de la dentelle mécanique était en pleine expansion, et Caudry comptait plus de deux cents fabricants. Monsieur Sandras, notre maire, affirmait avec fierté que notre ville était devenue la capitale industrielle et commerciale du Cambrésis. La dentelle qui y était fabriquée était principalement exportée. Seul un pourcentage de quinze pour cent était réservé à la France.

Outre la dentelle, il y avait aussi le tulle grec, destiné aux fabricants de rideaux ; le tulle uni destiné aux brodeurs du Cambrésis, et utilisé pour les coiffes et les voiles ; la guipure ; et enfin la broderie, exportée, comme la dentelle, en Amérique, mais dont une partie était vendue aux grands magasins de Paris et de province.

De grandes banques comme le Crédit Lyonnais, le Crédit du Nord ou même la Banque de France installaient à Caudry des succursales. De nouveaux commerces se créaient – maison de presse, marchands de bicyclettes, d'instruments de musique –, de nouvelles professions s'installaient – huissier, électriciens, photographes.

L'avenir s'annonçait souriant. Les syndicats des différentes corporations : tullistes, perceurs de cartons, tisseurs, brodeurs, teinturiers et apprêteurs, guipuriers, bobineurs et ourdisseurs, s'étaient regroupés en une « Fédération des Chambres Syndicales Ouvrières de Caudry », pour devenir ensuite l'« Union Locale des Syndicats Ouvriers de Caudry et des environs ».

Et moi, j'allais épouser Hugues. Sa présence et son amour rendaient ma vie plus belle, plus lumineuse, plus gaie. Avec lui, je me remis à fréquenter les fêtes et les bals. Dans ses bras, je me sentais à l'abri, heureuse, protégée.

— *Mariache, ménache*, avait déclaré ma mère.

Cet adage de chez nous signifiait que, à partir du moment où les enfants étaient mariés, ils devaient avoir leur propre ménage, c'est-à-dire leur propre habitation.

Nous trouvâmes une maison à louer, dans un quartier de Caudry récemment bâti, du côté de l'usine du Transvaal. Elle était neuve, agréable, avec des pièces hautes et claires. Hugues, toujours partisan du progrès, décréta que nous ne tarderions pas à y installer l'électricité. Et, comme Jérôme ne cessait de lui vanter les mérites du vélocipède, il fit le projet d'en acheter un dès qu'il aurait fait suffisamment d'économies.

— Attends que nous ayons meublé notre maison, conseillai-je prudemment. C'est le plus important.

Prise d'une frénésie heureuse, je me mis à courir les magasins avec ma mère et ma marraine Gervaise. Élisabeth, bien souvent, nous accompagnait, et quelquefois Hugues, mais il se lassait vite.

— Je ne sais pas choisir, disait-il. Prends ce qui te plaît, Maxellende. Je te fais confiance.

Au *Meuble Moderne*, rue de Saint-Quentin, j'achetai pour la cuisine un buffet, une table et des chaises, et, pour la chambre, un lit et une grande armoire. Nous meublerions les autres pièces par la suite, au fur et à mesure. Ma mère m'aida à choisir les tentures et les tapisseries, et nous nous mîmes à mesurer, à faufiler, à coudre.

Hugues vint avec moi *Aux Mille Pendules*, afin de faire l'acquisition d'un réveil et d'une horloge. Ce magasin vendait également des phonographes, et Hugues décida d'en acheter un, ainsi que quelques disques. Je ne m'opposai pas à son désir. Je me souvenais que celui de ses parents avait enchanté mon adolescence ; grâce à lui, j'avais appris à danser.

Lorsque les meubles furent installés, que les rideaux furent mis aux fenêtres, la maison me fit prendre conscience que, très bientôt, je vivrais là avec Hugues. Je savais que nous serions heureux. Je lui préparerais son *pain dossé d'éclette* lorsqu'il s'en irait travailler, je laverais ses vêtements englués de mine de plomb. Je savais aussi que je craindrais toujours un accident possible : il arrivait que des tullistes se fissent happer un doigt ou une main par leur métier. Pour leur tenue de travail, beaucoup d'entre eux abandonnaient le tablier à bavette, qui était trop enveloppant et qui se prenait plus facilement dans les engrenages ; ils le remplaçaient par un pantalon de toile bleue et un bourgeron.

Je vivais dans une joyeuse effervescence et je n'avais pas une minute à moi. Lorsque j'avais terminé mon travail de raccommodeuse, je brodais mon trousseau. Le dimanche, je retrouvais Hugues et nous sortions ensemble. Nous allions aussi, en semaine, le soir, au théâtre ou au cinéma. Ces sorties se faisaient souvent en famille, et nous étions rarement seuls. Mais nous savions que bientôt nous serions ensemble pour toujours, et je me disais que jamais la vie n'avait été aussi belle.

Le printemps arriva, et il fut temps de songer à ma robe de mariée. Ma mère m'emmena chez madame Paringaux, notre couturière, et nous choisîmes un modèle : une longue robe en satin broché, avec une tournure qui la faisait bouffer par-derrière.

— Je veux que tu sois belle, me dit ma mère, et que ton mariage soit réussi. Moi, je n'ai pas pu épouser Géry. Et quand j'ai épousé ton père, il était veuf et... Bref, ce fut une cérémonie très intime.

Elle se fit faire également une robe, alla acheter un chapeau chez madame Direz, la modiste. Nous prîmes rendez-vous chez monsieur Régnier pour notre photographie de mariage. Avec Élisabeth, ma mère se pencha sur le problème du repas de noces :

— En plus des tartes, nous commanderons un gâteau de mariage à la maison Mercier, décida-t-elle. Leur pâtisserie est délicieuse.

Mon père ne disait rien et observait tous ces préparatifs avec un sourire indulgent. Lorsque nous eûmes choisi le modèle de ma robe, ma mère me fit part de l'idée qui lui était venue :

— J'ai pensé à quelque chose, Maxellende... quelque chose d'original. Comme notre métier, ainsi que celui de ton père et de ton fiancé, est basé sur la dentelle, je voudrais te fabriquer, pour le jour de ton mariage, un bouquet qui serait fait avec des fleurs de dentelle. Nous récupérerions ces fleurs dans des chutes. Qu'en penses-tu ?

À la fois surprise et ravie, je dis oui sans hésiter. Personne, jamais, n'avait eu un tel bouquet de mariée. Ce serait une innovation en même temps qu'une création.

— Quelle excellente idée ! Merci, mère.

Avec fébrilité, ma mère se mit à l'œuvre. Notre patron, que mon père connaissait depuis longtemps, nous accorda bien volontiers la permission de récupérer des chutes de dentelle blanche. Nous choisîmes les plus jolies fleurs ; ma mère les découpa, superposa les épaisseurs, ourla les pétales et les monta sur des tiges autour desquelles elle enroula un fin ruban blanc. Elle confectionna ainsi de superbes fleurs ; elle les assembla finalement en un bouquet qu'elle entoura de tulle, formant une collerette à la fois légère et vaporeuse. Le résultat était ravissant.

— C'est magnifique, mère, dis-je avec sincérité.

Tout le monde s'extasia. Gilles déclara qu'il n'était pas surpris, et que sa mère ne pouvait que créer de belles choses. Ma marraine Gervaise, Sylvette et Adolphine taquinèrent ma mère en lui demandant pourquoi elle n'avait pas eu cette idée pour elles lorsqu'elles s'étaient mariées. Ma mère répondit qu'elle n'y avait pensé que récemment. C'était sans doute vrai, et, secrètement, j'en étais heureuse. Même si cela était égoïste, je préférais être la première – et la seule – à profiter d'un bouquet ainsi créé par les mains de ma mère, pour moi.

J'essayais régulièrement ma robe de mariée, et je la décrivais avec enthousiasme à Hugues. Il ne devait pas la voir avant le jour de notre mariage, car une superstition disait que cela portait malheur. Lorsque, enfin, elle fut terminée, et que je me vis dans le grand miroir disposé dans l'atelier de madame Paringaux, je demeurai muette de ravissement.

Pour ce dernier essayage, j'avais mis le nouveau corset que j'avais acheté chez mesdemoiselles Richez ; c'était un corset « Perséphone » de Paris qui, affirmaient-elles, rendait les femmes plus sveltes. La robe épousait ma poitrine et ma taille, et s'évasait ensuite en de longs plis souples jusqu'aux pieds. Je me tournai, me regardai de profil. Au niveau de mes reins, le « pouf » faisait bouffer la robe et se prolongeait par une longue traîne, lui donnant ainsi une allure royale.

Madame Paringaux fixa sur mes cheveux le long voile blanc et aérien :

— Il mesure plusieurs mètres, dit-elle. Il faudra le faire tenir par des enfants.

Je fis un signe d'assentiment. Nous avions prévu que mon filleul Martin, avec une nièce de Sylvette qui avait le même âge, jouerait le rôle de page et porterait l'extrémité de mon voile. Nous leur avions expliqué ce qu'ils auraient à faire, et, du haut de leurs sept ans, ils considéraient cela comme une grande responsabilité dont ils étaient très fiers.

Ma mère et moi revînmes chez nous avec la robe

soigneusement enveloppée de papier de soie. Et je me disais que, lorsque je la porterais de nouveau, ce serait pour devenir la femme de Hugues.

Les derniers jours, tout le monde fut pris d'excitation. Ma marraine Gervaise, Élisabeth, Sylvette et Adolphine vinrent aider ma mère à tout préparer. La maison fut récurée dans les moindres recoins et se mit à briller de mille feux. Dans la salle à manger, une longue table fut installée, recouverte d'une nappe blanche amidonnée et de notre plus belle vaisselle.

La veille du mariage, j'allai jusqu'à mon nouveau domicile vérifier si rien ne manquait. Avec ma mère, je mis des draps au lit, et des taies d'oreiller que j'avais brodées de nos initiales, à Hugues et à moi. En lissant la courtepointe, je me surpris à rougir. Là, j'appartiendrais bientôt à mon bien-aimé, et j'avais hâte d'être à lui. Lorsque nous étions seuls et qu'il m'embrassait, je sentais un feu intérieur m'embraser et, lorsqu'il se montrait trop pressant, je m'écartais, haletante. Je ne savais rien de l'acte physique qui nous unirait, mais je ne le craignais pas. Au contraire, mon corps l'attendait avec ardeur.

Lorsque nous fûmes revenues chez nous, ce soir-là, ma mère m'emmena dans sa chambre. Elle ouvrit la porte de sa grande armoire et en tira un coffret qu'elle posa sur le lit :

— Ce sont les bijoux de la grand-mère de Géry. Ils me les avait donnés mais, lorsque je suis partie, je ne les ai pas emportés avec moi. Gilles vient de me les rendre. Il m'a dit qu'ils m'appartenaient. Alors, voici pour toi, ma petite fille.

Elle prit un collier et me le tendit. Il comportait un

rang de perles fines, petites et toutes identiques, aux reflets nacrés.

— Tu le mettras demain. Il complétera parfaitement ta tenue de mariée.

— Merci, mère, dis-je, ravie et émue. Il est très beau.

La soirée se passa à terminer les derniers préparatifs. Hugues, qui avait rendez-vous avec ses amis encore célibataires, vint prendre congé.

— Alors, tu vas enterrer ta vie de garçon ? demanda mon père. Profite bien de ces dernières heures. Demain, ce sera fini !

Je reconduisis Hugues jusqu'à la porte. Dans le couloir, à l'abri des regards, il m'embrassa passionnément.

— Ne bois pas trop, ce soir, recommandai-je. Il faut que tu sois en forme demain.

— Ne crains rien, Maxellende. Je ne tiens pas à me réveiller avec une gueule de bois !

Il me serra contre lui, enfouit sa tête dans mes cheveux, chuchota :

— Bientôt, tu seras ma femme, Maxellende... C'est ce que j'ai toujours souhaité. Je t'aime.

— Je t'aime aussi, Hugues.

— Vivement demain !

Il s'en alla, les yeux brillants d'une impatience heureuse. Je refermai la porte en souriant.

Lorsque je fus dans ma chambre, je regardai, avant de me coucher, ma robe que ma mère avait suspendue sur un cintre. Je touchai le tissu souple et doux, je caressai le léger voile de tulle. Sur ma commode était posé le bouquet de dentelle. Je le pris et le contemplai longuement. Chaque fleur était faite à la perfection. Je le reposai délicatement, puis je me couchai pour la dernière fois dans mon lit de jeune fille. Demain, pensai-je, je dormirai avec Hugues, tous les jours de ma vie. Je fermai les yeux sur ce bonheur tout proche, et je m'endormis.

Je m'éveillai dès que le jour se leva. Aussitôt, je me précipitai à la fenêtre pour m'assurer du beau temps. Je fus tout de suite rassurée. Dans un ciel céruléen, le soleil brillait, chassant les derniers lambeaux de brume qui s'attardaient paresseusement. J'eus un sourire heureux et une pensée de gratitude pour ma mère et Élisabeth, qui avaient porté des œufs aux clarisses de Cambrai, afin que sainte Claire « retienne l'eau en l'air ».

Je sortis de ma chambre et, tout de suite, je fus happée par l'effervescence qui régnait déjà dans la maison.

Dehors, mon père et celui d'Hugues, à l'aide de branchages et de fleurs de notre jardin, étaient occupés à constituer une « fausse porte » – une sorte de tonnelle sous laquelle nous passerions en sortant de la maison. Ils accrochèrent, à chaque extrémité, des nœuds et des rubans formés dans des chutes de tulle et de dentelle, afin de rappeler, s'il en était besoin, notre métier de tulliste et de raccommodeuse.

Ma mère courait d'un côté à l'autre de la maison, vérifiant que rien n'avait été oublié. Lorsqu'elle fut enfin rassurée, nous pûmes nous préparer. Elle vint me coiffer et m'aider à m'habiller. Elle serra au maximum mon corset, fit gonfler mon jupon, puis je mis mes bas et mes fines chaussures blanches. Ensuite, avec précaution, elle prit la robe, la passa au-dessus de ma tête, et je l'enfilai. Le tissu s'évasa autour de moi, doux et voluptueux. Ma mère arrangea les plis, agrafa autour de mon cou le collier de perles, fixa le voile dans mes cheveux. Elle recula de quelques pas, me regarda :

— Il ne reste plus que les gants. Tiens, les voici.

Pour terminer, elle me tendit le bouquet de dentelle. Puis, visiblement émue, elle me serra contre elle, délicatement pour ne pas abîmer ma tenue. Elle demeura ainsi un moment immobile, sa joue contre la mienne. Je me souvins de cette barrière que j'avais ressentie dans mon enfance et qui, croyais-je alors, empêchait ma mère de m'aimer. Elle avait complètement disparu. Et je sus, en cet instant, que son amour maternel serait toujours là, fidèle et sûr.

— Viens te voir, me dit-elle. Tu es superbe.

L'armoire de sa chambre comprenait, sur l'une des portes, un grand miroir. Je pus me regarder entièrement. Je me reconnus à peine. La robe m'embellissait, et aussi le bonheur qui irradiait de mon visage et de mes yeux.

— Il est temps de descendre. Les invités vont arriver pour le cortège. Et je dois encore m'habiller.

Ma mère alla passer sa robe, mettre son chapeau, aider mon père à revêtir l'habit qu'il s'était fait faire à cette occasion.

Lorsqu'il me vit, il ouvrit des yeux admiratifs :

— Je n'ai jamais vu une aussi jolie mariée !

— Merci, père.

Nos invités arrivaient et se pressaient dans la maison. L'un après l'autre, ils s'extasiaient sur ma robe :

— Elle est magnifique ! Et ce bouquet de dentelle, comme c'est joli !

Ma marraine Gervaise, suprêmement élégante, amena Martin et lui expliqua quel était son rôle. Le petit garçon saisit l'extrémité de mon voile et ne le lâcha plus. Il leva les yeux vers moi :

— Tu ressembles à une princesse de contes de fées, marraine, me dit-il avec une admiration naïve.

Ma belle-sœur Sylvette donna à sa nièce l'autre extrémité du voile. La petite fille, intimidée au début, fut vite mise à l'aise par l'assurance qu'affichait Martin. Elle lui sourit et, tous deux, ils attendirent patiemment le départ, serrant mon voile dans leurs petites mains, conscients de leur importance.

— Je crois que nous pouvons être fiers de notre sœur, n'est-ce pas, Jérôme ?

Gilles était devant moi. Il me tendit les bras, me prit doucement aux épaules, m'embrassa sur les deux joues :

— Je te souhaite tout le bonheur du monde, Maxellende. Et, vois-tu, si je n'étais pas ton frère... continua-t-il plus bas. Eh bien, j'avoue que j'aurais aimé être à la place d'Hugues, aujourd'hui...

Ce fut la seule fois où il fit allusion à cette attirance que nous avions ressentie dès notre première rencontre. Je n'eus pas le loisir de répondre. Jérôme s'avança et repoussa Gilles sur le côté :

— C'est ma sœur aussi bien que la tienne ! À mon tour, maintenant !

Il m'embrassa, lui aussi, et le souvenir heureux de notre enfance commune nous enveloppa un instant. D'autres personnes arrivèrent encore : Adolphine et son mari, qui n'avait pas oublié son appareil Kodak ; notre oncle Gaspard ; mon parrain Timothée, emprunté dans un bel habit ; et enfin, avec ses parents, celui que mon cœur attendait : Hugues, mon bien-aimé.

Lorsqu'il me vit, il eut un air ébloui, et son visage prit une expression d'adoration qui me toucha :

— Maxellende... comme tu es belle ! murmura-t-il.

Heureuse, je lui souris :

— Tu es bien beau toi aussi.

Il portait un costume de drap noir, une chemise blanche à col cassé et un nœud papillon ; il n'avait rien à envier à Gilles dont j'avais toujours admiré l'élégance. Je le trouvai séduisant et j'eus conscience de le regarder, moi aussi, avec admiration.

Il fut l'heure de partir, et nous nous mîmes en route. Le cortège se forma : Hugues au bras de sa mère, puis le reste de la famille et, pour terminer, mon père et moi. Dehors, tout le monde était sorti des maisons et nous attendait. Des enfants jetèrent quelques pétards. Tandis que nous nous dirigions vers la mairie, il y eut des exclamations, les gens nous lançaient des félicitations, criaient : « *Viv'mariache !* », et les hommes sifflaient d'admiration en m'apercevant. Ce joyeux brouhaha me tournait un peu la tête ; ce ne fut qu'en arrivant à l'hôtel de ville que je repris pied dans la réalité.

Dans la salle des mariages, monsieur Plet, notre nouveau maire, nous fit un discours pendant que, debout près d'Hugues, je me rendais compte que nous étions en train de devenir mari et femme. Avec gravité et émotion, je signai le registre qui nous fut présenté, puis je passai la plume à Hugues. Il signa à son tour, se releva, se tourna vers moi, et je lus ce que me disait son regard : « À partir de maintenant, nous sommes l'un à l'autre pour toujours. »

Le cortège se refit et prit la direction de l'église Sainte-Maxellende. Les cloches sonnaient, annonçant notre arrivée. En descendant les marches de la mairie, je me dis que je portais maintenant le nom d'Hugues, et je me sentis différente.

En écho à mes pensées, tandis que nous marchions vers l'église, mon père déclara, avec une sorte de regret :

— Et voilà... tu ne portes plus mon nom, maintenant, tu es mariée... Je voudrais te demander quelque chose...

Je ne te l'ai peut-être jamais dit, mais je t'aime, ma petite fille. Cela me fait quelque chose, tu sais, d'aller te donner à un autre, aujourd'hui, même si je sais qu'il te rendra heureuse... J'aimerais que tu me promettes de ne jamais nous oublier, ta mère et moi.

Je savais à quoi il pensait. Dans notre rue, l'année précédente, une jeune fille s'était mariée et était allée vivre dans un village voisin. Mal influencée par son mari, elle ne venait plus voir ses parents, qui en étaient fort attristés. Mon père n'avait pas à craindre une telle attitude de ma part, mais son inquiétude m'émut. Je répondis, avec conviction et sincérité :

— Je vous le promets, père.

Rassuré, il hocha la tête et me pressa le bras. Nous arrivions à l'église, et, à l'entrée, mon père et moi attendîmes un instant tandis que le cortège avançait. Hugues alla se placer devant l'une des deux chaises qui faisaient face au chœur, et demeura là, debout, droit et immobile. Les autres personnes gagnèrent leur place, les femmes à gauche de l'allée, les hommes à droite.

Pendant ce temps, notre couturière, madame Paringaux, venue assister à la messe, s'affaira autour de moi. Elle étala ma traîne en corolle sur les dalles, fit reculer les deux enfants de façon à ce que mon voile ne touchât pas le sol. Puis, aux accents de l'orgue, nous nous mîmes à avancer.

De chaque côté de l'allée, des gens que je connaissais se tournaient vers moi et me souriaient. Le soleil illuminait l'église, et ses rayons, que les vitraux coloraient, me donnèrent l'impression de participer joyeusement à mon bonheur. Alors que nous approchions du chœur, où monsieur le curé Bricout allait nous marier, j'aperçus dans l'assistance Jérôme qui me regardait. Une bouffée d'affection m'envahit et je lui souris. À côté de lui, je vis Gilles, mon autre frère, que je connaissais depuis moins longtemps mais que j'aimais déjà autant. Et puis, je portai mes regards vers Hugues, mon amour, solide, fort, fidèle. Debout devant l'autel, il m'attendait. Avec confiance, je m'avançai vers lui, mon bouquet de dentelle à la main.

Remerciements

Je tiens à dire ici ma gratitude à toutes les personnes qui m'ont aidée pour la documentation de ce roman :

Merci à mesdames Nelly Deplancke, Simone Ellis, Georgette Guillemin, B. Hulin, Élise Olivier, Alice Quéré, qui m'ont raconté leurs souvenirs de l'époque où elles étaient pensionnaires chez les sœurs.

Merci à madame Thérouanne, conservateur de la bibliothèque de Cambrai, et à monsieur André Leblon, qui m'a aidée dans mes recherches et m'a fourni de nombreux documents sur Cambrai à la fin du dix-neuvième siècle.

Merci à monsieur Guy Bricout, maire de Caudry, qui a accueilli favorablement mon projet de situer la seconde partie de ce roman dans sa ville, et qui m'a présenté les personnes susceptibles de m'aider : madame Lefebvre ; madame Lupa ; monsieur Flament ; monsieur Aimé Gabet qui m'a reçue dans son « musée » et m'a permis de consulter sa collection de cartes postales anciennes ; madame Dolacinski, responsable de la bibliothèque, qui m'a prêté les livres dont j'avais besoin ; monsieur André Brochard qui a répondu, avec patience et gentillesse, à toutes mes questions concernant le métier de tulliste ; monsieur Jean Bracq qui a bien voulu me faire visiter ses ateliers et m'expliquer les différentes étapes de la fabrication de la dentelle mécanique ; monsieur Patrick Raguet, historien, qui m'a fourni de précieux renseignements sur Caudry à l'époque qui m'intéressait.

Merci également à monsieur Émile Fournier, qui a recherché et rassemblé pour moi des documents qui m'ont été fort utiles.

En plus des journaux de l'époque, j'ai consulté de nombreux ouvrages, et je voudrais citer particulièrement *Traditions en Cambrésis* de Géry Herbert, et *Caudry* de Léonce Bajart.

Le Muguet Bleu

Élodie était triste. La tête basse, son cartable à bout de bras, elle marchait lentement. Autour d'elle, ses compagnes de classe s'étaient égaillées en courant, et elle était demeurée seule. Même Justine, sa meilleure amie, ne l'avait pas accompagnée ainsi qu'elle le faisait chaque jour. Elle avait dit, en guise d'excuse :

— Je rentre tout de suite chez moi. J'ai hâte de faire voir à ma mère le bon point que j'ai eu aujourd'hui.

Cette phrase avait assombri Élodie, mais ce n'était pas à cause du bon point. Déjà, dans l'après-midi, mademoiselle Bruneau, la maîtresse, avait fait recopier aux élèves une récitation à apprendre, un texte de Victor Hugo qui commençait par : « *O, amour d'une mère ! Amour que nul n'oublie !* » Et Élodie avait pensé à sa mère, à qui elle ne pouvait plus faire admirer les bons points qu'elle obtenait à l'école : depuis plus d'un an, sa mère reposait au cimetière, dans le caveau familial.

— Eh bien, Élodie ? À quoi penses-tu ? Tu oublies de me dire bonjour ?

La petite fille releva la tête, aperçut Antoine, un fermier du village qui revenait des champs, sa houe sur l'épaule. Poliment, elle murmura :

— Bonjour, Antoine.

En même temps, elle vit deux hirondelles passer au

dessus d'elle, et sa tristesse s'accrut. Avec sa mère, chaque année, elle guettait les premières hirondelles, se réjouissant de les voir arriver.

— J'aimerais bien qu'elles fassent un nid contre le mur de notre maison, disait sa mère. Il paraît que cela porte bonheur.

Mais les hirondelles n'avaient pas fait de nid, et le bonheur s'en était allé.

Avec un soupir, Élodie prit une rue transversale, bordée seulement de quelques maisons. Au-delà, c'étaient les champs, avec les jeunes pousses de blé verdoyantes, au-dessus desquelles chantaient les alouettes. Une petite chienne noir et blanc se précipita vers Élodie, qui laissa tomber son cartable, s'accroupit et ouvrit tout grand les bras :

— Poupette ! Ma Poupette !

La chienne se jeta contre la petite fille et lui lécha le visage en frétillant de joie. Élodie sentit sa tristesse se dissiper et se mit à rire.

Ensemble, elles se dirigèrent vers la dernière maison, au bout de la rue. Élodie poussa la porte, et elles entrèrent.

— Me voici, tantine.

Une jeune femme d'une trentaine d'années, vêtue de noir, releva la tête de son ouvrage de couture :

— Tu as bien travaillé à l'école ? Va te laver les mains et viens goûter. Je t'ai préparé une tartine de confiture.

Élodie obéit. Chaque jour, après l'école, elle se rendait chez sa tante qui, du mieux qu'elle le pouvait, remplaçait auprès de l'enfant la mère disparue. Puis, après le goûter, Élodie rentrait chez elle, où elle retrouvait son père, qui avait terminé sa tournée de facteur. Elle s'asseyait à la table, faisait ses devoirs. Il l'interrogeait sur sa journée d'école, essayait de s'intéresser à ses problèmes, mais il n'arrivait pas à exprimer, par des attentions, l'amour immense qu'il ressentait pour cette enfant, qui seule lui restait, et qui était le vivant portrait de sa femme perdue.

Parfois, Élodie posait des questions qui, bien que différentes, appelaient toutes la même réponse :

— Pourquoi maman est-elle au cimetière ?

— Pourquoi la moitié des filles de ma classe n'ont-elles plus de papa ?

— Pourquoi tantine est-elle toujours triste ?

À chaque fois, le regard de son père se faisait douloureux, et son visage prenait une expression torturée. Il disait d'une voix chargée de rancune et de désespoir :

— Tout ça, c'est à cause de la guerre !

Et il brandissait, comme preuve ultime, le moignon qui remplaçait sa main gauche.

La guerre... Elle avait éclaté un beau jour de l'été 1914, comme un orage brutal dans un ciel serein, affolant tous les habitants. Élodie avait alors quatre ans. Elle se souvenait des larmes de sa mère, du départ de son père. Il s'était accroupi, l'avait prise aux épaules, l'avait regardée gravement :

— Élodie, je ne sais pas quand je reviendrai, mais je reviendrai. D'ici là, sois bien sage, et obéis toujours à maman. Tu me le promets ?

Sans bien comprendre, elle avait acquiescé. Elle se rappelait que son père l'avait embrassée très fort, et que sa moustache lui avait piqué les joues.

Tous les hommes du village étaient partis, sauf les plus âgés. François, le jeune mari de sa tante, n'avait plus été là non plus pour faire sauter Élodie sur ses genoux. Les femmes s'efforçaient de remplacer les hommes absents, et le vieux facteur avait repris son travail abandonné pour cause de retraite. La mère d'Élodie guettait tous les jours son arrivée, et son visage s'éclairait lorsqu'il y avait une lettre de Pierre. Il racontait ce qu'il faisait, citait des noms de villages situés dans l'Est, que personne ne connaissait. Il terminait toujours ses lettres par des phrases pleines d'amour et de tendresse, répétant que sa femme et sa petite fille lui manquaient, et qu'il viendrait les retrouver bientôt.

Mais les semaines, les mois passaient, et il ne revenait pas. Élodie entendait les gens du village parler des soldats allemands qui, heureusement, avaient pu être arrêtés par les Français et les Anglais. Ces derniers, de temps en temps, traversaient le village dans des engins de guerre qui lui faisaient peur.

Un jour, une lettre arriva, la première d'une longue série, annonçant que Marcel, le fils d'un des fermiers, avait été tué dans la Marne. La mère d'Élodie se mit à pleurer amèrement.

— Nous étions amis d'enfance, sanglota-t-elle, et je l'aimais bien.

Elle se rendit chez Colette, sa jeune sœur, et elles mêlèrent leurs larmes. Élodie, malheureuse et impuissante, les regardait sans pouvoir les consoler.

— Te souviens-tu de ce qu'il disait ? remarqua Colette en s'essuyant les yeux. Il répétait qu'il ne s'était pas marié parce qu'il n'avait pas réussi à choisir entre toi et moi. Il disait ça en riant, mais c'était peut-être vrai, car il était resté célibataire. Au moins, il ne laisse pas une veuve ni des orphelins.

À ces mots, la mère d'Élodie avait serré farouchement son enfant contre elle tout en se signant pour conjurer le sort.

Pourtant, Pierre était revenu, l'année suivante, mais il n'était pas resté longtemps. Élodie, qui avait cru à un retour définitif, avait d'abord crié de joie en se précipitant dans ses bras. Mais il lui avait appris le mot « permission » : l'armée ne lui avait accordé que quelques jours. Élodie avait tapé du pied, furieuse :

— Mais pourquoi ? Pourquoi ?

— C'est la guerre, avait répondu son père d'une voix sourde.

La petite fille avait compris qu'il n'y avait rien à faire, et elle n'avait plus protesté. Elle remarqua que son père demeurait souvent triste. Il parlait peu, avait perdu sa gaieté, n'allait même plus jouer aux cartes au *Café de la Place* comme il le faisait avant. D'ailleurs, constatait-il d'un ton désabusé, avec qui jouer, puisque tous étaient à la guerre ?

— Les anciens sont là, eux, remarqua un jour sa mère. Va faire une partie avec eux. Ça te distraira.

Mais il secoua la tête :

— Ça ne me dit rien. Ils posent des questions, me demandent pourquoi on n'a pas encore vaincu les Allemands. Ils n'ont qu'à y aller, et on verra s'ils sont capables de mieux faire !

Élodie vit sa mère lever une main vers le visage tourmenté de son mari et lui caresser tendrement la joue :

— Mon pauvre Pierre... Est-ce si terrible ?

— Plus que tu ne le crois, Marie. Je ne peux pas te dire... C'est l'enfer sur terre.

Lorsqu'il était reparti, Élodie avait bien vu son

expression déchirée et malheureuse. Et, après son départ, sa mère avait beaucoup pleuré.

Quelques semaines plus tard, son oncle François était venu, lui aussi, en permission. Il avait la même attitude découragée, et pas une fois il n'avait fait sauter Élodie sur ses genoux. La petite fille ressentait une profonde et violente rancune contre cette guerre qui enlevait les hommes du village, les rendait quelques jours pour les reprendre aussitôt, et faisait pleurer les femmes.

Un jour de septembre 1915, une lettre arriva, annonçant que le père de Justine avait été tué lors d'une attaque à Loos-en-Gohelle. Justine était la meilleure amie d'Élodie, qui la considérait comme une sœur jumelle. Elles n'avaient que cinq ans et, à cause de leur jeune âge, elles ne réalisaient pas entièrement le tragique de la situation. Justine annonça à Élodie :

— Mon papa a été tué. Il ne reviendra plus.

Élodie ne sut que dire. Elle aimait bien Alphonse, le père de son amie, qui était toujours gai et qui, souvent, la faisait tournoyer pour la faire rire. Justine continua, comme une évidence :

— Maman dit qu'ils vont tous être tués, et que ton papa le sera aussi, comme les autres.

Le soir même, Élodie interrogea sa mère :

— C'est vrai que papa va être tué ?

Comme chaque fois que cette perspective était évoquée, Marie se signa :

— Mais non, voyons ! Ne parle pas ainsi, Élodie.

— C'est Justine qui l'a dit.

— Eh bien, elle se trompe. Papa reviendra, tu le sais bien.

Mais la voix de Marie trembla. Comment en être certaine ? Cette guerre était tellement meurtrière !

Peu de temps après, Marie reçut une lettre. Envoyée par la Croix-Rouge, elle annonçait que Pierre avait été blessé, et que les médecins avaient dû l'amputer de la main gauche.

— Mon Dieu ! s'écria Marie en pleurant. Mon pauvre Pierre !

Mais à sa peine se mêlait un soulagement qui la libérait de l'angoisse qu'elle ressentait continuellement : Pierre ne serait pas renvoyé au front. Il serait de nouveau là, auprès d'elles, vivant.

Pourtant, son retour fut douloureux. Même si sa blessure était guérie, il mit longtemps avant d'accepter le fait qu'il était diminué. Il apprit à vivre avec une main en moins, insista pour reprendre son travail de facteur, répétant que sa main droite lui suffisait amplement pour distribuer les lettres. Il n'arrivait pas à oublier la guerre et ce qu'il avait vécu. Le front n'était pas très éloigné, et l'écho des combats, du côté de Lorette, parvenait jusqu'au village. En entendant le canon tonner, Pierre secouait la tête, le regard assombri :

— Les pauvres gars... murmurait-il. Encore des tués et des blessés en perspective...

Marie ne répondait pas. Elle l'entourait de soins et d'amour, supportait ses sautes d'humeur, le calmait lorsque, la nuit, des cauchemars le réveillaient. Élodie, quant à elle, était contente que son papa fût revenu. Elle était entrée à l'école primaire, et c'était à lui qu'elle montrait, chaque soir, ses pages d'écriture et ses cahiers. Sa fraîcheur enfantine représentait pour Pierre un baume bienfaisant. Par moments, il regardait son enfant avec une gravité pensive, et il disait :

— Je suis bien content qu'elle soit une fille. Au moins, elle n'ira pas faire la guerre, et elle ne connaîtra pas l'enfer des tranchées.

— Il n'y aura pas toujours la guerre, protestait Marie.

— Et pourquoi pas ? s'emportait Pierre. Elle n'en finit pas, tu le vois bien.

C'était vrai. Élodie, comme les autres enfants, avait appris à aller à l'école munie d'un masque contre les gaz asphyxiants. Elle essayait de surmonter sa terreur des bombardements, qui avaient lieu sur les villes voisines, Bruay, Béthune, Houdain, et dont l'écho parvenait jusqu'à eux. Sa mère la prenait dans ses bras et la rassurait :

— Nous avons beaucoup de chance. Nous sommes de nouveau réunis, tous les trois.

Peu à peu, Pierre redevenait lui-même. Son travail l'aidait à reprendre goût à la vie. Il tenait à s'occuper de nouveau du jardin, semait, ratissait, désherbait. Il vitupérait contre les *movillards*, ces gros merles noirs qui, au printemps, venaient manger les feuilles tendres des salades. Ainsi, les petits problèmes de la vie quotidienne lui permettaient de reprendre pied dans une existence nouvelle, auprès de sa femme et de son enfant.

Pourtant, dans le village, les avis porteurs de deuil envoyés par le ministère des Armées continuaient à arriver : « Mort au champ d'honneur », disaient-ils. Colette, la jeune sœur de Marie, tremblait pour la vie de son François. Un jour de l'été 1918, alors que la guerre durait depuis quatre ans, elle reçut, elle aussi, le message tant redouté. François était tombé à Noyon, en juillet, lors de la grande offensive décidée par le maréchal Foch.

Le désespoir de Colette fut immense. Elle venait de se marier lorsque François, mobilisé, avait dû partir. Elle maudit cette guerre qui, en lui prenant son jeune époux, anéantissait son bonheur. Pour tenter de la distraire de son chagrin, Lucienne, une fermière du village, dont la chienne venait de mettre bas, lui offrit un chiot au pelage noir et blanc, aux yeux doux et confiants. Colette accepta le cadeau avec indifférence, mais Élodie, tout de suite, se prit de passion pour le petit animal. Elle se mit à dorloter la petite chienne, qu'elle baptisa elle-même Poupette. Elle l'habillait avec les quelques vêtements de poupée qu'elle possédait, et le spectacle était si cocasse qu'il parvenait à arracher à Colette un pâle sourire.

À la fin du mois d'août, des nouvelles optimistes arrivèrent : grâce à la grande attaque alliée, des villes se libéraient : Arras, Croisille, Bapaume. Les Allemands reculaient. Ils allaient être vaincus. Bientôt, la guerre serait terminée.

— Elle m'a rendu handicapé à vie, constatait sombrement Pierre en levant son moignon.

— Et mon François ne reviendra pas, sanglotait Colette.

Malgré tout, l'espoir était dans les cœurs. L'horrible tuerie qui durait depuis plus de quatre ans allait bientôt cesser.

À l'automne arriva l'épidémie de grippe espagnole. La plupart des habitants du village en furent atteints. Élodie revint un soir de l'école, le visage rouge et les yeux brillants de fièvre :

— Maman, j'ai mal à la gorge. Et à la tête.

Le lendemain, elle délirait. Pendant de rares instants de lucidité, elle voyait sa mère, penchée sur elle ; elle sentait la fraîcheur d'un linge mouillé sur son front. Mais, bien vite, la fièvre l'emportait de nouveau dans l'inconscience.

Elle ignorait combien de temps elle avait été malade lorsqu'un matin, elle ouvrit les yeux. Elle aperçut, à son chevet, sa tante Colette.

— Tantine... murmura-t-elle.

— Élodie ! Enfin, tu vas mieux !...

La petite fille remarqua des larmes dans les yeux de sa tante, mais elle ne s'étonna pas : ces derniers temps, elle pleurait si souvent !

— Tiens, bois un peu de sirop. Et fais attention à ne pas te découvrir. Il ne faut pas prendre froid.

Élodie but docilement, se recoucha, se rendormit. Lorsqu'elle se réveilla à nouveau, son père était auprès d'elle. De sa seule main, il lui caressa les cheveux avec une tendresse bourrue :

— Ma petite enfant... ne t'inquiète pas, tu vas guérir maintenant. Bientôt, tu iras mieux.

Des voisines vinrent prendre des nouvelles, et Justine apporta les devoirs à faire pour l'école. Malgré sa faiblesse, Élodie remarqua l'absence de sa mère.

— Et maman ? demanda-t-elle le soir même.

Pierre baissa la tête, en dérobant son regard :

— Elle... elle ne peut pas venir te voir pour le moment, dit-il d'une voix étrange, assourdie.

— Pourquoi ? Elle est malade aussi ?

— Oui. Oui, c'est ça. Elle est couchée.

Élodie n'insista pas. Au cours des jours suivants, soignée par sa tante qui s'efforçait de lui cacher ses yeux rougis, elle reprit des forces. Chaque fois qu'elle réclamait sa mère, elle recevait la même réponse. Le jour où elle put enfin se lever et faire quelques pas dans sa chambre, elle annonça :

— Si maman est encore couchée, je vais aller la voir.

— Pas pour le moment, répliqua Colette précipitamment. Elle dort.

Dès que Pierre revint de sa tournée, la jeune femme lui rapporta les paroles d'Élodie. Les yeux chargés de souffrance, elle constata :

— On ne peut pas toujours lui cacher la vérité, Pierre. Et moi, je n'ai pas le courage de lui dire...

Pierre poussa un long soupir :

— Je lui parlerai moi-même.

L'occasion se présenta le lendemain matin. Élodie, encore faible, put se lever et, soutenue par son père, se rendit dans la cuisine. Là, elle s'étonna :

— Maman n'est pas encore là ? Elle est toujours couchée ?

— Tiens, assieds-toi ici, près du feu. Ne prends pas froid, surtout.

— Et maman ? insista Élodie. Elle va venir ?

— Non, dit Pierre avec une brusquerie inconsciente.

— Mais... pourquoi ? Je peux aller la voir ?

Élodie aperçut alors, pour la première fois de sa vie, des larmes dans les yeux de son père. Sans comprendre pourquoi, elle eut peur.

— Ma petite fille, reprit Pierre. Ta maman... elle a eu la grippe, elle aussi... mais elle n'a pas réussi à guérir... et maintenant elle n'est plus là, elle...

Il se tut, ne parvenant pas à prononcer le mot atroce. Élodie, d'abord, demeura stupide, sans comprendre. Puis sa réaction fut l'incrédulité. Elle cria :

— Non ! Non ! Ce n'est pas vrai ! Maman ! Maman ! appela-t-elle.

Elle se leva, tituba jusqu'à la chambre de ses parents, ouvrit la porte. Le lit lui apparut, vide de tout occupant. Elle se retourna, hagarde :

— Papa... balbutia-t-elle d'une toute petite voix.

Pierre, incapable de parler, ne répondit pas, mais son expression désespérée était plus éloquente que des paroles. Silencieusement, il ouvrit les bras, et Élodie se jeta contre lui, sanglotant éperdument. Il la tint étroitement serrée, tandis que de grosses larmes roulaient sur ses joues.

À dix ans, Élodie avait compris le caractère irréductible de la mort. Elle savait qu'elle ne reverrait jamais sa maman. Dès qu'elle fut guérie, elle se rendit sur sa tombe, n'arrivant pas à réaliser que sa mère tant aimée se trouvait là, sous cette dalle grise et froide. Son chagrin retarda sa convalescence, et Colette redoubla de soins et d'attentions, entourant sa nièce de toute sa tendresse. Ce fut Poupette qui aida la petite fille à reprendre peu à peu goût à la vie.

Pierre, de son côté, essayait de surmonter cette dure épreuve. La guerre était terminée, mais ils avaient été tellement meurtris qu'ils ne pouvaient pas se réjouir. Colette avait souvent des crises de désespoir, et elle se plaignait :

— C'est trop, Pierre, c'est trop... Mon mari d'abord, et puis ensuite ma sœur...

Pierre, accablé, hochait la tête, cherchant à la consoler :

— Elle nous a laissé Élodie, disait-il. Pour elle, nous devons trouver le courage de continuer à vivre. Que deviendrait-elle sans nous, ma pauvre petite fille ?

Une année passa, et une sorte de routine s'installa. Colette préparait les repas, que Pierre et Élodie venaient prendre chez elle. Chaque jour, à la sortie de l'école, la petite fille se rendait chez sa tante, goûtait, jouait avec Poupette.

Pendant ce temps, Colette travaillait ; elle était couturière, et elle coupait, taillait, faufilait, cousait. En même temps, elle soupirait :

— Toujours du tissu noir ! Quelle tristesse !... Toutes mes clientes sont en deuil...

Élodie, malgré l'absence de sa mère, retrouvait peu à peu son insouciance enfantine. Sa tante lui donnait la tendresse maternelle qui lui manquait. Pierre, souvent, les observait toutes les deux en silence et semblait réfléchir. Un jour, au début du printemps, alors qu'Élodie jouait dans le jardin avec Poupette, il se décida à parler à sa belle-sœur :

— Colette, je voudrais te dire... Cette vie qu'on mène, là, tous les trois... On est ensemble, mais, en même temps, on est séparés... Est-ce que... Ne crois-tu pas qu'on devrait former une vraie famille, pour Élodie ?

Il se tut, embarrassé. Colette, ne répondait pas. Pierre reprit :

— Je sais bien que tu n'oublies pas François, et que moi je n'oublierai pas Marie... Mais nous devons continuer sans eux. C'est pourquoi j'ai pensé... Si on se mariait, pour offrir un foyer à Élodie ? Ce serait mieux qu'un mariage de raison ; nous deux, on s'aime bien. Et puis, ma fille n'est pas une étrangère pour toi. Tu l'aimes, elle aussi.

Colette fit un signe d'assentiment :

— C'est l'enfant de ma sœur ; c'est un peu comme si elle était la mienne.

— Alors, continua Pierre en s'enhardissant, mon idée

n'est peut-être pas si mauvaise ? Qu'en penses-tu ? Bien sûr, termina-t-il avec réticence, tu aurais un mari manchot... Cela te gênerait peut-être ?

Avec douceur, Colette sourit et secoua la tête. Nombreux étaient ceux qui étaient revenus blessés de la guerre. Elle posa, sur l'avant-bras mutilé de son beau-frère, une main rassurante :

— Non, cela n'enlève rien à tes qualités, Pierre. Au contraire, ça prouve que tu t'es conduit en héros. C'est plutôt moi qui... après François... Je ne sais pas. J'aurais l'impression de l'oublier, de le trahir...

— Je pense, au contraire, qu'il ne verrait aucun inconvénient au fait qu'on refasse notre vie ensemble. Il m'aimait bien, lui aussi... Mais je ne veux pas te forcer, Colette. Réfléchis. Je t'attendrai aussi longtemps que tu le voudras.

Cette phrase émut la jeune femme. Elle hocha la tête :

— Merci, Pierre. Lorsque je me sentirai prête, je te le dirai.

Ils n'en parlèrent plus, et la situation demeura identique. Parfois, Colette surprenait le regard de Pierre fixé sur elle, avec une expression d'attente et de gravité qui la troublait. Elle se détournait alors, incapable de lui donner la réponse qu'il souhaitait.

À l'école, Élodie était une bonne élève. Elle faisait consciencieusement ses devoirs et apprenait parfaitement ses leçons. Mais la nouvelle récitation de Victor Hugo, qui parlait de l'amour d'une mère, ravivait sa peine. La petite fille revoyait les instants de tendresse maternelle qu'elle avait vécus au long de son enfance, et elle se désolait de les avoir perdus à jamais.

Cet après-midi là, il faisait beau. Le soleil brillait de

toute sa force printanière, les oiseaux chantaient, et dans le ciel bleu les hirondelles se poursuivaient en trissant joyeusement. Pierre, qui était rentré de sa tournée, décida de s'occuper du jardin et de semer de la salade.

— Va jouer avec Poupette devant la maison, dit-il à Élodie. Je ne veux pas qu'elle vienne piétiner mes semis.

Élodie avait reporté ses devoirs au lendemain, qui était un jeudi, et, après avoir goûté chez sa tante comme d'habitude, était revenue chez elle avec la chienne. Elles se mirent à jouer au jeu préféré de Poupette : Élodie lançait un bâton, et la petite chienne le lui rapportait.

À un moment, une voisine passa dans la rue. Elle tenait entre les mains un bouquet de fleurs printanières.

— Oh, du muguet bleu ! s'exclama Élodie. Il est déjà fleuri ?

— Oui, et il y en a beaucoup, là-bas, dans le petit bois.

Élodie connaissait bien l'endroit. Chaque année, avec sa mère, elle allait en cueillir un énorme bouquet, qu'elles plaçaient ensuite dans la maison. Marie aimait ces larges clochettes veinées de bleu, ainsi que leur parfum subtil et délicat. Prise d'une impulsion subite, Élodie décida d'aller en chercher et d'en fleurir la tombe de sa mère.

— Viens, Poupette ! cria-t-elle en s'élançant.

La chienne la suivit et courut derrière elle. Le petit bois était à quelques centaines de mètres du village, et Élodie retrouva sans peine la clairière où fleurissait le muguet bleu. Ses clochettes d'un bleu pâle tapissaient joliment le sol, et la petite fille se mit à cueillir les longues tiges. Lorsqu'elle en eut suffisamment, elle se releva :

— On y va, Poupette. Tu viens ?

La chienne, qui furetait alentour, arriva aussitôt. Son bouquet dans les bras, Élodie marchait vite. Elle avait hâte d'aller l'offrir à sa mère. Elle ne vit pas une racine qui affleurait le sol, et son pied, en la heurtant, se tordit violemment. Elle tomba. Ses fleurs s'éparpillèrent autour d'elle, tandis qu'elle criait de douleur.

Elle tenta de se relever, parvint à se mettre debout, mais, dès qu'elle posa le pied gauche par terre, la même douleur lui fit de nouveau pousser un cri. Il lui était impossible de marcher, et elle regarda autour d'elle, affolée.

Comment allait-elle retourner au village ? Elle essaya de sauter sur un pied, le sol inégal rendait l'avancement malaisé. Dans le bois, personne ne pouvait la voir. Elle se mit à appeler :

— Au secours ! C'est moi, Élodie ! Venez me chercher !

Elle renouvela ses appels, et lorsqu'elle se tut, elle se rendit compte que personne ne pouvait l'entendre. Les arbres étouffaient sa voix, et le village était trop éloigné. Elle tenta de nouveau de faire un pas ; la douleur était insupportable. Elle se mordit les lèvres, prête à pleurer.

Ce fut alors qu'elle aperçut Poupette qui fixait sur elle ses bons yeux dorés. Une idée lui traversa l'esprit :

— Poupette ! Va chercher Tantine, va !

La petite chienne dressa les oreilles, hésita. Élodie, plusieurs fois, répéta l'ordre :

— Va, Poupette ! Va chercher Tantine !

La chienne sembla comprendre et, faisant demi-tour, partit en trottinant. Soulagée, Élodie s'appuya contre le tronc d'un arbre et attendit avec confiance. Elle n'essayait plus de bouger. Tant qu'elle ne posait pas le pied gauche par terre, elle n'avait pas mal.

Autour d'elle, les oiseaux chantaient, et le soleil

mettait des taches de lumière sur l'herbe. Élodie s'occupa un instant à regarder un moineau sautiller sur une branche ; bientôt, pourtant, l'attente commença à lui paraître longue. Alors qu'elle se demandait si Poupette avait bien rempli son rôle, elle la vit revenir en courant, langue pendante, suivie de Colette effrayée :

— Élodie ! Ma petite fille ! Qu'y a-t-il ?

Élodie essaya de sautiller sur un pied :

— Je suis tombée, et je ne peux plus marcher. Mon pied gauche fait trop mal.

Colette vit les fleurs éparpillées, et comprit. Élodie continua :

— J'avais cueilli du muguet bleu pour maman, et je voulais lui porter un bouquet...

— Je viendrai tout ramasser après. Le plus urgent est de rentrer et de bander ta cheville. Accroche-toi à mon cou ; je vais te porter sur mon dos, comme lorsque tu étais petite.

Elles se mirent en route. Devant elles, la chienne trottinait fièrement.

— Brave Poupette ! constata Élodie. Heureusement qu'elle était avec moi, et qu'elle a compris qu'il fallait te prévenir. J'aurais pu rester là longtemps !...

Colette hocha affirmativement la tête, trop essoufflée pour répondre. Il y avait des années qu'elle n'avait porté ainsi Élodie, et la petite fille était devenue bien lourde... Elle aperçut, sur le chemin qui conduisait aux champs, un fermier du village qui rentrait, au pas paisible de son cheval.

— Voilà Émile, dit-elle en s'arrêtant. Nous allons lui demander de nous prendre dans sa charrette.

Elle déposa avec précaution Élodie sur le sol, et elles attendirent que l'attelage arrivât jusqu'à elles. Émile arrêta le cheval, intrigué :

— Que se passe-t-il ?

En quelques mots, Colette résuma la situation. Le brave fermier hocha la tête :

— Mais bien sûr ! Montez donc. Attends, Élodie.

Il descendit de la charrette, souleva Élodie et la plaça près de lui, sur le banc. Colette grimpa à son tour. Émile reprit les rênes et fit avancer le cheval, tout en demandant des explications sur ce qui s'était passé. Tandis que sa tante répondait, Élodie regardait avec intérêt la croupe du cheval qui, devant elle, se balançait au rythme de son pas, ainsi que les champs qu'elle dominait, ainsi assise dans la charrette. La maison de Colette étant la plus proche, ce fut devant elle que s'arrêta Émile.

— Eh bien, vous voici arrivées. Attends, Élodie, je vais te porter à l'intérieur.

Il entra dans la maison, déposa Élodie sur une chaise. Puis il s'en alla, sans écouter les remerciements de Colette, refusant le rafraîchissement qu'elle lui proposait :

— C'était normal de vous aider, et je l'ai fait avec plaisir. Maintenant, le plus urgent est de soigner cette cheville. Regardez. Elle est déjà bien enflée !

Colette baigna le pied de sa nièce à l'eau froide et lui fit un bandage serré. Puis elle s'en alla prévenir Pierre. Pendant ce temps, Élodie, assise sur une chaise, la jambe allongée sur une autre chaise placée devant elle, caressait la petite chienne installée sur ses genoux. Poupette, pelotonnée sur elle-même, les yeux clos, se laissait faire avec béatitude. Elle avait reçu les félicitations de Colette, accompagnées d'un morceau de sucre en guise de récompense.

Chez Pierre, Colette expliqua ce qui s'était passé. Dès

qu'il fut assuré qu'il n'y avait rien de grave, il fronça les sourcils :

— Elle n'avait pas à partir ainsi sans me prévenir. S'il n'y avait pas eu Poupette, où l'aurions-nous cherchée ?

Il ramena sa fille chez lui, mais il ne parvint pas à la gronder lorsqu'il vit le bouquet de muguet bleu que Colette était allée ramasser avant de le porter au cimetière. La jeune femme, ensuite, prépara le repas, qu'ils prirent tous les trois. Puis elle s'occupa de sa nièce, l'aida à se déshabiller, à se coucher. Au cours des jours suivants, elle vint tenir compagnie à Élodie, apportant avec elle son ouvrage de couture. Elle restait là toute la journée, s'occupant en même temps du ménage et des repas, et ne repartant chez elle que le soir. À chaque fois, elle emmenait Poupette, malgré les prières d'Élodie qui, profitant de son statut de malade, aurait bien voulu garder la chienne avec elle.

Peu à peu, la cheville d'Élodie se remit, et la petite fille put de nouveau marcher. Lorsqu'elle fut couchée, ce soir-là, Colette finit de ranger la maison, puis elle prit congé de son beau-frère :

— Eh bien, je m'en vais. Je reviendrai encore demain, parce que c'est jeudi, mais ensuite Élodie pourra reprendre l'école, et il ne sera plus nécessaire que je sois là tout le temps.

Pierre, qui l'avait regardée aller et venir dans la cuisine tout en fumant une cigarette, secoua la tête :

— Ce n'est pas mon avis. Au contraire. Figure-toi que, ces jours-ci, j'ai réfléchi. Tu étais là, avec nous, et il m'a semblé que ce serait bien si cela continuait. Et puis, ce qui est arrivé à Élodie prouve qu'elle a besoin que tu veilles sur elle. Tu te souviens de ce que je t'ai demandé ? Je te le demande de nouveau, Colette.

La jeune femme se troubla. Pour elle aussi, cette vie familiale avait été bien agréable.

— Je... Peut-être as-tu raison... Je te donnerai ma réponse demain, Pierre.

Ce soir-là, avant de s'endormir, elle réfléchit longuement. Elle éprouvait pour Pierre beaucoup de tendresse, et elle aimait Élodie comme sa propre fille. Elle se rendit compte qu'ils lui manquaient dès qu'ils n'étaient plus avec elle. Et elle comprit qu'au fond d'elle-même elle avait décidé d'accepter la demande de Pierre.

Le lendemain, dès qu'elle arriva chez lui, elle vit tout de suite l'interrogation muette de son regard, et elle lui répondit par un sourire et un signe d'acquiescement. Aussitôt, Pierre, impatient d'apprendre la nouvelle à Élodie, se tourna vers sa fille qui, déjà, prenait Poupette dans ses bras :

— Élodie... Écoute-moi. Figure-toi que nous avons pensé, ta tante et moi, que nous pourrions... eh bien... euh... vivre tous les trois ensemble ici.

Le visage d'Élodie exprima une surprise ravie :

— Tantine viendra vivre ici ? Avec nous ?

— Oui, dit Pierre. Cela te plairait ?

— Oh oui alors ! Ce serait très bien ! Et puis, comme ça, je pourrai avoir Poupette avec moi tout le temps !

Colette et Pierre se mirent à rire et, tandis qu'Élodie serrait la chienne contre elle avec enthousiasme, ils échangèrent un regard où se lisait la promesse que, malgré les épreuves passées, le bonheur serait de nouveau là.

Composition et mise en pages réalisées
par ÉTIANNE COMPOSITION
à Neuilly-sur-Seine.

Aubin Imprimeur
LIGUGÉ, POITIERS

Achevé d'imprimer en janvier 2002
pour le compte de France Loisirs
123, bd de Grenelle, 75015 Paris
N° d'édition version reliée 36274
N° d'édition version brochée 36275
N° d'impression L 62923
Dépôt légal février 2002
Imprimé en France